MICA ROCHA

AMOR(EX)

Quatro histórias de amor, desamor,
desencontros e reviravoltas

Benvirá

ISBN 978-85-5717-073-5

DADOS INTERNACIONAIS DE CATALOGAÇÃO NA PUBLICAÇÃO (CIP)
ANGÉLICA ILACQUA CRB-8/7057

Rocha, Mica
 Amor(ex) / Mica Rocha. – São Paulo : Benvirá, 2016.
 304 p.

ISBN 978-85-5717-073-5

1. Literatura brasileira – Ficção 2. Amor 3. Relacionamentos 4. Namoro I. Título

16-1161

CDD B869.3
CDU 82-3(81)

Índices para catálogo sistemático:
1. Literatura brasileira – Ficção

Copyright © Michelle Marceletti Rocha de Oliveira, 2016
Todos os direitos reservados à Benvirá,
um selo da Saraiva Educação.
www.benvira.com.br

SOMOS EDUCAÇÃO | **Editora Saraiva**

Av. das Nações Unidas, 7221, 1º Andar, Setor B
Pinheiros – São Paulo – SP – CEP: 05425-902

SAC | **0800-0117875**
De 2ª a 6ª, das 8h às 18h
www.editorasaraiva.com.br/contato

Presidente	Eduardo Mufarej
Vice-presidente	Claudio Lensing
Diretora editorial	Flávia Alves Bravin
Gerente editorial	Rogério Eduardo Alves
Editoras	Débora Guterman
	Ligia Maria Marques
	Paula Carvalho
	Tatiana Vieira Allegro
Produtoras editoriais	Deborah Mattos
	Rosana Peroni Fazolari
Suporte editorial	Juliana Bojczuk
Preparação	Cátia Almeida
Revisão	Augusto Iriarte
	Laila Guilherme
	Luiza Thebas
Projeto gráfico, diagramação e capa	Caio Cardoso
Imagens de miolo	azin-v/Shutterstock.com
	Magnia/Shutterstock.com
	missis/Shutterstock.com
	Thinkstock/beakraus
Impressão e acabamento	Corprint Gráfica e Editora Ltda.

549.454.001.002

1ª edição, 2016
1ª tiragem, 2016
2ª tiragem, 2016

Nenhuma parte desta publicação poderá ser reproduzida
por qualquer meio ou forma sem a prévia autorização da
Saraiva Educação. A violação dos direitos autorais é crime
estabelecido na lei nº 9.610/98 e punido pelo artigo 184 do
Código Penal.

EDITAR 15729   CL 670315   CAE 602860

Que o doloroso final se transforme em um lindo recomeço.

Que os relacionamentos existam para somar, mesmo que não durem uma vida toda.

Dedico este livro a todos vocês que, assim como eu, acreditam no amor.

SUMÁRIO

JULIA
PÁGINA 9

STELLA
PÁGINA 79

ALICE
PÁGINA 147

LUIZA
PÁGINA 231

Sou tímida. Falar de mim mesma é muito difícil. Jamais exercitei esse lado de me analisar porque nunca gostei muito do que vi. Me descrever é uma tortura; eu me acho tudo de ruim que você possa imaginar.

Fui uma criança lindinha e paparicada pelos outros, mas minha adolescência foi uma fase terrível. Tipo cruel.

Até meus 14 anos, estudei num colégio que tinha tudo a ver comigo, mas tive que mudar porque meu pai queria que eu recebesse uma educação mais puxada. Fui para um colégio no qual eu claramente não me encaixava. As meninas da minha turma só falavam de namoro, sexo e beijo na boca. Eu sempre fui mais na minha, tinha vergonha até de falar a palavra pinto. Falar de sexo era um suplício. Nas rodinhas do recreio, ouvia aquelas meninas lindas e populares conversando sobre posições na cama, perder a virgindade etc. Tudo aquilo soava muito bizarro aos meus ouvidos. Fala sério! Uma vez, uma menina disse que tinha feito sexo anal aos 13 anos porque queria ser virgem "da frente" para o cara certo. Oi?

Oi?

Fora falar de sexo, elas amavam se arrumar, usar *looks* da moda; estavam com os cabelos sempre impecáveis, assim como suas maquiagens. Já eu vivia com meus cabelos castanhos-lisos-sem-graça-alguma e ficava com alergia, de verdade, cada vez que passava rímel. A vaidade para mim era uma coisa fisicamente difícil de exercer, parecia que meu corpo a rejeitava. Nunca fui gorda, mas nunca

fui magrinha. Tenho 1,61 e peso 57 quilos, tenho ossos largos e jamais terei o corpo da Stella.

Daqui a pouco eu falo sobre a Stella.

Estudei nessa escola até o fim do ensino médio e nunca me senti aceita. As meninas me zoavam bastante porque eu não curtia me arrumar nem falar sobre os assuntos que elas amavam. Além disso, faziam isso na frente dos meninos. Resultado? Ninguém queria ficar comigo.

No colégio nunca tive um amor que fosse correspondido, e nenhum menino gostava de mim. Eu fingia que aquilo não me atingia, mas por dentro ficava em pedaços.

Como sempre acontece em histórias desse tipo, eu era uma excelente aluna. Como não tinha com o que me distrair, mergulhava nos estudos. Parecia aquelas personagens de filme americano, sabe? Tipo a daquele filme *Ela é demais*. A menina era um patinho feio com o boletim mais azul da vida. Pois bem, era mais ou menos isso.

Para piorar, eu já nem podia contar com o colo da minha mãe. Depois de lutar contra um câncer nos ovários por muito tempo, ela não resistiu. Eu tinha 12 anos. Essa época foi bem punk. Meu pai teve que criar sozinho a mim e à Betina – minha irmã mais nova – e fez o melhor que pôde. Ele nos levava à escola, íamos ao cinema, jantávamos os três juntos quase sempre. Eu adorava aquele nosso mundo. Apesar da dor que eu sentia e da saudade que me consumia, os momentos fora da escola eram maravilhosos. Estar com meu pai e a Bê era a parte boa da vida.

Minha mãe era daquelas mulheres lindas até de cara lavada, iluminada sem precisar de carão. Ela sabia se divertir até nos momentos mais tristes.

Eu tinha 9 anos quando ela descobriu a doença. Lembro quando ela me disse: "A mamãe vai passar um tempinho com uma cara meio estranha, mas isso é para tirar de vez esses bichinhos que estão dentro de mim".

Por anos, enxerguei o câncer como bichinhos que moravam dentro da barriga da minha mãe, mas que não eram bebês. Esses bichinhos precisavam ser expulsos, e para isso ela tomaria remédio e ficaria careca. Ela era tão alto-astral que, no dia de raspar a cabeça, deixou que eu e a Betina (na época com 6 anos) ajudássemos. Não lembro de ela ter derramado uma única lágrima.

Dos 9 aos 12 anos, eu vivi indo a hospitais, comemorando algumas melhoras na saúde de minha mãe e chorando as pioras. Essa doença é traiçoeira e silenciosa. Graças a um exame ginecológico, ela conseguiu detectar o câncer, que já estava num estágio médio. Apesar de ser uma barra para a vaidade de uma mulher, minha mãe – a Liginha, como a família a chamava – se mantinha linda com lenços na cabeça e um belo sorriso no rosto. Essas idas e vindas duraram cerca de três anos, e no dia 14 de setembro ela faleceu.

No fim de semana antes de ela morrer, estávamos na praia. Agora eu entendo que era uma despedida, mas na época não pensava muito na morte nem sabia direito o que era. Na verdade, adorava viver com a minha mãe. Embora sua saúde estivesse debilitada, sua pele muito pálida e ela já não andasse mais – vivia para lá e para cá com sua cadeira de rodas –, nunca, nunca deixava de sorrir quando nos via.

Algumas vezes, eu a peguei chorando com meu pai, mas, quando eu chegava perto, ela tratava de enxugar as lágrimas e me contar alguma coisa positiva. O maior medo dela, segundo meu pai, era que ficássemos deprimidas por vê-la daquele jeito. Imagina a barra que ela passou.

Eu lembro do cheiro dela, do abraço apertado de bom-dia e da risada alta que contagiava até a mais mal-humorada das pessoas. Durante esse último fim de semana na praia, minha mãe praticamente escreveu um diário para mim e a Bê. Nele, falou sobre seu amor incondicional por nós, sobre quão felizes seríamos e que ela estaria sempre perto; disse que para conversar com ela na sua ausência física bastava pedir para os anjos a chamarem nos nossos sonhos e pronto! Ela estaria lá matando as saudades e nos aconselhando.

Minha mãe nos confortou tanto que passei a acreditar que ela estava indo para um lugar lindo e que eu só tinha que segurar um pouco a minha saudade antes de encontrá-la de novo. Ainda acredito nisso, confesso.

Infelizmente, na volta desse fim de semana maravilhoso de grude total, minha mãe piorou e fomos direto para o hospital. Ela já não se sentia bem nem sentada, e a dor era tanta que mal ficava acordada.

Lembro de ficar assustada ao vê-la dormir quase o dia todo. Algumas vezes eu chorava escondido e pedia para ela ficar, pelo menos, só mais um pouquinho na minha vida. Eu tinha medo de morrer – literalmente – de saudades.

O médico que acompanhou todo o tratamento da minha mãe, o dr. Marcelo, conversou com a gente numa quarta-feira e nos preparou para o pior. Disse que ela teria que ser completamente sedada para não sofrer mais e ir em paz. Nós chamamos um padre, e toda a família materna fez plantão no hospital até sábado, quando ela nos deixou.

Lembro de ter chorado mais antes de o médico sedá-la completamente do que no dia fatídico. Antes dela ser sedada, pedi ao meu pai para entrar sozinha no quarto em que ela estava; segurei sua mão e disse que ela poderia ir sossegada, que eu cuidaria de todos. Seu meio sorriso emocionado é algo que nunca vou esquecer. Ela, muito fraquinha, olhou nos meus olhos e apertou a minha mão. Minha mãe se foi e parece que um pedaço de mim foi junto.

Essa é a parte mais triste e complexa da minha vida, que me fez crescer e amadurecer mais rápido do que o normal. Crescer sem mãe não foi fácil. Meu pai teve que aprender tudo sobre a primeira menstruação, o primeiro sutiã, as cólicas e a bendita TPM. Nós tivemos que compreender que ele não entenderia de tudo e até que soubemos nos virar muito bem.

A Betina deu trabalho. Acho que ela ficou revoltada com esse lance de não ter mãe. Quando essa menina atingiu a adolescência, meu Deus, ninguém a segurou. A Bê resolveu ser aquela valente que não teme nada e sai por aí fazendo o que quer, sabe? Sua beleza completamente acima da média contribuía (e muito) para as coisas piorarem. Os meninos eram loucos por ela, mas ela não era louca por ninguém; era só louca. Seus cabelos ondulados cor de mel e seus olhos azuis como uma bolinha de gude deixavam todos babando. Ela tinha sempre um sorriso no rosto e achava que a vida era muito curta para obedecer a ordens. Por isso, não avisava meu pai de nada, não voltava para casa na hora combinada e estava com um menino diferente a cada semana.

Eu ficava furiosa. A nossa relação era muito mais de mãe e filha do que de irmãs. Eu não admitia a Betina bêbada, caindo pelos cantos, e ficava mal porque sabia que o nome dela estava na boca das pessoas. Diziam que ela era vagabunda, dadeira, que só era bonita e mais nada. Na escola, eu passava nervoso, porque todas as meninas tinham ódio dela. A Betina podia ficar com qualquer menino que ela quisesse, mas escolhia justo aqueles que tinham namorada. Era um terror.

Irmãs + velhas muitas vezes são "irmães"

Uma vez, tive que tirá-la do meio de uma rodinha de meninas furiosas que queriam acabar com todos aqueles fios de cabelo lindos e brilhantes. Me lembro de umas quinze garotas gritando nomes horrorosos, chamando minha irmã de destruidora de namoros, vagabunda. A sorte foi que, como eu era a boazinha da escola, algumas pessoas me avisaram sobre o que estava acontecendo, e eu cheguei a tempo de tirá-la dali. O motivo daquilo tudo? O de sempre: Betina estava no banheiro beijando um garoto que namorava uma popularzinha do colégio. Aquela foi a primeira vez em que vi a Betina com medo, indefesa.

– Que vergonha, Betina! Agora você deu pra pegar os caras no banheiro? Você está maluca? Esse garoto tem namorada. Você precisa se dar ao respeito.

Dessa vez ela estava tão envergonhada que ficou quieta e nunca mais tocamos no assunto.

Enquanto Betina fazia o maior sucesso, eu, por outro lado, não pegava nem gripe. Estava sempre estudando ou tomando conta da minha irmã. Era um tanto frustrante, afinal, ela era mais nova e tinha beijado muito antes que eu. Quando eu estava no ensino médio, os meninos queriam ser meus amigos para conseguir ficar com ela, as meninas torciam o nariz para mim por causa dela. Ou seja, a Betina era uma sombra na minha vida. Aonde eu ia, ela ia atrás.

Apesar de tudo, nos dávamos muito bem. Eu sentia que ela era minha responsabilidade. Meu pai estava sempre trabalhando muito e eu não queria deixar mais aquele peso no colo dele.

Minha pré-adolescência/adolescência foi basicamente essa. Sem mãe, sem amigas, com uma irmã bem fora da casinha e uma autoestima lá no pé.

Ah, esqueci de me apresentar. Prazer, Julia.

Quando terminei o ensino médio, pensei em morar fora do país, mas, como a grana do meu pai não cobriria alguns anos de faculdade no exterior, resolvi ficar por aqui. Na hora de escolher qual curso faria, pensei bastante, conversei com meu pai e decidi que prestaria vestibular para jornalismo. Ele ficou superorgulhoso e me deu a maior força. Mais tarde, fui saber que minha mãe sempre dizia que eu seria uma grande intelectual. Passei no vestibular em uma ótima colocação e, no começo do ano seguinte, por causa das minhas notas, ganhei uma bolsa de estudos de 50%.

Hora do confessionário: entrei na faculdade praticamente sem beijar e virgem. Sim. Morria de medo que alguém soubesse disso, então mantinha essa história de meninos bem longe da minha vida.

O primeiro dia de faculdade é um negócio libertador. Você é dona do seu nariz, não tem professor te tratando como criança, você é livre. Nossa, eu estava no paraíso. Quando entrei na minha sala, vi que tinha uns meninos bem interessantes e logo pensei: "Agora vai". Sério, eu já tinha meus 18 anos e nunca havia experimentado um beijo mais quente, sabe? Todo mundo já sabia tudo sobre tudo, e eu nunca tinha experimentado nem uns amassos. Era esse o nível da situação.

16

Os meninos da faculdade eram diferentes, já tinham barba e pareciam bem mais interessantes. As meninas eram menos plásticas e mais divertidas. Eu estava no lugar certo. Ufa! Uma sensação de que eu não era um alien tomou conta de mim.

Minha primeira aula foi de antropologia. Uma maravilha! Tudo aquilo era fascinante, e eu agradecia muito por estar num lugar tão mais eu do que aquela velha escola de aparências.

Assim que a aula acabou, uma menina loira de cabelos cacheados desarrumados me entregou um papel. Era um *flyer* da cervejada de abertura do semestre, e ela disse que eu tinha que ir. Cervejada? Eu mal consigo tomar minha couve batida de manhã, imagina um copo de cerveja amarga! Mas eu já tinha decidido: não seria mais aquela nerd do colégio, eu queria me transformar, nada mais daquele ar certinho. Eu tinha que ver se essa cervejada era a minha cara.

Passei no banheiro e, enquanto eu lavava as mãos, algumas meninas se maquiavam. Eu não tinha nem um *blush* comigo, teria que confiar na cara e na coragem.

Cheguei na tal cervejada. Sabe aqueles filmes americanos com uma galera bebendo até cair, meninas lindas dançando em cima da mesa e um monte de carinhas prontos para te conhecer melhor? Bom, não era esse o caso. Os calouros estavam preocupados em não cair no trote dos veteranos, e os veteranos estavam ali só para nos apavorar. Um saco! Onde estavam aquelas festas de faculdade? Aquele ar de liberdade da juventude?

Sentei em uma mesa com umas cinco pessoas; foi a menina que me entregou o *flyer* que me chamou pra sentar. Mais tarde descobri que ela chamava Gabi.

Gabi não era bixo, já estava no quarto semestre e parecia entender como as coisas funcionavam. Segundo ela, a festa ficaria boa dali a umas duas horas, e ainda me disse que aquela faculdade era "O" lugar para pegar homem. Eu precisava apresentá-la para a Betina. Confesso que a achei engraçada e divertida. Ela era a amiga de que eu precisava.

Na mesa também estavam dois calouros tremendo de medo do trote e mais duas meninas bem bicho-grilo, que deviam ter fumado um caminhão de maconha depois da aula.

Logo que sentei, me entregaram um copo de cerveja.

Ok, para você que sempre bebeu, um copo não é nada. Mas, para mim, aquilo era como tomar um vidro de álcool! Bebi um pouco, conversei com as pessoas

HAHAHA! Exatamente assim!

e bebi mais um pouquinho. Assim que terminei meu primeiro copo, estava tontinha. "Então é assim que vocês se sentem? Até que não é mau...", pensei.

– Então, Julia, conta pra gente a sua história – pediu Gabi.

– Minha história não tem muita graça... contem as de vocês.

– Tem namorado? – perguntou uma das chapadonas.

– Não.

– Uhuuuu! – comemorou Gabi. – Então quer dizer que temos uma companheira?

Sem graça, respondi com um sorriso e só pensava: "Cacete, sou virgem. VIRGEM".

Todos quiseram brindar, e mais um copo se foi. A música foi aumentando aos poucos, as meninas subiram nas mesas e a balada começou. Acho que aquela sensação do filme americano se dá somente com álcool, ele realmente faz as coisas ficarem diferentes.

Dancei, troquei olhares (tímidos, claro) com alguns caras por ali, conheci pessoas e, por um momento, pensei: "Estou me libertando". Voltei para casa aquele dia às duas da manhã, um pouco tontinha e totalmente pronta para uma nova Julia.

Na manhã seguinte, meu pai até brincou:

– Será que bato esse suco verde com Engov?

– Para, pai! Só tomei uma cerveja...

– Uma?

– Duas...

Eu e meu pai éramos muito amigos e próximos, eu não tinha problema algum de contar minhas coisas para ele, até porque não tinha muito para contar.

– Engov no suco verde!

Os meses seguintes da faculdade foram bem trabalhosos, mas extremamente satisfatórios e divertidos. Tinha ótimos professores, amigos novos e uma vida pra chamar de minha. A Betina ainda estava vivendo *la vida loca* dentro e fora do colégio, e eu ainda gastava bastante tempo conversando com ela, dando bronca e tentando fazê-la encontrar alguma paixão além daquela de roubar namorados alheios. Mas não estava me saindo muito bem nessa tarefa.

Minhas notas eram boas e eu teria que continuar assim para, um dia, fazer um mestrado fora e ganhar uma bolsa de estudos. Os meninos? Ninguém especial, eu ainda me mantinha virgem e sem beijos *calientes*. Tudo tem seu ônus e seu bônus.

Meu pai estava superfeliz, mas eu sabia que ele estava com problema de grana. Estava difícil pagar os 50% da minha faculdade, a escola da Betina, o apartamento, o carro... Eu sentia que precisava urgentemente arranjar um trabalho. O grande problema é que precisava ser um trabalho de meio período, para não me atrapalhar na faculdade. A Gabi, aquela maluquinha que conheci no primeiro dia de aula, me disse que havia um quadro perto da sala de literatura que funcionava como uma espécie de classificados. Talvez lá eu pudesse achar algo para fazer.

O que eu não sabia é que essa dica da Gabi poderia mudar tanto assim a minha vida. Indiretamente, é claro.

Andei pelo corredor comprido que dava no tal do quadro. Eram tantas opções que fiquei confusa. Mas um papel rosa-choque com a foto de uma menina (linda por sinal) chamou minha atenção. O anúncio dizia que ela era blogueira e precisava de alguém para ajudá-la em seu blog de moda.

– Stella? – perguntei, pegando o papel.

– É a Stella Prado. Aquela blogueira famosa, sabe? – falou Gabi, certa de que eu saberia quem era.

– Não... Na verdade, nunca ouvi falar.

– Fala sério, Ju! Em que mundo cê vive?

– Ah, desculpa. Eu não conheço blogueiras de moda – respondi, rindo.

– Essa menina tem milhares de seguidores e um blog superbem-sucedido. Me falaram que ela ganha mais de duzentos mil reais por mês.

– Duzentos mil?

– É! Ela é a sensação do momento.

– Mas o que ela faz para ganhar em um mês o que meu pai leva anos para ganhar?

– Pois é, amiga. Fala de moda e posta fotos de si mesma.

– Bom, o rosto dela é incrível mesmo... mas duzentos mil?

Fui para casa com aquilo na cabeça. Abri meu computador e dei uma procurada na tal da Stella Prado.

Eu não sabia se estava no site certo, mas caí numa página pink lotada de fotos da mesma garota do anúncio fazendo carão e boca de pato, a chamada *duck face*, como descobri depois. Seus textos eram sobre a calça ou o vestido que estava usando e as mil viagens que fazia. Por exemplo, no fim de semana anterior, ela estava em Londres. Ah, tá. E todos os posts começavam com: "Oi, minhas pinkies!". Pinkies??? Jura? Mas pensei: "Ela ganha duzentos mil reais por mês, Julia. Pensa bem".

Seu espaço para comentários era lotado, as fãs eram completamente loucas por seu "trabalho", sua vida, seu cabelo, seu dente canino e até seus pelos do braço. Eu até que entendia, a Stella tinha um rosto de boneca, cabelos loiros e olhos verde-água. Seu sorriso superbranco e seu corpo perfeito faziam com que todo mundo tivesse a mesma reação: "Uau!".

Logo na página inicial do blog descobri que ela tinha um namorado. Eles formavam um daqueles casais perfeitos. Tudo bem que o cara tinha um ar de pau-mandado, mas era um pau-mandado bem gato. Fiquei tão fascinada com aquela vida completamente diferente de tudo o que já tinha visto que, quando me dei conta, estava navegando pelo blog há umas duas horas. Comecei a entender o sucesso que ela fazia e por que os seguidores a idolatravam tanto.

Às vezes ficamos obcecados por aquilo que representa tudo o que não somos, né?

Além de trilhões de fotos na mesma posição carão e bico, havia vídeos de suas viagens e uma página especial dela e do namorado – na verdade, noivo –, o tal do Nando. Eles escreviam sobre o relacionamento deles e faziam uma espécie de *reality* da vida que tinham. Os vídeos dos dois eram a coisa mais sem noção que eu já tinha visto na vida. Ela estava sempre montada, com cabelo e maquiagem perfeitos, e acho que foi orientada a não falar muita coisa além de mara, pinkies, muito legal e gente. O namorado era meio perdidão, dava uns beijos nela e às vezes olhava profundamente para a câmera, apertando um pouco os olhos. Meu Deus, que coisa ridícula!

Era tão ridículo, mas tão ridículo que acho que assisti a mais de dez vídeos em menos de uma hora. O que mais chamou minha atenção foi um gravado em Paris. Ela estava vestindo um roupão, com cabelo impecável e batom vermelho, e dizia que tinha acabado de acordar e precisava correr porque tinha muito trabalho pela frente. Trabalho? Tirar meia dúzia de fotos embaixo da Torre Eiffel e ir almoçar com umas amigas. Ah, no final do dia, ela ficou muito, mas muito feliz porque conseguiu achar uma bolsa que estava procurando havia muito tempo. Fim. Era isso o vídeo.

Quem nunca?

Sim, a Stella era uma *superstar*, movimentava milhões da indústria de moda e beleza e fazia seu "humilde" pé-de-meia aos vinte e poucos anos.

— O que você tanto faz nesse computador? — Betina entrou no meu quarto sem bater, como sempre.

— Você pode bater antes de entrar, viu?

— Vai, fala aí! O que você tá fazendo?

— Vendo umas coisas...

— Você está no blog da Stella? — falou depois de colocar a cabeça na frente da tela do meu computador.

— Conhece?

— Claro! A Stella é a Kim Kardashian brasileira. Ela é linda e ganha muito dinheiro fazendo bico e poses. — Betina deu uma gargalhada.

— Parece que todo mundo acompanha a Stella, menos eu.

— Maninha, você é um tanto avessa a esse mundo de celebridade, né?

— Essa menina está precisando de uma estagiária na área de jornalismo...

— Você vai trabalhar com a Stella? Ah, meu Deus, isso vai ser demais!

— Eu não sei, Betina. Preciso trabalhar e acho que ela vai pagar bem.

— Quanto?

— Mil e duzentos reais.

— Opa, aí até eu! Mas não sei como essa mistura pode dar certo.

— Por quê?

— Olha como você se veste. Vive com esses jeans anos 90, o cabelo lambido e a cara de quem sofreu uma maldição de jamais colocar os pés num salão de beleza. Fora que dizem que ela é uma pessoa bem nojentinha...

— Falou a perfeita, né? Seu estilo *punk* pegadora também não faria os olhos da Stellinha brilharem! — falei rindo e joguei o travesseiro na cabeça dela.

— Ai, Julia Silva, quero ver a senhorita virar blogueira!

Dormi com aquilo na cabeça. Mil e duzentos reais resolveriam muita coisa. Eu conseguiria pagar a faculdade, aliviaria um pouco o meu pai e ainda guardaria um restinho. Por outro lado, como eu trabalharia com essa tal de Stella?

Falar de moda? Será que eu conseguiria? Eu amava escrever, mas não sobre ombreiras ou o caimento "mara" de uma calça. Minha mãe tinha sonhado tanto com uma carreira de intelectual para mim. Será que aquilo era mesmo a minha melhor opção?

Fora que a reputação da Stella era horrorosa, não tinha uma pessoa que me dissesse que ela era legal. Sua fama era de ser grossa e metida e de humilhar as pessoas que trabalhavam com ela. Não sei se aguentaria uma pessoa dessas gritando comigo, mas eu precisava do dinheiro.

Acordei na manhã seguinte atrasada para a aula, me arrumei correndo, peguei um iogurte na geladeira e voei até o metrô. No caminho, pensei mais um pouco; aquela imagem de loira perua estava na minha cabeça, não vou mentir, mas acho que eu estava sendo um pouco preconceituosa. "Vou dar uma chance, vai... Preciso desses mil e duzentos reais. Não posso negar isso. E vai ser só por um tempo. Será meu primeiro estágio."

Assim que cheguei na faculdade, abri meu computador e mandei um e-mail para a Stella.

Olá, meu nome é Julia Silva, sou estudante de jornalismo e gostaria de me candidatar para a vaga de estágio na área de redação do seu blog. Anexo o meu CV.
Agradeço a atenção desde já.
Julia.

Pronto. Se a coisa não engrenasse, pelo menos eu tinha tentado.

Fui para minha aula de estatística que tanto odiava.

– E aí, Ju? Mandou o CV? – Gabi me encontrou no corredor.

– Mandei, acredita? Mas acho que nem vai rolar.

– Que pessimista! Você acha que a Barbie não vai querer uma superescritora fazendo o blog? Conta outra. Essas blogueiras mal escrevem, elas amam quando alguém faz esse trabalho pra elas.

– Várias pessoas boas devem ter se candidatado para a vaga; afinal, o salário é ótimo. E acho que estamos sendo preconceituosas. Você há de convir que ganhar duzentos paus por mês é um tanto admirável, não?

– Admiro outras pessoas...

Gabi era super a favor de que eu encontrasse um trabalho e estava confiante de que conseguiria a vaga, embora ela achasse que ser blogueira era um deboche e tanto.

Meu celular apitou. Eu tinha acabado de receber um e-mail da Stella. Sim, ela mesma.

> Oi, Julia!
> Obrigada por mandar seu currículo. Você pode ir ao meu escritório quarta-feira às 16 horas? O endereço está na assinatura do e-mail.
> Obrigada!
> Stella.

Quarta-feira era dali a dois dias, então eu ainda tinha tempo para me preparar psicologicamente.

Engraçado que esse mundo "stellístico" me fascinou tanto que comecei a acompanhar essa garota em todas as redes sociais: Instagram, Snapchat, Facebook, blog e YouTube. Eu estava um tanto impressionada com a sua beleza e seu estilo de vida, era algo que mexia comigo. Ficava me perguntando: por que eu não tinha tido uma ideia daquela? Por que não tinha nascido rica e perfeita? Por que tinha que pegar metrô e ônibus para ir para a faculdade enquanto Stella dirigia sua Mercedes por aí?

Será que, quando Deus fez o mundo, colocou as pessoas sortudas de um lado e as sofridas do outro? Mas se a gente pensar assim, na visão de uma pessoa bem pobre, eu sou sortuda: tenho uma vida maravilhosa, uma família que me ama, posso estudar. Além disso, tenho saúde.

Sorte é uma questão de visão e situação.

A quarta-feira chegou, fui à faculdade, voltei para casa, almocei e fui até meu guarda-roupa ver se conseguia melhorar um pouquinho meu estilo antes da entrevista. A Bê me ajudou a escolher um vestidinho legal e me ensinou a amarrar a camisa jeans na cintura. Eu me senti mais alien ainda depois que ela me maquiou. Foi uma maquiagem só de pele, segundo ela (como se eu soubesse o que significava "só de pele". Me olhei no espelho e nem me reconheci. "Nossa, Julia, você não se cuida mesmo, hein? Tá estranhando um grama de *blush* no rosto?"

Eu precisava ir. Tinha que pegar o metrô e depois um ônibus até o escritório.

Com meu desespero de não chegar lá em cima da hora, acabei chegando meia hora antes. O prédio era todo de vidro, muito chique e bonito, e tinha um café embaixo. Aproveitei que estava adiantada para comer um pão de queijo e tomar um suco. Uns quinze minutos depois, me cadastrei na recepção e a mocinha me indicou onde ficava o elevador e em qual andar era o escritório da Stella. Décimo andar.

No caminho para o elevador, vi várias pessoas andando para lá e para cá, os homens de terno e as mulheres bem-arrumadas. Aquele parecia um lugar de gente grande.

Entrei no elevador, apertei o botão do andar e respirei fundo. Aquela seria a minha primeira entrevista de emprego.

Décimo andar. "Respira, Julia."

Quando a porta do elevador abriu, dei de cara com uma imensa porta de vidro. Dali, era possível ver a mesa da recepcionista e, ao fundo, um letreiro colorido onde se lia "Blog da Stella". Parecia redação de revista de moda. Meninas superbem-vestidas e bonitas andavam de um lado para o outro.

"Meu Deus, essa Stella é mesmo uma empreendedora. Caramba."

– Oi, tudo bem? Posso te ajudar? – perguntou a recepcionista, simpaticíssima.

– Oi, sim! Eu tenho uma entrevista com a Stella às 16 horas.

– Ah, sim! Julia?

– Isso.

– Pode aguardar na segunda sala à direita. Ela está terminando uma reunião e já vai te atender.

– Ok, obrigada.

"Terminando uma reunião e já vai te atender." Acho chique fazer reunião.

Tirei duas fotos discretamente e mandei para a minha irmã, ela não ia acreditar naquilo se eu só contasse.

Sentei numa cadeira chiquérrima de couro branco – todos os móveis do escritório eram brancos –, olhei em volta e vi que a sala era enfeitada com objetos coloridos e vários potinhos de bala. Tudo era minimamente pensado. Como pode? Adoro esses escritórios que fazem você se sentir tão bem que nem dá vontade de ir embora... Esse é um dos segredos para o sucesso!

Os cinco minutos passaram voando, e ouvi um barulho de saltos, daqueles bem finos e caros, se aproximando da sala onde eu estava. A porta se abriu, e um perfume delicioso, que devia custar meu possível salário, invadiu a sala, e finalmente uma menina que poderia ser classificada como "UAU" entrou. Ela vestia uma saia branca justa até o joelho, uma blusa preta com um laço milimetricamente feito em volta do pescoço e trazia um blazer jogado sobre os ombros. As unhas estavam pintadas com esmalte clarinho, devia ser o tal do nude que ela tanto dizia amar. Ela tinha dedos compridos e usava anéis com brilhantes de verdade em alguns deles. Seus cabelos loiros eram perfeitamente tingidos e tinham luzes claras nas pontas, as ondas enroladas com *babyliss* davam aquele ar natural, tipo: "Sou linda mesmo e meu cabelo nasceu assim".

– Julia? Tudo bem? – Ela abriu um imenso sorriso branco e perfeito enquanto caminhava na minha direção.

– Oi, Stella, muito prazer. – Minha voz estava trêmula. De tanto que tinha visto o blog dela, parecia que eu tinha me tornado parte do seu fã-clube.

– O prazer é todo meu. Sente-se, por favor! Quer uma água, um café?

– Eu estou bem, obrigada.

– Então, li seu currículo. Que máximo, hein?

– O currículo?

Fiquei na dúvida. O pobrezinho só tinha curso de línguas e faculdade. Nunca achei meu CV o máximo.

– É! Preciso de alguém que goste de escrever, e achei bem legal você fazer faculdade de jornalismo.

– Ah, obrigada! Eu gosto muito de escrever, mas nunca escrevi sobre moda.

– Isso você pega rapidinho! A Isabela, minha assistente, pode te ajudar. Ela não veio hoje porque está doente, mas pode contar com ela!

– Você poderia me explicar mais ou menos qual seria meu trabalho?

– Claro. Sem segredos. Você vai precisar fazer publiposts, aqueles posts pagos, e também criar conteúdo para alimentar o blog e minhas redes sociais. Como você já deve saber, amo moda e beleza. Simples. Sobre o horário de trabalho, você chega depois da faculdade e sai às 7 da noite. Tranquilo. – Stella falava rápido; para ela as coisas pareciam muito fáceis, mas esse mundo era completamente novo para mim.

– E eu tenho liberdade de criar conteúdo?

– Sim, mas eu dou o ok final. Como todos os posts são assinados por mim, eu sempre dou uma olhada. Quando eu tiver ideias, mando pra você, e assim vamos construindo nosso dia a dia.

– Entendi. Você gostaria de ler alguma coisa que eu escrevi?

– Não precisa. Eu gostei de você e acredito que não vai me decepcionar. Ah! Outra coisa: geralmente eu fico fora do escritório, indo a eventos etc. A Isabela pode ajudar em tudo o que você quiser. Já falei isso, né?

– Já – concordei, rindo.

– Ótimo! Quando você pode começar?

– Estou contratada?

– Sim! Seja bem-vinda!

– Nossa, obrigada, eu não esperava...

– Que fosse tão rápido? Julia, aqui o negócio voa! A gente não perde tempo!

Stella se levantou, me deu um abraço rápido e disse que precisava correr porque tinha um evento. Eu fiquei alguns segundos de pé na sala, pensando: "Passei na minha primeira entrevista de trabalho. Ok, não foi uma entrevista, mas eu passei!". Saí de lá com um papel que a recepcionista me entregou; eu teria que preenchê-lo e entregar no meu primeiro dia de trabalho. Pedi para começar em dois dias, precisava me organizar em casa e com meu pai.

Saindo de lá, liguei para a Betina. Ela não ia acreditar.

– Bê, pode falar?

– Passou? Já é blogueira?

– Besta! A Stella me contratou.

– Uhuuuuuu! – gritou a escandalosa da Bê. – Vamos ficar ricas e famosas! Parabéns!

– Você é muito louca! – Eu não conseguia segurar a risada.

– Como ela é? É uma deusa mesmo?

– Ela é muito bonita e suuuuuperarrumada. Vou precisar de dicas de moda para trabalhar no escritório. É tudo lindo e impecável, Bê!

– Eu vi a foto. Animal!!! Tô feliz por você!

– Já, já tô em casa! Beijos.

– Beijos.

« ◊ »

No caminho, fui pensando naquela entrevista inexistente e me perguntando se aquele trabalho era sério mesmo. Mas acho que trabalhar num blog não é a mesma coisa que trabalhar numa empresa. Normal, né?

Os dois dias seguintes foram de pura pesquisa. Eu analisava tudo, o blog, as redes sociais, o tipo de conteúdo, e ideias vinham à minha cabeça. Eu anotava tudo. Vi que a Stella não estava envolvida em nenhum projeto social e, como ela era superfamosa e tinha muitos seguidores, eu poderia sugerir que fizesse um bazar de moda do bem, algo do gênero. As pessoas participariam com certeza, afinal, tudo o que ela dizia era lei para os fãs.

O primeiro dia de trabalho chegou, e antes de sair para a faculdade encontrei meu pai no café da manhã. Ele parecia orgulhoso de mim. Aproveitei para falar que com o salário eu pagaria a faculdade, mas ele se recusou a aceitar a oferta. Meu pai queria que eu juntasse dinheiro.

– Guarda, minha filha. Guarda tudo o que você ganhar. Quem sabe um dia você ajuda seu pai, mas hoje não precisa.

Fui para a faculdade e contei a novidade para a Gabi. Ela quase enfartou.

– O quê? E você só me conta isso hoje?

– Eu queria ter certeza de que ela não voltaria atrás!

– Ai, amiga, que máximo! Você vai me contar tudo, tudo?

– Vou!

– Depois eu quero saber se o tal do Nando é gato mesmo. Aquele casal parece de plástico, de tão perfeito.

– Não o conheci, mas te conto tudo, doida. Fica tranquila.

Voltei para casa, almocei rapidinho, e, quando cheguei no meu quarto para me trocar, a Bê tinha deixado um *look*, nas palavras dela, lindo na minha cama. O bilhete dizia:

Faz bonito, maninha!
Boa sorte, te amo.

Achei aquilo tão lindo que meus olhos se encheram de lágrimas. A Betina era doidinha, mas seu coração sempre foi do tamanho do mundo.

Bom, era hora de ir, meu futuro me aguardava.

Como eu já conhecia o caminho, cheguei mais rápido do que na primeira vez e subi mais rápido também. Chegando na maravilhosa porta de vidro – não me canso de dizer isso –, fui atendida pela Isabela, uma menina de uns vinte e poucos anos, bem alta, loira tingida (por alguém que se inspirou na lata da mostarda mais amarela do mercado) e um tanto mal-humorada.

– Julia, né?

– Oi, tudo bem? Prazer.

– Prazer. Olha, hoje o dia tá um estresse só. O servidor do blog caiu e eu tô resolvendo isso. Preciso que você crie uma ordem de posts para esta semana e me mande, assim eu encaminho para a Stella.

– Ok, claro. Você sabe onde eu vou trabalhar?

– Na sala onde você fez a entrevista, aquela à direita. Montamos um espaço para você e para mim. Sentaremos juntas.

– Tá bom. – Algo me dizia que teria de aguentar alguém mal-humorado todos os dias. – Obrigada.

Fui para a sala que seria minha e quase caí pra trás. Tinha uma mesa de vidro maravilhosa e uma cadeira de couro branco. Linda! Um laptop estava preparado para me receber e ainda tinha tudo o que eu iria precisar: canetinhas, lousa branca, caderno, telefone fixo... Meu Deus, aquilo era sério mesmo.

Sentei e comecei a pensar nos posts. A Isabela estava mesmo ocupada tentando resolver o problema do servidor do blog e não deu o ar da graça na sala por umas duas horas. Aproveitei esse tempo para colocar tudo em ordem e me aventurar no sistema de publicação dos posts. Fui aprendendo tudo sozinha. Eu queria me sair o melhor possível no trabalho e não podia ficar esperando a Isabela me ensinar, até porque ela não parecia ter muita boa vontade.

– Oi, tudo bem? Você deve ser a Julia.

Eu estava sentada no chão da sala, escrevendo na lousa a ordem dos posts, claramente descabelada, e, quando olhei, um cara que parecia saído de uma revista dos homens mais lindos do mundo estava parado na porta me perguntando alguma coisa que eu já tinha esquecido. Aquela beleza distrairia qualquer um.

– Oi? – perguntei.

– Julia, né?

– Sim! Prazer, Nando. – Saco, falei o nome do cara sem ele se apresentar. Tudo bem que ele era famosinho, mas eu poderia ter disfarçado.

– Você sabe aonde a Isabela foi?

– Ela... ela está pelo escritório, não sei bem onde. Quer deixar algum recado?

– Fala que eu preciso dela na reunião do novo *layout*.

– Falo, sim.

– Obrigado. Foi um prazer te conhecer.

Meu sorriso abobado talvez tenha entregado toda a minha babação por ele. Que cara lindo! Muito mais bonito do que nas fotos, e hipersimpático. A Stella era mesmo sortuda. Nossa, essa menina tinha tudo mesmo. *Será?*

– Terminou aí, Julia?

Ainda estava sonhando quando Isabela entrou na sala.

– Sim, está aqui. Dá uma olhada e me fala o que você acha.

– Nossa, você colocou até os horários das postagens.

– E dividi por temas. Na segunda, a Stella pode falar sobre *look* do final de semana, na terça, pode ser inspiração para *look* de trabalho, na quarta, podemos fazer um...

– Tá, tá... Eu sei ler. Tá aí na lousa. – Isabela fez questão de me dar aquele choque de realidade com seu humor. – Bom, agora você precisa criar esses posts, né? Porque de nada adianta ficar brincando de escrever na lousa.

Essa era chatinha. Se no primeiro dia ela já estava assim, imagina depois de uns meses. Que Deus me ajudasse. Como dizia minha irmã, ela era meio *bitch*.

– Isabela, te achei! – Era ele de novo.

– Oi, Nando! Boa tarde! Que prazer você aqui, eu tava mes...

– Isa, o pessoal da Burberry precisa de um relatório do resultado do evento até amanhã, e a Stella está bem nervosa com isso.

Aquele mocinho todo fofo que estava na minha porta dez minutos antes tinha voltado sem a menor simpatia com a Isa, e ela parecia totalmente derretida por ele.

– Claro! Já estou terminando e te mando, pode ser?

– Pode. Estarei na minha sala. Obrigado.

– Imagina...

A cara da Isabela foi digna de filme, rolou até um suspiro quando ele saiu da sala. Será que todo mundo do escritório pagava pau pra ele? Era bem possível, né? O cara era muito lindo, muito mesmo.

– Julia! Me ajuda com isso aqui. Rápido!

Ela ainda não tinha feito absolutamente nada do relatório, e, enquanto eu fazia o trabalho dela, fiquei pensando no quão eficiente ela era e por que estava na empresa. Para um braço direito – e esquerdo – da Stella, era muito mole. Ela disse que ia ao banheiro e voltou meia hora depois. Nesse tempo, fiz uma planilha supercompleta sobre o trabalho da Stella para a marca no último ano. Os resultados eram muito bons, a menina realmente trazia muito fluxo e venda para a loja.

– Acabou? Tive que resolver um negócio em outra sala.

Aham, só se eu fosse muito ingênua pra acreditar nela.

– Sim, está aqui.

– E você também sabe fazer planilha... Tá saindo melhor que a encomenda, hein?

– Obrigada.

– Vou lá entregar o relatório para o Nando e já volto.

– Já mandei por e-mail, era mais rápido.

– Do seu e-mail? – ela perguntou, quase me fuzilando com os olhos.

– Não, do seu.

– Ah, ótimo.

Apesar da decepção por não poder passar na sala do Nando, ela estava radiante por entregar um trabalho bem-feito e completo sem precisar mover uma unha para fazer.

Ok. Acho que essa é a vida real. Bem-vinda, Julia.

Durante toda a minha primeira semana no escritório, não vi a Stella nem uma vez. Até fui adicionada a um grupo de WhatsApp da empresa, mas ela não respondia quase nada, só mandava uns emoticons de carinhas felizes e corações. Já o Nando era bem ativo no grupo e organizava toda a agenda comercial da empresa. Digamos que ele era bem focado e ultracompetitivo. Ele estava sempre de olho nas blogueiras concorrentes e no que estavam fazendo. Na cabeça dele, a Stella tinha que ser a número um. Sempre.

Continuei meu trabalho semanal, criando posts e mandando todos para a aprovação da Stella, com cópia para a Isabela. Se eles estivessem bons, ela (Isabela) ativaria no sistema. Meus posts estavam sendo bem-aceitos e até elogiados, e eu estava gostando do meu trabalho.

Numa tarde chuvosa, daquelas típicas de São Paulo, eu estava na minha sala quebrando a cabeça para arrumar de uma vez por todas a página do blog no Facebook quando alguém bateu na porta.

– Entra – falei sem nem olhar quem era, de tão concentrada que estava.

– Tô atrapalhando?

– Nando? Não... claro que não! – Não tinha jeito, bastava vê-lo para começar a gaguejar.

– Tudo certo, Julia?

– Tudo, tudo certo. E você?

– Também. Você já deve saber, mas a Stella ganha várias roupas de clientes e separa as que não vai usar. Ela acabou de fazer isso. Não quer ver se tem algo que você gosta?

– Ah, claro. Só vou terminar um negocinho no Facebook do blog e vou...

– Julia, você só trabalha, nunca descansa. O Facebook pode esperar. Se alguém falar alguma coisa, diga que foi culpa minha.

Levantei da cadeira um tanto envergonhada. Será que ele ia até lá comigo?

– Vou te acompanhar. Daí você dá uma olhada no que quer.

Ele tinha lido meus pensamentos?

– Tá bom.

Coloquei os sapatos que a Betina havia me emprestado; eles eram lindos, mas esmagavam meus pés como um moedor de carne. Sou chiquérrima de falar assim, né? Puxei a saia do vestido para baixo e tentei dar aquela ajeitada no cabelo, sem me olhar no espelho. Sortuda eu, né? Esse cara sempre me pegava desprevenida!

– Então, tá gostando daqui? – ele me perguntou enquanto caminhávamos até a sala.

– Estou, bastante.

Imagina os batimentos cardíacos da Julia?

– A Stella tá gostando muito do seu trabalho.

– Ah, que legal. Obrigada.

– Você é sempre assim, falante? – ironizou.

– Eu? Ahh, é que você é tão ocupado que fico mais na minha, não quero te atrapalhar.

Nossa, ele realmente me deixava desconcertada... E aquele corredor parecia não ter fim.

– Como você veio parar aqui?

– Eu vi o anúncio do trabalho no mural da minha faculdade.

– Entendi. Menina inteligente... já deu pra perceber.

Meu coração estava disparado. Sempre que o Nando falava comigo, ficava muito nervosa. Eu parecia uma besta, boba. Tudo bem que aquele ar de conquistador dele era o mais clichê do mundo, mas é clichê por um motivo, né? Todo mundo gosta.

Humm...

Quando chegamos na sala onde estavam as roupas, não tive como não pensar na Betina e em quão feliz ela ficaria com aquilo. Quando entrei e vi Valentino, Chanel (sim!), Burberry, fiquei completamente sem fala.

– Toda sua. Pode escolher as peças de que mais gostar. – Ele deu as costas e voltou pra sala dele.

A gente diz que não é muito chegada em moda até pisar num lugar desses. No começo eu não sabia o que fazer, fiquei lá em pé, estática.

Tinha escrito tanto sobre moda nos últimos dias que passei a querer algumas das coisas lindas sobre as quais postava, mas ver tudo aquilo na minha frente era um marco histórico. Não quero me fazer de coitada, mas eu nunca pude, nem posso ainda, comprar nada daquilo. Tudo era muito novo para mim, e as possibilidades já eram enormes. Eu poderia sair dali com uma bolsa que custa seis meses da minha faculdade, a entrada de um carro ou um valor que poderia guardar para fazer algo legal pra mim mais tarde. Eu poderia pegar peças que, juntas, valiam metade da minha casa.

Eu estava confusa, era legal ou não ter essas coisas? Valia a pena pegar uma bolsa Valentino se não tinha dinheiro para comprar um carro? Aquilo tudo era muito animador, porém muito distante da minha realidade. Fiquei com medo de me apaixonar por essas coisas materiais e me frustrar por não poder comprá-las. Será que não tinha que comprar a minha primeira bolsa de marca com o dinheiro que ganhasse trabalhando? Será que um dia eu teria coragem de comprar uma bolsa dessas?

Meu cérebro deu um nó e eu só tive vontade de sair da sala e voltar ao meu trabalho.

Horas depois a Isabela chegou no escritório, quase na hora de eu ir embora.

– Te mostraram a sala onde você poderia escolher umas coisas, né?

– Ah, sim, o Nando me levou lá.

– O Nando te levou? Mas a sala fica a dez passos daqui. – Isabela não estava gostando nada dessa história.

– Ele só me mostrou onde ficava.

– Não precisa dar esse trabalho para o seu chefe, você poderia ter feito isso sozinha.

– Desculpa, não quis...

– E o que você pegou?

– Nada.

– Como nada?

– Não sei... não peguei... – Não iria expor toda a confusão mental que a sala tinha me causado; a Isabela jamais entenderia.

– Fala sério! Você tem a chance de ter algo que nunca teve e diz não? Você é estranha mesmo.

– É que...

Fui salva pelo toque do telefone da Isabela e não tive que ficar explicando algo que ela não seria capaz de entender.

– Oi, Té! Diga. – Era a Stella. – Já foi lá, mas não quis nada. Sim, isso mesmo, não quis. Ok, estamos aqui. Beijos.

– Era a Stella? Ela ficou brava? Você não devia ter contado que não peguei nada.

– Ué? Tá com medo? Você mesma disse que não quis.

Gelei na cadeira. Fiquei com medo de que ela me achasse uma mal-educada e mal-agradecida. A Isabela faria toda questão do mundo de fazer com que parecesse isso. Comecei a pensar no que eu falaria para a Stella quando a encontrasse, mas nem tive tempo.

– Oie, meninas!

– Oi, Stella! – Eu levantei rápido da cadeira, como se um general tivesse entrado na sala.

– Oi, amiga – falou Isabela num tom "superprofissional".

– Julia, por que você não pegou nada do acervo? – perguntou Stella. Ela era sempre política e jamais seria grossa, mas percebi que estava incomodada.

– Ai... Eu fiquei meio... Desculpa.

– Não tem por que se desculpar, mas pega alguma coisa pra você. Afinal, o escritório todo precisa estar lindo! Tô lá na minha sala. Isa, se quiser fazer aquela reunião, a hora é agora.

– Obrigada, Stella... – respondi, megaenvergonhada.

Claro que a Isabela me olhou com aquele ar de "te falei, queridinha", então saí da sala e fui direto até o acervo pegar alguma coisa. A indireta da Stella sobre o escritório estar bonito foi uma bela de uma direta. Entendi o recado na hora. Acabei pegando a bolsa Valentino e um par de sapatos Burberry, que era bem lindo.

Fui embora do escritório naquele dia morrendo de medo de que me roubassem. Quando cheguei em casa e mostrei os sapatos e a bolsa para a Betina, ela não acreditou. Já meu pai ficou em choque quando soube quanto aquelas duas peças valiam. Contei para eles tudo o que havia acontecido até eu colocar as mãos naquelas coisas, e minha irmã me achou uma idiota por ficar naquele dilema sobre valores. Meu pai me entendeu e disse que teria pensado a mesma coisa no meu lugar e que estava orgulhoso de mim.

Betina não parava de desfilar pela casa com os sapatos no pé e a bolsa a tiracolo. Imagina se ela pudesse entrar na sala onde a Stella guardava todas aquelas peças. É incrível como uma bolsa e um par de sapatos podem mudar o humor de uma mulher. Impressionante. Não foi à toa que a Cinderela achou o príncipe por culpa de um sapato.

« ◊ »

Uma coisa que me incomodou muito quando comecei a trabalhar com esse mundo de blogueiras e webcelebridades foi a importância que a beleza tem na vida dessas pessoas. E o pior é que elas pregam um ideal de beleza que está muito longe da realidade da maioria das pessoas. Fica parecendo que, para ter sucesso, como elas têm, você precisa sempre ser magra e linda.

Esse dilema pairava todos os dias sobre a minha cabeça quando trabalhava no escritório. Eu adorava escrever posts e fazer esse papel de jornalista, mas odiava a ideia de que a Stella era quem era porque tinha cinco coisas: beleza, magreza, beleza, magreza e dinheiro.

Era engraçado, porque a maioria das pessoas que seguiam o blog não podia nem comprar um pedaço da escova de cabelo que a Stella usava, mas achavam que a felicidade era ser como ela.

Você já viu alguma blogueira famosa (BEM famosa) que não prega essa coisa de beleza? Não tem. E sabe por quê? Porque, quando começa a se expor para um mundo de gente, você quer, automaticamente, ser a mais linda de todas. Sabe por quê? Porque foi isso que os filmes que vimos durante toda a nossa infância nos ensinaram. Seja corajosa e bondosa e... LINDA E MAGRA. Não é mesmo, Cinderela? O modelo de beleza da maioria das mulheres é distante do que somos de verdade, e assim ficamos cada vez mais frustradas e infelizes.

Se você é morena, quer ser loira. Se tem cabelo liso, quer ondulado *à la* Gisele. Se é baixa, sonha com os centímetros a mais, e assim vai. Até que chega um dia em que você está cheia de botox, com uma cintura nada saudável, tipo a Barbie, cabelos perfeitos e uma vida infeliz. Sabe por quê? (De novo.) Porque a perfeição é algo muito complexo na nossa cabeça e ela nunca, nunca será atingida. Você, por sua vez, jamais será feliz querendo ser uma coisa que não é.

Eu pensava assim, mas minhas atitudes iam contra esse pensamento. Passei a me preocupar cada vez mais com a aparência por causa do escritório, ser magra e linda era quase que uma regra lá – precisávamos estar sempre impecáveis. Fui aprendendo isso dia após dia. Se você tirasse uma foto minha quando entrei no escritório e outra dois meses depois, tomaria um belo de um susto. Eu tinha mudado muito. Todo mundo na faculdade dizia que eu estava mais magra, mais bonita e mais séria. Eu comia menos, porque vivia no meio de cinturas esqueléticas e me sentia julgada se comesse coisas "não saudáveis". E estava me cuidando mais. Mas não se engane: me cuidar não significava ir ao médico, mas hidratar os cabelos, fazer as unhas, cuidar para não ter espinha e não engordar.

Minha vida foi andando assim, meu salário era um grande medidor do quanto era importante para mim estar lá dentro. O dinheiro resolvia muita coisa na minha vida, muita.

Minha relação com a Isabela foi melhorando. Ela era chata, mas percebeu que eu não queria tomar o lugar dela.

A Stella estava cada vez mais famosa e foi chamada por uma marca gigantesca de cosméticos para criar sua própria linha de maquiagem e esmaltes. Essa, sim, estava enchendo o cofrinho.

O Nando, bem... Eu estava começando a mudar minha visão sobre ele. No início, achava que era um tipo de marionete na mão da Stella, mas, na verdade, ele tinha grande influência sobre o sucesso dela. Ele negociava com as grandes marcas, fazia reuniões semanais com o *staff* do escritório para falar sobre metas, tratava de todos os contratos dela e era bem ativo lá dentro. Sem o Nando, pouca coisa funcionaria. Nós dois estávamos ficando cada vez mais amigos, gostávamos de tomar um cappuccino à tarde e conversar um pouco sobre a vida. Mas foi num dia bem conturbado que a nossa amizade ficou mais forte.

A São Paulo Fashion Week ia começar e o escritório estava a todo vapor. Stella ia desfilar para uma marca de moda praia, e aquela seria sua primeira vez numa passarela. A marca queria fazer algo diferente e chamar alguém "gente como a gente". Quase ri quando a Isabela me passou o *briefing*. Jura que aquela menina linda que parecia uma Barbie era "gente como a gente"? Só porque ela tinha 1,69 e não 1,80, como a maioria das modelos? Sim, só por isso. Ok, pode se considerar "gente como a gente" se você não tiver a altura de uma modelo.

O grande problema naquele dia era que ninguém conseguia achar o biquíni que a marca tinha mandado para a Stella provar – era um biquíni tipo *angel* da Victoria's Secret, bordado com algumas pedras. E que devia custar uma fortuna! A pergunta que não parava de passar pela minha cabeça era: quem em santa consciência vai pra praia com um biquíni que pesa mais de 5 quilos? Ok, já sei a resposta. É a tal da peça de desfile. Mas, nossa, isso deve incomodar muito.

Bom, a Stella ia chegar em quinze minutos, e nada de encontrarem o tal do biquíni.

A Isabela estava tensa porque sabia que a culpa cairia nas costas dela, seus olhos estavam tão arregalados que pareciam prestes a explodir. O Nando corria para lá e para cá procurando o biquíni, e eu comecei a ajudar na missão. Quando percebeu que não havia mais nada a ser feito, Nando, supermal, resolveu ligar para o dono da marca e explicar o que tinha acontecido. Na hora em que o cara atendeu o telefone, fiz um gesto para o Nando esperar e saí correndo até a sala do acervo. Tinha acabado de lembrar que a dona Sônia, que cuidava de tudo no escritório, avisou a Isabela que tinha chegado uma caixa grande e pesada para a Stella e que a colocaria no acervo porque não tinha espaço na sala dela. Isa, que não era uma pessoa muito organizada, nem tinha ouvido a dona Sônia.

Voltei um minuto depois, quase morta por causa do peso da caixa. O Nando, que estava enrolando o cara com um papo nada a ver, ficou aliviado quando me viu com o biquíni, fez um sinal de obrigado e me olhou de um jeito muito, muito diferente. Não sei dizer se era um olhar de alívio ou de xaveco, ou se era viagem da minha cabeça, só sei que minhas pernas bambearam e senti minhas bochechas ficando roxas. Quando ele desligou, veio até mim, me olhou de novo com aqueles olhos hipnotizantes e disse:

– Você é demais, Ju. Muito obrigado.

– Imagina...

A Isabela chegou na sala nesse momento, totalmente esbaforida.

– Graças a Deus, Nando! Você achou!

– A Ju que salvou a gente.

– Ah... Como você achou, Julia? – Ela odiava quando eu me saía melhor do que ela em alguma coisa. E aquela não era qualquer coisa.

– A dona Sônia colocou no acervo hoje de manhã.

– E você, cabeça de vento, nem lembrou?

Eu estava tão extasiada com o olhar do Nando que nem me importei em levar a culpa. Até porque ele sabia que a Isabela era doida e desorganizada.

Meu momento durou pouco. Logo a Stella chegou no escritório. Ela vestia um tubinho de couro cor-de-rosa com mangas longas e um escarpim branco bem alto. Seus cabelos estavam superlisos, e a maquiagem, perfeita. Quando ela chegava, o escritório parava para vê-la, e dessa vez não foi diferente. Ok. Eu não tinha como concorrer com ela. Aquele olhar do Nando era, definitivamente, coisa da minha cabeça.

– Oie, gente!

– Oi! – A resposta do escritório soou como um coro.

– Oi, amor! – disse ela para o Nando, dando um selinho nele.

– Oi – respondeu ele, estranhamente sem jeito. – Seu biquíni tá aqui pra você provar.

– Ótimo! Vem comigo, quero a sua opinião. Vem também, Julia!

Julia? Eu? Ver a estrela de biquíni junto com o noivo/namorado dela? A Isa foi totalmente ignorada. Senti um climão entre as duas.

Nando carregava a caixa enquanto Stella andava na frente – como sempre –, e eu fui caminhando um pouco atrás deles. Senti que o Nando desacelerou o passo para ficar quase do meu lado. As coisas estavam bem estranhas, tinha algo no ar.

Chegamos na sala e ela foi até o banheiro para colocar o biquíni bordado com pedras. Nando resolveu encostar no mesmo móvel que eu estava e fez questão de ficar bem perto de mim. Meu Deus, o que estava acontecendo?

– E aí, como eu tô?

De repente, saiu do banheiro uma musa, deusa, nem sei explicar o que era aquilo. A barriga lisinha, sem nenhum sinal de batata frita, um bumbum totalmente em dia, pernas finas na medida e uma postura de dar inveja. Meu Deus, Stella era linda, linda mesmo.

– Tá linda, Té – respondeu Nando, não parecendo muito animado ao ver aquele corpo de sereia.

– Nossa, você está perfeita! – Não consegui me conter.

– Aiiii, eu sei! Amei!

Stella sabia do seu poder e amava ser bonita. Bom, com esse corpo, até eu. Ela fez questão de desfilar umas três vezes pela sala, ficava se olhando no espelho, fazia aquele bico de pato, jogava os cabelos... Ela quase beijava a própria imagem refletida no espelho. Ali estava alguém que se amava, pelo menos por fora.

– Ótimo, amor! Tô pronta pra desfilar.

– Que bom! Vou avisar o Rogério, do marketing da marca, que você provou e adorou.

– Nossa, amor, que desânimo. Você não curtiu?

– Claro que sim, você está linda. Perfeita, como a Ju disse.

– Eu acho que ele tá com ciúme – ela falou pra mim, rindo, ainda se gabando de sua barriga negativa e seus peitos de silicone recém-colocados.

– Você está linda, mas eu preciso voltar ao trabalho. Com licença. – Nando encerrou a conversa.

Saí da sala e voei para o banheiro, não estava me sentindo bem. Toda aquela situação tinha me deixado estranha.

– Ju?

– Quem é? – perguntei de dentro do banheiro, ainda nervosa com aquilo tudo.

– É o Nando. Desculpa, vim ver se você está bem.

– Oi. – Abri a porta depois de parar alguns segundos para me recompor.

– Você ficou meio pálida na sala, achei que fosse desmaiar.

– Comi pouco hoje, deve ser isso. – Não conseguia encará-lo. Eu estava com vergonha!

– Ju... – De novo ele me olhou com aquele olhar inexplicável. – Eu queria te agradecer muito por hoje. Se não fosse você, estaríamos ferrados. De verdade.

– Imagina, esse é meu trabalho.

– Obrigado mesmo. Você é incrível.

Nando colocou as mãos nos meus ombros, e um arrepio percorreu o meu corpo inteiro, daqueles que fazem com que você não consiga falar mais nada. O que era aquilo?

« ◊ »

Não sou letrada em xavecos, ficadas e afins. Minha vida amorosa nunca teve muita história pra contar.

Meu primeiro beijo foi horrível, o menino enfiou na minha boca algo que nem posso chamar de língua, no intervalo da minha aula de inglês. Foi tão traumático que passei um bom tempo achando que quem gostava de beijar era meio maluco. Ele, além de não saber absolutamente nada sobre beijo, saiu espalhando que minha língua parecia a hélice de um helicóptero. Fala sério! O menino enfiou aquela língua do tamanho de um jacaré na minha boca e eu que tinha uma hélice bucal?

Depois desse traste, eu tive uma experiência melhorzinha na minha formatura do ensino médio. Minhas amigas diziam que eu precisava beijar alguém para dar sorte, e eu fui na onda delas, como a maioria das pessoas com 17 anos. Ele se chamava Serginho, era loiro-mel e tinha olhos azuis. Ele não era tão maravilhoso, mas com certeza era mais bonito do que o menino do meu primeiro beijo.

Minhas amigas já tinham falado de mim para o Serginho, rolou aquela famosa agitada. Eu me sentia mal com esse negócio de agitar, porque achava que o que não era natural era por pena. E meio que foi isso que rolou. Ele encheu a cara de uísque com energético e me beijou cambaleando na pista. Mais tarde, lá pelas quatro da manhã, ele já tinha beijado outra e dado em cima da minha irmã. Foi patético, mas pelo menos tirei a teia de aranha da boca.

Não sei o que acontece, mas não consigo fazer os caras se interessarem por mim. Eu posso ficar, sair pra jantar e tudo o mais, mas ninguém nunca quis namorar comigo. Amigas minhas que teriam razão para não conseguir namorar estavam sempre enroladas. E eu sozinha. Fiquei com uns caras no primeiro ano de faculdade, mas no final todos viraram meus amigos.

No fim das contas, acho que estou tão abaixo do padrão de beleza mundial que não tem por que um cara querer namorar comigo. Não tenho os olhos azuis brilhantes da Betina nem o rosto de boneca da Stella e muito menos o corpo seco da Gisele. Eu não chamo a atenção. Morro de vergonha de dizer, mas é a verdade: só perdi a virgindade aos 20 anos. Isso é quase como dizer que nunca tomou banho. As pessoas ficam passadas.

Minhas amigas da faculdade amavam frisar isso quase toda quarta-feira, dia do nosso *happy hour*. Elas começavam falando das suas maravilhosas – ou não – transas semanais, e depois de todo mundo explicar orgasmo por orgasmo, chegava a minha vez. Sabe o que eu dizia? Nada.

Ser virgem nos dias de hoje não é muito fácil, as pessoas te olham com pena. Tipo: "Ai, que pena, ninguém te quis". Por que não pode ser: "Eu não quis ninguém"?

Nunca achei que minha primeira vez seria como um conto de fadas, mas também não queria ter que encher a cara e abrir a porteira para o primeiro que chegasse. Os 20 anos não me incomodavam, as pessoas é que se incomodavam com meus 20.

Com minha experiência quase inexistente em paquera, o Nando me lançar algum olhar quarenta e três era algo de arrepiar o corpo todo. Mas era só isso. O cara administrava uma empresa inteira com a noiva e havia se tornado um personagem muito querido nas redes sociais.

Nós – os anônimos – não temos noção do que é essa fama de blog, de Instagram. É algo gigantesco e um pouco absurdo. Se eu ia ao shopping com o Nando e a Stella, as pessoas ficavam parando os dois a todo momento para tirar *selfies*. Se eles iam a um evento, tinham de lidar com um monte de gente atrás deles.

Mas todo mundo sabe que os relacionamentos de revista têm seus segredos – você não expõe suas crises no Instagram nem mostra seu bode pelo outro num evento social. Só que quem convive de perto com o casal sabe que nem tudo são flores.

Comecei a observar mais a Stella e o Nando. A Stella estava sempre linda, impecável, com a roupa mais cara da temporada. Nando também estava sempre perfeito – isso não posso negar –, andava estiloso na medida e era muito carismático. Porém, havia algo que eu ainda não tinha decifrado, alguma coisa me dizia que aquele relacionamento tinha virado mais um acordo de cavalheiros do que a paixão que os unira.

Eu, que tenho um negócio com mãos, comecei a notar que eles nunca – nunca! – pegavam na mão um do outro. Os elogios do Nando eram sempre sobre a beleza dela e nada mais. Stella, por sua vez, via Nando como seu troféu. Quase nunca ouvia um chamando o outro por um apelido carinhoso ou fazendo uma piada boba. Parecia um namoro pouco divertido e muito voltado para as redes sociais. As declarações dela para ele nos posts eram sempre superapaixonadas, e o Nando também alimentava suas redes com fotos da Stella com legendas como "Linda!", "Amor da vida!", "Minha princesa", mas, quando eu os via ao vivo, na intimidade, me perguntava: "Cadê aquele amor todo?".

Pessoas como eu, que nunca namoraram nem tiveram a sorte de ter um cara para chamar de seu, levam muito a sério esse tipo de post e acabam pensando que são uns aliens porque não foram agraciadas com um relacionamento perfeito como aquele. Toda vez que eu via um casal apaixonado na rua ou lia alguma declaração de amor no Facebook, pensava: "Por que todo mundo tem isso e eu não?" ou "Olha lá, ela é perfeita e ele também. Eles se amam e se declaram publicamente, não brigam nem têm defeitos". E eu? Eu estou aqui sem a beleza física que as outras têm e sem uma pessoa que goste de mim pelo que sou.

No dia seguinte da prova de roupa, Stella me chamou para acompanhá-la na SPFW. Nunca tinha visto uma semana de moda nem pela TV, quanto mais ao vivo. Iríamos Stella, Nando, Isa e eu. Segundo a Isa, a Stella queria que eu fosse treinada para trabalhar nos eventos, e essa seria uma ótima oportunidade.

Ok, eu só precisava vestir um *look* do acervo, olhar uns tutoriais de maquiagem no YouTube e ir para o abraço. Não era tão simples assim, mas tinha que pensar positivo.

Um dia antes do evento, chamei a Bê para me ajudar com o *look*. Depois do meu horário de trabalho, ela foi até o escritório fazer meu *styling*. Muito chique.

Nem preciso dizer que minha irmã só faltou chorar quando chegou lá.

– Meu Deus, o que é isso? Estou sonhando! É o *closet* dos sonhos... Julia, você precisa usar tudo daqui!

– É incrível mesmo, mas eu não consigo me emocionar olhando para um bando de roupas, Betina.

– Bando de roupas? – perguntou indignada minha irmã.

– Você entendeu...

– Não, não entendi! Julia, você sabe o que é isso aqui? Isso é moda – falou, enquanto fazia carinho numa bolsa Valentino. – Isso é o que o mundo inteiro espera temporadas para ver. Isso é uma criação divina, um tesouro. Isso é Valentino.

Não consegui conter minha risada enquanto minha irmã abraçava carinhosamente uma bolsa.

– Você ri porque não entende nada. Eu é que deveria estar trabalhando aqui.

– Tem razão, não entendo nada. Mas você trabalhando aqui? Ia pegar todo o acervo do escritório e se mandar.

Tirei a bolsa dos braços dela e estalei os dedos para que começássemos logo o trabalho de achar o *look*.

– Vamos lá! Te chamei aqui para você me vestir.

– Ok, ok...

Betina tinha bastante talento para a coisa, ela conseguia montar *looks* lindos em pouco tempo. Pegar duas estampas diferentes e fazer uma combinação perfeita era uma de suas maiores qualidades. Quando me olhei no espelho, estava com uma saia midi (aprendi que é aquele comprimento no meio da canela), uma camiseta "podrinha", como minha irmã chamava, salto alto e, claro, a bolsa Valentino a tiracolo. Uau! Ela havia me transformado. Eu mais parecia uma figura da moda do que a Julia sem sal nem pimenta.

– Caraca, maninha! Depois de fazer o cabelo e uma *make*, você vai ficar perfeita!

– Tô me sentindo outra pessoa – respondi, me equilibrando no salto doze.

– Graças a Deus, né? Usar jeans e camiseta todos os dias não dá. Você fica tão linda arrumada!

– Obrigada, maninha, mas eu ainda me sinto um alien.

– Aliens não usam Valentino. Pelo menos, nunca vi.

Estar com minha irmã era sempre uma comédia. Apesar de algumas rebeldias, ela tinha um senso muito sofisticado de moda, algo que nem meu pai nem minha mãe passaram para a gente. Era ultranatural, tinha nascido para aquilo.

Eu estava com o *look* escolhido e pronta para a tal da Fashion Week.

Na manhã seguinte, Betina me ajudou a fazer o olho iluminado; seguimos o passo a passo de um canal de beleza do YouTube. E não é que ficou ótimo? Gostei de me ver um pouco mais arrumadinha, algo mais feminino estava crescendo dentro de mim. Ser um pouquinho vaidosa não faz mal a ninguém.

« ◊ »

Uma semana de moda em qualquer país é um acontecimento, afinal, essa indústria movimenta bilhões. O que as pessoas veem numa semana de moda faz efeito não só na indústria têxtil, mas também na de cosméticos, na de tecnologia e até na de turismo. Se você olhar por esse ângulo, vai ver que a Miranda, do *Diabo veste Prada*, estava certa: nunca subestime a moda. E eu estava pronta para deixar meus preconceitos de lado.

Tinha combinado de encontrar a Stella, o Nando e a Isa na porta do evento. O táxi parou próximo à entrada, e da janela eu já via *looks* incríveis e meninas lindas de morrer. Os saltos, as saias rodadas, os óculos da última moda, as maquiagens perfeitas e muitos, muitos fotógrafos. Parecia que estava num filme.

Desci do carro e fui andando até a porta. O caminho era um tanto longo e eu estava morrendo de vergonha porque o tal do *look* da Betina e a *make* perfeita chamavam mais atenção do que jamais achei que chamariam. Um frio na barriga tomou conta de mim, achei aquilo digno de um tapete vermelho de Oscar e estava animada para conhecer um pouco mais desse meio de moda. No caminho, vi várias blogueiras famosíssimas, sem contar as jornalistas de moda, como Glorinha Kalil, Costanza Pascolato... Era como se eu fizesse parte de uma *timeline* do Instagram.

Os fotógrafos ficavam na porta esperando os convidados chegarem e disparavam trezentos flashes na direção deles. Me aproximei um pouco da entrada, mas não vi nem sinal da Stella e do Nando. Peguei meu celular para mandar uma mensagem e de repente...

– Por favor, olha aqui pra mim!

Eu olhei com cara de interrogação e um flash estourou no meu rosto.

– Aqui pra mim também! – gritou outro fotógrafo.

– Oi, vira um pouco pra cá!

Quando vi, estava cercada por uns dez fotógrafos, todos tirando fotos minhas! Meu Deus, eu estava roxa de vergonha. Não sei fazer essas poses de blogueira. Meus lábios tremiam de tanto nervoso, e eu não tinha ideia de como estava me saindo. Um fotógrafo acabava de disparar seu flash e já tinha outro esperando uma nova pose minha. Eu estava totalmente perplexa, ninguém havia me avisado que uma roupa legal era chamariz de flashes. Não importa se eles sabem ou não quem você é. Se está bem-vestida, sorria e pose para eles.

– Julia! Julia! – Uma voz conhecida me chamava enquanto eu ainda estava no meio daquelas câmeras todas.

– Isa! Oi!

– O que você está fazendo?

Isabela entrou furiosa no meio da roda de fotógrafos e me fuzilou com os olhos. Ela estava visivelmente brava.

– Desculpa, eu não sabia o que fazer, eles começaram a tirar fotos e...

– Estamos todos te esperando. Isso aqui é trabalho, e você não é a estrela. *Ui!*

– Desculpa, eu só achei que...

– Você não tem que achar nada. Vamos lá, a Stella está precisando da gente.

Fiquei tão sem graça que queria que o chão se abrisse para eu me esconder. Será que eu tinha feito alguma coisa errada? O que eu devia dizer aos fotógrafos? "Saiam todos da minha frente"?

Uns cinquenta metros à frente me deparei com outra rodinha de fotógrafos, e, dessa vez, eles estavam gritando o nome dela: "Stella!", "Stellinha, olha aqui!". Não quis me aproximar tanto porque estava uma grande confusão.

– Uau, quanta gente em cima de você ali, né?

– Oi, Nando... Não sabia o que fazer – falei, toda desconcertada.

– Ué, qual é o problema? Eu gostei de ver você ali posando.

– Ah, para, vai – respondi, morrendo de vergonha.

– Sério, você tá muito bonita. – Ele me lançou aquele olhar de novo.

Ah, não!

– Obrigada...

– Julia! Quantas vezes vou ter que te buscar? – Isabela estava com a macaca, e também com uma espinha na testa. Eu sabia que ela estava revoltada porque ninguém tinha prestado atenção nela. – Você está aqui para trabalhar, e não para ser estrela de alguma coisa. Você está aqui para servir uma estrela.

– Desculpa, Isa, não estou acostuma...

– Qual é o problema, Isa? Ela nem sabe o que tem que fazer aqui. Você deveria passar tudo pra ela; as pessoas ainda não têm bola de cristal.

Nando nutria um bode pela Isa e ficava evidente quando ele não concordava com as grosserias dela. Isa ficou calada, com cara de parede.

Por mais que o Nando tenha me defendido, o chacoalhão da Isa mexeu comigo. Ela tinha razão, eu não era a estrela, estava ali para trabalhar para uma pessoa, e não para ficar exibindo meu *look*. O jeito como ela falou foi chato e embaraçoso, e eu decidi ser mais focada no trabalho. Não queria nunca mais tomar uma chamada como aquela. Eu odiava a sensação de alguém me dando uma dura.

Fomos andando em silêncio até a Stella, que ainda estava posando para um mar de fotógrafos, e eu a ajudei a sair dali. Ela já estava atrasada para o desfile e não podia falar com mais ninguém.

Quando chegamos na sala de desfile, vários jornalistas nos abordaram, queriam uma declaração de Stella. Ela ficava muito sem graça de dizer não para os jornalistas, e percebi que aquele era meu papel e que podia fazê-lo superbem. Segurei o braço dela e a levei até seu lugar na primeira fila. Stella jamais poderia ser grossa com as pessoas, quem tinha que falar não era eu.

– Nossa, Ju! Você dá uma bela de uma assessora de imprensa. Não imaginava que conseguiria me tirar do meio dos fotógrafos e dos jornalistas. A Isa nunca conseguiu isso. – Stella amava elogiar uma pessoa criticando outra. – Ela é muito mole, deixa eu me atrasar para tudo porque os jornalistas não respeitam a voz dela.

– É o meu trabalho e estou aqui para isso. Te encontro naquele *lounge* depois do desfile. Uma jornalista quer conversar com você.

– De jeito nenhum! – exclamou. – Você vai assistir ao desfile aqui comigo!

Fiquei sentada ao lado da Stella, e a Isa ficou do lado do Nando. Assim que os fotógrafos chegaram, Nando e Stella abriram aquele sorriso que acompanhava o combo casal perfeito.

– Amor, pega na minha mão – pediu Stella baixinho.

– Dá pra gente ficar sentado um pouco em paz?

– Como assim? – ela perguntou de canto de boca, ainda sorrindo para as câmeras.

– Enche o saco esse tanto de gente – respondeu Nando, também fingindo que nada estava acontecendo.

– Não tô te entendendo...

O casal perfeito posou até os últimos segundos e, mesmo em meio a uma possível crise do Nando, não deixou de lado os sorrisos e as risadas – ainda que forçadas.

Stella mais fazia bicos e caras do que prestava atenção de fato. Ela estava sempre atenta se não havia nenhuma seguidora tirando fotos de longe e mantinha a postura de miss. Como já conhecia um pouco o Nando, percebi que ele estava impaciente e queria sair dali o mais rápido possível. As coisas pareciam meio estranhas.

Quando o desfile acabou, Stella fez questão de ir até o *backstage* cumprimentar a estilista, e isso se tornou motivo de uma nova discussão entre ela e Nando.

– Por que você quer ir lá? Eu tô cansado, quero ir embora – falou ele.

– Amor, como assim? Agora você deu pra reclamar de tudo que você já sabia que ia acontecer?

– Eu não curto ficar falando com estilista. Enche o saco.

– Isso não faz sentido... – respondeu Stella, sem dar muita bola, andando em direção ao *backstage*.

– Eu tô cansado. Me escuta uma vez na vida! – Ele pegou Stella pelo braço, para ela parar e ouvir.

– Fernando, para com isso! – Stella respondeu, sua paciência já no limite. – Nós vamos lá dar um beijo nela e depois vamos embora.

Nem preciso dizer que fomos caminhando até o *backstage* no maior climão. Fiquei muito sem graça por presenciar tudo isso. Nando tinha deixado Stella irritada, e, quando ela ficava assim, sai de baixo. Ela não estava com paciência e por isso me pediu para puxá-la de todo mundo, não queria tirar foto com nenhum fã.

A briga dos dois claramente prejudicou o trabalho na SPFW. Isa me ligou desesperada de fora do *backstage*, porque Stella tinha uma entrevista agendada com um programa de TV e mais outras coisinhas que uma blogueira como ela faz num evento desses, mas não rolou. Fomos embora do evento logo depois de cumprimentar a estilista.

Entramos no carro, Stella completamente emburrada, Nando com cara de poucos amigos e eu... bom, eu estava rezando para chegar logo ao escritório. Mas São Paulo às sete da noite não é uma cidade muito fácil. Resultado? Ficamos mais de uma hora presos no trânsito, e a coisa começou a ficar feia.

– De que adianta sair correndo e pegar esse trânsito? Deixei de fazer meu trabalho só porque o reizinho estava cansado.

– Stella, eu não disse pra você ir embora, nem sei por que você está aqui no carro. – Nando também não facilitava.

– Fernando, eu tô cansada disso. Ultimamente, você anda de cara fechada e fica criticando meu trabalho. Até parece que você não está acostumado com o que eu faço.

– Não tenho problema nenhum com seu trabalho, só tô cansado de ficar do seu lado sorrindo feito um banana!

– Banana? Você escolheu aparecer do meu lado desde o começo e agora tá reclamando da fama?

– Fama? Eu não ligo pra fama, Stella. Eu quero ir aos lugares que estiver a fim, e não porque você mandou.

– Eu não te obrigo a nada! Do que você tá falando?

– Tô falando que você só liga se eu não sorrir! Se eu estiver do seu lado igual a um banana, mostrando os dentes, você não vai encher o saco!

– Afff! Armando, pode me deixar em casa.

Seu Armando, o motorista, estava tão perplexo quanto eu.

– Sim, senhora – respondeu.

Eu estava tão sem graça que quase escondi minha cara dentro da bolsa. Ainda bem que estava sentada no banco da frente, assim eles não podiam ver minha cara e meus olhos arregalados de susto.

O clima ficou tão pesado que todos ficaram em silêncio até a casa da Stella.

Seu Armando parou na frente da casa dela, e eu só ouvi uma batida de porta e o barulho de seu salto tentando andar o mais rápido possível até desaparecer da nossa vista.

– Armando, vou para o escritório com a Julia.

– Ok.

Nando não precisava ir ao escritório. Aliás, ele deveria era ir para casa esfriar a cabeça. Até chegarmos, ele não deu uma palavra, ficou digitando sem parar no celular. A briga com certeza tinha ido adiante e não parecia nada tranquila.

— Tchau, seu Armando, obrigada!

— Tchau, Julinha!

Descemos do carro e fomos andando em direção ao elevador. Passamos pela recepção, e foi aí que escutei a voz do Nando pela primeira vez em mais de uma hora. Ele precisou dar o número do RG porque estava sem o crachá para entrar no prédio.

Nando estava claramente envergonhado e ainda nervoso por causa da discussão; eu continuei quieta e na minha até chegarmos no escritório.

— Desculpa por essa situação no carro, Ju. A gente não devia ter discutido na sua frente.

— Imagina, Nando. Eu não tenho nada a ver com isso. E é normal as pessoas discutirem.

— Quer tomar um café?

— Não, obrigada! Preciso voltar ao trabalho.

— Trabalho? São quase nove da noite. *(Vish! Quando começa assim....)*

— É que preciso resolver uma viagem da Stella. Até amanhã.

Fui pra minha sala tremendo de nervoso. O escritório estava vazio, e eu não queria dar muita corda para a nossa conversa. Nando era muito bonito, legal, e estava frágil. Eu não queria ser o ombro amigo nessa hora, não mesmo. Fora que eu tinha muito trabalho a fazer.

Sentei na minha mesa, abri meus e-mails e comecei a trabalhar. Como a Isa havia ficado no evento para fazer algumas matérias patrocinadas para o blog, fiquei com todo o trabalho do escritório. Estava esperando a resposta de uma proposta que a Stella havia recebido e, enquanto não chegava, fiquei arrumando a agenda semanal dela, criando novos posts e organizando a ida dela ao próximo dia da Fashion Week. Eu, honestamente, amava trabalhar atrás dos holofotes, adorava fechar posts patrocinados, viagens e trabalhos com marcas, e essa era, cada vez mais, minha função.

Conversei um pouco com a Stella por WhatsApp sobre a possível viagem para Nova York, caso a resposta que eu estava esperando fosse positiva. Se tudo desse certo, ela faria uma sessão de fotos para a campanha da Yes!, uma gigantesca marca norte-americana, e isso seria um marco na carreira dela. Ela estava bem satisfeita com as minhas negociações.

BlogdaStella:
Ju, como estão as coisas no escritório?

Julia:
Ótimas! Estou aqui negociando
a campanha em NY.

BlogdaStella:
Eles falaram o q? Querem qnto?

Julia:
Mandei o valor de 150 mil dólares e eles me
perguntaram agora quais seriam as entregas.

BlogdaStella:
O que vc acha que podemos oferecer?

Julia:
Então, estou colocando na proposta as seguintes entregas: post no
Instagram durante a viagem (5 no máximo), making of da campanha
no seu reality que vai estrear mês que vem no YouTube (2 inserções +
banner especial no canal), 3 posts patrocinados no blog e 2 idas a NY
para fazer presença VIP na loja (com tudo pago pela marca, claro).

BlogdaStella:
Colocou acompanhante?

Julia:
Sim, um acompanhante, com tudo pago.

BlogdaStella:
Ótimo, Julia! Obrigada!

Julia:
Imagina!

BlogdaStella:
Pode tirar de vez a Isabela disso, ela vai ficar
focada nas marcas nacionais e você nas internacionais.

Julia:
Sério? Tem certeza?

BlogdaStella:
Julia, promoção não se discute! Falamos disso depois.

Julia:
Ok! Muito obrigada!

A Isa havia começado a negociação com a Yes!, mas, como ficava nervosa por ter de falar inglês, deixou que eu tocasse. Achei maravilhoso e agradeci mentalmente à minha mãe querida por nos forçar a aprender línguas desde cedo.

Era uma terça-feira à tarde quando cheguei ao escritório acompanhada da Stella. Tínhamos acabado de filmar um quadro para seu canal do YouTube e ela parecia superanimada e feliz, bem diferente daquele dia fatídico no carro. Fui para minha mesa e, enquanto Isa me contava sobre uma ação que Stella faria na semana seguinte e na qual eu precisaria estar junto, abri meu e-mail.

– Ah, meu Deus! – Eu não podia acreditar no que tinha acabado de receber.

– O que foi, criatura? – perguntou Isa, irritada porque eu havia cortado seu pensamento.

– A Yes! topou!

– Topou o quê?

– Eu fechei a campanha da Stella para a Yes! – Não conseguia conter minha emoção por ter fechado um projeto de mais de quatrocentos mil reais.

– Você estava falando com a Yes!?

– Sim, a Stella me pediu.

– Mas ela me disse que o Nando faria isso no meu lugar, porque a quantia era alta e meu inglês não estava dos melhores!

– Não sei, Isa. Só sei que ela me passou a Yes!, e eu fiz o que tinha que fazer. Preciso contar pra ela.

– Agora não, ela está em prova de roupa.

– Você não acha que ela vai adorar saber?

– Imagina. Isso não é nada para ela. Eu fecho campanhas assim o tempo todo.

Isa estava morrendo de ciúme, coitada, e fazia questão de diminuir tudo o que eu fazia. Mas, dessa vez, eu estava me achando o máximo mesmo.

Esperei cinco minutos e mandei um WhatsApp para a Stella perguntando se podia ir até a sala dela. Fui autorizada imediatamente.

Disse para a Isa que iria ao banheiro, para ela não me encher, e fui correndo falar com a Stella. Ela não acreditou, tentou fingir que não era nada, mas eu vi que seus olhos estavam brilhando muito.

– Julia, que maravilha! Você brilhou! Vou pedir para o Nando te explicar como fazemos quando fechamos uma proposta.

– Imagina, Stella! Eu só fiz o meu trabalho.

– Amor, era para você ser apenas uma estagiária, mas você simplesmente colocou cento e cinquenta mil dólares no escritório. Isso é bem mais do que seu trabalho.

– Estou feliz, Stella. Adoro trabalhar aqui.

– Que bom! Também estou gostando do seu trabalho e quero que você me acompanhe na viagem.

– Para Nova York? – Eu não conseguia acreditar. Nunca tinha pisado na cidade mais famosa do mundo.

– Sim, New York! – respondeu ela, sem entender que para mim aquilo era o maior acontecimento dos últimos tempos.

– Nossa, que incrível! Nem sei o que dizer.

– Como assim, Ju? É Nova York! Você nunca foi pra lá? – perguntou como se perguntasse se eu nunca tinha comido uma maçã.

– Nunca... – respondi com certa vergonha.

– Meu Deus! – Stella tinha nascido num avião e conhecia o mundo desde criança. – Então isso quer dizer que você não tem visto?

– Não. – Eu quase podia ver a viagem escapando das minhas mãos.

– Sem problemas, vou pedir para o meu despachante agilizar esse processo pra você.

– É sério?

– Julia, se você quiser ser parte do meu comercial internacional, vai ter que viajar bastante.

– Seu comercial internacional?

– Claro! O que você fechou foi muito grande. Você tem muito potencial e não faz sentido continuar sendo estagiária.

– Mas eu estou no terceiro ano da faculdade...

– Quem se importa com isso? Faculdade não ensina, é o trabalho que te faz ser alguém.

– Nem sei o que dizer.

– Diga obrigada e feche mais e mais contratos.

Stella nunca dava ponto sem nó. Ela queria ganhar dinheiro e fama, e quem estivesse ao seu lado ajudando-a com seus objetivos teria seu respeito.

Naquele mesmo dia, Nando me chamou na sala dele para falar sobre a Yes!. O clima entre ele e Stella não havia melhorado muito desde a briga na SPFW, mas seus perfis no Instagram estavam perfeitamente em sintonia, havia declarações e fotos dos dois para ninguém desconfiar de nada. Isso era bizarro para quem trabalhava lá e sabia que o relacionamento estava em crise, mas *business is business* para esses dois.

– Entra, Ju!

– Oi, Nando!

– Fiquei sabendo que você mandou muito bem na negociação com os gringos. Que maravilha!

– Obrigada! Fiquei feliz por ter dado certo.

– Se continuar assim, daqui a pouco você me substitui aqui – brincou.

– Imagina! Você faz um trabalho incrível; tenho muito a aprender com você.

Ficamos quietos por um segundo, sorrindo um para o outro. Mas logo me toquei que aqueles olhos brilhantes, aquele sorriso e aquele perfume encantador eram do Fernando noivo da Stella – o cara era comprometido com a minha chefe, e era melhor eu não achar graça nem em meio sorriso dele. Pra falar a verdade, nunca entendi direito esse papo de noivado. Eles estavam juntos há anos, mas nada acontecia. Algumas pessoas diziam que era marketing, outras comentavam que Stella o havia pressionado para darem esse passo.

– Ju, eu queria oficializar o seu cargo de assistente comercial internacional. A Isa fica com marcas nacionais, e você toca tudo o que aparecer de fora. Como eu sou diretor-geral comercial, a partir de hoje vamos trabalhar bastante juntos.

– Nossa, não sei nem o que dizer. Muito obrigada!

– Eu quero que você seja proativa, marque reuniões, procure saber o que está acontecendo lá fora e como a Stella pode ficar cada vez mais conhecida por aquelas bandas.

– Claro, vou me dedicar a isso.

– Outra coisa, salário. Hoje você ganha mil e duzentos reais, seu salário vai aumentar para três mil e você terá participação de 3% sobre o que fechar, começando pela Yes!.

Eu não sabia o que responder, estava pálida e com a respiração ofegante. Como assim? Era muito dinheiro em pouco tempo, eu não estava preparada para isso! Fora que eu ia trabalhar diretamente com o Nando.

– Ju? Você tá bem?

– Tô sim, tô... É que eu não esperava isso. Muito obrigada por tudo. Nossa... desculpe, nem sei o que... Obrigada!

– Imagina, Ju. Você merece, é fruto do seu trabalho.

De repente o Nando me puxou para um abraço que me deixou ainda mais sem graça. Fiquei inebriada pelo seu perfume, e um arrepio percorreu meu corpo quando seu rosto tocou o meu e seus braços envolveram meu corpo. Ele afastou meu cabelo da orelha e sussurrou um parabéns em meu ouvido.

Meu Deus, o que era aquilo? Eu fiquei dura feito uma pilastra e mal consegui agradecer os parabéns. Engoli em seco e disse que precisava voltar ao trabalho. Os três mil reais mais os quatro mil e quinhentos dólares da Yes! ficaram minúsculos perto do que tinha acontecido no escritório do Nando. Olha, eu sei que sou zerada no assunto homens, mas nenhum amigo meu costumava me pegar assim para me parabenizar por algo. Aquilo foi estranho.

Voltei correndo para minha sala. Precisava ligar para a Bê e contar sobre a promoção, ela não ia acreditar.

– Tá que tá, hein? Não para mais na sala, só vive com os chefes... Quero só ver se os posts da semana estão prontos.

A Isa estava tão azeda quanto um limão e não aceitava nenhum tipo de reconhecimento que eu pudesse receber.

– Isa, os posts estão todos prontos e o blog está redondo, não tem por que você falar assim comigo.

– Você pensa que me engana, garota. Me conta, você faz mágica ou joga charme para as pessoas gostarem de você?

– Oi?

— Não se finge de boba. Se não fosse por mim, jamais teríamos fechado o contrato com a Yes!.

— Nunca duvidei da sua competência, Isa, mas foi você mesma que passou o projeto para a Stella porque não queria falar inglês.

— Mas é muito metida, hein? Coloque-se no seu lugar de estagiária e me respeite.

— Isa, o Nando acabou de me contratar como assistente comercial internacional. Nós vamos dividir o departamento: você vai cuidar das marcas brasileiras e eu, das gringas. Agora que nós duas somos parte do mesmo time, acho melhor entrarmos num acordo.

Engraçado, eu morria de medo dos abraços e dos olhares do Nando, mas não sentia nem cócegas quando a Isa abria a boca para falar alguma besteira. Ela não me intimidava, pelo contrário, achava sua atitude ridícula e patética.

— Vamos ver quanto a assistente comercial internacional vai fazer de trabalho e quanto disso vai ser puxa-saquismo.

Fingi que não era comigo e voltei ao trabalho.

Os dias se passaram, e eu estava cada vez mais vidrada na minha nova função. Consegui marcar reuniões com três marcas diferentes para quando estivesse em Nova York, e as coisas pareciam estar indo muito bem.

Passei a trabalhar umas dez horas por dia, e a faculdade foi ficando em segundo plano, mas os professores gostavam tanto de mim que facilitavam minha vida. De tanto andar com a Stella e aparecer nas redes sociais dela como sua assistente, meu Instagram passou a ter dezenas de milhares de seguidores.

Nando e Stella não eram mais como antes. Eles tinham dias melhores, é verdade, mas sempre ouvíamos gritos vindos da sala dela. Ele a acompanhava menos em seus compromissos, e alguns comentários nas redes sociais começavam a aparecer: "Cadê o Nando?", "Vocês são mais perfeitos que tudo". Coisa de seguidores que eram fanáticos pelo casal Barbie e Ken.

Stella estava cada vez mais obcecada pela fama e pela beleza. Toda semana ela vinha com uma cintura menor, dentes mais brancos, cabelos mais montados e lábios mais volumosos. As revistas de moda a queriam, e ela queria estar em todas. Era foto de biquíni, de vestido de festa, de gala.

Ela achava que o mundo girava a seu redor, e por isso tínhamos de estar sempre à sua disposição. Eu recebia mensagens de WhatsApp dela de madrugada, e ela nunca, nunca se desculpava por escrever nesses horários. Stella achava que quem estava com ela tinha que estar a todo momento, porque ela valia mais do que a vida de todos. Quem não entendesse isso teria seu eterno desprezo.

Comecei a acompanhá-la também nos eventos relacionados a marcas brasileiras. A Isa tinha sido jogada de escanteio, e sua função na empresa se tornava cada vez mais insignificante. A Stella me deu uma sala só minha, o que foi um alívio, pois pude me distanciar um pouco da Isa.

A viagem para Nova York estava se aproximando e meu visto tinha saído, graças ao despachante mágico da Stella. Eu não conseguia dormir direito de tanta ansiedade. Meu pai estava muito orgulhoso de mim, disse que minha mãe adorava Nova York e que sonhava nos levar lá um dia. Infelizmente eu não ia conhecer a cidade com minha mãe, mas não podia reclamar. Conheceria a Big Apple ganhando dinheiro, trabalhando no que gosto e pensando no meu futuro. Em tão pouco tempo, minha vida tinha mudado. Para melhor.

Para garantir que eu não fizesse feio durante a viagem, Stella fez questão de pedir para a *stylist* dela fazer a minha mala. O que foi bom, porque, se eu tinha dificuldade de montar um *look* para um dia, imagina para dez?! Mas ela resolveu tudo pra mim. Eu tinha até *look* de aeroporto!

Um dia antes da viagem, resolvi ficar até mais tarde no escritório, para descarregar a ansiedade ou talvez porque eu estivesse um tanto obcecada por trabalhar e mostrar bons resultados. Claro que Stella estava no cabeleireiro, fazendo as unhas, depilação a *laser* e tudo o que tinha direito. Como eu não era estrela de nenhuma campanha, fiquei me preparando para todas as reuniões que aconteceriam em Nova York.

– Ju?

– Oi, Nando! Pode deixar a chave que eu tranco o escritório, acho que vou sair tarde hoje.

Ah, tá! Acreditamos...

– Vim saber como estão as apresentações e como você está se preparando.

Como eu já tinha repassado tudo com ele na semana, aquilo me cheirou a outro tipo de interesse.

– Claro, mas não mudou muita coisa desde que te mostrei.

– Por que você foge de mim?

– Como assim? Me desculpa se fui rude, eu quis dizer que você não precisa se preocupar.

– Não tô falando do trabalho, Ju. Você sabe.

– Eu... – A gagueira tomou conta da minha fala e eu não sabia o que dizer.

– Você sabe que meu relacionamento com a Stella já era, não sabe?

– Que é isso, Nando! Vocês formam um lindo casal; às vezes, é só uma crise... – Eu podia sentir meu rosto ficando roxo.

– Ju, eu te observo desde o primeiro dia. Acho você uma mulher muito linda, inteligente, leal... Só tô querendo me aproximar de você. Tô numa fase meio foda da minha vida, meu relacionamento tá indo por água abaixo, e você é a única coisa boa daqui.

Calma lá, calma lá. Era isso mesmo? O cara mais gato que eu conhecia estava na minha sala, às dez da noite, pedindo para eu dar bola pra ele? E ele me achava a coisa mais legal do escritório? Ele, que namorava a menina mais linda? Aquilo era demais pra mim.

– Nando, eu gosto muito de você e adoraria poder te ajudar, mas essa situação é muito estranha.

– Eu sei, mas tô precisando sair, beber um vinho, conversar. Só isso. A sua apresentação está perfeita, você é uma CDF. Não tenho dúvida de que vai brilhar em Nova York. Eu só quero uma taça de vinho e algumas risadas.

– Nossa, eu...

– Chega de nossa. Eu não mordo, Ju. Vem comigo.

Se eu dissesse que meu cérebro deixou de funcionar quando ele me pediu vinho e risadas, alguém acreditaria? Peguei minhas coisas e fui tomar uns drinques com o Nando.

Ele sugeriu um bar ao lado do escritório; era bem tranquilo e não corríamos o risco de alguém nos interpretar de maneira errada, pelo menos foi isso que pensei.

Fomos a pé mesmo. Minhas mãos estavam geladas de nervoso. Eu nunca tinha me visto numa situação dessas, nunca tinha me aventurado em nada, só ajudava minhas amigas a encobrir suas cagadas.

Chegamos no bar e pedimos uma porção de pastel e uma garrafa de vinho. A ideia do pastel tinha sido minha e da garrafa de vinho, dele. Nando não acreditou que eu iria comer aquilo.

– E, além de tudo, você come pastel?

– Oi? – perguntei, sem entender o que ele estava dizendo.

– Faz mais de quatro anos que não saio com uma mulher que come pastel. A Stella não come de jeito nenhum...

– Eu devia seguir o exemplo dela. Quem come pastel não tem aquele corpo maravilhoso!

– Sou mais comer pastel e rir da vida...

– Bom, então escolhe aqui o seu sabor e pode começar a contar piada – falei, dando uma mordida no meu pastelzinho de quatro queijos.

– Você é sempre assim? De bem com a vida?

– Ué, a vida é muito boa. Não dá pra reclamar!

– Tem razão! Vinho?

– Um pouquinho, bem pouco. Não costumo beber.

Essa última frase deu aquele incentivo para o Nando quase fazer meu copo transbordar a cada dez minutos. Não posso negar que o combo papo bom, pastel e vinho me fez perder a noção do tempo. Conversamos sobre muitas coisas, ele me contou sobre a família dele, as ex-namoradas, o trabalho, seus planos e... sobre a Stella.

– Você não deve ter uma impressão muito positiva de mim, né?

– Por quê? – perguntei, bebendo minha terceira taça de vinho. Para mim, isso era tipo encher a cara.

– Eu e a Stella... Sei que fora do escritório a gente tem que ser uma coisa que não é mais, mas quem trabalha com a gente saca que as coisas não estão bem.

– Eu não tenho nada a ver com o relacionamento de vocês e acho que ninguém tem que se meter.

– Mas eu tô pedindo pra você se meter e dar a sua opinião.

– É... digamos que o que as pessoas veem no Instagram é diferente da realidade, mas pode ser uma fase. Vocês estão juntos há bastante tempo e eu não entendo nada de relacionamentos.

– Você nunca namorou?

– Não. Quer dizer... – Morri de vontade de contar uma mentira e inventar um ex-namorado, mas eu não consegui. – Não, nunca namorei.

– Que bonitinha...

– Você deve me achar um ser estranho, né? Não namorar esses dias é tipo dizer que nunca escovou os dentes. A galera fica um pouco chocada.

– Eu não tô chocado. Ninguém é obrigado a namorar. Mas tenho certeza de que não faltou oportunidade.

Sorri e dei aquele gole no copo de vinho, não ia começar meu mimimi dizendo que nenhum menino havia me olhado do jeito que ele me olhava e, por isso, estava sozinha esse tempo todo.

– Pode ser que eu fale isso porque bebi um pouco, mas eu acho você especial.

Olha, essa frase típica de cafajeste que está louco para conquistar mais uma presa não me ilude, mas o jeito dele de falar... Ah, isso me fazia pensar em tantas coisas.

– Você fala isso pra todas?

– Só pra quem merece... – Ele se achava, isso era um fato.

Quando vi, nossos corpos estavam mais próximos um do outro, e eu não parava de pensar se aquele clima todo era real ou coisa da minha cabeça.

– Nando, eu não poss...

– Não fala nada, Ju – Ele colocou os dedos delicadamente sobre os meus lábios. – Só me abraça.

Ficamos abraçados durante alguns minutos. Seu perfume era sua maior arma, me fazia parar de pensar. Seu abraço era de homem, aquela coisa que te envolve e te faz pensar só com o corpo. O famoso "a carne é fraca". Quando meu cérebro conseguiu recuperar o controle, foi como se eu tivesse tomado um susto. Me afastei do seu abraço num pulo e olhei nos olhos dele com certo desespero.

– O que foi, Ju?

– Nando, eu preciso ir. Está tarde e vou viajar amanhã. Você acerta aí? Já vou indo.

Isso! Foge, miga!

Fugi dali rapidinho, como aquelas mocinhas de filme. Deixei a conta para ele pagar e acelerei tanto meus passos que quase arrisquei uma corrida. Ainda ouvi a voz dele chamando meu nome, mas não parei.

Cheguei na garagem do prédio e me toquei que estava semibêbada e não poderia dirigir o carro do meu pai. Me encostei na parede por uns segundos para tentar pensar, mas ainda me sentia afetada pelo perfume do Nando. Estava impregnado em mim, atordoando meu cérebro, como uma droga.

Vish, é hoje!

– Ju! – gritou Nando, saindo do elevador. Ele veio andando rapidamente na minha direção, e eu não conseguia me mexer. – Espera!

Me lembro dele se aproximar com aquele ar de apaixonado, meio bobo, meio malandrão. Tudo parecia em câmera lenta pra mim. Ele parou na minha frente, nossos olhos se encontraram e seus braços envolveram minha cintura.

A boca que tanto tinha falado naquele bar agora estava semiaberta, louca para me beijar. Meus lábios responderam antes que eu tivesse tempo de pensar. E daí não tinha mais jeito. Fechamos os olhos para os empecilhos e nos beijamos por muitos minutos na porta do meu carro.

Todos aqueles meus traumas de ficadas anteriores desapareceram naquele momento, nossa respiração ofegante era o único som que podíamos ouvir, e aquilo me dava mais e mais vontade de continuar. Nesse embalo, abrimos a porta do carro do meu pai e nos sentamos no banco de trás. Quando vi, estava no colo do Nando, minhas pernas entrelaçando sua cintura. Suas mãos passeavam pelo meu corpo, seus lábios beijavam minha boca, e eu sentia que ele estava ficando bem animado. Automaticamente, minhas mãos tocaram o botão da calça jeans dele, que ele me ajudou a desabotoar.

"Peraí, Julia! Você nunca transou. É VIRGEM! Como vai fazer? Vai estragar esse clima falando uma coisa dessas? Será que ele vai perceber? Dizem que sangra, que dói... Ai, meu Deus!" Minha consciência gritava de insegurança, mas o desejo falou muito alto e me deitei no banco.

Nando me cobriu de beijos e falou baixinho no meu ouvido: "Como eu gosto de você". Quem no meu lugar resistiria? Difícil, né? Tirei minha calcinha e conheci o que era ser levada pelo tesão.

Diferente do que minhas amigas contaram, eu não senti dor, senti foi outra coisa. Nossa, aquele cara sabia fazer tão bem que tive um orgasmo. Claro que eu já sabia o que era gozar porque já havia experimentado sozinha, mas era diferente.

Ficamos um tempo deitados, sem roupa e com aquela sensação de descarrego. Nando me abraçou e disse que tinha sido uma das melhores noites da vida dele. O cara era escolado mesmo. Sabia o que falar, quando falar.

– Nando! – De repente tomei um choque de realidade. – Não usamos camisinha!

– Calma, Ju, não vai acontecer nada.

– Como assim, Nando? Como assim? Ah, meu Deus! Como você não lembrou disso? – Minha respiração estava ofegante, e aquele frio na barriga tomou conta da situação.

– Vamos na farmácia comprar pílula do dia seguinte. Vai dar tudo certo.

– Tá vendo! Fizemos tudo errado e ainda corro o risco de ficar grávida.

– Ju, Ju. – Ele segurou o meu rosto. – Calma. Vamos resolver isso.

Nando dirigiu o carro do meu pai até a farmácia. Enquanto eu estava histérica por dentro – como, aos 20 anos, eu não tinha sido responsável o suficiente para usar camisinha? –, ele não demonstrava nem sinal de preocupação. Paramos na farmácia, e o Nando comprou a tal da pílula do dia seguinte, de que ele sabia até o nome. Eu tomei e voltamos para o escritório, para ele pegar o carro dele.

– Ju, fica tranquila, nada vai acontecer, tá?

– Queria ter essa sua segurança.

– Não fica preocupada com isso, vai ficar tudo bem. Nossa noite foi perfeita.

Demos um beijo de despedida bem rápido e fui embora. Eu me sentia tão culpada pelo lance da camisinha que nem quis curtir o pós.

Só quando estava dirigindo para casa que comecei a me tocar que havia perdido a virgindade com o noivo da minha chefe e que eu iria viajar com ela para Nova York no dia seguinte. Ressaca moral braba essa.

Antes de dormir, fui ao banheiro para ver se estava tudo sob controle. Eu tinha sangrado bem pouquinho e não sentia nenhuma dor. Deitei na cama e dei uma busca sobre a pílula do dia seguinte; parecia que ela era eficaz se tomada nas primeiras 48 horas após a relação sexual. E todas aquelas doenças que a gente pode pegar? Do jeito que esse cara era escolado no assunto, não devia ser a primeira vez que pulava a cerca. Desespero. Rezei e pedi para não acontecer nada. Mas a verdade é que eu me sentia meio mal por rezar. Tinha que me desculpar por uma série de coisas antes, e essas coisas davam vergonha só de pensar.

Meu sono foi leve, claro, e acabei acordando antes do despertador tocar. O Nando já tinha me mandado umas três mensagens perguntando se eu estava bem, mas não respondi. O sexo tinha sido bom, ele era lindo, mas não me via namorando um cara daqueles. Não um cara que era capaz de trair a namorada com uma funcionária dela.

Eu estava mais preocupada com a ideia de a Stella descobrir o que havia acontecido. Ela era uma pessoa que tinha uma beleza exterior fora do comum, mas essa beleza não existia do lado de dentro. Ela não perdoava quase nada na vida e, se descobrisse que eu tinha dormido com o Nando, acho que eu não arranjaria trabalho durante uns belos anos.

Foi só pensar nela e meu WhatsApp apitou. Trocamos algumas mensagens e ficou combinado que nos encontraríamos no escritório e ela me daria uma carona até o aeroporto.

Como eu iria olhar para a cara dela nos próximos dias? Ótima pergunta.

Minhas coisas já estavam meio arrumadas, então não levei muito tempo para sair de casa. Me arrumei, me despedi do meu pai, fiz de tudo para não encontrar a Bê no caminho (teria que explicar por que voltei tarde ontem, ela ia me encher o saco e eu não queria que essa história se espalhasse).

Quando cheguei no escritório, a recepcionista me olhou com uma cara de medo e disse:

– A Stella quer te ver na sala dela agora.

Jesus amado, será que ela tinha descoberto? Meia hora antes ela estava ótima comigo e agora queria me ver? O que fazer? Será que falo a verdade? O suor descia gelado pelo meu pescoço, e fui andando a passos de formiga até a sala dela.

Quando me aproximei, ouvi uma discussão entre ela e o Nando. Eles estavam tentando falar baixo, mas era impossível não perceber que aquilo se tratava de uma briga.

– Olha a situação em que você se colocou, Julia! Estava indo tudo tão bem, trabalho, dinheiro, reconhecimento... Você tinha que se envolver com o noivo da sua chefe?

Tentei dar meia-volta e me dirigir à minha sala, mas logo ouvi a Stella me chamar.

– Julia! Estamos aqui, aonde você pensa que vai?

Sua voz não estava carinhosa nem forçada, tipo quando falava: "Oi, pinkies!". Stella parecia P da vida.

– Oi, Stella, bom dia. Esqueci meu iPad, estava voltando para pegar.

– Bom dia, Julia. Nando, não vai dar oi pra ela?

Falso!

– Bom dia, Ju. – A consciência dele devia pesar quase zero, a julgar pela tranquilidade com que me deu oi.

– Julia, é o seguinte, eu não quero mais...

Ai, meu Deus, vou ser demitida.

– ... a Isa trabalhando aqui! Descobri várias coisas erradas na empresa, inclusive financeiras. Estou absolutamente chocada, não admito ser traída dessa maneira!

– Nossa! – Respirei ultra-aliviada. – Eu não tinha ideia! Como você soube?

– Longa história. Essa garota não merece nem o meu olhar de desprezo. Ela acabou de assinar o começo do fim da vida dela. O nome dela vai ficar queimado, e ela não conseguirá mais emprego em lugar nenhum. É isso que dá mexer comigo.

Já tinha ouvido falar que Stella podia ser cruel, e ali tive certeza disso. Para fugir daquela situação, disse que tinha que terminar de arrumar as coisas para a viagem. Mas, antes que eu pudesse sair da sala, Stella se aproximou de mim. Ela parecia não ter acabado.

– Agora somos só nós três aqui. Vocês são as pessoas em quem confio, saibam disso.

EITA!!!

Eu não tinha ideia se ela sabia de alguma coisa ou se estava blefando, mas eu estava em pânico de que ela descobrisse que eu e o Nando havíamos transado na garagem do escritório dela. Isso, sim, seria um escândalo.

Nando não esboçava nenhum remorso e ainda completou a frase da Stella:

– Claro, Té. Pode confiar, nós somos um time.

Essa frase me embrulhou o estômago, e quase quis vomitar na hora em que ele lançou uma piscadinha pra mim. Gente, ele era profissional na arte de fingir.

Corri para a minha sala e fiquei lá dentro pensando em como apagar o que tinha feito. Mas era impossível. O que estava feito, estava feito.

Evitei o Nando o dia todo e ignorei seus e-mails e mensagens de texto. Ele dizia que queria me encontrar na garagem, para mais uma rodada como a da noite anterior, antes da minha viagem. Absolutamente destemido. Mas eu precisava manter distância do erro que havia cometido.

Finalmente era hora de ir para o aeroporto. Stella e eu descemos juntas no elevador, mas não trocamos palavra. Minha chefe estava muda e com um semblante muito, muito raivoso. Entramos no carro e fomos até o aeroporto de Guarulhos. O silêncio permanecia, eu nunca tinha visto Stella desse jeito. Será que era por causa da Isa? Despachamos as malas, fizemos *check-in*, e nada dela falar. Tentei puxar papo umas duas vezes, mas, como ela não deu continuidade, deixei quieto.

Entramos na sala VIP – preciso comentar que minha passagem era na classe executiva, sonho! – e ficamos trabalhando um pouco antes do embarque. De repente, ela resolveu abrir o bico.

– Julia, me desculpa por esse silêncio, eu não tô num dia muito bom.

– Imagina! Não deve estar fácil mesmo. Você e a Isa eram muito próximas, né?

– Éramos. Isso mexeu muito comigo, mas não foi só isso... O Nando terminou comigo hoje.

– Hoje? – Parei de respirar por uns segundos e voltei. – Mas do nada? Sem motivo?

– Ah, a gente não tava muito bem ultimamente, mas essa história ainda está meio estranha...

– Como assim ? – Me bateu um desespero.

– Não sou idiota, tenho certeza que tem mais uma na jogada, mas tudo é uma questão de tempo. Vou descobrir.

– Mais uma? Você acha que ele tem outra?

– Quando a gente começou a ficar, o Nando namorava a Luiza. Ficamos uns dois meses escondidos para ninguém descobrir. Ele não é do tipo que comete erros e se arrepende. O Nando se acha invencível.

– Se eu puder te ajudar em alguma coisa...

– Preciso que a gente pense numa estratégia para isso não manchar a minha imagem. Quem tem que sair arranhado disso é ele, não eu. Preciso ser a coitada da história, se algum escândalo acontecer.

Stella era fria, pensava tanto na carreira que nem se permitia sofrer pelo fim de seu relacionamento. Eu escutei o que ela queria que a assessoria fizesse depois que voltássemos de Nova York e fiquei com mais medo ainda de mexer no vespeiro Stella Prado.

Quando estávamos prestes a embarcar, meu celular apitou. Era o Nando. Gelei. Tinha que deixar meu celular bem longe dos olhos da Stella. Se ela imaginasse que algo poderia ter rolado entre mim e ele, me atiraria do avião.

Nando:
Passando aqui pra te desejar uma boa viagem e dizer que você me deve uma ida à garagem quando voltar.

Uau, que romântico!

Julia:
Estamos embarcando, Nando. Beijos.

Desliguei meu celular, sentei numa daquelas imensas poltronas da classe executiva e consegui parar um pouco para pensar na incrível viagem que estava por vir e na superoportunidade que a vida estava me dando. Eu tinha que fazer um trabalho incrível por lá. Se ganhasse a confiança das marcas, poderia, no futuro, representar não só a Stella como também outras blogueiras.

Eu tinha que pensar grande e parar de pensar na noite com o Nando. Ele claramente era um cara que gostava de desafios, e o fato de eu sempre me esquivar dele, me fingir de desentendida, só o deixava com mais vontade de me conquistar. Honestamente, eu não achava que aquilo era para mim, eu tinha crescido por causa do blog e não podia virar as costas para isso. Não podia deixar que um homem – tudo bem que ele era lindo e gostoso e eu tinha perdido minha virgindade com ele – atrapalhasse minha carreira, logo agora que as coisas estavam indo tão bem.

Passei as primeiras três horas de voo repassando minhas apresentações, até que adormeci e, quando acordei, estava em Nova York. Nova York!

Stella já estava acostumada e não vibrava mais por estar lá. Ela acordou reclamando do sono e do cansaço – isso porque tinha dormido umas sete horas –, depois reclamou da fila da imigração e disse que precisava ir para o hotel dormir mais um pouco. Eu ia aproveitar o dia livre para conhecer a cidade que minha mãe adorava.

Estávamos hospedadas na 51st Street com a Madison Avenue, bem pertinho do Central Park. Tomei um banho rápido e saí para conhecer tudo o que podia. Nova York tinha cheiro de liberdade, os carros não paravam de buzinar e até o mau humor dos nova-iorquinos tinha seu charme. Aquilo era diferente de tudo o que havia visto na vida.

O parque estava cheio de pessoas correndo, namorando; artistas expunham e vendiam sua arte nas ruas; os restaurantes estavam lotados; a loja da Apple abarrotada de brasileiros desesperados pela nova versão do iPhone. Eu estava amando tudo aquilo.

Visitei os bairros de West Village, Soho e East Village. Se pudesse escolher um lugar para morar, Nova York seria o meu destino.

Voltei para o hotel, exausta, umas nove da noite e encontrei a Stella quase pronta para sair de balada com umas amigas que moravam na cidade. Ela não me convidou, mas eu entendo. Eu não tinha a beleza, o dinheiro nem a fama delas. Tomei uma sopa com torradas e fui dormir.

Acordei tão empolgada na manhã seguinte que arrisquei uma corrida no parque antes de tomar banho e me arrumar para nossa reunião com a Yes!. A Stella estava de ressaca, reclamando de absolutamente tudo: os sapatos apertavam seus pés, seu cabelo ficava ruim com aquela água e ela queria mais umas horinhas de sono.

Fomos direto para o *headquarter* da marca fechar nossa parceria e fazer a sessão de fotos.

Chegamos num prédio enorme e fomos recebidas pela Jenna, que era assistente da diretora de marketing. Ela nos levou para uma sala de reunião, onde, aos poucos, o pessoal da marca começou a entrar. Depois dos cumprimentos, chegou a hora da nossa apresentação.

Durante quinze minutos, expliquei – em inglês – quem era a Stella, falei do blog e do público, como trabalhávamos e o que esperávamos fazer pela marca. Eles pareceram gostar bastante, e até notei um olhar um tanto surpreso da Stella. Acho que ela não imaginava que eu conseguiria fazer o que fiz naquele dia.

Acompanhei as fotos e conheci todo o *staff* de marketing da Yes!. Eles estavam encantados conosco. Stella ainda reclamava de sede e de fome, fazia cara feia, mas estava maravilhosa nas fotos, que era o que importava.

Voltamos para o hotel, e o mau humor dela continuava. Ela só tinha mudado um pouco o *mood* quando entrou numa loja e gastou quinze mil dólares numa bolsa. Mesmo assim, meia hora depois, estava de cara fechada de novo.

Às vezes parecia que ela não queria estar ali, que tinha se tornado blogueira por empolgação, que não tinha tido tempo para decidir se era isso que queria. Ao contrário do que a maioria das pessoas pensa – como eu também pensava antes de trabalhar com a Stella –, para ser uma blogueira hiperbem-sucedida você precisa estar disposta a passar a maior parte do seu tempo fora de casa, sorrir para as pessoas, se interessar em produzir conteúdo, estar sempre bem consigo mesma, ter energia para trabalhar e entender que a marca do blog não é só o rosto da estrela mas também seu humor, seu carisma. Só um rosto bonito não sustenta um blog por muito tempo.

Nessa viagem, percebi que Stella podia ser uma superpersonalidade no Brasil, mas ainda não era muita coisa fora dele. E, para conquistar o público internacional, ela precisaria cooperar e fazer as pessoas se apaixonarem por ela.

Sugeri que fôssemos jantar com o pessoal da Yes!, mas claro que ela se recusou, disse que não estava a fim de ficar com "povo do trabalho". Foi nesse jantar que minha cabeça começou a se abrir. A assistente de marketing gostou tanto de mim que passou o jantar me ensinando como as coisas funcionavam por lá. Fiquei maravilhada com a quantidade de oportunidades que havia por ali. Eu poderia abrir muitos caminhos para a Stella, mas ela precisava querer.

Os dias se passaram e eu conheci mais e mais pessoas. Participei de reuniões com outras três marcas, que também fecharam parceria com o blog.

A viagem fez muito bem aos negócios da empresa e, apesar do mau humor da nossa estrela, fizemos ótimas conexões e plantamos frutos para colhermos mais para a frente.

Voltamos para São Paulo com muito a comemorar. Stella não vibrava com muita coisa, mas, quando via o dinheiro na conta, aí ela achava maravilhoso. Fácil, né?

Meu pai foi me buscar no aeroporto; ele estava tão orgulhoso que mal conseguia se segurar. A Stella achou estranhíssimo ele estar me esperando ali; tudo o que ela tinha era seu motorista, pronto para carregar suas malas.

Fui para casa tomar um banho; embora fosse domingo, eu precisava ir para o escritório. Meu pai me pediu para relaxar um pouco e almoçar com eles, mas eu tinha que terminar algumas propostas para mandar naquele mesmo dia.

– Filha, você precisa de um tempo pra você. Descansa um pouco.

– Pai, eu já dormi sete horas no voo, não se preocupa!

– Estou muito orgulhoso de você, mas quero que relaxe um pouco.

– Não se preocupa, pai! Estou bem. Aliás, nunca estive tão bem!

Quando cheguei no escritório, tomei um susto: o Nando esperava por mim na minha sala. Fiquei espantada não só por ele estar ali, mas também porque parecia ter feito bronzeamento artificial com *spray*, de tão laranja que estava. Rosas vermelhas ocupavam a minha mesa, e lá estava ele com aquele olhar besta de homem – laranja – desesperado.

– Que susto! Nando, o que você tá fazendo aqui?

– Bem-vinda de volta, linda!

– É domingo – falei, me esquivando do beijo na boca que ele veio me dar. – Que eu saiba, você não trabalha hoje.

– Mas eu vim te ver. Soube que a viagem para Nova York foi muito produtiva e achei que você merecia as boas-vindas direito.

– Obrigada, Nando, mas acho melhor você ir.

Uma pessoa desesperada já deixa a gente c/ preguiça... c/ bronzeamento então...

– Ju, o que tá acontecendo? Desde aquela noite você me ignora, não fala comigo... Isso tudo é por causa da Stella? Ficou com medo da estrela?

– Você não deveria falar desse jeito...

– Ah, por quê? Por acaso você respeita a sua chefe?

Confesso que rolou um aperto.

– Meu trabalho não tem nada a ver com minha vida pessoal, Nando.

– Mas a sua vida pessoal pode prejudicar o seu trabalho, não acha?

– O que você quer dizer?

– Ju, você não deveria dar um fora no cara com quem muitas sonham. Você devia era ficar feliz que estou aqui te querendo.

– Você só pode estar brincando, né? Por que você tem tanta certeza de que todas as mulheres te desejam?

– Daqui do escritório eu tenho 100% de certeza.

Foi aí que comecei a entender que várias daquelas meninas já haviam sido eu em algum momento. Que burra! Então ele fazia isso com todas? Talvez a raiva que ele sentia da Isa viesse de alguma situação que eles passaram, sei lá!

– Então, Nando, pode me colocar no seu caderninho de pegações, porque eu não quero continuar com você.

– Hahahaha... Ju, você vai negar o cara que tirou a sua virgindade?

– Do que você está falando?

– Não precisa mentir pra mim. Você acha que eu não percebi? Não se preocupa, achei bonitinho.

Fui ficando enjoada. Como pude perder minha virgindade com um cara tão babaca?

– Escuta aqui! Eu estou na porcentagem de meninas que não se apaixonam pelo cara com quem perderam a virgindade. Estou na porcentagem de meninas que ficam com nojo de caras como você. Estou na porcentagem de meninas que não acham que um rosto lindo é tudo na vida!

– Calma, linda. Por que essa raiva toda? Isso é amor, tô achando...

Nando aproximou sua mão do meu rosto, como se fosse arrumar meu cabelo.

– Fernando, eu vou te dizer uma coisa, faça o favor de entender: sua beleza não me encanta mais, acho você um aproveitador e um perdido. Eu ainda tinha alguma admiração pelo seu trabalho, mas agora vi que nem isso consigo admirar mais. Então, aí vai um conselho: volta com a Stella e continua posando de Ken, porque é só isso que você consegue fazer. Agora, por favor, sai da minha sala! – Minhas mãos tremiam de tão irritada que estava.

– Ju, olha só, se bater aquela vontade de ir para a garagem, me dá um toque.

– Sai da minha frente! – gritei.

Nem acreditava que aquele era o cara com quem tinha perdido minha virgindade. Nossa senhora, que arrependimento! Estava com tanta raiva daquele ar prepotente que joguei as flores no lixo. Nada no mundo me irrita mais do que homem que acha que toda mulher amaria estar com ele. Hoje não preciso mais disso. Eu mesma faço a minha vida, gosto de mim e não tenho dúvida de que sou feliz por causa de uma única pessoa: eu, Julia.

Eu não estava preocupada de ele contar para a Stella o que tinha acontecido entre nós. Sabia que ele não teria coragem, morria de medo dela. Mas ia ser um saco trabalhar com ele.

Terminei de fazer meu trabalho e fui pra casa. Jurei pra mim mesma, deitada na cama, que jamais faria algo inconsequente como tinha feito; preferia ficar sozinha a aturar esses caras que se acham. Afff, como dizia Stella.

As coisas na faculdade estavam indo bem, mas o que me fazia levantar animada todos os dias era meu trabalho. Nem o episódio com o Nando conseguia tirar meu ânimo. Ganhar dinheiro pode não trazer felicidade plena, mas resolve muita coisa. Eu já conseguia tirar mais até do que o meu pai.

Você deve estar se perguntando para onde foi aquela pobre coitada do começo, né? Pois é, nem eu sei. Eu havia mudado e estava muito, muito empolgada em trabalhar. Ajudava meu pai, minha irmã e até consegui dar entrada no financiamento de um carro pra mim. Minha vida tinha dado uma guinada de cento e oitenta graus em apenas seis meses.

Descobri que a independência é um dos fatores mais importantes da minha vida (descobri isso quando comecei a ganhar o meu próprio dinheiro), e não abriria mão dela por nada neste mundo. Achava uma loucura quando ouvia meninas da minha faculdade falando que não viam a hora de arranjar um marido que pagasse tudo, que as levasse para viajar. Ficava me perguntando:

"Por que não trabalham pra isso? Precisam mesmo achar que homem resolve tudo?". Quando colocamos nossas expectativas em outra pessoa e não em nós mesmos, o caminho está fadado ao fracasso.

O trabalho me deu algo que eu jamais conseguiria com homem algum: valor. Eu, que sempre me achei feia e comum – sem um talento especial –, descobri todo o potencial que havia dentro de mim.

Sempre tentei ser boa com todo mundo e acabei presa numa gaiola de Madre Teresa de Calcutá. Com o tempo, descobri que só existiu uma Madre Teresa e que ninguém jamais será tão pura e boa quanto ela. Somos seres humanos com um lado emocional forte. Sentimos inveja, cometemos erros, acertamos, fazemos o bem, fazemos o mal, e é isso. A única coisa que nos distingue de um psicopata é o tal do remorso. Se você sente arrependimento, vontade de se desculpar e julga seus atos de forma imparcial (na maioria das vezes), é um ser humano normal. Caso contrário, é bom começar a se preocupar.

Eu estava arrependida do que tinha acontecido entre mim e o Nando. Não tanto pela Stella, mas por mim. Eu não podia colocar tudo em xeque. Justo agora que as coisas estavam dando certo para mim. A Stella dependia cada vez mais do meu trabalho, e eu tinha que saber tirar proveito disso, e não ficar com o noivo dela na garagem do escritório. Prometi que não ia mais agir por impulso e colocaria todo o meu foco no lado profissional. Chega de ser burra!

Cheguei no escritório a mil. Tínhamos uma reunião superimportante com uma multinacional que queria a Stella para um comercial de TV. Eu já estava com um terninho branco Yves Saint Laurent (tô por dentro de tudo), cabelos lisos para o lado – exatamente como vi uma blogueira fazer no YouTube – e um escarpim nude. A Stella tinha muitos defeitos, mas eu não podia negar que ela havia me mostrado o que era ter estilo.

No caminho até a sala de reunião, fui repassando tudo o que havia preparado na noite anterior. Eu já estava acostumada a reuniões, mas esta era diferente. Se eu fechasse esse negócio, a carreira da Stella daria um salto – e a minha também. Respirei fundo e abri a porta. Quatro pessoas da multinacional me esperavam. Discutimos o projeto, falamos de valores, e, quando estávamos para fechar o negócio, o Nando entrou na sala.

– Ah, vocês estão aqui. Não conseguiu falar comigo, Julia? Eu deveria estar nesta reunião.

– Oi, Nando, pode sentar.

Meu coração estava a mil de raiva daquele mala intruso. Ele não precisava participar daquilo, aliás, ele não participava mais de reuniões.

– Prazer, sou Fernando, diretor comercial do blog. Podemos recomeçar a reunião?

O quê? Esse cara estava querendo me tirar do sério? Teríamos que repassar toda a reunião de uma hora que tínhamos acabado de ter?

O cliente ficou super sem graça e fez questão de repassar tudo para o Nando, que nem atenção prestava, só olhava para mim com um sorriso de canto de boca. Bizarro. Fechamos o negócio, me despedi das pessoas e fui direto para a minha sala.

– Correndo de mim, Julia? – O Ken alaranjado entrou na minha sala sem pedir licença.

– Nando, eu estou cheia de coisas para fazer.

– Julia, deixa eu te falar uma coisa. É importante você me respeitar aqui. Lembra que você está na corda bamba.

– Como é que é? Corda bamba? Você enlouqueceu? – falei baixo para ninguém escutar, mas estava morrendo de ódio.

– A Stella pode descobrir que a queridinha dela estava outro dia na garagem colocando um belo chifre na cabeça dela.

– Você é um nojento. Se eu pudesse dizer para ela como você não presta, eu diria.

– Julia, você é inteligente para algumas coisas, mas nem tanto para outras. Namoro a Stella há mais de quatro anos, e a gente vai voltar... Não se ache tão querida assim por ela.

– Vamos fazer uma coisa? Vocês voltam felizes, e eu fico trabalhando em paz.

– Não é você quem decide seu futuro aqui.

Abri a porta e fiz um gesto para que ele fosse embora. Assim que o Nando saiu, sentei na minha cadeira e chorei de raiva. Como pude ser tão burra? Três taças de vinho e um monstro na minha vida. Eu tinha que sair daquela situação o mais rápido possível.

Os dias seguintes no escritório foram péssimos, eu morria de medo só de ouvir a voz da Stella. Se ela descobrisse o que fiz, meu trabalho iria ladeira abaixo.

Deitava na cama e minha consciência pesava, tinha flashes daquela noite no carro e me dava vontade de vomitar. Jamais gostei desse jeito do Nando. Só bebi e achei que podia fazer alguma loucura na minha vida. Fiquei feliz que o cara de quem todo mundo falava me queria. Isso nunca tinha me acontecido. Me deslumbrei, sei lá. Mas nunca quis magoar ninguém.

Fui até o quarto da Bê, chorando baixinho, e me deitei perto dela. O sono da menina era pesado, e ela só foi me ver ali na manhã seguinte.

— Maninha? Você está fazendo o que aqui?

— Desculpa, só precisava estar com alguém. — Não deu outra, lágrimas voltaram a escorrer.

— Ju, você tá bem? Acho que não te vejo chorar desde que a mamãe morreu.

— Eu fiz uma cagada monstra e não sei como consertar...

Contei absolutamente tudo para a Bê. Ela entendia muito bem de cagadas que envolviam homens. Ela me ouviu atentamente e me confortou dizendo que cagada seria se eu não estivesse nem aí. Eu disse que estava com medo da Stella descobrir e meu sonho acabar.

— A Stella não tem esse poder, Ju. Tá certo que você pode ser mandada embora, mas não é assim. Você foi pra Nova York e o pessoal daquela marca te amou. Você pode fazer planos de morar fora. O blog da Stella não é a única coisa do mundo.

— Mas eu não quero me queimar no mercado...

— Julia, escuta uma coisa: você não roubou, não quebrou a empresa... Pelo contrário! Você fez uma besteira, mas terá uma vida inteira de sucesso pela frente.

— Você acha que tenho que pedir demissão? — perguntei, esperando um: "Não, imagina, não vai acontecer nada, vai ficar tudo ótimo".

— Acho. Como você vai trabalhar com esse fantasma nas costas?

— É...

— Você poderia contar pra Stella, mas isso vai dar uma confusão...

— Nem pensar! Ela vai me comer viva!

– Fecha esse seu último projeto e já manda e-mail para o pessoal de Nova York. Quem sabe você não consegue algo por lá?

– Você acha?

– Tenho certeza.

A Betina tinha me dado muito trabalho na vida, mas agora era ela que me confortava naquela situação toda que eu havia criado.

Por mais que eu amasse trabalhar no blog, precisava começar a procurar outra coisa. Meu psicológico jamais aguentaria mais anos de Nando. Peguei meu computador e mandei e-mail para um pessoal que havia conhecido em Nova York; não disse diretamente o que estava pensando, mas dei a entender que estava querendo novos desafios.

Fui trabalhar com a esperança de entrar na minha sala e ficar por lá. Eu precisava evitar a Stella, mas foi impossível.

– Julia? Posso entrar?

– Oi, Stella, lógico. – Levantei da cadeira e esperei ela sentar na minha frente.

– Eu tô precisando conversar com você.

Ela tinha descoberto. Só podia ser isso.

– Claro.

– Você sabe que eu passei por uma crise com o Nando e que ele resolveu terminar comigo um dia antes de a gente viajar...

– Aham... – Eu estava congelada de medo.

– Eu queria te perguntar uma coisa e preciso que me responda com total sinceridade.

Acho que rezei uns quinze terços mentalmente. Era impossível ela não perceber meu nervosismo. Fiz um sinal de positivo com a cabeça, porque minha voz já não saía.

– Você sabe se rolou alguma coisa entre a Isa e o Nando?

– Isa e Nando? Tipo... romanticamente?

– É, tipo isso.

– Não... – Eu estava confusa! Como assim, Isa e Nando? – Mas por que você está me perguntando isso?

– Achei que você pudesse ter percebido algo de estranho...

– Não, não percebi.

Ficamos quietas por uns cinco segundos. Havia um elefante branco no meio da sala, e eu não conseguia mais esconder o que tinha acontecido. Podia ter me tornado uma *workaholic*, estar mais segura de mim e menos boba, mas não conseguia continuar sendo falsa. Estava no meu limite, minha consciência já pesava quinhentas toneladas. Podia ter transado com o namorado dela, mas não conseguia ter dupla personalidade. Isso já era demais.

– Stella, eu preciso te contar uma coisa.

– Pode falar, você sabe sobre a Isa, né?

– Não, sobre a Isa eu não sei. Sei sobre mim.

– Oi? – A cara de ponto de interrogação da Stella era tão mal disfarçada que eu sabia que ela estava fingindo.

– Stella, eu fui uma pessoa horrível. Uma noite bebi com o Nando e rolou. Me desculpa, eu sei que nada vai reparar meu...

– Cala essa boca, Julia – ela me interrompeu. Dava para sentir a raiva na voz dela. – Eu já sabia de tudo, vim aqui apenas pra ter certeza. Por um segundo achei que o Nando estava querendo me zoar. Afinal, convenhamos... – E apontou o dedo para mim como se eu fosse um lixo. – Mas ele realmente bebeu mais do que devia.

– Eu estou muito errada e me sentindo péssima com tudo isso...

– Péssima? Você agarrou o Fernando quando ele estava totalmente bêbado. Acha que me engana?

– Agarrei? Não, peraí! Não foi bem assim...

– Você tá querendo me dizer que ele quis ficar com você por livre e espontânea vontade? Julia, que ingênua...

– Stella, eu juro pra você que agarrar o Nando foi a última coisa que fiz...

– Não dirija mais uma palavra a mim! Não olhe na minha cara nem fale meu nome em vão. Você enlouqueceu? Onde estava com a cabeça quando resolveu ficar com o meu NOIVO??? Você, que sempre se mostrou super-responsável, sempre teve essa voz de boazinha, esse olhar de cachorrinho carente... Afff! Isso era ceninha? Toda essa atuação era para pegar o Nando?

– Me desculpa... por favor... – Lágrimas escorriam pelo meu rosto, minhas mãos tremiam, e acho que a expressão "se sentir um lixo" nunca tinha sido tão bem empregada.

– Peça desculpas pra você mesma. Parabéns, você conseguiu estragar tudo o que construiu aqui dentro. Eu te dei a oportunidade de crescer, de ficar independente, e o que você fez? Me apunhalou pelas costas! Traidora. É isso que você é, Julia.

– Eu não queria te magoar, esse trabalho é muito importante na minha vida...

– Importante? Se fosse, você nunca teria feito essa merda. A gente não trata as coisas que ama desse jeito.

– Stella, me dá uma chance de explicar...

– Explicar o que já sei? Julia, 2 mais 2 são 4. Você quer explicar o quê? Que no seu mundo essa soma dá 5? Não existe esse mundo cor-de-rosa da Julia perfeitinha que não magoa as pessoas. Agora aguenta as consequências do que você fez. Nós somos o que plantamos. Mas vai colher toda essa merda bem longe daqui!

Stella saiu da sala batendo a porta. O escritório inteiro tinha ouvido os berros dela. Eu estava completamente envergonhada. O que eu tinha feito?!

Não consegui passar no RH, só peguei minha bolsa e fui embora. Desci de escada para não encontrar ninguém no caminho. Não parava de chorar e achei que estava tendo um ataque de pânico. Parei no meio da escada para recuperar o fôlego, mas eu só conseguia chorar mais e mais.

Peguei meu carro, que eu ainda estava pagando, e fui me debulhando em lágrimas até minha casa. O que fiz com a minha vida? Me deslumbrei e comecei a achar que era inatingível? Minha mãe sempre sonhou em me ver como uma intelectual, e eu tinha transado na garagem com um cara que era até laranja de tanto bronzeamento artificial e era noivo da minha chefe? Que tipo de pessoa eu havia me tornado? Um monstro, como Stella falou.

Eu sentia nojo de mim e um arrependimento absurdo no peito.

Cheguei em casa, e parecia que a Betina já sabia que algo tinha dado errado.

– Ai, maninha... eu sei, vem aqui! – Ela me envolveu num abraço sem eu precisar contar nada. Naquele momento senti alívio de estar em casa e não mais trabalhando no blog. Eu só queria meu pai, a Bê e minha casa. Eu queria me esconder do mundo pra sempre.

Betina tinha cabeça rebelde, mas coração puro. Ela preparou um banho quente, me colocou no chuveiro e foi fazer um chá de camomila. Me acalmei e contei para ela todo o episódio. Bê era perita nesses assuntos e me escutou calmamente.

– O que eu vou fazer da minha vida? Eu perdi tudo!

– Julia, você não perdeu tudo. Você tem 20 anos! Aconteceu um erro de percurso, mas nem tudo está perdido. A Stella não é dona do mundo, ela também vai precisar aprender a perdoar os outros.

– Bê, ninguém perdoa isso...

– Tem gente que perdoa coisa pior e continua vivinha por aí.

– Vou precisar vender meu carro...

– Ok, não vamos morrer por isso, e o planeta agradece!

– Não tem graça... – sussurrei, recriminando a positividade da minha irmã.

– Maninha, nós já perdemos o maior tesouro da nossa vida e continuamos vivendo. Quem já perdeu uma mãe consegue perder um carro, uns *looks* e alguns milhares de reais.

O pior é que ela tinha razão.

Depois de dois dias de muita choradeira e autojulgamento, consegui respirar e perceber que aquele mundo havia me encantado simplesmente por causa de poder, dinheiro, *glamour*... E também percebi que havia me afastado da minha essência. Até minha virgindade eu tinha perdido por pura vaidade. Tinha passado por cima da Stella, que, apesar de tudo, tinha me dado uma grande oportunidade.

A vida é engraçada – pra não dizer justa. Quando você está a cem por hora, achando que o mundo é seu, alguém lá de cima mostra o que é para ser seu e o que não é. De fato, eu fui com muita sede ao pote. Comprar um carro, vestir certas roupas, ver o dinheiro entrar na minha conta, um cara bonito... Tudo isso encheu meus olhos. E eu errei feio, traí minha chefe e a mim mesma. Fui vítima do meu deslumbre.

Eu sabia que conseguiria refazer a minha vida, que ainda tinha muito chão pela frente e muito que aprender, mas era tão difícil me perdoar.

Foi aí que comecei a escrever um diário. Eu precisava colocar meus sentimentos para fora, e escrever me aliviava. O incrível desse processo todo foi que comecei a me conhecer mais e, quando relia o que havia escrito, compreendia melhor o que tinha acontecido comigo. Foi uma baita terapia e um banho de autoconhecimento.

Desse diário de lamúrias, surgiu um inesperado material. Sem querer, eu tinha nas mãos uma história que representava milhares de meninas por aí. Quem nunca errou? Quem nunca se sentiu insegura por causa da aparência? Quem nunca perdeu alguém importante? Quem nunca se deslumbrou? Quem nunca traiu? Quem nunca transou com um babaca (no meu caso, perdi a virgindade com um...)? Quem nunca foi traído? Quem nunca se perdeu na vida?

Todos nós temos um lado bom e um lado ruim. Ninguém é 100% nada nesta vida. Não queremos magoar, mas às vezes magoamos. Não queremos nos perder, mas às vezes nos perdemos. Essa é a vida.

O mundo cor-de-rosa realmente não existe. O mundo é, na verdade, colorido. Tem dias em que é cor-de-rosa, tem dias em que é cinza. O importante de tudo isso é sempre aprender. Se conseguirmos tirar uma lição boa do erro, então tudo terá valido a pena.

Cheia de provas na faculdade, resolvi não me desesperar com a procura de um trabalho novo e foquei os estudos. Mas ainda restava um pouco de trauma que precisava ser superado.

Betina me incentivava a criar um blog em que eu pudesse escrever meus pensamentos mais profundos, porém só de pensar que alguma seguidora da Stella pudesse ver, eu desistia. Mas, numa noite qualquer, enquanto eu navegava pelos mil blogs, sites e canais do mundo, tive uma ideia: por que não escrever um blog para meninas mais novas? Essas jovens que são bombardeadas com papos sobre sexo, mas mal sabem o que isso significa. Essas mesmas que devem viver em busca de uma perfeição que não existe, que ficam frustradas por não ser a mais linda da escola... Em vez de escrever meus pensamentos, eu poderia criar contos para falar sobre autoestima de uma maneira divertida e educativa. Se sentir o patinho feio é sentimento constante na juventude. Então, por que não transformar minha experiência em uma forma de ajuda?

Dito e feito. Naquela noite, criei o blog e subi o primeiro post.

Os acessos eram baixíssimos, mas isso não me incomodava. O blog virou uma extensão do meu diário, só que agora eu escrevia para os outros, não para mim. Com o alcance das redes sociais, algumas meninas foram descobrindo o blog e os contos foram sendo compartilhados. E, além delas, eu tinha novos seguidores: seus pais. Muitas pessoas me escreviam para contar que haviam passado por situações parecidas, e conversávamos sobre aquilo de maneira bem informal, mas profunda. Fazia muito tempo que eu não me sentia tão bem e útil.

É engraçado, mas, quando fazemos algo pensando não apenas no sucesso, a coisa tende a dar mais certo. Talvez porque nossas expectativas sejam baixas, ou porque fazemos aquilo por puro prazer.

O ponto é que escrever o blog fez com que um e-mail que mudaria minha vida chegasse à minha caixa postal. A editora Nouvelle, a maior do país, estava entrando em contato comigo para marcar uma reunião! Eles haviam visto meu blog e estavam interessados em falar sobre ele. Oi? Meses escrevendo num blog pequeno, sem muita relevância, e recebo um convite de uma grande editora para conversar sobre ele? Era isso mesmo?

Minhas mãos trêmulas de adrenalina escreveram rapidinho que eu topava marcar a reunião. E, assim, uma nova história na minha vida começou.

Eu estava tão feliz em escrever meu primeiro livro que os fantasmas do passado já não me assombravam mais.

A vida é realmente um jogo de ter e perder. Um dia temos algo que julgamos ser a coisa mais importante de nossa vida, e, de um dia para o outro, aquilo desaparece da nossa lista de planos e ficamos com a sensação de que tudo está perdido. Com muita paciência e autoconhecimento, descobrimos que tudo o que temos somos nós mesmos e que nossa felicidade nunca pode depender de um acontecimento.

Do limão, temos que fazer a limonada, a caipirinha, a batida... Não tem jeito. Se não dermos a volta por cima, superando os problemas, estaremos presos aos nossos erros para sempre. Minha saída foi escrever, só não sabia que escreveria para o resto da minha vida.

Tudo andava bem, o livro estava quase pronto, mas havia uma coisa que eu gostaria de fazer antes de lançá-lo. Havia uma pessoa a quem eu devia minhas sinceras desculpas.

A Stella devia estar a mil com os preparativos do casamento. Sim, ela e o Nando não terminaram, pelo contrário. O casamento gigantesco, supertradicional, ia acontecer mesmo depois de tudo aquilo.

Eu tinha certeza de que ela me odiava e que muito provavelmente jamais atenderia a uma ligação minha. Mas eu precisava resolver dentro de mim essa culpa que me perseguia, tinha que limpar minha sujeira.

Sempre achei que resolver brigas por telefone não dá certo. Não se manda uma mensagem de WhatsApp para se desculpar por algo sério, muito menos um áudio. Eu precisava encontrar a Stella, olhar em seus olhos e pedir as mais sinceras desculpas.

Para a minha surpresa, quando o telefone tocou, Stella atendeu. !!!

Oi, meu nome é Stella Prado. Fui o que meus pais costumam chamar de acidente de percurso, mas um "acidente maravilhoso", como minha mãe faz questão de ressaltar. Eles namoravam fazia alguns meses quando resolvi aparecer, um pouco mais cedo que o pedido de casamento. Depois de mim, minha mãe engravidou de novo — dessa vez, conscientemente — e acabou ganhando gêmeos: o João e o Lucas, que hoje têm 18 anos.

Modesta, né?

Minha família sempre teve uma vida financeira legal, mas, nos últimos cinco anos, meu pai decidiu investir mais nos negócios dele, e nossa vida mudou. Para melhor. Muito melhor. Parece estranho dizer isso, mas eu não sei direito o que meu pai faz. Só sei que ele trabalha com venda de madeira e fazenda.

Meu pai, Arnaldo, é uma pessoa mais fechada, mas é superamoroso comigo. É um *workaholic* nato e só pensa em trabalhar e ganhar — mais — dinheiro.

Minha mãe, Raquel, é uma mulher lindíssima. Lindíssima mesmo. Tipo deusa. Meu pai a conheceu num evento de cavalos e diz que foi amor à primeira vista. Minha mãe é meio rainha, sabe? As amigas dela pagam o maior pau pra tudo o que ela faz e diz, e em casa é ela quem manda. Ela sempre foi muito controladora. Escolhia as nossas roupas, o que íamos comer, que língua íamos aprender e o que seríamos na vida.

Meus irmãos são gêmeos nada idênticos. O João nasceu primeiro e é um príncipe: educado, lindo e amoroso. O Lucas é tipo meu pai, adora falar de trabalho e dinheiro, não pensa em outra coisa. Eles são o xodó da minha mãe.

Como fui a primeira neta das duas famílias, fui bastante mimada na infância e na adolescência e sempre fui a princesa do papai.

Desde cedo, fui ensinada a ser extremamente vaidosa. Lavo meus cabelos todos os dias com água mineral e tenho um ritual para cuidar da pele que dura, pelo menos, vinte minutos. Dona Raquel também não me deixa ficar uma semana sem fazer unha, drenagem e sobrancelha. Ela sempre diz: "A mulher foi feita diferentemente do homem por um belo motivo: ela deve perfumar e iluminar o ambiente". Isso daria até uma propaganda. Sua voz é calma, doce e megaeducada, digna de alguém que não perde a linha nunca.

A beleza sempre foi uma coisa quase que obrigatória para as mulheres da minha casa. Meus irmãos admiram isso, e meu pai, nem se fala! Pra você ter uma ideia, minha mãe acorda todos os dias meia hora antes dele para se arrumar. Assim, a beleza dela nunca será questionada. Não é à toa que estão casados até hoje.

Embora eu seja loira, de olhos verde-água e sempre tenha sido magra — morro de orgulho dos meus 61 centímetros de cintura –, minha vida não foi um mar de rosas na infância. Infelizmente herdei o nariz do meu pai – que é, diga-se de passagem, um tanto feio –, e isso incomodava não só a mim como também a minha mãe e todos os coleguinhas malas da escola. Recebi uma série de apelidos péssimos, fui até chamada de PSDB, por causa do tucano que é símbolo do partido. Eu voltava pra casa chorando, sem entender como um nariz podia causar tanto alvoroço. Quando sentava de perfil perto de alguém, colocava a mão embaixo da ponta do nariz, na esperança de arrebitá-lo. Sim, eu era paranoica. Olhava revistas de moda e não me conformava em ver que aquelas mulheres tinham nascido com um nariz tão lindo e eu não. Aliás, nem precisava procurar muito longe, era só olhar para minha mãe. O nariz dela é impecável.

Morri de vergonha do meu nariz e de mim mesma por muito tempo e, durante a adolescência, tive baixa autoestima. Ok, todas as adolescentes têm algo para reclamar, mas isso era um problema que me afetava profundamente. Nariz não é como gordura, que você pode perder. E, para fazer uma plástica, eu tinha que esperar até meus 15 anos.

Então, no dia 17 de junho, um dia depois do meu aniversário, lá estava eu na mesa de cirurgia do dr. Marcelo para resolver o problema. Minha mãe não conseguia esconder a alegria de acabar com algo que também a incomodava.

A cirurgia durou cerca de uma hora, e o dr. Marcelo disse que meu maior problema era a cartilagem, por isso tinha sido fácil moldar um nariz novo. Acordei com aquele tampão desagradável nas narinas e um tanto enjoada. Minha mãe estava do meu lado, radiante. Ela não parava de dizer: "Filha, agora você vai brilhar". Não sei até que ponto é saudável que uma mãe diga isso, mas não posso negar que ela estava certa.

Quinze dias depois, tirei a tala que escondia toda a obra nova do médico. Lembro de me olhar no espelho e ver alguém muito diferente de quem eu costumava ser. Minha mãe não conseguia acreditar. Eu estava bonita. De verdade.

— Ah, meu Deus! Mãe! Doutor Marcelo! — falei emocionada, os olhos marejados.

— Aí está! Esta é a nova você! É o nariz mais lindo que já fiz. Me inspirei na beleza da sua mãe.

Faltei à aula por duas semanas, para não aparecer toda cheia de curativos e hematomas. No dia de voltar para a escola, fiz escova no cabelo e passei um pouco de pó da minha mãe, para esconder os últimos roxos do rosto. Uma nova Stella pisaria naquele lugar.

Andei pelos corredores como se andasse numa passarela, meus passos estavam mais confiantes. Até piscar os olhos devagar, eu piscava. Meus cabelos esvoaçantes perfumavam o corredor. Entrei na classe e as pessoas praticamente pararam de falar. De queixo caído, analisavam cada detalhe daquela nova pessoa. Sentei na primeira carteira e pude ouvir os sussurros: "Será que é ela?", "O que ela fez?", "Não é mais tucano!".

— Bom dia, classe! — falou Sandra, a professora de história, quando entrou na sala. — Hoje vamos começar com a Batalha dos... — Sandra parou e olhou para mim.

— Bom dia, profe! — falei alto e bom som.

— Me desculpe! Que mal-educada! Nem apresentei a aluna nova. Como é seu nome?

A classe caiu na gargalhada. Adolescente é foda.

— Sou eu, Stella.

— Stella? Stella Prado?

— Sim, eu mesma.

— Meu Deus! Você está...

— Linda! — Uma voz ecoou do fundo da sala.

Olhei para trás para ver de onde vinha tanta gentileza e fofura. Era o Victor Hugo. Huguinho era um menino tão zoado na escola quanto eu, mas ele nunca se deixava abalar por isso e ficava ao meu lado quando todo mundo me dava apelidos. Os cabelos mais compridos, estilo roqueiro, as espinhas características dos 15 anos e sua inteligência acima do comum eram motivo de zoação diária naquele colégio.

— Obrigada, Huguinho.

Ele se derreteu.

— Sim, sou eu, profe! — falei.

— Mas olha só! Que maravilha, Stella. Te dou os parabéns por essa mudança e também digo que você vai precisar estudar muito para recuperar esses quinze dias que ficou fora.

Sandra era uma professora muito exigente, mas eu estava tão feliz com minha nova aparência que não me importava. Eu e meu nariz estávamos ali para o que desse e viesse. Um tanto dramático, eu sei, mas é assim que uma menina de 15 anos se sente quando se livra do motivo pelo qual era zoada dia e noite durante anos. Eu estava aliviada e... LINDA.

Depois de fazer as inimigas morrerem de inveja, fui focar o que realmente me interessava: meninos.

Era tanta demanda que a oferta não aguentava. Tive meu segundo beijo com o Pedro; o primeiro tinha sido com o Noah, um aluno gringo que veio estudar por uns meses no Brasil e não ligava para o meu nariz. Pedro deu um pé na Melissa assim que me viu bela e loira. Ele era um menino muito popular, gente boa e simpático, mas era doido de ciúme. Pê, como era conhecido, não me deixava usar saia na escola nem conversar com os outros meninos da minha sala. Era um inferno. Tentei namorar com ele por uns meses, mas não rolou.

Depois dele veio o Cris. Depois o Eduardo. Depois o Miguel... E depois o ensino médio acabou. Sim, namorei quatro meninos em três anos. Nada mal para quem até os 15 anos praticamente nunca tinha beijado.

Perdi minha virgindade com Miguel, na viagem de formatura do ensino médio. Fomos para Porto Seguro, e lá eu decidi não ser mais "pura". Miguel era lindo de morrer: moreno, alto, com um sorriso enlouquecedor. Ele era divertido e adorava tomar um porre. Foi num desses porres que tudo rolou. A primeira vez não é lá essas coisas, mas fiquei feliz por ter sido com alguém de quem eu gostava e que gostava de mim. Pelo menos na época.

Quando entrei na faculdade – fiz publicidade –, o romance com o Miguel acabou. Achei que ainda tinha muita coisa para viver e não queria me prender a ele. Além disso, Miguel ia fazer faculdade de engenharia do outro lado da cidade, em período integral, e eu não estava a fim desse trabalhão.

O relacionamento terminou com lágrimas fingidas da minha parte; já ele ficou péssimo, chegou a se ajoelhar e implorar para eu ficar com ele. Afff, naquele momento, peguei birra, enjoei e nunca mais olhei pra trás. A pessoa implora, e o encanto acaba.

Coração gelado!

Quando você chega na faculdade, as coisas mudam. As suas opções aumentam: meninos de vários cursos, idades e estilos. Fica cada vez mais difícil escolher. Por conta disso, até mudei meu ritual de beleza. Minha aula começava às sete e meia da manhã, então, às cinco e quinze, eu já estava de pé para enrolar o cabelo com *babyliss*, fazer uma pele linda e escolher o *look* do dia. Sem dúvida alguma eu me destacava das meninas da minha sala; então, mais uma vez, eu era o centro das atenções. As invejosas diziam que eu era montada, que sem maquiagem não era tão bonita. Mas sabe quanto disso me incomodava? Zero. Mulher bonita coleciona inimigas, não tem jeito.

Certa vez, durante uma aula de filosofia, uma menina me perguntou qual perfume eu estava usando. Ela achava a coisa mais cheirosa e queria comprar um igual. Foi aí que comecei a perceber o interesse de várias meninas nos meus *looks*, cor de cabelo, maquiagem... Um dia, meu professor de direção de arte – o Eric – sugeriu:

– Stella, você já pensou em montar um blog de moda?

– Blog, profe?

– É. Lá fora essa tendência está pegando fogo e acho que pode ser interessante pra você. Vou te mostrar o que essas meninas estão fazendo.

Ficamos horas navegando pelos blogs gringos. Vi aquelas meninas lindas postarem *looks*. Elas eram estilosas, davam dicas diárias sobre tudo, e as pessoas enlouqueciam com aquilo. Descobri naquele momento o que eu queria fazer da minha vida: ser blogueira.

No Brasil, ninguém sabia direito como essa coisa de blog funcionava. Era uma espécie de diário pessoal/público, onde você podia dar dicas sobre o que gostava para as pessoas que te "seguiam". Achei o máximo e fui pra casa pensando em como seria maravilhoso publicar aquilo que as pessoas me perguntavam todo dia. Nem almocei, subi direto para o meu quarto e comecei a pesquisar como criar uma página de blog – e era muito fácil! Coloquei meu nome, uma descrição do que as pessoas encontrariam ali e passei a publicar minhas fotos de *looks*, produtos de beleza, dicas etc.

No dia seguinte, avisei algumas meninas da classe que tinha começado um blog de moda e beleza, e ele foi ficando superpopular. Lembro que meu número de acessos diário era, exatamente, o número de meninas da minha sala: vinte e seis. Duas semanas depois, eu já tinha o dobro de acessos, e aquilo foi crescendo dentro da faculdade. Criei um perfil no Twitter, para divulgar o que eu estava fazendo, e a coisa foi indo.

É muito engraçado isso de se tornar popular num colégio ou numa faculdade. Pessoas que mal falavam comigo agora sorriam quando me viam. Foi assim no colégio pós-nariz e agora na faculdade pós-blog. Eu era constantemente parada nos corredores do prédio de publicidade por meninas dizendo quanto estavam gostando dos *looks*, das dicas etc. Meu professor até ficou assustado com o número de visitantes únicos no blog por dia, me lembro dele dizer:

— Você é uma mina de ouro, Stella! Vá em frente!

E eu fui. O blog ia ganhando cada vez mais força, eu batia recordes de audiência toda semana até que cheguei a 1 milhão de acessos/mês. Era muita coisa.

Ficar famosa tem um lado chato que é nunca mais poder ser você mesma na frente das pessoas. Não rola fazer cara feia, dar escândalo, falar mal de alguém, beijar um carinha qualquer, colocar um *look* feio mas confortável... Não dá! Eu inspirava as meninas e, por isso, tinha que estar sempre per-fei-ta. O lado bom dessa fama é a atenção que você chama, a quantidade de coisas que você ganha e como as pessoas passam a te admirar.

O Nando era um cara – bem – lindo. Ele estava dois anos na minha frente na faculdade e foi uma das primeiras pessoas que me chamaram a atenção quando comecei o curso. Estava sempre bem-vestido e com um sorriso branco como a neve. Seu jeito meio se "achante" era uma das coisas que mais me intrigavam nele. Trocávamos mil olhares nos intervalos, mas o que nos atrapalhava era aquela namorada dele. Afff... Não, o nome dela não era Afff, era Luiza. Diziam que era muito gente boa, fofa e tal, mas eu a achava um picolé de chuchu. Sabe aquele tipo de pessoa que não faz diferença nenhuma no mundo? Pois é.

Nando era forte, bonito, estiloso, charmoso. E Luiza... Bem, Luiza era uma menina normal de faculdade. Tinha um rosto até que bonito, mas acho que ela andava comendo muita batata frita e assistindo a algum programa de moda errado. Tenso.

Consegui descobrir algumas informações sobre o casal com uma amiga deles que se dizia fã do meu blog, a Thaís. Ela comentou que eles namoravam havia uns belos anos e que aquilo estava pronto para avinagrar. Nem precisava dizer, era só ver que já não existia aquela empolgação de começo de namoro.

Foi num dia bem frio em São Paulo que eu e o Nando começamos um papo. Eu estava no meio da aula de criatividade, quando fui pegar um cappuccino na praça de alimentação.

— Pode ir na minha frente.

— Imagina, você estava na fila antes de mim — respondi, roxa de vergonha.

— Eu faço questão.

— Obrigada. Moça, me vê um cappuccino.

— Então você é a famosa blogueira... — disse ele, e me lançou um olhar matador que me deixou toda arrepiada.

— Acho que devo ser... E você é o cara bonito que vem xavecar na fila do café? — Tinha aprendido a não perder tempo nessa vida.

— Se é o que você acha...

— Obrigada pelo lugar na fila.

Dei um beijo no rosto dele e saí com meus passos de Stella Bündchen. Rá! Ele estava caidinho por mim.

Alguns dias depois, resolvi ir naquele mesmo horário pegar meu cappuccino, só pra ver se o encontrava. Acho que ele pensou a mesma coisa, e aquele passou a ser o nosso ponto de encontro.

Um dia ele pediu meu telefone, e, papo vai, papo vem, fomos ficando cada vez mais próximos. Perguntei sobre a namorada dele, claro. Não queria que ele me achasse uma tonta. Ele me disse que estavam quase terminando, mas que tinha meio pena de acabar com tudo, porque ela era doida por ele. Medo. Imagina se essa menina resolve brigar comigo na frente de todo mundo. Afff.

Ficamos nessa amizade colorida por um tempo. Eu estava bem caidinha por ele, e ele por mim. No intervalo das aulas, ele não dava mais muita bola para a Luiza e sempre arranjava um jeito de ficar perto de onde eu estava. Eu sentia que ela me olhava meio de canto de olho, mas não tinha prova nenhuma contra a gente, porque nada tinha acontecido. Ainda.

Numa sexta-feira à noite, quando estava voltando para casa depois de me preparar para ir à festa de uma amiga — fui ao salão, fiz maquiagem, cabelo, pé, mão —, meu celular apitou.

Nando:
Qq cê vai fazer hj?

BlogdaStella:
Festa de uma amiga e vc? Namorada?

Nando:
Ela foi viajar, estamos bem mal... acho que acabou.

BlogdaStella:
Te coloco na lista da festa, vamos animar isso aí!

Nando nem hesitou. Na hora em que soube que ele ia, mudei meu *look* todo. Coloquei um vestido Hervé Leger branco bem justo e uma sandália bem alta. Estava me sentindo uma *angel*. A cara desse homem quando me viu daquele jeito foi tão engraçada que o queixo dele até deu uma caída.

— Nossa, você tá...

— Obrigada! — eu disse com um sorrisinho. — Vamos beber?

Bebemos uma, duas, dez tequilas! Resultado? Estávamos trêbados na pista de dança às quatro da manhã. Como a festa era de uma amiga de escola e só tinha umas duas pessoas da faculdade lá, era mais tranquilo. Eu só conseguia pensar: "Como vou fazer para ficar com esse cara escondida?". Ninguém podia ver a gente se beijando. Ia pegar mal pra mim.

Chamei meu motorista, seu Armando, e fomos direto para minha casa. Minha mãe sempre adorou receber gente e até mandou fazer uma casa extra no jardim só pra isso. Assim que eu abri a porta da "casa de hóspedes", ele veio pra cima de mim e me deu o maior beijo.

Foi incrível! Ele tinha aquela pegada, sabe? Nos beijamos até as seis e meia da manhã, quando ele foi embora. Não falamos sobre a Luiza nem nada, curtimos muito o momento, e eu tive certeza de que íamos ficar juntos.

Pior que a gente sabe quando a pessoa está na nossa.

Quando você sente que um cara está a fim de você, tudo fica mais tranquilo. Você sabe que ele vai te ligar, mandar mensagem, vir atrás. Com o Nando, eu tinha certeza disso.

Dormi e, quando acordei — na maior ressaca —, vi que ele já tinha me mandado algumas mensagens. Não disse? Ele falava que ia resolver a situação com a Luiza pra ficar tudo bem entre a gente.

Eu estava feliz, namorar era a minha praia, e o Nando era um gato; perfeito também para a minha imagem como blogueira ficar ainda mais legal. Acho que as pessoas valorizam mulheres "direitas", que namoram, casam etc. Eu estava precisando disso.

A Luiza, ainda namorada, era muito discreta, mas eu sentia que ela me seguia com o olhar. Enquanto o Nando não terminava com ela, combinamos de ficar longe um do outro na faculdade, para que ninguém percebesse nada, e nos encontrávamos na minha casa depois da aula. Assistíamos a filmes, comíamos pipoca e meio que começamos um namoro enquanto o dele com a Luiza não acabava.

Preciso dizer que sou contra chifres e traições, mas não era eu quem estava traindo. Eu não tinha namorado. O errado era ele. Fora que a menina nem era minha amiga, então por que eu ia ficar me culpando? Segundo ele, o namoro já estava acabado e nem transar mais eles transavam. Namoro sem sexo é meio que amizade, concordam?

Mas, depois de uns dois meses nesse chove não molha, coloquei o Nando contra a parede. Não queria mais ficar namorando escondido, fora que eu queria contar a novidade para as minhas seguidoras, que sempre me perguntavam se eu tinha namorado. Chamei ele na minha casa e o ameacei. Disse que, se ele não terminasse com a Luiza naquele dia, eu que ia terminar com ele.

Missão dada, missão cumprida. Luiza saiu da minha frente para eu poder andar. Já não era sem tempo!

∽

O primeiro dia de faculdade como namorada do Nando foi histórico. Coloquei um *look* deuso, fiz o cabelo e fui para a aula. Chegamos, demos as mãos e nos beijamos na frente de todo mundo.

A faculdade parou. Éramos o casal mais popular e bonito de todos os tempos.

Nem preciso dizer que meu post no blog apresentando o Nando foi recorde de acessos, né? Tinha mais de quinhentos comentários, quase todos positivos. Claro que alguns me chamavam de Barbie montada, plastificada – aposto que eram amigos da Luiza. Talvez por ter sido "amante" dele por um tempo, minha confiança naquele menino lindo de morrer não era tão 100% quanto a beleza dele. Me sentia insegura quando estava perto dele. Não sei ao certo o que era, acho que estava muito apaixonada e não me sentia tão incrível como os outros me viam. Nando estava no ponto mais alto do pedestal, e seu sobrenome era segurança.

O namoro também foi um marco na minha carreira. Começamos a investir muito na nossa imagem como casal. Fazíamos posts sobre nosso relacionamento e montamos um perfil em conjunto no Insta, que explodiu de seguidores. Ali, abraçamos a ideia de ser o casal perfeito.

Claro que ninguém é perfeito, mas eu jamais mostraria meu lado imperfeito. Pra quê? As pessoas gostam de ver coisas bonitas e legais, eu não queria ficar dando uma de psicóloga, falando que a gente brigava, como todos os casais, ou que namorar tinha seu lado difícil. Sempre fiz questão de mostrar que tudo eram flores.

Com a exposição do nosso relacionamento, ganhamos muitas viagens para fora do Brasil. Nosso trabalho era marcar nas fotos as empresas que haviam bancado a viagem e aproveitar tudo ao máximo. Difícil, né? Os primeiros meses de namoro foram um sonho. Paris, Londres, Singapura, Nova York, tudo sempre juntos. Delícia! Durante essas viagens, também gravávamos uns vídeos fofos da gente no hotel, passeando, almoçando. Todo o material ia para o blog.

Os fã-clubes "Stellando" começaram a crescer, e nós viramos uma paixãozinha digital como casal. Quando íamos ao shopping, cinema ou restaurante, era uma loucura. As pessoas nos paravam para pedir para tirar foto com a gente.

O Nando, como eu disse, foi um *plus*. Ele chegou chegando e nós nos estabelecemos como um casal-modelo. As marcas ficaram enlouquecidas, queriam *shootings* do casal, coleção assinada, presença VIP em eventos etc. Ele, que ganhava uns mil reais por mês, passou a ganhar, no mínimo, cinco vezes mais. Foi uma mudança e tanto para ele.

Depois que assumimos o namoro, o blog passou de um milhão de visitas para mais de dois milhões ao mês. O negócio ficou sério, e eu mal conseguia conciliar o blog com a faculdade. Só não abandonei o curso porque os professores me ajudaram. Como eu estava bastante conhecida, era bom para eles me terem por ali.

Há muitas fofocas sobre minha vida financeira, e quase todas são verdadeiras. De fato, construí um mini-império aos 22 anos. Meu ganho mensal era bem maior do que o de um executivo que trabalhava há anos numa empresa, e eu sei que tem gente que torce o nariz quando descobre isso. Talvez, se eu fosse uma executiva de uma empresa, também ficasse mal em saber que uma menina que ainda nem tinha se formado estava ganhando muito mais que alguém com experiência. Mas nesta vida temos que aproveitar as oportunidades, e eu não podia deixar passar algo que talvez sumisse alguns anos.

A vida de blogueira não se resume a simplesmente postar. Uma boa blogueira precisa viver de imagem e escolher sua principal característica. Precisa decidir se vai ser meiga ou rebelde, se vai ensinar maquiagem ou ser musa *fitness*. Uma blogueira bem-sucedida tem foco e não sai imitando tudo o que vê por aí.

Eu, por exemplo, escolhi moda. Então fico de olho em tudo o que diz respeito a isso. Novas tendências, desfiles, *looks* etc. Meu conteúdo é todo voltado para moda. Há quem reclame que eu falo da mesma coisa todos os dias, mas esse é meu foco. Não adianta eu chegar com dicas *fitness*, vídeos de maquiagem, viagens, receitas caseiras, *looks*, porque assim não serei absolutamente nada. Quando comecei o blog, pensei: "As pessoas precisam me associar a alguma coisa, e essa coisa vai ser moda". Acho que meu sucesso vem disso, de ter escolhido algo em que as pessoas me veem como referência.

Montei um escritório muito legal com meu próprio dinheiro e contratei uma equipe para me ajudar em absolutamente tudo, desde fechar contratos com marcas até criar pautas diárias para o blog. Minha amiga Isabela virou minha assistente principal, e era ela que resolvia todos os problemas na empresa.

Duas vezes por ano, eu viajava para as semanas de moda internacionais. Assim, comecei a fazer nome lá fora também.

Isso não existe, miga... Todo mundo está sujeito a um término...

Meu relacionamento com o Nando era blindado. Muita gente dizia que ele era gay, galinha, cafajeste e que eu era a apaixonada. De fato, o Nando sempre foi ultrasseguro com ele mesmo, mas tinha um lado bem controlador e ciumento. E, sempre que se sentia ameaçado por algum olhar alheio ou alguma mensagem de seguidores homens, deixava bem claro que a culpa era minha e que eu havia dado essa abertura. Também dizia que, se ele descobrisse alguma coisa sobre mim, nunca mais ficaríamos juntos. As meninas, por outro lado, sempre foram enlouquecidas por ele, o que me deixava irritada. Claro que eu nunca demonstrava minha irritação quando isso acontecia, mas era um saco saber que tinha um mar de mulheres recalcadas atrás do meu namorado.

Minha mãe era uma das pessoas que mais incentivavam o meu relacionamento. Não importava a crise que eu estivesse passando com o Nando, ela prezava sempre a aparência. Seus "ensinamentos" eram baseados no relacionamento que ela tinha com meu pai, e, toda vez que ela resolvia me dizer alguma coisa, eu ficava pior ainda. Ela dizia que o mundo era assim mesmo, que o Nando sempre teria mil mulheres caindo aos pés dele e que, se eu não reagisse, o perderia. Quando eu perguntava sobre essa tal "reação", ela explicava da seguinte maneira: "Minha filha, faça a sua parte. Esteja sempre linda, perfumada e pronta para ele. Assim, ele não terá do que reclamar". Ah! Também completava dizendo: "Jamais lave roupe suja em público e nunca comente qualquer coisa ruim que tenha acontecido entre vocês com uma amiga. Deixe sempre as pessoas com a impressão de que vocês são inatingíveis". O relacionamento dela e do meu pai era exatamente assim. O mundo podia cair, mas minha mãe não tirava o sorriso do rosto, pronta para uma foto.

Aos poucos, nosso relacionamento foi deixando de ser um mar de rosas. Nando era muito exigente com minha aparência, controlava se eu estava frequentando minhas aulas com o *personal trainer* e uma vez me presenteou com uma balança. Sim, uma balança! Para me pesar todos os dias de manhã. Se fôssemos jantar em um restaurante e eu pedisse uma massa, ele me lançava um olhar recriminador. Eu achava fofo e enxergava essas atitudes como cuidado, zelo, mas, ao mesmo tempo, por conta disso, eu ia cada vez mais exigindo uma perfeição extrema de mim mesma. Fazia clareamento nos dentes porque ele adorava aquele sorriso ultrabranco, minha depilação estava sempre em dia, bem como pés, mãos e sobrancelhas. Até um vidrinho de perfume eu carregava na bolsa. Ai de mim se não estivesse com o cheirinho que ele gostava!

Essa segurança toda – e sucesso – do Nando me fazia exigir mais e mais de mim, não só psicologicamente, mas fisicamente também. Eu vivia na minha dermatologista, a dra. Clarissa, que já não me aguentava mais.

— Stella, você está perfeita! No que você quer mexer?

— Doutora, eu pre-ci-so ficar com tudo mais que perfeito.

— Mas, olha, você já fez hidratação, infravermelho, limpeza de pele, *laser*... Fizemos tudo para sua pele ter saúde. Agora, chega.

— Será então que tenho que ir no cirurgião plástico ver meu nariz de novo? Ou você acha que o problema são meus dentes?

— Stella, olha pra mim. – A dra. Clarissa tinha se tornado uma grande amiga. – Você está linda, não precisa ir a nenhum cirurgião nem dentista. Tá tudo bem com você. Você não acha que está exagerando?

— É que eu vi umas fotos e não gost...

— E quando é que você olha uma foto sua e gosta? — A dra. Clarissa nem me esperou terminar de falar. — Você precisa cuidar dessa cabeça.

Às vezes me achava a louca dos procedimentos, da vaidade, da paranoia, mas não tinha jeito. Até começar a namorar o Nando, eu me sentia muito bem. Mas agora, se tínhamos uma sessão de fotos, era um terror; se entrávamos no elevador, ele dominava o espelho; se íamos na academia juntos, a brincadeira ficava bem direta e clara:

— Linda, quando a gente começou a namorar, essa barriga era mais durinha, hein?

— Para, Fernando! Eu tô malhando...

— E comendo, né? Olha que suas seguidoras vão ficar mais saradas que você.

— Você acha que tô gorda?

— Hahahaha... Eu amo você de qualquer jeito!

Essa risada acabava comigo, parecia que ele queria dizer alguma coisa, mas não dizia para não magoar. Afff, aquilo me matava por dentro.

Quanto mais eu queria ser perfeita, mais imperfeita me sentia. Parecia que eu jamais chegaria ao nível de perfeição do Nando. Por outro lado, eu sentia que ele estava cada vez mais seguro e mais desejado.

De tanto que brigávamos por causa das meninas querendo tirar foto com ele ou mandando o telefone delas quando o encontravam em restaurantes, resolvemos nunca sair separados, não ficávamos em festas até tarde nem bebíamos muito em público. Assim ninguém falaria nem inventaria nada. Eu tinha pavor de fofocas sobre nós. Pa-vor. Tínhamos a senha um do outro de todas as redes sociais e podíamos ver o que o outro estava fazendo quando quiséssemos.

Há quem diga que a nossa vida era supercontrolada, chata, sem liberdade. Mas era assim que eu ficava confortável com ele. Não é fácil namorar alguém que traiu a ex-namorada com você. Sempre fica aquele medo de acontecer a mesma coisa com você. Ainda mais se esse cara é lindo de morrer. Tudo tem seu lado bom e seu lado ruim.

Os relacionamentos despertam coisas na gente, e tem uns que fazem com que a insegurança venha c/ tudo!

Lei da vida. Perfeição é a maior prisão do ser humano.

O trabalho e a exposição nos fizeram ficar muito próximos e dependentes um do outro. Não éramos bobos, nosso relacionamento era uma galinha dos ovos de ouro, mas claro que era difícil trabalhar junto e manter sempre tudo perfeito. Imagina: você discute com seu namorado e tem que ficar sorrindo num jantar; você briga, mas precisa postar uma foto com uma legenda linda no Instagram; você não pode contar para nenhuma amiga que brigou porque tem medo que a fofoca se espalhe. Quem diz que a minha vida é superfácil está mentindo.

Além disso, tenho que ser sempre simpática com todos ou meu nome estará estampado em algum perfil do Instagram dizendo que sou um nojo. Preciso ser atenciosa com os seguidores, até quando estou ultracansada, e ainda beijar meu namorado mesmo depois de ler uma conversa suspeita dele com alguma menina no celular. Fácil? Nem tanto, não é mesmo?

Vamos falar um pouco sobre esse papo de ler uma conversa suspeita com meninas. Muita gente acha que sou invasiva, que não respeito a liberdade dele. Mas o Nando nunca foi santo, embora eu não tivesse motivos concretos para condená-lo.

A primeira vez que desconfiei dele foi quando ele conheceu uma tal de Sofia, no avião, voltando de Paris. Nós tínhamos ido juntos para lá, mas eu precisei ficar mais um dia na cidade por conta de umas fotos, e ele voltou para São Paulo sozinho. Segundo Nando, essa Sofia era uma superfã minha e não parou de falar de mim no voo. Eles ficaram amigos e sempre trocavam mensagens no WhatsApp, meio que na amizade. Eu tentei dizer que não gostava disso e ele ficou sem falar comigo por uns três dias. O Nando não gostava que eu desconfiasse dele. No final dessa briga, era eu quem estava pedindo desculpas por ter ficado com uma pontinha de ciúme. Me achava meio louca, descompensada, sabe? Ele falava com tanta certeza que eu era maluca de pensar alguma coisa que eu acabava concordando com isso.

Sempre que eu tinha uma crise de ciúme, Nando ameaçava terminar comigo. Se eu perguntasse aonde ele tinha ido em um tom um pouco acima do normal, a casa caía. Ele falava que eu estava desrespeitando a integridade dele e que eu devia fazer muita coisa errada para desconfiar dele. Sabe o pior? Eu não fazia nada. Sempre fui uma santa. Sério mesmo. Recebia diariamente mensagens de uns caras me xavecando e nunca – nunca – respondi.

Mas por que ele podia responder e eu não? Segundo ele, mulheres não devem responder a homem nenhum. As mulheres devem ficar na delas e nunca dar motivo para desconfiança. Ele ainda prega que, se um homem escuta que uma mulher deu mole para outro, ela fica queimada pra sempre.

Por isso, sempre morri de medo de fazer alguma coisa fora da linha.

==Nosso relacionamento era perfeito aos olhos dos seguidores, Nando adorava dar entrevistas falando do nosso companheirismo e de como era bom ter achado alguém que o completasse, mas eu sempre ficava pensando: "Por que ele não é assim na vida real?".== *(vida real X rede social)*

Nesse mundo da moda tem muita mulher e gay. Quando um homem (hétero) pisa na "passarela", ferrou! As mulheres ficam enlouquecidas. E se esse homem for bonito? Ferrou mais ainda. E se ele for famoso? Daí você vai enlouquecer. Bem-vinda ao meu mundo.

Eu era enlouquecida por dentro, ficava sempre de rabo de olho quando saía para algum lugar com ele. Tinha a impressão de que garçonetes, comissárias de bordo, modelos, amigas, seguidoras, enfim, todas olhavam para ele. Eu respirava fundo para não arranjar uma briga com ele e meio que aceitava aqueles flertes.

Affff, é uma merda isso. Você sabe que tem algo errado, mas aceita porque o outro sabe virar o jogo como ninguém e você não tem coragem de enfrentar aquilo. Pois é, imagina que horror se um dia ele terminasse comigo? Tinha pesadelos só de pensar que nossa relação poderia acabar. Imaginava o que as pessoas iam dizer. E se ele aparecesse com outra menina mais bonita que eu?

Minha vida estava muito ligada à dele. Erro nosso? Talvez, mas agora não tinha como voltar atrás.

Minhas amigas, as poucas que eu tinha, não suportavam o Nando e o modo como ele me controlava. Sempre que saíamos sem ele, queriam que eu bebesse e comesse muito, falavam que eu tinha que extravasar. Ai, que horror, comer fritura, ficar bêbada e solteira? De jeito nenhum. Preferia comer alface acompanhada a ir ao McDonald's sozinha.

A Bela e a Natacha eram minhas melhores amigas. Nos conhecemos no colégio e desde então viramos um trio. Elas eram bonitas, mas não muito vaidosas. Perto delas, eu era uma boneca de cera.

— Té, você precisa viajar com a gente, sem o Nando. Deixa ele um pouco sozinho e vamos curtir uma praia — sugeriu Bela.

— Humm, não vai dar. — Essa era minha resposta para (quase) tudo o que minhas amigas propunham.

— Poxa, agora que tá famosa não quer saber das amigas? — Bela já estava irritada.

— Claro que não é isso... É que eu preciso ficar com o...

— Nando! — responderam as duas ao mesmo tempo.

— É...

— Quando vocês vão acabar com essa história de não viajar separados? — perguntou Natacha.

— Eu gosto assim, Ná. Vocês podiam mudar o disco desse jantar, não? Já tá chato responder sempre à mesma pergunta.

— É que só você não vê, amiga. Você está superdistante da gente, não fala em outra coisa a não ser bolsas, desfiles, seguidoras loucas e Nando. — A Natacha era mais fofa na hora de dizer algo, mas pensava a mesma coisa que a Bela.

— Sem contar os mil tratamentos estéticos — complementou Bela.

— Sério, acho que vocês podem parar — falei baixo, porque o Ritz estava sempre cheio de gente conhecida.

— O Nando tá vivendo a vida dele, e você não... — Bela não parava de mandar a real. Ela estava inspirada.

— Bela, eu gosto da minha vida. E a de vocês, como está? Estão aí sem trabalhar, solteiras e comendo fritura.

— Nossa... Stella, você viaja... — respondeu Natacha, P da vida.

Às vezes o jeito de falar está errado, mas seria bom escutar um pouco as amigas.

— Ué?! Não é verdade? Vêm colocar o dedo na minha cara e não olham a de vocês?

— Bom, acho que o almoço acabou, né, Nat? — disse Bela.

— Acabou mesmo. Vou pedir a conta.

Saí do restaurante quase chorando. Estava arrasada por brigar com minhas amigas. Apesar de reconhecer que não sou muito boa em ouvir verdades, achei que pegaram muito pesado. Qual o problema de eu ter essa vida? Comecei a achar que aquilo tudo era recalque e inveja porque eu era famosa e elas não.

Entrei no meu carro antes que alguém me visse daquele jeito e liguei para o Nando.

— Amor?

— Oi, linda, tô aqui na reunião da marca de chocolate que quer fazer aquela ação de namorados com a gente. Que voz é essa?

— Briguei com a Nat e a Bela no almoço.

— Por quê?

— Ah, acho que elas têm inveja da gente, sabe?

— Sei, linda.

— Eu tô achando que elas não fazem mais parte daquela minha lista de pessoas em quem posso confiar.

— Por quê? Elas falaram algo de mim? — perguntou Nando superdesconfiado.

— De você? Imagina, meu amor. Elas te adoram — menti.

— Sei... Então o que foi?

— Ah, elas disseram que tô distante delas...

— Humm, vocês mulheres são complicadas. Bom, vamos trabalhar que a gente ganha mais. Deixa elas pra lá.

— Mas elas são minhas amigas...

— São mesmo? Um bando de frustradas. — Nando achava que todo mundo que não fosse a gente merecia essa denominação.

— Nando! Não fala assim.

— Ué, é verdade! Elas queriam ser você. Não liga, não. Preciso ir, gorda. Beijos.

Eu já estava acostumada com esse jeito do Nando me dispensar rápido. Definitivamente eu não tinha um namorado que parava para me escutar. Ao mesmo tempo, falar com a minha mãe era queimar na fogueira da baixa autoestima, e eu não me sentia segura para desabafar com nenhuma amiga.

Não me acho coitada e parece até que estou me vitimizando, mas é que, depois de quatro anos de namoro, você começa a analisar mais a sua vida com aquela pessoa. Passei todos esses anos viajando, fotografando, ganhando, fingindo e não parei – nem por um segundo – para refletir sobre o que eu queria da vida. Se as minhas seguidoras soubessem o que passo, penso e sinto certamente não me achariam mais tão maravilhosa, e os *haters* não me chamariam de Barbie cabeça de vento.

Parece que não, mas eu penso em mais coisas além de bolsa e sapato. Não mostro isso porque acabaria com a minha imagem e decepcionaria toda uma legião de meninas que me acham perfeita. Mas estou longe de ser aquilo que as pessoas veem.

Voltando desse almoço catastrófico com as minhas amigas, e depois de o Nando ter simplesmente me ignorado, liguei a música bem alto e saí dirigindo pela cidade. Eu sentia uma bola de fogo no meu peito, que fazia um buraco cada vez que eu respirava. Não sabia se era a maldita TPM ou se as coisas estavam mesmo ruins.

Ao som da minha *playlist* mais triste e dramática – e algumas lágrimas depois –, encostei o carro numa Starbucks da vida para tomar um cappuccino e aliviar aquela tensão do dia.

— Por favor, eu gostaria de um cappuccino sem açúcar.

— Stella? – chamou uma voz logo atrás de mim na fila do café.

— Oi. – Já me virei sorrindo, meu cumprimento treinado para falar com meus seguidores, que eram muitos.

— Nossa, você está...

— Quer tirar uma foto? — perguntei, sem paciência para esperar a pessoa falar quão linda eu era, de como eu a inspirava etc. Não estava num bom dia, mas claro que fazia tudo aquilo com um megassorriso.

— Hehe... Então, não era bem o que eu ia falar, mas com certeza seria ótimo tirar uma *selfie* com você.

Notei que o menino tinha ficado vermelho e que seu rosto, lindo, por sinal, me parecia familiar.

— Ai, desculpa! A gente se conhece, né?

Ainda não sabia de onde.

— Victor...

— De qual marca?

Tinha que ser do trabalho.

— Marca de escola? Hahaha... Victor Hugo. Do colégio.

Naquele momento, o barulho do café desapareceu, a falação de umas meninas ao meu lado também, eu tinha acabado de me dar conta de que aquele cara de terno, pele superboa, olhos azuis e cabelo castanho-escuro era... o Huguinho.

— Meu Deus! Huguinho! Nossa! Hahaha... Que coincidência.

— Pois é! Quanto tempo, né? Ainda sou o Huguinho.

— Ai, desculpa! Eu ainda estou em estado de choque e superenvergonhada por não ter te reconhecido.

— Relaxa! São muitas espinhas a menos e um cabelo com um corte menos pior.

O Huguinho deve ter reparado como fiquei vermelha. Ele estava bonito, cheiroso e com um sorriso bem mara. Peguei meu cappuccino, ele pegou um café latte/venti — sei lá das quantas —, e acabamos sentando em uma daquelas mesinhas.

— Caramba, Stella. Que bom te encontrar. Sei que você é muito famosa hoje em dia... — falou com um tom fofo orgulhoso.

— Ah... imagina. — Fiz a modesta, roxa de vergonha.

— Quem diria, hein? Aqueles nossos "inimigos" da escola não devem acreditar.

— Haha, mas você também mudou demais!

— Você acha?

— Bastante. — Ele estava realmente muito interessante. — O que você tá fazendo da vida?

— Eu abri uma galeria de arte.

— Nossa, sério? Que diferente.

— É. Eu aposto nos novos artistas e exponho lá.

— Uau! Mudou e é um intelectual!

— Nem tanto. Sempre gostei de arte e, quando meu pai faleceu, peguei o dinheiro que ele me deixou e montei meu negócio.

— Sinto muito pelo seu pai! Não sabia...

— É... Foi difícil, mas ele descansou.

— Caramba... Não sei o que eu faria se perdesse o meu.

— A gente acaba se reerguendo, mesmo achando que a vida não tem mais sentido. Foi bem difícil pra minha mãe. Eles eram casados fazia mais de vinte anos.

— Me lembro super da sua mãe. Tão fofa!

— Hehe. Sou suspeito...

— Como ela está agora?

— Melhor. Ainda não se recuperou, mas meu irmão teve um filho, então ela está adorando curtir o neto. Viajam juntos, e isso a distrai.

— Você é tio! Que máximo!

— Olha a figura que ele é. — E mostrou, todo orgulhoso, a foto de Martin no celular. Ele era uma coisinha linda mesmo.

O café durou uns minutos. De um jeito quase inexplicável, não conseguíamos dizer tchau e seguir nossa vida. Fazia tanto tempo que eu não me sentava com alguém e conversava. Com o Nando era trabalho, barriga sarada, seguidoras etc. Com minhas amigas eram reclamações sobre mim. Minha mãe babava meu ovo, mas não gostava de se aprofundar em nada. Nunca imaginei que o Huguinho seria o papo mais gostoso dos últimos tempos.

— Nossa, perdi a hora! Preciso voltar para o escritório.

— Eu também, tenho dois clientes pra atender na galeria.

— Bom, foi ótimo te ver. Parabéns por tudo.

— Foi ótimo te ver também. Passa lá na galeria um dia desses.

— Passo, sim.

Ele não pediu meu telefone. Droga. Tudo bem que hoje a comunicação entre as pessoas é fácil, mas... Eu queria ter dado meu Whats.

"O que é isso, Stella?", minha consciência me cobrava. Eu era tão santa, mas tão santa com o Nando, que fiquei me culpando pelo resto do dia. Eu havia tomado um café com um cara que não conhecia direito e, nesse meio-tempo, tinha ignorado duas ligações do meu namorado. "Será que tem algo de errado comigo?"

Dirigi até o escritório alternando meus pensamentos entre culpa e puro êxtase por ter reencontrado o Hugui... Victor, precisava começar a chamá-lo de Victor!

— Boa tarde, Stella!

— Oie, tudo bem? – cumprimentei a recepcionista do escritório.

— Tudo, sim. Obrigada. O Nando está te esperando na sala dele.

Andei pelos corredores ainda com minha cabeça no café, passei pela sala de reuniões, onde estavam recebendo algum cliente, e fui até a sala da Isabela, minha assistente e braço direito.

— Oie, Julia!

— Oi, Stella, tudo bem?

— Tudo ótimo. Como estão as coisas por aqui?

— Estão bem. Tô aqui programando as postagens do blog para a semana que vem, a Isa está numa reunião.

— Que bom. Vou lá na sala do Nando. Você avisa a Isa?

— Claro!

Julia era nossa nova estagiária; eu precisava de alguém para ajudar a Isa e achei a menina bem focada. Isa é marrenta, um tanto chata, mas sempre me ajudou com as coisas, desde o começo. Claro que ela se sente um pouco frustrada por não ser blogueira, mas acho que já se conformou que isso não vai rolar. Ao contrário do que muitos pensam, não é qualquer pessoa que pode virar blogueira, você precisa preencher uns pré-requisitos, e ela não preenchia.

REGRAS DA STELLA PARA SER UMA BLOGUEIRA:

1. Seja focada.

2. Domine o assunto do qual você vai falar.

3. Seja carismática.

4. Nunca deixe um post para depois.

5. Não deixe de postar.

6. Seja uma inspiração para as pessoas.

7. Cuide da pele e do corpo.

8. Namore alguém que some à sua imagem.

9. Não dê barraco nem responda aos *haters*.

10. Seja única, não copie. → *11. Seja feliz!*

A Isa mal dava conta de cuidar do meu Facebook, que dirá do Insta, do blog... Quando comecei, pedi a ajuda dela. Era tranquilo, não tínhamos a quantidade de trabalho que temos hoje. Com o passar do tempo, a Isa foi se acomodando, e estava ficando cada vez mais difícil poder contar com ela. Nesse furacão de posts e clientes, Nando achou melhor contratar uma pessoa para ajudar no conteúdo do blog, o que deixou a Isa meio revoltada. Nossa relação (minha e da Isa) já estava estranha, e a entrada da Julia piorou mais ainda. Mas não posso fazer nada, somos uma empresa famosa e bem-sucedida. Aqui dentro não tem espaço para quem não entrega no prazo. Isso não existe para nós.

— Amor?

— Oi, linda, entra! Você demorou.

— Eu passei na Starbucks para comprar um cappuccino e a fila estava grande. — Minhas mãos suavam de nervoso enquanto eu mentia para ele.

— Tenho ótimas notícias!

— Diga.

— Eu fechei com aquela marca de chocolates e parece que a Julia está avançando com aquela marca de Nova York.

— A Julia? Caramba, que menina ótima.

— Você não seria nada sem mim, né, gorda? Vou ver valores e contrato, mas acho que está indo tudo bem.

— Obrigada, lindo. Não seria nada mesmo sem você. — Fui dar um abraço nele, mas o Nando não era muito carinhoso. — Nossa! Me abraça um pouco, poxa.

— Linda, você sabe que não curto ficar abraçando.

— Como assim? Você amava me abraçar no começo do nosso namoro.

— Não aqui na empresa. Não curto.

— Mas não tem mais ninguém aqui, só a gente.

— Mesmo assim...

Pois é. Nada de abraços entre quatro paredes, mas era só ligar uma câmera que ele virava a pessoa mais amorosa do mundo. Não sei o nome disso. Alguém sabe? Afff.

Depois daquela linda demonstração de afeto, resolvi ir para minha sala, porque ninguém merece essa humilhação. Claro que, quando seu namorado não te dá muita atenção, você acaba pensando naquele que sentou com você, tomou café, te perguntou como estava a sua vida e te escutou. Victor — Huguinho — não saía da minha cabeça.

Liguei meu computador e, claro!, fui fuçar se ele tinha Facebook, Insta, qualquer coisa. Bingo! O Facebook dele era bloqueado, mas dava para ver que ele era solteiro. Não sei nem por que eu estava vendo isso, mas o Nando bem que merecia.

Plim. Uma mensagem apitou no meu computador.

Victor:
Stella? Tá aí?

Stella:
Oie.

Victor:
Fiquei bem feliz em t ver hj...

Stella:
Bom te ver tbm!

Victor:
Vamos combinar mais vezes!

Stella:
Victor, eu adorei te ver, mas eu tenho namorado. Acho que fica chato.

Victor:
Hahaha. Eu entendo! Era só pra gente bater papo mesmo. Mas, mesmo assim, foi ótimo hj. Bjs.

Stella:
Bjs.

Não sei o que me deu na hora. Fiquei morrendo de medo de dar bola para o Victor e isso se espalhar por aí. Não, essas coisas não dão certo. Prometi a mim mesma que focaria as semanas de moda, o meu trabalho... Quem sabe meu namoro não estivesse passando por uma crise? Todo mundo passa por isso. Não podia deixar de lado todas as coisas que havia construído com o Nando só porque alguém tinha me dado atenção.

Os dias se passaram, e meu relacionamento estava cada vez pior. Nando não me procurava para mais nada além dos nossos compromissos de trabalho. Não viajávamos mais por diversão para nenhum lugar, não tínhamos mais jantares a dois... O negócio estava bem gelado. Eu ainda o procurava, tentava ser fofa, mas nem sabia mais se era aquilo que eu queria.

Sabe aquela sensação de que você não quer perder o que já está perdido? Sabe quando você faz seu relacionamento ser tão necessário na vida que não consegue se imaginar sem ele? Como é mesmo o nome disso? Apego. Afff. Entrei num automático tão grande que eu não sabia se gostava de ser parte do casal "Stellando" ou se realmente amava o Nando.

No escritório, eu fingia estar tudo ótimo. Não dava muito abertura para as minhas funcionárias, para não criar intimidade nem gerar algum tipo de fofoca entre elas. Quando Nando aparecia, eu fazia questão de ir correndo dar um abraço e um beijo nele, para mostrar que estávamos ótimos.

Nas redes sociais, no blog e nos vídeos que gravávamos semanalmente, o Nando se fazia de apaixonado, era um fofo e arrancava suspiros das minhas leitoras. "Casal perfeito", "Vocês são lindos", "Quero um Nando pra mim", "Barbie e Ken do Brasil", "Príncipe e princesa" eram só alguns dos comentários que elas faziam. Ler aquilo doía no fundo do meu coração.

Primeiro que quase ninguém elogia a mulher por causa do "sucesso" do relacionamento. É sempre o homem que é fofo, nunca a mulher. Ou seja, ele levava todos os louros do relacionamento, embora ele fosse a pessoa que mais me tratava mal.

Um dia, no carro, saindo de um evento, tentei conversar com o Nando sobre nosso relacionamento.

— Amor, você não acha que estamos distantes?

— Lá vem você com esse papo chato.

— Poxa, mas eu queria saber o que tá acontecendo.

— Tá acontecendo que você tá chata. Tenta ser mais legal.

— Nossa, como você tá grosso comigo.

— O que é, hein? Você reclama de tudo, cheia de nhe-nhe-nhem. Triste com as amiguinhas, triste com a gente, triste porque ninguém te ouve. Que saco! E você lá se preocupa com alguém? Sua vida é só você, você, você! Isso enche o saco.

— Uau. Acho que vou ficar quieta. — Segurei o choro, embora a vontade de abrir o berreiro fosse grande.

— Faça isso. Vou te deixar em casa porque minha cabeça tá explodindo.

— Não vamos dormir juntos?

— Fala sério, Stella. Não tem clima.

— Mas como eu posso criar um clima com você assim?

— Eu tô meio de saco cheio dessa vida de mentiras.

— Vida de mentiras? Você só pode estar brincando!

— Tô cansado dessa vida de casal Barbie e Ken. Às vezes, eu quero minha liberdade. Nem fazer mais meu bronzeamento eu posso, porque a recepcionista da clínica é nossa fã e vai começar a falar se eu aparecer por lá.

— Mas eu achei que você fosse feliz assim, achei que você amasse a fama.

— Fama? Você fala como se fosse a Angelina Jolie. Menos, tá?

— Você é muito grosso mesmo. Não sabe o que fala. Eu melhorei a vida de todo mundo, inclusive a sua. Te arranjei um salário que você não conseguiria nem na empresa do papai.

— Você tá se perdendo na vida, não sabe o que tá dizendo. Depois a gente se fala.

Saí do carro batendo a porta, as lágrimas não demoraram a cair. Chorava tanto que perdi até o fôlego. Como assim o Nando estava cansado? Eu tinha dado tudo pra ele: dinheiro, sucesso, reconhecimento. O que mais ele queria? Eu brigava com minhas amigas, e ele não escutava, eu tentava arrancar dele uma noite legal, um jantar romântico, e ele negava. E agora eu era a errada na história? Queria ver se aquela BMW era motivo de arrependimento pra ele. Ou se estava cansado daquele relógio de ouro. Muito fácil ficar rico e famoso e se cansar depois.

No dia seguinte, teríamos que gravar um vídeo, mas ele mandou uma mensagem dizendo que não podia participar. Mesmo com tudo acontecendo, fiz uma máscara rejuvenescedora calmante e fui trabalhar. Gravei com aquele sorrisão, falei bem do Nando, inventei que ele estava doente e pronto.

Não nos falamos por alguns dias. O pessoal do escritório sacava que algo estava errado, mas fazia cara de paisagem. A Isa me perguntava se estava tudo bem e eu fazia de conta que não estava entendendo a pergunta. Já a Julia era uma pessoa bastante reservada, mas bem fofa. Me trazia cafezinho, negociava contratos e colocava dinheiro na minha conta. Era ótimo.

Aliás, se tinha algo maravilhoso naquele escritório, era ela. Menina dedicada que foi crescendo aos poucos, superperfeccionista, simpática, esperta... Uma ótima aquisição da empresa. A Julia era a única pessoa que conseguia me tirar daquele mau humor constante.

No quinto dia depois da briga com Nando, meu coração já não aguentava mais — fora que os clientes poderiam ficar sabendo da nossa crise, e aí eu nem queria ver o que poderia acontecer. Como o Nando era ultraorgulhoso para dar o primeiro passo, resolvi mandar uma mensagem e chamá-lo para um café. Ele aceitou e descemos até a Starbucks ali perto.

No caminho, fui falando que o amava e que não queria brigar, ele jogou mais umas vinte coisas na minha cara, que resolvi aceitar porque não queria mais ficar daquele jeito. Demos um beijo para selar as pazes e entramos no café.

— Stella? — Uma voz me chamou de novo do fim da fila. Era o Victor.

— Oi... — respondi, totalmente sem graça, roxa de vergonha e com a perna bamba de nervoso. Eu não tinha contado nada sobre ele para o Nando.

— Que coincidência nos encontrarmos aqui outra vez!

Merda, ele tinha que falar "outra vez"?

— É. Tudo bom? — O nervosismo era tão grande que parecia que eu nem o conhecia. — Este é meu namorado. Lembra que te falei dele? O Nando. Amor, esse é o Victor, ele estudou comigo no ensino médio.

— E aí, beleza? — Nando cumprimentou numa boa, mas eu sabia que não era assim.

— A Stella falou muito de você. Estudamos juntos. Bom ver vocês.

Victor percebeu minha cara de poucos amigos e resolveu abreviar o papo. Eu já estava pensando em qual desculpa daria para o Nando; com certeza ele ia achar que estava acontecendo algo que não estava.

— Então você tá falando com uns caras e nem me avisa?

— Eu? Não é isso, amor, eu encontrei o Victor aqui outro dia, depois de um tempão.

— Parece que ele gostou de te encontrar de novo.

— Para, amor. Foi numa boa, juro. Eu acho ele *nerd* e feio.

— Stella, vou voltar para o escritório.

— Por quê? Não, amor, por favor.

Nando foi indo em direção à porta, enquanto eu puxava seu braço para que voltasse.

— Me larga, por favor. Fica aí no café dando bola pra outros caras.

— Amor, não faz isso. Vamos ficar bem.

Nando era cabeça-dura e ultrarradical. Ele realmente saiu andando, e nosso café foi um desastre.

Eu estava bem confusa. Meu namorado não estava nem aí pra mim e, se não fosse por mim, estaríamos brigados até agora. E, mesmo não querendo saber de mim, tinha esses ataques de ciúme por motivos pequenos. Não entendia mais nada.

— Tá tudo bem?

— Victor? Você ainda tá aí...

— Desculpa ter falado que a gente se encontrou aqui.

— Me dá licença, Victor, tenho que falar com meu namorado.

Saí batendo o pé, para o Victor perceber o que tinha feito. Afff.

Cheguei ao escritório e fui direto para a sala do Nando.

— Amor, trouxe seu café. Vamos ficar bem.

— Ok, estamos bem — respondeu Nando, a cara enfiada no computador.

— Mas você nem tá olhando pra mim...

— Stella, já deu, vai. Vamos falar sobre a SPFW, que tá chegando. Preciso discutir com você os desfiles e quais ações vamos fazer lá.

Se tinha uma coisa que movia esse homem, era dinheiro. Ele podia ter todos os problemas comigo, mas sabia separar trabalho e relacionamento.

Não falei mais sobre nossas brigas ou o que tinha acontecido no café, eu precisava manter meu namoro numa boa. Essa era minha meta, pelo menos até a semana de moda, quando encontraríamos um monte de gente.

Fizemos nossa reunião ali mesmo, e graças a Deus tudo estava entrando nos eixos.

— Que bom que resolvemos, amor. Te amo.

— Não pense que eu esqueci aquele cara do café. Só não fiquei preocupado porque ele tem cara de banana, além de ser insignificante. Mas eu não quero mais ser desrespeitado assim. Se você quer ficar comigo, vai ter que me respeitar.

— Te entendo super. Desculpa.

— Não quero você falando com homem nenhum. E, se eu souber que fez isso de novo, nosso namoro vai acabar e você vai se arrepender.

— Te entendo, lindo... Desculpa mesmo.

Eu sabia que o Nando tinha culpa no cartório e que estava longe de ser santo. Já havia feito vista grossa para várias atitudes suspeitas e fofocas que rolavam por aí, mas sabia que onde há fumaça há fogo. O problema é que ele sabia como me controlar e me manter totalmente dependente.

A semana de moda de São Paulo chegou, e era de praxe irmos, porque sempre tinha muito trabalho. E este ano eu ainda iria desfilar para uma marca de biquíni.

— Acho que eu não tô a fim de ir. Vai lá você. Eu invento alguma coisa – Nando falou.

— Mas, amor, você precisa ir um dia comigo, as revistas todas estarão lá. A gente precisa mostrar que tudo anda bem. Você não viu os comentários no Insta dizendo que a gente parecia brigado?

— Não, não vi. Trabalho dia e noite nesta empresa e não tenho tempo de ficar vendo os comentários dessas meninas chatas que não têm o que fazer.

— Tá bom, não fica bravo. Vamos um diazinho? *Please*!

Implorei tanto que consegui. Nando foi, mas foi com a cara mais amarrada do mundo. Brigamos no meio do evento e tivemos que ir embora antes da hora. Tenho certeza de que a Julia – estagiária – ficou passada com a discussão que presenciou.

Tudo aconteceu porque eu pedi, encarecidamente, ao meu namorado que fôssemos cumprimentar a estilista. Rito natural de todo santo fim de desfile. Mas ele encarou aquilo da pior maneira possível. Deu um ataque e disse que não aguentava mais essa vida de todo mundo seguindo a gente e sabendo até que sabonete ele usava. Disse que estava cansado. Cansado? Mas a gente vivia disso, e vivia muito bem ($!)!

Nando realmente parecia prestes a pular fora. O que eu ia fazer? Como ia explicar para as pessoas que tinha tomado um pé na bunda? Imagina minhas seguidoras com dó de mim? Imagina todo mundo comentando que ele não me quis mais? Pânico.

Cheguei em casa e liguei pra minha mãe. Ok, não tinha uma escolha melhor que essa. Ela era megapreocupada com essas fofocas e quis ligar de todo jeito para o Nando para colocar panos quentes, mas eu não deixei. Se ele terminasse mesmo comigo, talvez eu pedisse para ela fazer isso. Meu namorado escutava mais a minha mãe do que a mim mesma. Me julguem.

Enquanto minha vida pessoal estava uma bagunça, meu trabalho andava a mil por hora. Com a entrada da Julia e a saída da Isa, meu escritório tinha crescido mais de 30%.

Ok, vou explicar a saída da Isa. Tinha esquecido essa parte.

A Isa já não ia muito bem no trabalho e reclamava de tudo. Seu último chilique foi porque eu estava dando muito espaço para a Julia crescer. Ela encanou com a garota, fazia intriga e acabava nem trabalhando direito. Eu estava prestes a demiti-la quando meu contador me ligou para dizer que havia descoberto que a Isa estava levando das marcas um dinheiro por fora para fechar contratos comigo. Eu já desconfiava, pois havia algumas marcas que ela praticamente me enfiava goela abaixo, mas eu não tinha como comprovar nada.

Como meus nervos já estavam à flor da pele, fui com toda a raiva que estava para cima dela. Ela chorou, pediu desculpas, mas eu não quis saber. Cinco anos juntas e foi assim que a Isa me agradeceu: com uma baita facada nas costas.

Podem falar que sou metida, *blasé*, que me acho, mas as pessoas têm que reconhecer que eu mudo a vida delas. A própria Julia chegou aqui toda trabalhada na cafonice, tinha um cabelo minguado, usava umas roupas horrorosas, nunca tinha ouvido falar em maquiagem. E como ela está agora? Superfashion, extrovertida, confiante (até demais)... Estava ganhando bastante dinheiro e até comprou um carro.

Por isso sempre digo: fale mal de quem te dá tudo e a vida dá o troco.

Com a saída da Isa, a Julia começou a tomar conta de absolutamente tudo e se mostrou brilhante no trabalho. Aquilo até me dava uma certa aflição, ela era toda boazinha...

[anotação à margem: Tbm tenho aflição disso!]

Mas voltemos ao meu relacionamento. Ou melhor, ao fim dele.

Pois é, como eu havia previsto, levei um pé do Nando dias depois da Fashion Week. Ele me mandou um WhatsApp dizendo que estava confuso e precisava de um tempo. Perguntei se a gente podia se encontrar para conversar e ele respondeu que era melhor não.

Fala sério. Namoro há mais de quatro anos e levo um fora por mensagem? Isso não era justo. O que será que eu tinha feito para ele? Por que ele estava me tratando como se eu fosse um lixo? Será que foi aquele café com o Victor?

Fiquei um caco. Chorei, me culpei, chorei de novo e voltei a me culpar. Se tinha uma coisa que o Nando sabia fazer, era isso. Eu me sentia a pior pessoa do mundo só dele falar algo negativo pra mim. Sabe quando uma pessoa tem muita importância e peso na sua vida?

Fiquei pensando que devia ter contado para ele sobre meu encontro com o Victor, afinal, eu também ficaria chateada se ele tomasse um café com uma menina e não me contasse. Mas aí me lembrei de todas as vezes em que peguei mensagens de piriguetes no celular dele e perdoei.

Não contei nada para ninguém, só minha mãe e Julia sabiam o que estava acontecendo. Minha mãe porque não tinha muita opção de não contar e Julia porque trabalhava comigo praticamente o dia todo. O que mais me machucava era que ele parecia estar bem e parecia que amava me ver mal.

Logo depois do término, fui para Nova York a trabalho, e Julia me acompanhou. Dei graças a Deus por essa viagem. Assim, não teria que dar muita explicação sobre o sumiço do Nando e teria um tempo para pensar e tentar sair daquela fossa.

Nova York é um dos melhores remédios para dores de amor. Aquela cidade me faz respirar aliviada. Julia nunca tinha ido para lá, e foi legal vê-la animada com a cidade. Por motivos óbvios, não fui uma boa companhia, mas proporcionei uma bela viagem a ela.

Além do trabalho para uma marca americana bem importante, aproveitei para ver minhas primas e sair com umas amigas que moram na cidade. Minha amiga Fê era quase uma *new yorker* e prometeu sacudir a cidade quando eu chegasse. Foi bem legal, saímos para jantar, fui ver a peça do Jake Gyllenhaal, caí um pouco na balada e livrei minha cabeça de pensamentos ruins, pelo menos por algumas noites.

Algo muito engraçado, para não dizer estranho, aconteceu nessa viagem. Na verdade, algumas coisas chamaram minha atenção. Julia vinha se mostrando uma pessoa ultracompetente e rapidamente se transformou em uma mulher muito diferente daquela que chegou ao escritório para a entrevista.

Durante a viagem, ela tentava ser hiperultrassimpática com as pessoas da marca, o que dava a impressão de que eu era meio mal-humorada, sabe? Por várias vezes eu me controlei, ficava repetindo para mim mesma que não podia fazer a louca. Mas aquilo chamou minha atenção e fiquei observando. Várias vezes, quando chegava uma mensagem, ela escondia o celular e seu rosto se inundava de tensão. Eu, que já estava noiada, fiquei mais ainda. O que tanto essa garota escondia? Será que ela estava procurando outro emprego, ou pior, tentando se tornar blogueira e roubar meus clientes? Fora que eu sentia que o Nando conversava demais com ela, toda hora queria sua opinião, elogiava seu trabalho e a chamava de Ju, algo que me irritava.

Meu bode estava grande, e, apesar de adorar o trabalho que ela estava fazendo, não consegui chamá-la para sair com minhas amigas. Sentia que algo me bloqueava, parecia minha intuição falando o que não devia fazer.

Na primeira noite da viagem, saí para jantar com a Fê, a Paulinha e a Cami. Fomos no Catch, um restaurante que eu amo. O clima estava uma delícia, então, depois de comer, fomos andando para uma balada ali pertinho. A Cami disse que tinha uma amiga da prima dela morando na cidade que ia encontrar a gente. Chegando na porta da balada, dou de cara com quem? A Luiza. A ex do Nando. Aquela que ele chifrou para ficar comigo. Pois é... Coitada da Cami, ela nem se tocou desse fato porque fazia muitos anos. Só na hora que nos encontramos que todo mundo se deu conta.

A cara da Luiza não foi das melhores, não a culpo. Eu a cumprimentei morrendo de vergonha e entramos na balada. Começamos a noite com *shots* de tequila, o que me fez ficar mais tranquila e... bêbada. Álcool não era comigo, eu sempre evitei porque não curto ficar fora de mim. Só que aquela noite pedia — muito — álcool.

— Queria te pedir desculpas! — falei para a Luiza no meio da balada, a música bombando.

— Oi?

Não sabia bem se ela não tinha escutado ou se queria se fazer de desentendida.

— Sobre o Nando. Queria te pedir desculpas. Eu sei que faz tempo, mas eu sinto que te devo isso.

— Ah! Faz tempo mesmo! Não se preocupa, a gente não tinha nada a ver mesmo.

— Todo mundo fala bem de você. Não queria que a gente ficasse com climão nenhum. — Bêbado é sentimental, né?

— Relaxa, não tem climão. Tô falando isso de verdade. Vou lá fora fumar um cigarro.

— Posso ir?

— Pode...

Acho que nem a Luiza estava acreditando na minha sinceridade; a crise com o Nando me fez querer ficar próxima dela. Uma sensação estranha.

— Você fuma? — perguntou.

— Não, vim te acompanhar e tomar um pouco de ar.

— Ah...

— Você mora aqui faz tempo, né?

— Não faz muito. Tô fazendo mestrado.

— Que máximo! Pretende voltar para o Brasil?

— Difícil... Tô conhecendo muita gente, e aqui a vida tem mais liberdade. Mas a gente nunca sabe.

— Luiza, eu tô bêbada e, quando tô bêbada, fico meio sem noção. Sinta-se à vontade para me brecar se eu for muito longe.

— Confesso que tô amando ver Stella Prado bêbada na balada! Pode falar...

— O Nando não foi legal com você, isso é meio óbvio. Mas você por acaso se sentia um lixo perto dele?

— Ai, ai...

— Que foi? Falei merda, né?

— Não. Zero merda. Stella, é complicado... Vocês são noivos, e eu...

— A gente terminou — mandei a bomba, interrompendo-a.

— Nossa, que droga. Mas vão voltar?

— Acho que não... Acabou. — Meus olhos se encheram de lágrimas, e a Luiza ficou perplexa em me ver tão vulnerável.

— Vamos comer alguma coisa? Não quero que você chore.

— Acho que faz anos que não como uma batata frita.

— Pelamor!!! Vamos agora!

Tem coisas que só a bebida e Nova York fazem por nós. Novas amizades surgem, o espírito de ajudar fica mais forte e você pode até acabar indo comer com a sua ex-inimiga.

Luiza me levou numa lanchonete maravilhosa, e pedimos tudo o que tínhamos direito. Demos muita risada da situação: nós duas estávamos juntas em Nova York. Até falei que tínhamos que postar no Instagram, o povo da faculdade não ia acreditar. Fazia muito tempo que eu não me divertia daquele jeito.

Depois de encher a barriga de *junk food*, fomos andando até um bar que ficava em West Village.

— Posso te perguntar por que você e o Nando terminaram? — ela quis saber.

— Ele me deu um pé... — falei.

— Sério? Bom, pelo menos não foi por mensagem. Hahahaha.

— Puts, vou te contar outra coisa...

— Não! Ele terminou com você por mensagem? Com você? — Luiza estava passada.

— Sim. Disse que está confuso. Não entendi nada.

— Olha, eu não gosto de me meter na vida dos outros, mas sempre achei o Nando um cara estranho. Aquela metrossexualidade tira todo o tesão do relacionamento. Fora que ele a-do-ra colocar as pessoas pra baixo e não tem peito pra terminar as coisas.

— Nossa, você disse tudo! Com você era assim também? Tô chocada!

— Opa! Era super. Eu ficava me sentindo uma obesa horrorosa perto dele...

— Então ele já tinha essa mania de dizer que todo mundo tá gordo?

— Quem nasce assim não muda nunca.

Nem lembro em que bar entramos, de tão interessada que estava no papo. Contamos as nossas experiências com o Nando, e era tudo igualzinho.

— Stella, nunca imaginei que o relacionamento de vocês fosse assim. Vocês pareciam superperfeitos no Insta, YouTube, Snapchat...

— É... Às vezes, eu também não acredito que meu relacionamento ficou tão ruim. Não sei o que vou fazer...

— Não sabe? Ah, então vou me intrometer! Stella, você é muito mais legal do que as pessoas acham. Hoje eu me diverti como se estivesse com minha melhor amiga, a Alice. Nunca imaginei que você fosse alto-astral, desencanada... Você é gente como a gente. Isso é o máximo!

— Você acha?

— Acho! Eu sei que pode ser que você volte com ele, mas preciso te dizer: o Nando é uma roubada. Ele é um anulador de mulheres. Todo mundo que fica com ele se anula. É um horror! O cara se acha, faz a pinta de bom-moço, mas no fundo é um safado. Desculpa, mas esse cara tem tudo, menos santidade.

— As pessoas falam isso?

— Todas.

Luiza bêbada era uma máquina da verdade.

— Nossa...

— Pois é! Ele é daquele tipo de cara que adora saber que tem mulheres querendo ele. E, se sente que alguma não olhou, ele vai atrás. Esses relacionamentos são tóxicos, e a gente não percebe.

— Acho que tô percebendo agora...

— Olha, eu estive num relacionamento péssimo e achava que estava com o cara certo. Na hora que cai a ficha, você percebe quanto tempo perdeu com a pessoa errada.

Verdades sinceras me interessam!

— Foi você que terminou? — perguntei, dando um gole na minha cerveja. Sim, até cerveja eu estava bebendo.

— Fui, mas demorei muito. Muito mesmo. Briguei com a minha melhor amiga por achar que ela estava errada por não gostar dele. Fiquei muito sozinha, perdi amigas e comecei a ver que aquilo não me fazia feliz.

— Às vezes me sinto muito sozinha.

Senti uma tristeza enorme no meu coração. O Nando fazia eu me sentir sozinha. Um relacionamento tem várias funções, mas a mais importante é te completar. No meu caso, estava tudo ao contrário.

Conversei com a Luiza até umas cinco da manhã. Foi tão bom, parecia que estava conseguindo dizer alto e bom som o que estava acontecendo na minha vida. Voltei para o hotel e ela para a casa dela. Nunca imaginei que minha ida para Nova York seria tão importante. Eu estava tão pensativa que até esqueci de postar no Instagram, no Snap etc. Dei uma sumida de tudo. Queria pensar na minha vida, nas minhas coisas. Fiquei muito culpada de ter falado mal da Luiza, ela era gente boa e tinha sido superatenciosa, me consolando a noite toda. Tudo bem que ela também deve ter falado muito mal de mim no passado, mas tinha razão para isso. Eu não.

Meus dias na cidade foram mais introspectivos, trabalhei mais na minha. Fiz tudo o que tinha pra fazer, mas usei meu tempo para repensar algumas coisas. Acho que devo ter passado uma impressão de mal-humorada, mas fiz meu trabalho. A Julia continuava agradando as pessoas da marca. E isso até que me ajudou no final, porque eu não queria papo com ninguém.

Quando você trabalha com exposição, precisa ser carismática, mas naquela viagem eu apertei a tecla "foda-se" e passei a pensar no que iria fazer com tudo aquilo que estava acontecendo comigo.

O Nando só falava comigo por e-mail, sobre trabalho, e sempre com outras pessoas copiadas. Ele não me mandou mensagem nem me ligou. Parecia que tudo o que ele queria saber sobre o andamento das coisas, a Julia passava.

Conversei mais com a Luiza pelo WhatsApp, rimos da bebedeira da noite anterior e começamos a cultivar uma possível amizade. Quem diria.

Voltei para São Paulo mais renovada e um tanto mais corajosa. Comecei a me preparar para viver minha vida sem o Nando. Acho que já deu pra entender que meu relacionamento era pior que um casamento. Se a gente se separasse mesmo, muitas coisas iriam mudar. Medo!

Quando chegamos no aeroporto, o pai da Julia estava esperando por ela. Nessas horas meu bode pela Julia diminuía, porque eu via quão importante esse trabalho era para ela. O pai dela me parecia um cara legal e foi muito simpático, até fiquei pensando que meus pais nunca tinham ido me buscar no aeroporto depois de uma viagem. Era sempre meu motorista que estava lá.

Quando cheguei em casa, minha mãe tinha chamado a massagista, para eu dar uma relaxada, e no dia seguinte ao meio-dia eu tinha dermatologista para fazer uma máscara pós-viagem. Mas eu não consegui aproveitar como sempre fazia, parecia que faltava alguma coisa ou que alguma coisa havia mudado dentro de mim.

Fui para o escritório tranquila, cheguei lá e vi o Nando sentado na sala dele.

— Oi, cheguei — falei, andando em direção à minha sala.

— Espera! Bem-vinda! Como foi lá?

— Foi ótimo.

— Fechamos uma campanha de cosméticos pra você, contrato anual milionário.

— Obrigada, fico feliz. — Felicidade era a última coisa que minha voz expressava.

— Tô vendo a felicidade... Tive que usar a sua sala hoje porque o eletricista veio arrumar a minha. Foi só por alguns minutinhos.

— Ok. Sem problemas. Estarei lá se precisarem de mim.

Fui tão indiferente com ele que quase consegui enxergar um ponto de interrogação nos olhos do Nando.

Cheguei na minha sala e, enquanto organizava as coisas que eu tinha trazido, escutei um barulho, como se tivesse recebido uma mensagem no meu celular. Olhei para meu aparelho, mas ele estava apagado. Procurei pela sala, tentando descobrir o que estava apitando, até que vi o celular do Nando na minha mesa. Como ele não tinha se dado conta disso ainda? Ele não desgrudava daquele celular nem por um minuto sequer. Eu sabia que ele tinha entrado numa reunião com clientes grandes e não sairia da sala tão cedo.

Sabe quando a última coisa que você quer quando está de dieta é chocolate, mas aí te mandam uma caixa de brigadeiros e não tem como resistir? Essa era a minha sensação ao avistar o telefone.

Olhar ou não olhar? Ok, fui para Nova York, conversei com a Luiza, enchi um pouco mais a caixinha da autoestima, mas o celular do ex é sempre o celular do ex. Quer saber? Peguei aquele troço, coloquei a senha que sabia de cor e me preparei para o pior. Quem procura acha.

Para quem nunca fuçou o celular de alguém, vou explicar. A sensação é de pura adrenalina, é tão sadomasoquista quanto gostar de uns tapinhas *à la* cinquenta tons de cinza, só que não tem final feliz com o Mr. Grey. Sabe por quê? Simplesmente porque em todos os celulares tem algo que vamos odiar ler, não adianta. Celular é tipo diário, só que pior.

Onde posso assinar que concordo que muito?

Eu sabia que ia entrar em parafuso de ver aquilo tudo, mas não imaginava que encontraria algo tão bizarro.

Fui direto para as conversas de WhatsApp com a Julia; aquela noia estava me matando. Papo de trabalho, ela contando como estava Nova York, alguns emoticons sorrindo – e nada profissionais – mandados por ele... E uma conversa bombástica.

Meu coração acelerou, minhas mãos ficaram trêmulas, minha boca secou. Pah! Um tiro na minha autoestima, no meu coração e em qualquer outro lugar que não consigo nem pensar ao descrever a cena. Eles ficaram. O Nando e a Julia ficaram. Quase caí dura. Lia e relia para conseguir acreditar no que estava escrito. Meu Deus, a Julia?

Então Julinha, a fofa, estava de olho no meu noivo esse tempo todo? Aquela voz fofa e todo aquele bom humor eram por isso? Tudo

Por isso que ninguém é 100% nada. Nem bom nem ruim.

isso foi feito pelas minhas costas? Quando? Onde eu estava quando tudo isso aconteceu?

Fechei a conversa, coloquei o celular no mesmo lugar em que o havia encontrado; tinha os olhos cheios de lágrimas e aquela sensação de que poderia matar alguém. Fiquei esperando a reunião acabar para falar com o Nando. Só de me lembrar dele falando com a Julia, meu estômago dava nó. Coitada de mim. Uma chifruda que se culpava por ter conversado com o amigo do colégio no café. Patético.

Quinze minutos se passaram e Nando bateu na porta.

— Entra — falei, limpando as lágrimas.

— Oi, vim pegar meu celular. Esqueci ele aqui. Tá tudo bem?

Nessas horas você pensa que vai pular em cima da pessoa e bater tanto, mas tanto, que o prédio inteiro vai achar que um assalto está acontecendo, mas o ser humano tem autocontrole e uma mente fria quando está com raiva. Pelo menos eu tenho.

— Tudo. É que vi um vídeo de uma seguidora e me emocionei.

— Você se emocionando com uma seguidora? — Ele estava branco de nervoso, mas tentava se manter *cool* para eu não perceber nada.

— É...

— Bom, tô indo para uma reunião fora.

— Tá bom. Boa reunião.

Se tinha uma coisa que eu jamais faria naquele momento, era um escândalo. O Nando já estava com um pé fora do barco, eu não ia forçá-lo a tirar o outro.

Naquela tarde, consultei meu advogado para saber o que aconteceria com os contratos de trabalho que contavam com a participação do Nando. Sim, devemos pensar racionalmente em certas horas. O dr. Natan não me deu boas notícias. Se Nando e eu nos separássemos, quebraríamos alguns dos maiores contratos do blog. Também perderíamos a oportunidade de estrear na TV — recentemente, um canal de TV havia feito uma proposta de *reality* que seria com o casal, e eu estava louca para ir para a TV. Um grupo de investidores que havia nos procurado para investir no blog provavelmente desistiria, e a chance de o escritório entrar em colapso seria grande. Parece bobo, um tanto louco, mas se separar não é uma coisa tão fácil quando se têm negócios juntos, principalmente os nossos, que são superinterligados. Saí do meu advogado sem coragem de tomar uma decisão. Me separar do Nando resultaria numa perda imediata de mais de dois milhões de reais.

Eu sei que existe a história do amor de verdade, mas eu tinha construído tudo com tanto esforço... Não podia acabar por causa de uma escorregada – grande, eu sei – dele.

E os danos morais? Falar publicamente da separação, as pessoas descobrirem o chifre, os boatos tomarem força e atrapalharem o caminho da minha empresa. Que pesadelo! Que raiva de mim mesma por ter colocado aquela garota dentro do escritório. Os homens pensam com a parte de baixo, mas mulheres planejam o envolvimento. Aquela filha de uma mãe tinha tudo montado. Ela queria ganhar dinheiro, poder e o homem da chefe. Caso claro de recalque com inveja.

Sem saber o que pensar, voltei para o escritório e fui direto para minha sala. A destruidora de lares estava numa reunião fora e o canalha também. Será que essa reunião era sexual? Que ódio.

Como uma menina daquelas conseguiu atrair o Nando? Ela não fazia o tipo dele. Eu gasto sei lá quantos mil por mês em tratamentos estéticos, e essa aí que nunca viu um *peeling* na frente chega pegando meu namorado? Não consigo entender.

Os dias se passaram, e eu sentia que a Julia estava me evitando ao máximo. Será que o Nando tinha contado pra ela que tinha esquecido o celular na minha sala? Provável. Às vezes eu queria não ter lido a troca de mensagens. Assim, a Julia poderia continuar fechando negócios pra mim e eu não estaria em dúvida sobre meu futuro com o Nando. Seria muito mais fácil.

De um dia para o outro o Nando voltou a ser ultrassimpático comigo, parecia estar sentindo a minha falta. Algo me dizia que ele queria se reaproximar. Medo? Talvez. Não seria apenas eu que perderia com nossa separação, Nando tinha ganhado muito dinheiro com o blog e a nossa relação.

Pensei em mil maneiras de encurralar Julia, aquela sem vergonha alguma na cara, mas a melhor delas seria deixá-la sem graça até que resolvesse falar. Quanto ao Nando, eu estava muito na dúvida. Não conseguia nem pensar em dar um beijo ou um abraço nele de tanta raiva que sentia. Meu sonho era mandá-lo embora e ver a vida dele desmoronar, mas isso me prejudicaria também.

Como eu estava de olho nas interações dos dois no escritório, notei que a Julia estava um tanto grossa e sem paciência com ele. Será que o Nando tinha dado um pé nela? Bem capaz.

— Té, posso falar com você?

— Oi, Nando, é urgente? Tô ocupada — respondi, sem tirar os olhos do computador.

— Queria saber se podemos conversar antes do evento no shopping? Fico preocupado de as pessoas acharem que a gente tá mal.

— Talvez elas precisem ver que não somos perfeitos.

— Como assim?

— Nando, eu não vou aturar mais as suas merdas. Cansei.

— Do que você tá falando? — ele perguntou, fingindo não saber de nada.

— Você sabe muito bem.

— Stella, sai dessa noia! Você deve fazer muita coisa errada pra desconfiar tanto de mim.

— Hahaha! Ok. — Senti que aquela não era a hora de jogar tudo na cara dele.

Terminei de subir no blog um post com sugestões de presentes para o dia dos namorados — veja só a ironia da vida — e fui me arrumar para o evento. No acervo de roupas, procurei o terninho branco Yves Saint Laurent que tinha acabado de chegar ao escritório.

— Peter!

— Oi, Stella!

— Onde tá aquele terninho branco Yves Saint Laurent?

— Acho que a Julia pegou para ir numa reunião...

Meu rosto ferveu de raiva. Agora a pobre menina estava pegando as roupas do acervo numa boa? Não estava acreditando que ela tinha pegado meu terninho branco. Justo aquele novinho, que nem ficaria bem nela. Cadê aquela coitada que falava que não se sentia bem usando essas coisas de marca? Imagina se ela se sentisse.

— Peter, você, como responsável pelo acervo, devia ter avisado a Julia que aquele terno é meu.

— Mil desculpas, Stellinha! Vou tomar mais cuidado das próximas vezes. — Peter era a pessoa com mais medo de mim no escritório. Ele estava branco de medo.

— Então vê se me arruma um *look* bem lindo e branco para hoje, por favor.

Eu tinha lido uma vez que branco trazia credibilidade e, depois de tudo o que havia acontecido entre mim, o Nando e a menininha, achava que usar branco me ajudaria.

Fui no Proença e me arrumei toda, fiz um cabelo liso escorrido matador e passei um batom vermelho. Coloquei o vestido branco – lindo – que o Peter havia arrumado e estava pronta para ir ao evento.

Cheguei mais cedo ao shopping e aproveitei para pegar um café na Starbucks. Mal consegui chegar à fila, porque havia um monte de fãs querendo tirar foto. Uma voz conhecida me chamou às minhas costas.

— Stella!

— Huguinho... Ops! Victor, não acredito!

— Acho que gostamos muito de tomar café no mesmo horário! Rimos os dois.

— Nossa, você tá linda. Aonde você vai?

— Tenho um evento de dia dos namorados.

— Ah... Com o bonitão marrento?

— Ele mesmo...

— Bom, vou reforçar meu convite para visitar a galeria. O dia que você quiser.

— Onde é mesmo?

Fiz questão de anotar o endereço no meu celular e cogitei seriamente ir até lá. Eu estava solteira, e o Victor – que era um cara bonitinho, inteligente – parecia ansioso por minha visita à sua galeria de arte. Quem sabe eu não me animava e dava um pulo lá...

Saí do café e fui direto para o evento.

— Você demorou, amor – falou Nando, rodeado por seguidoras que já estavam babando nele.

— Oi, amor! – Nem sei como consegui sorrir, chamá-lo de amor e ainda dar um beijo nele.

As meninas que estavam em volta suspiraram, os fotógrafos tiraram fotos nossas, e demos algumas entrevistas para revistas. Aquele mundo de mentiras voltou a aparecer.

Parece doentio, e devia ser, mas eu não tinha opção. Pelo menos naquele momento eu teria que fingir minha paixão pelo cara mais sacana do mundo. Meu trabalho estava acima de tudo.

Encenei, abracei, beijei, falei nas entrevistas quanto nosso amor era forte, demos dicas de como ser feliz numa relação e fechamos o evento com declarações um para o outro. Fui embora sem aceitar o convite do Nando para jantar. Ele estava tentando, a todo custo, me reconquistar, mas meu bode ainda era forte.

Deitei na minha cama e fiquei olhando para o endereço da galeria do Huguinho e pensando se deveria ou não estar lá com ele batendo papo sobre a vida. Meu coração dizia para eu ir, mas a real é que eu morria de medo de ser vista com outro cara e alguém comentar. Tudo bem que não sou Angelina Jolie, mas sempre sou reconhecida e tinha muito medo de arranhar minha imagem nas redes.

Dormi pensando nisso e acordei da mesma maneira. Fiquei lembrando do olhar do Victor e de como ele sempre tinha sido legal comigo – na escola; no café, depois de anos; quando o Nando foi mal-educado com ele; em todas as vezes que o tinha visto na vida. Isso não era normal, parecia que a vida estava me dando vários sinais do tipo "Vai lá, Stella, sai dessa e vai atrás da sua felicidade", mas eu morria de medo.

Uma vez li um artigo de uma psicóloga que falava sobre o medo de ser feliz – acho que eu sofria disso. A gente prefere se apegar a um relacionamento tóxico e infeliz a se aventurar em algo promissor que não nos faria sofrer. Por que a gente faz isso com a própria vida? Preferir ficar com alguém que trata a gente mal e deixa inseguro a ficar com uma pessoa que trata bem em todos os momentos parece um vício, do tipo "Preciso ser maltratada, preciso sofrer". Não acham? Afff.

No fundo, acho que eu sempre tive esse lema na cabeça. Para os caras legais que a vida me ofereceu, eu virei a cara, achava-os chatos e sem emoção. Em contrapartida, caras que me deixavam insegura ganhavam toda a minha atenção e o meu amor.

Vai ver era culpa do *bullying* que sofri quando era mais nova, mas eu precisava agradar quem me destratava. Era tipo um vício.

O ponto é que, pela primeira vez na vida, estava cogitando ir atrás de um cara que sempre me deu valor. Claro que eu não iria com nenhuma intenção, mas me daria uma chance de conhecê-lo um pouco melhor.

Abri meu *closet*, coloquei uma calça jeans e uma malha de coração que tinha desde antes de ser blogueira, calcei um par de sapatilhas, fiz um coque no cabelo e passei um pouco de maquiagem, porque cara lavada não era minha praia. Nem minha mãe me reconheceu.

— Filha, vai trabalhar assim? – perguntou, assustadíssima com a falta de produção.

— Não, vou dar uma saída e já volto, mãe. Não se preocupa.

Peguei meu carro, coloquei o endereço da galeria no Waze e fui. Parei o carro num estacionamento na frente, respirei fundo e entrei meio que sem pensar.

— Stella? – Victor ficou chocado em me ver ali daquele jeito.

— Oi... Você não disse que eu podia vir?

— Nossa, que honra! Entra!

Os olhos dele brilharam de uma maneira que eu nunca tinha visto na vida. Ele estava mais nervoso do que eu. Me serviu uma água e um suco delicioso de tangerina da horta dele. Demos uma volta pela galeria, por sinal linda, e fomos sentar num jardinzinho que ficava nos fundos.

— Este lugar é lindo, que paz este jardim.

— É... Aqui é meu lugar de pensar, ficar quieto, meditar...

— Meditar? Hahaha. Você medita?

— Você deve me achar muito estranho, né? Mas eu medito. Gosto muito, me acalma.

Por uns segundos ficamos olhando um para a cara do outro, olhos nos olhos. Você já ficou olhando por muito tempo nos olhos de alguém? É uma coisa de outro mundo. Acho que nunca havia olhado ninguém tão profundamente e em tão pouco tempo. Como podia aquilo? Esse cara mexia com umas partes minhas que eu desconhecia.

— Vinho? – perguntou.

— Sim, um pouquinho só. Obrigada.

— Que bom te ver assim.

— Assim como?

— Relaxada, mais tranquila.

— Você quer dizer malvestida, né?

— Hahaha! Stella, quando isso acontecer, não estarei vivo pra ver. Você está sempre linda, mas hoje você está especial.

— Especial? De jeans, sapatilha e quase sem maquiagem?

— Exatamente assim.

Dei uma risadinha bem sem graça.

Victor não perdia tempo. Eu estava acostumada com o Nando, que se olhava até no reflexo da taça de vinho e nunca me elogiava, e esse aí me observava como se eu fosse uma obra de arte, a mais rara de qualquer museu do mundo.

Acabamos bebendo uma garrafa inteira de vinho em menos de uma hora, sem termos comido nada. Resultado: estávamos bêbados.

— Hahaha! Aquele *brother* do sexto ano era muito engraçado! Lembra quando ele levou o maior chão na escada do colégio?

— Ele era maluco! Mas eu curtia aquele jeito meio diferente dele, pelo menos era estranho igual à gente! — concordei gargalhando e dando mais um gole naquele vinho, que descia como água.

— Era bom ter você como amiga. Me salvou de muitos anos de terapia. — Mais uma vez ele jogava aquele olhar profundo enquanto bebia a décima taça de vinho. — Você gosta de que tipo de música?

— Ah... qualquer uma. Põe aí, já tô bêbada mesmo!

Foi nesse momento etílico e de fraquejo emocional que ele me tirou para dançar ao som de "Slow Dancing in a Burning Room", música total pega-mulher do John Mayer. Um dos maiores pegadores, aliás!

John Mayer é jogo baixo!

Tinha bebido tanto vinho que me deixei levar sem vergonha alguma. Não lembro de ter dançado música lenta com ninguém antes daquele dia. E preciso ressaltar que o fato de serem onze da manhã dizia muito sobre aquele momento ser realmente único.

Nossos braços estavam entrelaçados, meu peito estava de encontro com o dele, e John Mayer cantarolava ao fundo. De repente, nossos olhares se cruzaram, nossos rostos se aproximaram e lentamente nos beijamos. Aquele encaixe foi tão perfeito quanto um par de sapatos Louboutin 36/12. Ficamos nos beijando por alguns minutos, e eu não pensei em mais nada a não ser quanto aquilo era legal.

— Preciso dizer que sonhava em fazer isso desde a primeira aula de desenho na escola...

— Hahaha! Mas a gente tinha 7 anos.

— Pra você ver o que é esperar.

— Sério? Você gostava de mim já naquela época?

— Agora pode se achar. Mais.

— Adorei!

Não parei na frente do espelho nenhuma vez e mal olhei meu celular. Um milagre. O pessoal do escritório devia estar atrás de mim, mas eu ignorei todo mundo.

— Então a sua vida é assim? Essa calma, essa tranquilidade... Que delícia!

— Quando a galeria está cheia é mais corrido, mas eu não curto uma vida de rotina louca...

— Tipo a minha?

— Não me leve a mal, mas você é mais especial assim, desse jeito, sem estar preocupada com tudo.

— Pois é, e aqui eu nem me preocupei com o estado do meu cabelo! — Soltei uma risada.

— E nem precisa, não é isso que importa na vida.

— Ah, vai dizer que você não gosta de uma mulher que se cuida?

— Claro que gosto, mas isso não pode ser a única coisa. Eu gosto de uma coisa...

— Do quê?

— De você.

Aquele você ecoou na minha cabeça por alguns segundos, e então me toquei que estava bêbada ao meio-dia de uma sexta-feira e com um cara que não era o Nando. Meu coração disparou, minhas mãos suavam frio, e comecei a sentir algo muito, muito estranho.

— Você tá bem? — perguntou Victor um tanto assustado, afinal, eu tinha ficado branca igual papel.

— Tô... Preciso ir ao banheiro.

Saí correndo dali e me tranquei no lavabo, o ar começava a me faltar. Aquela crise de pânico (só depois fui saber que era isso) tomou conta de mim. Minha cabeça ficava falando pra mim: "O que você está fazendo? Você não podia ter beijado ele. Você precisa voltar". Caí no choro instantaneamente. O que eu estava fazendo?

— Stella? — Victor bateu na porta meio desesperado, pois eu já estava ali há vinte minutos.

— Já vou sair!

— Você precisa de ajuda?

— Chama um táxi pra mim?

— Táxi?

— É, você ouviu. Um táxi!

Não podia pegar meu carro porque tinha muito álcool no sangue. Precisava ir para casa e dormir pelos próximos quinze anos. Podia ser?

Victor devia estar me achando uma louca. Disse a ele que só sairia do banheiro quando o táxi chegasse. O coitado batia na porta, me pedindo para sair, mas eu só conseguia chorar e chorar.

— Eu te fiz alguma coisa?

— Não. Só me deixa em paz.

— Olha, eu gosto de mulher arrumada, não quis te ofender. Me desculpa se fal...

— Por favor, não fala mais nada. Só quero ir embora. — Eu parecia uma doida lunática.

O táxi chegou. Quando abri a porta do banheiro, meu rosto estava tão inchado que parecia que estava com alergia.

— Stella, fala comigo! O que tá acontecendo?

— Nada... Victor, eu não posso fazer isso. Tenho uma vida muito diferente da sua. Tem o Nando. A gente não pode fazer isso. Me desculpa por tudo. Eu sei que você vai me odiar pra sempre, mas, mesmo assim, me desculpa! Preciso ir.

— Calma aí! Que história é essa de "a gente não pode fazer isso". O Nando te traiu, você mesma me contou. Que eu saiba, você é solteira e dona da sua própria vida.

— Mas Nando e eu estamos ligados pelo trabalho, e eu não...

— Stella! — ele me interrompeu, e não estava nada zen. — Você vai viver uma mentira? Não pode ficar comigo porque o seu namorado alaranjado faz trabalhos com você? É assim que você encara a vida?

— Agora você vai me julgar? — Ainda aos prantos, rebati o que nem deveria ser rebatido.

— Você vai voltar praquele cara por causa do blog? Isso é surreal!

— Você não me conhece nem sabe da minha vida! Não é fácil assim!

— Ah, não? Então me fala o que é mais fácil: viver infeliz para agradar seus fãs? Viver infeliz para ganhar dinheiro? Ou melhor, para não perder? Viver infeliz para ter poder social? Para estar nas rodinhas mais fúteis do país?

— Olha aqui, garoto! — Coloquei o dedo no meio da cara dele. — Você não sabe nada sobre minha vida, nunca vai saber. Não fale de mim, não me julgue e, daqui pra frente, por favor, finja que não me conhece!

Saí da galeria correndo, entrei no táxi e fui para casa. Eu chorava tanto que nem sabia mais por que estava daquele jeito. Era por causa do Nando? Do Victor? Da Julia? De mim mesma?

Ouvir aquelas últimas verdades do Victor tinha doído fundo no meu coração. Dizem que quando as palavras doem é porque são verdadeiras. Tenho que concordar com o Victor. Minha vida era uma mentira, não existia amor nenhum pelo Nando e, sim, ele era alaranjado.

— Filha do céu, você está um caco! Por onde você andou?

— Mãe, me deixa!

— Stella, não fala assim com a mamãe. O que aconteceu?

Deixei minha mãe falando sozinha na sala e fui me trancar no quarto. Meu carro havia ficado no estacionamento e pedi para o meu motorista ir buscar quando desse. Fiquei o resto do dia na cama, não tinha forças para nada. Me sentia triste por ter sido tão cruel com o Victor, e me perguntava por que havia tido aquele ataque de pânico. Eu estava feliz, rindo, me divertindo, e de repente o mundo desmoronou.

Aquele beijo maravilhoso não saía da minha cabeça, mas eu não parava de pensar: "Esse cara não tem nada a ver com a minha vida. As pessoas não vão entender! Como vou fazer um *reality*? Como vou fazer campanhas para as marcas? Não, não ia dar certo!".

De tanto desespero, choro e lamentação, minha cabeça pifou e eu caí num sono profundo. Não ouvi telefone, WhatsApp, Snap... nada. Eu estava totalmente adormecida nas minhas lágrimas. Acordei na manhã seguinte com minha mãe entrando no meu quarto.

— Filhota, mamãe ficou preocupada com você. Está tudo bem?

— Oi, mãe, tá sim.

— O Nando passou aqui ontem à noite.

— O Nando? Você não disse nada pra ele, disse?

— Claro que não! Falei que você tinha passado muito mal e estava dormindo.

— Ufa...

— Té, conta pra mim. Você estava com outro amigo?

— Mãe, por que você tem sempre que falar com esse ar infantil? Afff. Fala direito, sou crescida já.

— Pode ser crescida, mas agiu como uma criança ontem.

— Do que você tá falando?

— Você chegou bêbada, chorando. E depois um tal de Victor veio trazer o seu carro. Stella, você não pode se expor por aí! Não é mais anônima.

— O Victor trouxe meu carro? — Nessa hora me toquei que saí tão esbaforida que deixei até a chave do carro na galeria. — Você não sabe de nada.

— Sei, sim. Já sei que você foi no doutor Natan, que está pensando em se separar do Nando. Mas olha, filha, se fizer isso, você vai destruir sua carreira.

— Mãe...

— Deixa eu falar! Você não pediu para eu ser menos infantil? Então, bem-vinda à vida adulta. A senhorita tem uma carreira que está hiperligada ao Nando. Não jogue tudo para o alto por causa de um casinho à toa que ele teve. Não seja boba! Vocês são um casal-modelo, pessoas públicas, não podem jogar isso fora!

— Você anda bisbilhotando a minha vida? Como você sabe disso?

— Eu cuido da sua vida, é diferente. Se não quer que eu saiba das coisas, então deve falar mais baixo no telefone. Do meu quarto, escutei você contando para o advogado sobre o caso da estagiária. Filha, essa garota não vale nada, nunca vai chegar aos seus pés. Homens fazem isso, ela deve ter provocado o Nando num momento de fraqueza dele. Isso acontece. Agora toma um banho, passa uma maquiagem e desce para tomar café com o Nando. Eu o chamei para vir aqui. Você precisa voltar para a sua vida.

— Você convidou o Nando?

— Stella, acho melhor você me ouvir antes que perca mais de dois milhões de reais e ganhe desafetos entre os seus seguidores.

Minha mãe estava nervosa e saiu do meu quarto batendo a porta. Eu sempre achei que ela fosse a favor do Nando, mas naquele momento percebi que era a favor de aparências, mesmo que isso custasse a minha felicidade. Afff. E o discurso machista sobre os homens? Estamos em 1800? Aquela conversa serviu para que eu percebesse que repetia esse discurso da minha mãe para minhas seguidoras sem nem pensar no que estava falando.

Minha cabeça estava a milhão, mas, mesmo sabendo que o que minha mãe falava era um discurso de uma mulher que não se deu chance de viver do jeito que gostaria, eu não tinha coragem de viver uma outra vida. Estava tudo muito certo, eu já tinha construído todo aquele circo. Entrei no banho e prometi a mim mesma que pararia com essa mania de querer mudar o rumo das coisas. Respirei fundo, sequei o cabelo, fiz *babyliss*, me maquiei e desci para encontrar o Nando. Uma sensação ruim tomava conta do meu peito, mas eu continuava respirando e dizendo para mim mesma que isso ia passar.

Quando ele chegou, cumprimentei-o com um meio sorriso e um beijo. Tomamos café e fingi que nada tinha acontecido.

— Stella, aonde você foi ontem?

— Eu? Na ginástica. Depois passei mal, por quê?

— Você acha que eu vou acreditar nisso?

— Onde mais eu estaria? — Voltei a suar frio. Se o Nando descobrisse, tudo iria por água abaixo, e ele ainda ia fazer a minha caveira dizendo que a culpa era minha.

— Olha, eu não gosto de desrespeito, então exijo que você seja honesta comigo.

— Mas eu tô sendo. Juro! — menti.

— Se eu descobrir algo, nunca mais volto com você.

Eu sei, é estranho. O cara te chifra e ainda te fala essas coisas. Mas esse era o poder do Nando, virar o jogo e me deixar morrendo de medo dele.

— Pode acreditar em mim — jurei. — Quer Nutella no pão, como você gosta?

Tomei café com meu estômago embrulhado. Parecia que, depois de ter beijado o Victor, eu não tinha mais raiva do que o Nando havia feito e estava me culpando mais do que nunca. Seria machismo? Não sei, mas estava me achando a maior vagabunda da face da Terra.

Depois do café, fui para o escritório, e a única pessoa com quem precisava me entender ainda era a Julia. Ela precisava ir embora.

Fiz algumas coisas que não tinha feito no dia anterior, acertei algumas campanhas futuras, marquei umas viagens a trabalho e fui até a sala daquela recalcada fingida.

Para não ser tão incisiva e forçá-la a pedir demissão, inventei que queria saber se alguma coisa havia acontecido entre Isa e Nando. Na hora em que perguntei isso ela ficou branca, tão branca que achei que fosse desmaiar. Como não havia nada de Isa e Nando – que ela soubesse –, a culpa dentro dela se instalou, o desespero bateu e ela me contou que tinha ficado com ele.

Naquele momento eu não conseguia mais atuar, rodei todas as baianas que existem numa escola de samba e acabei com ela. Julia ficou desesperada em me ver naquele estado e me disse que o Nando tinha dado em cima dela e que ela não queria mais nada com ele. Dar em cima dela? Por mais que soubesse que era verdade, eu não daria o braço a torcer.

— Você acha que sou idiota? Você deu em cima do meu noivo embaixo do meu nariz! – Eu e meu nariz de volta nas piores situações. – Ou você acha que acredito que o Nando tenha investido em você? Em vo-cê?

==Ao mesmo tempo que sentia vontade de pular no pescoço daquela garota, eu me sentia mal por estar naquela situação.== Como tudo isso tinha acontecido mesmo? Nós duas éramos vítimas? Reféns de uma única pessoa? Mas logo vinha mais raiva e eu continuava despejando palavras que nem sabia que existiam no meu vocabulário. Eu havia me transformado num monstro histérico. Foi, sem dúvida, o pior dia da minha vida no trabalho.

Julia era uma pessoa boa que se deixou levar pelo poder. O poder é algo que seduz muito as pessoas e nos faz ter a ilusão de que

No fundo ela sabe que o culpado é o Nando.

nada nos afetará, nem se fizermos a maior cagada do mundo. Coitada. Ela simplesmente não pensou no meu poder, na hierarquia da vida e nas consequências. Foi uma isca do Nando; mais uma. E talvez tenha acreditado que eu merecia tudo aquilo. Era isso. Na cabeça da Julia, eu merecia ser traída, eu merecia sofrer. Eu já tinha tanto, não é mesmo? Por que não tirar um pouco desse *glamour* que eu vivia? Por que não me mostrar o que era uma vida de verdade?

As pessoas costumam achar a vida alheia perfeita, mas a verdade é que ninguém sabe onde o sapato do outro aperta. Então, nunca responsabilize o outro pelas suas próprias ações. As atitudes são unicamente nossas, são decisões que tomamos com base no que queremos e pensamos. Culpar o outro sempre é muito fácil.

Eu não culpo a Julia por pensar isso de mim, afinal, não foi isso que fiz a vida toda? Mentir para os outros? Vendi para todo mundo a imagem de que minha vida era um conto de fadas, e isso revolta as pessoas. E também acabei acreditando que a minha fantasia era verdadeira. Quantas dessas minhas seguidoras não deviam odiar suas vidas por acharem que a minha era muito melhor? E quantas eu não fiz se sentir mal por terem transado com o namorado enquanto eu pregava que deveriam se manter virgens até o casamento — embora eu mesma não seguisse esse conselho? De onde vinha tanto julgamento? Será que era porque já fui muito julgada? Mas e a história de não colocar a culpa nos outros?

Julia havia me enganado, mas não mais do que eu me enganei todo esse tempo. Nando havia me traído, mas não mais do que me traí durante toda a minha vida. Deixei de ser eu e fui ser uma boneca de plástico que disfarçava suas tristezas comprando bolsas e vendendo a ideia de que ser feliz começa por fora.

Fiz com que Julia pedisse demissão, para eu não ter que pagar nenhum extra. E não dei chance para me explicar mais do que eu já sabia. Ela saiu do escritório chorando. Uau! Tínhamos feito a cena do ano. Dificilmente a Julia arrumaria outro emprego na área de moda, ela era pouco estabelecida e seu nome não seria forte o suficiente para ganhar do meu.

O Nando não estava no escritório no momento do barraco, foi melhor assim. Quando ele chegou, avisei que a Julia tinha ido embora.

— Ótimo! Ela já não estava rendendo — disse ele, com a cara mais *blasé* do mundo, como se nada tivesse mexido dentro dele.

Depois disso, ninguém mais tocou no nome da Julia ali dentro. Mas ela não saía da minha cabeça.

⁊

Alguns meses depois, Nando e eu marcamos a data do nosso casamento, coisa que todos nos cobravam, e me distraí com esse assunto pelos meses seguintes.

Meu casamento aconteceria no maior *buffet* de São Paulo e teria várias atrações musicais. Nossa lista tinha mais de mil e duzentos convidados, e, só de docinhos, encomendamos mais de seis mil. Só esse tanto de açúcar para adoçar o gosto azedo que ficou de tudo aquilo.

Fizemos *reality* para TV, aparecemos em capa de revista, demos entrevistas — sempre falando do nosso casamento. Teve festa de noivado para a família, outra para os amigos, chá de cozinha, de lingerie, e por aí vai. O fato é que nada daquilo preenchia o vazio que se instalara dentro de mim; o vazio era tão grande que, virava e mexia, eu tinha uns ataques de pânico que traduziam claramente minha tristeza.

A Luiza nunca mais me procurou; assim que ela soube que eu e Nando estávamos marcando o casamento, não respondeu mais minhas mensagens.

Às vezes eu pensava nele, no Victor, mas logo ocupava minha cabeça com assuntos do grande dia. Para não correr o risco de encontrá-lo, nunca mais fui à Starbucks nem passei perto da rua da galeria. Ele nunca mais me procurou, claro, e eu tinha plena consciência de que a culpa era 100% minha.

O Nando continuava o mesmo, um pouco mais bronzeado artificialmente e me dando uns perdidos de vez em quando. Na frente das pessoas, pelo menos, ele era um amor, dizia que me amava etc. Honestamente, eu não me importava mais, parecia que tinha anulado de vez a minha vida e estava vivendo outra que não era minha, só que agora eu tinha plena consciência.

Minha mãe só falava no casamento. Para ela, seria um evento social no qual poderia mostrar para todas as suas amigas o dinheiro, o poder, a beleza da sua vida e maquiar qualquer problema que tivesse.

Minhas amigas? As que sobraram eram super a favor do casamento, claro! Elas sairiam nas revistas, ganhariam novos seguidores e certa fama por estarem ao meu lado no grande dia.

Todo mundo ao meu redor dizia que eu era sortuda, que havia encontrado meu príncipe. Mas que vantagem tem em encontrar um príncipe? Eles ditam a vida de suas mulheres e vivem um conto absolutamente irreal. Você não pode sair de casa do jeito que quer nem falar o que pensa. Quem disse que Cinderela era feliz? Imagina quantas pessoas iriam criticá-la se ela quisesse deixar um príncipe que a tirou da pobreza e da casa de sua madrasta e que queria casar e ter filhos? Nós, mulheres, somos tratadas como números da loteria e ficamos agradecidas quando somos sorteadas por alguém. Tudo bem, não todas, mas muitas ainda vivem assim. Por que será que eu e as outras pessoas que passam por isso não conseguimos sair dessa vida? Por que eu tinha tanto medo de ser o que eu queria ser? Mas eu nem sabia o que queria ser... Estava confusa. Parecia que estava ficando louca.

O dia do meu casamento estava chegando, e eu estava pesando uns 47 quilos, um peso de quase desnutrição para alguém com 1,69 metro. Será que ninguém ouvia meu grito de socorro? Eu não conseguia me animar nem com meu vestido de noiva. Era tão lindo, cheio de pérolas e renda francesa. Mas só de olhar para ele eu lembrava que me casaria com o... Nando.

Dois dias antes do meu casamento, recebi uma ligação. Hoje em dia, em que todo mundo se fala por mensagem, quando alguém liga é porque a coisa é séria. Era um número desconhecido, e logo pensei que seria mais algum site ou alguma revista querendo informações sobre o grande dia. Eu estava decidida a ignorar a chamada, mas, por ironia do destino, atendi sem querer.

— Stella?

— Quem fala?

— Oi, é a Julia.

— Julia? Você só pode estar brincando, né?

Engraçado é que eu queria soar grossa ou de saco cheio, mas na verdade eu estava anestesiada de tudo. Não sentia raiva nem amor. Era indiferente.

— Você tem toda a razão de não querer me atender, mas eu queria implorar uma coisa!

— Julia, você tem coragem de me ligar para pedir alguma coisa?

— Será que você pode me encontrar naquela Starbucks perto do escritório?

— Olha, Julia, eu acho melhor...

— Por favor, eu não te pediria isso se não fosse importante.

Faltando dois dias para o meu casamento, fui encontrar a Julia para tomar o tal café e ouvir a notícia bombástica que tinha para me contar. Claro que era algo relacionado ao Nando. Ela ia me confessar mais alguma coisa, revelar mais algum podre que eu não sabia, e eu ia precisar de uma resposta rápida para justificar uma festa de casamento que aconteceria dali a 48 horas. Durante o caminho até a Starbucks, eu só conseguia pensar numa coisa: será que eles ainda estavam se vendo?

Apesar de estar preocupada com o que ia ouvir, não sentia ciúme, possessão ou qualquer outro sentimento que expressasse amor ou paixão. O que eu sentia pelo Nando era raiva. E também sentia raiva de mim mesma. Confusa de novo? Dizem que as noivas ficam loucas.

Julia me esperava no café e parecia feliz. Vestia uma calça jeans de cintura alta — eu implorei para ela começar a usar esse tipo de calça e olha só! —, um mocassim moderno e uma camisa branca bem linda. Uau! Dava pra ver que ela estava segura de si só de olhar o *look*. Antes de entrar na Starbucks, eu me lembrei do Victor e senti uma vontade imensa de que ele estivesse ali. Por alguns segundos, rezei para estar. Isso só demonstrava quão preocupada com a notícia da Julia eu estava. Entrei no café, fiz um sinal de oi para ela e andei em sua direção.

— Desembucha, Julia. Tá grávida?

— Oi?

— Ué... Você não veio despejar uma bomba? Só pode ser sobre o Nando.

— Stella, senta, por favor. FALA LOGO, JULIA!

Deprimente, não? A 48 horas do sim, você ainda pensa que sua ex-funcionária pode estar grávida do seu futuro marido.

— Desculpa, acho que preciso de um café.

— E de um pão de queijo, talvez? Você está linda como sempre, mas tenho certeza de que a dieta já fez o efeito necessário!

— Tem razão, vou pedir um pão de queijo. Dois.

Julia fez questão de levantar e comprar para mim um cappuccino e dois pães de queijo. Coincidentemente, aquela foi a primeira vez em semanas que tive apetite.

— Aqui. Seu cappuccino sem açúcar e dois pães de queijo.

— Obrigada. — Suspirei e, finalmente, dei minha primeira mordida naquele carboidrato que me fazia tanta falta e eu nem sabia. — Pode falar, Julia.

— Stella, eu precisaria de horas e horas para te pedir desculpas por tudo o que fiz. Fiquei assustada em conhecer outro lado meu. Não posso voltar atrás, mas preciso dizer que estou muito arrependida.

— Aham...

— Mas vim aqui para te agradecer também. Graças a você, eu despertei para a realidade. Não me leve a mal, por favor, mas eu estava querendo ser igual a você.

— Isso é ruim? — perguntei, realmente interessada na resposta.

— Não, de jeito nenhum! Mas a verdade é que eu não consigo ser você.

— Sorte sua — sussurrei.

— O que você disse?

— Nada, continua.

— Você é poderosa, linda, impecável, mas nasceu privilegiada. Eu não tenho a sua beleza, o seu cabelo e muito menos o seu nariz! Sou uma pessoa que tem sonhos, mas não vou inspirar tantas meninas quanto você. Todo mundo quer ser Stella Prado, e o motivo de ser tão inspiradora é que, no fundo, sabemos que nunca seremos como você. Você representa algo tão inatingível que acabamos nos apaixonando e querendo replicar em nossa vida tudo o que você faz. Eu não fico tão bem no terninho branco, não consigo postar uma flor e ganhar mais de cem mil *likes* nem arranco gritos desesperados de fãs quando chego num lugar. Mas, quando te conheci, todo aquele mundo do *glamour* me encantou muito...

Julia ia falando e eu ia ficando mais triste. Essas eram as minhas qualidades, era isso que as pessoas tinham a dizer sobre mim. Ninguém falava que eu era legal, que ajudava os outros, que tinha bom caráter... Eu continuava plastificada, mesmo nos melhores elogios.

— Julia, você tem tantas qualidades que nem sabe. Por favor, para de falar essas coisas. Eu te perdoo pelo Nando e estamos quites. Não se preocupa mesmo. Se quiser, escrevo uma carta de recomendação pra você...

— Muito obrigada, Stella! Mas não é exatamente esse o motivo pelo qual eu vim.

— Tem mais?

— Eu resolvi investir no meu sonho. Quero ser escritora de livros para jovens.

— Nossa, que ótimo. Você quer alguma indicação de editora?

— Não... – disse ela, abrindo um sorriso sincero. – Eu só vim te agradecer pela oportunidade que me deu e dizer que sinto muito pela minha atitude. Sou muito grata por tudo o que aprendi no escritório; trabalhar com você me abriu portas. Uma pessoa que conheci num dos eventos que fizemos foi trabalhar na editora Nouvelle e me chamou para falar sobre alguns contos que escrevo no meu blog.

— Você tem um blog?

— Tenho... Mas sempre foi segredo. Escrevo contos, tenho menos de vinte acessos por dia. – Ela riu.

— Olha só, você sempre me surpreendendo! A editora Nouvelle é enorme; é um passo maravilhoso!

— Pois é! Ainda me belisco para ver se tudo isso é verdade. Vou lançar meu primeiro livro no mês que vem. Vou te mandar uma cópia, se não se importar.

— Fico feliz por você. De verdade.

— Muito obrigada. Eu sei que nosso final foi catastrófico, mas eu só tenho que te agradecer. Você, sem saber, abriu a porta mais importante da minha vida.

— Imagina...

— Stella... — Julia pegou minha mão, olhou bem nos meus olhos. — Às vezes, magoamos as pessoas mais importantes de nossa vida. Eu nunca vou me esquecer de você.

Fiquei sem graça com tudo aquilo. Acho que nem as minhas maiores seguidoras haviam me agradecido daquele jeito. E acho que nunca agradeci a ninguém assim. Naquele momento, eu senti admiração pela Julia. A menina errou feio, passou a maior vergonha da vida comigo e teve coragem de me chamar para um café, me agradecer e pedir desculpas. Quem sou eu para não desculpar? E as coisas horríveis que eu disse a ela aquele dia? Gratidão mesmo nas situações mais difíceis é uma grande atitude.

Saí do café meio tonta com tanta informação e, de repente, eu me sentia leve. Parecia que Julia tinha feito um grande favor para mim ao mostrar que ter coragem é uma das coisas mais importantes da vida. Ela havia feito coisas de que não se orgulhava, mas não se vitimizou. Continuou em frente, querendo acertar, mirando no futuro. Um futuro dela e de mais ninguém.

Cheguei em casa com trocentas ligações perdidas do Nando, seguidas de mensagens ameaçadoras do tipo "Onde você está?" e "Eu exijo respeito!".

Nessa hora, senti pena daquele ser humano. Um cara que tinha magoado tanta gente legal, uma pessoa que criou tanta discórdia e nunca foi capaz de assumir seus erros. Um baita de um egocêntrico que só pensava em se dar bem. Nando nunca havia perdido, ele sempre dava o seu jeitinho, conseguia manipular as pessoas como ninguém. Mas isso era problema dele, não meu. Eu não podia jogar esse jogo para o resto da minha vida, e a única pessoa que poderia ditar meu futuro era eu mesma.

As pessoas têm problemas, mas não é por isso que devemos aceitar fazer parte deles. Por tanto tempo eu me submeti aos meus medos, às minhas inseguranças e acabei aceitando alguém que me dizia todos os dias que eu não valia nada. Não que me importasse com a opinião dos outros, mas, como eu ficava ali parada, sem tomar uma atitude, esperando apenas para tomar a próxima porrada, concordava com ele.

Não me aguentei, saí de casa e fui direto para a casa do Nando.

— Onde é que você tava, Stella? Tá louca de sumir assim? Mulher minha não vai poder fazer isso, ouviu?

— Nando, para de falar.

— Você não vai falar assim comigo...

— Para de falar! — gritei. Ele parou. — Eu não sou sua, não quero ser sua e não preciso ser sua.

— O quê?

— Acabou! Nando, a gente não se ama. Eu nem sei se você ama alguém além de você mesmo. Mas isso não é problema meu. Aliás, você não é mais problema meu.

— Stella, para com isso.

— Esse é seu problema, você não leva a sério o sentimento dos outros e sai despedaçando o coração e a autoestima de gente muito boa, muito legal. Pra mim, chega. Eu não vou te dizer o que penso de você porque você não é mais problema meu.

— Você vai ter coragem de cancelar o casamento?

— Já está cancelado. E, sim, eu tenho coragem. Coragem é algo que não tive durante muito tempo na minha vida. Não tinha coragem de ser o que eu queria ser. Só abri espaço para ser uma boneca que espalha um monte de merda na cabeça de gente muito legal. Eu não quero mais ser Stella Prado. Eu quero ser Stella.

Boa!!! A autoestima agradece!

— Você não tá falando coisa com coisa.

— Nando, pode ser que você nunca acredite no que estou falando, mas eu não amo você. Não quero me casar com você. Meu advogado vai ver as questões financeiras. Com essas, eu sei que você se importa. E quer saber? Pode ficar com o que você quiser! Eu realmente não me importo.

— Você é uma irresponsável! Tem uma empresa de sucesso e dá uma de mimada, jogando tudo para o alto.

— Não. Eu era irresponsável de fazer o que não queria, de me anular, de passar uma mensagem péssima para as meninas e de pensar em casar com a pessoa que mais me machuca. Isso é ser irresponsável. Pode começar a avisar a sua família. ACABOU!

Saí do apartamento do Nando me sentindo livre e, curiosamente, feliz. Como alguém pode abrir um sorriso depois de cancelar um casamento que aconteceria em menos de 48 horas? Não sei, mas aquela era a minha escolha e de mais ninguém.

∞

Nem preciso dizer que toda escolha tem uma consequência, certo? A minha veio com um pacote: minha mãe revoltada, meu pai sem entender nada, a família do Nando fula da vida comigo e meus fornecedores me cobrando um monte de multa.

Felizmente, minha decisão foi superpositiva para o blog. Parece que minhas seguidoras gostaram de ver um lado mais verdadeiro meu. Eu até arrisquei novas postagens, algumas mais naturais, com menos maquiagem e mais como eu era de verdade. Parecia que o medo que eu tinha dos outros havia diminuído significativamente. Até meus vídeos estavam mais soltos, menos Barbie.

O Nando? Saiu da empresa, obviamente, com a sua fatia e continua alaranjado e louco por espelhos.

Minha história rendeu boas fofocas e criativos memes na internet. Nada que durasse muito, afinal, sempre tem algum vídeo picante de alguém famoso que vaza e acaba colocando você em segundo plano. Ufa!

Minha mãe voltou a falar comigo, minhas amigas também. A Julia virou autora de livros infantis e é um sucesso total! Depois de um tempo eu a chamei para um café, e foi a minha vez de agradecer a ela. Se eu não tivesse sido despertada pela coragem dela aquele dia no café, cometeria a maior roubada da minha vida. Não é à toa que as pessoas passam pela nossa vida, e, por mais mal que alguém te faça em algum momento, há sempre um aprendizado para tirar daquilo. Não quero ser a menina que acha tudo lindo. Mas, se não conseguimos aprender algo com os momentos ruins, de que valem os bons?

O Victor? Casou. Parece que foi morar fora do país e acabou se apaixonando por lá. Meio triste, eu sei, mas às vezes a gente deixa o trem passar e ele não volta mais.

Mas sem dramas. Já vivi bastante, a vida continua. E sou feliz por estar vivendo de verdade.

*Eu tenho um grande defeito,
já aviso! Sofro daquela
síndrome de "sincericídio".*

Sou filha única. Minha mãe, Beth, e meu pai, Paulo (carinhosamente chamado de Willy), lutaram muito para fazer esta ruiva de olhos verdes que vos fala e fizeram tão bem que não puderam fazer mais ninguém. Rs...

Meus pais são dois apaixonados. Eles se conheceram quando tinham seus vinte e poucos anos e não se desgrudaram desde então. Meu pai não tinha onde cair duro, e minha mãe vinha de uma família de classe média. Eles dizem que foi atração fatal e, por isso, resolveram juntar os trapos depois de apenas três meses de namoro. Talvez eles sejam os culpados pela minha enorme vontade de casar. Vê-los tão felizes depois de tantos anos de casamento me fez ter certeza de que casar é a melhor coisa do mundo e que eu nunca seria completamente feliz se não me casasse.

Essas histórias de amor fazem meus olhos brilharem, juro. Ok, não que eu ache que existe relacionamento perfeito, mas é uma verdadeira arte você conseguir ficar casada por anos com a mesma pessoa.

Dormir e acordar ao lado de alguém por quarenta, cinquenta anos não é para qualquer um. Os seres humanos são egoístas por natureza, já nascemos querendo ter as coisas. Estar numa relação é doar bastante da sua quota de paciência, é ceder mesmo quando você acha que está certo, é segurar a mão quando a tempestade chega e é admirar a mesma pessoa a vida toda. Caraca, é uma canseira sem fim. E, mesmo assim, tem pessoas que escolhem essa maratona amorosa pelo resto de sua vida. Tem coisa mais romântica?

O meu dia vai chegar.

Essa história de sonhar com casamento surgiu bem cedo na minha vida. Desde criança, espero meu príncipe no cavalo branco. Cavalo, não, carro. Ah! Mas não carro branco, odeio carro branco. Ok, ok... Eu espero um príncipe, ponto. No jardim de infância, eu já tinha vários namoradinhos. Claro que não rolava beijar, eu era muito nova, mas eu adorava ser pedida em namoro na escola e amava me sentir gostada pelos meninos.

Meus pais sempre me deram tudo de melhor na vida: viajei o mundo, conheci Europa, Ásia, Oceania, África... quase todos os continentes do globo. Apesar disso, seu Willy e dona Beth são pessoas ultrassimples, não têm frescura e conhecem o desprendimento como ninguém. Como dinheiro não é mais um problema há alguns anos em casa, sempre que podem eles distribuem esse dinheiro de alguma forma. Minha mãe aproveita o dom de cozinhar e confeitar do meu pai e organiza, anualmente, um verdadeiro banquete para as pessoas que não têm o que comer. É lindo, e eles fazem isso com o maior amor e dedicação.

Passei grande parte da minha vida vendo meu pai confeitar e criar seus famosos chocolates em casa. Eu era a cobaia dos brigadeiros, e minha mãe, das massas de bolo. Nós sempre nos divertíamos muito na cozinha, eu adorava vê-lo em ação. Os bolos milimetricamente perfeitos e ultrarrecheados são sua assinatura, mas as criações do meu pai não eram apenas bonitas, o sabor também era imbatível. Eu digo "eram" porque, hoje, a empresa cresceu e meu pai não coloca mais a mão na massa, suas receitas secretas são reproduzidas pelos doceiros da W&W, e ele só cozinha quando está em casa com a gente. Eu não puxei nada dele, na verdade só a paixão por comer doces. Meu brigadeiro não se compara ao dele, e eu mal sei fazer uma massa de bolo. Sabe como é, casa de ferreiro, espeto de pau.

Me formei em publicidade, mas nunca gostei da ideia de trabalhar por horas e horas, como vi meu pai fazendo a vida toda. Quero ter tempo de cuidar da minha casa, do meu marido e dos meus filhos. Hoje em dia, as pessoas têm muito preconceito contra mulheres que não trabalham, ou melhor, ficam horrorizadas quando uma mulher verbaliza isso. Mas o que eu vou fazer? Não tenho essa vontade de trabalhar nem quero forçar a barra. Até já me acostumei com as pessoas me perguntando empolgadas sobre o futuro da empresa e o que eu penso em fazer lá dentro. Antes eu inventava respostas para não decepcionar ninguém, mas cansei e hoje em dia falo na lata: não tenho vontade de trabalhar, quero focar mais a minha vida pessoal. É um direito que tenho, não? Mas as pessoas não veem assim, julgam e acabam me colocando um rótulo de garota rica mimada. Fazer o quê? Vou gastar meu tempo explicando o que quero da minha vida? Não. Porque é minha e de mais ninguém. Quero ser feliz, e não fingir que sou uma coisa que não sou.

Aliás, se tem uma coisa que me irrita são aquelas pessoas que fingem, sabe? Fingem tanto que nem sabem mais o que são nem o que querem de fato. E aquelas que amam trabalhar muito — até aí tudo ótimo! — e adoram dizer que são *workaholics*. Preguiça! Aliás, não tenho paciência para gente que quer se provar o tempo todo. Outro tipo que me irrita é gente metida a perfeita, sabe? Diz que nunca teve uma espinha na vida e que tudo é sempre maravilhoso. Esse Oscar eu daria para uma menina que conheço, a Stella, a Barbie blogueira. "Afff", como ela mesma diz, preguiça de novo. Gosto de gente autêntica, que respeita o outro e sabe tirar sarro de si mesma. Era por isso que eu não suportava o Pedro, namorado da Luiza. Ele representa uma das piores fases da minha vida.

A Luiza sempre foi minha irmã de pais diferentes — ela é filha do tio Will e da tia Lisa, os melhores amigos dos meus pais. Eu a amo como amaria uma irmã que nunca tive. O tempo que passamos separadas por causa do Pedro foi o maior desperdício. Fiquei muito mal em ver a minha amiga se envolver com um cara que não fazia nada bem a ela. Tá bom, ele gostava dela, mas a queria só para ele. Se você era alguém de quem a Luiza gostava muito, ele te odiaria e daria as desculpas mais esfarrapadas do mundo para afastá-la de você.

O Pedro achava a nossa amizade muito "grudenta" e dizia que eu não acrescentava muito à vida dela — sim, isso mesmo, ele basicamente queria dizer que eu não era nada —, só porque meu maior sonho era casar e ter filhos, enquanto o dela era investir em faculdade, pós, trabalho e tal. Oi? Eu não sabia que estava escrito que só as pessoas que querem trabalhar doze horas por dia num escritório merecem respeito. E o resto? Me poupe. Trabalho pode ser encarado de várias maneiras. Minha mãe nunca trabalhou na empresa, mas o apoio que deu ao meu pai a vida toda e em casa é totalmente comparável à ralação dele. Não entendo por que as pessoas adoram colocar os outros em prateleiras do menos até o mais. Isso, sim, é atrasado.

Sofri muito durante o tempo que passei afastada da Luiza e me senti totalmente deixada de lado. A sensação de que você não importa na vida de uma das pessoas mais importantes para você é doída demais. Eu não sei como é escolher entre uma amiga e um namorado, acredito que não seja fácil, mas não consigo entender por que ela estava com alguém que a fazia escolher entre ele e outra pessoa. O amor não deveria ser totalmente o oposto disso? Nós não temos que abraçar o tal do "pacotão" quando estamos com alguém? Por que a gente se mete em tanto relacionamento ruim na vida?

Eu tenho teto de vidro, por isso não atiro pedras no da Luiza. Meu gosto por homens sempre foi um tanto, digamos, exótico. Nunca me interessei pelos meninos da minha idade; até na escola eu preferia os dos anos acima, bem acima. Esse gosto foi se fortalecendo ao longo do tempo e, quando eu estava no ensino médio, nem olhava para os meninos da escola. Eles simplesmente não me interessavam.

Homens mais velhos me atraem de um jeito que não consigo nem pensar na hipótese de namorar alguém da minha idade. Explica aí, Freud.

Meus pais sempre tiveram dificuldade para entender esse meu gosto. Já quebrei altos paus com eles ao longo da minha "aborrecência", mas até hoje não é fácil para eles. Vira e mexe, minha mãe coloca pressão no meu pai para ele me dar bronca e tentar acabar com qualquer tentativa de romance com um quarentão, mas eu sou cabeça-dura e, quando eu quero, eu quero. Não sei se é um carma da minha vida, só sei que, para mim, panela velha é que faz comida boa. Me julguem!

Foi nessas de gostar dos bonitões nascidos no final dos anos 60 que acabei me metendo numa situação que condenei a vida toda. Essa situação tinha nome: Antonio.

A primeira vez que vi o Antonio foi na minha casa. Minha mãe estava oferecendo um jantar de final de ano para os diretores da empresa, e, embora eu achasse meio sacal ter que ficar sorrindo e aguentando os puxa-saquismos daquele povo, era proibida de faltar a esses eventos. O bom é que a Lu estava sempre comigo, e nós adorávamos fazer fofoca sobre o povo da firma — o tesoureiro que não se assumia gay, mas arrastava uma asa para o Celso de TI, que, por sua vez, era casado com a Taiane da contabilidade, mas se separou porque se apaixonou pela Marcinha, a secretária destruidora de lares do meu pai.

Me lembro de estar sentada devorando a salada maravilhosa, de brie com mel, que o Toninho, nosso cozinheiro, sempre fazia, e, quando me preparava para limpar o prato, dando a última garfada naquele queijo perfeitamente macio e cremoso, tive uma visão. Parecia cena de filme. Um cara lindo, alto, moreno, sorriso largo, olhos brilhantes de tão azuis desceu de um carro grande e imponente. Ele cumprimentou os manobristas e seguiu em direção à minha casa. Fiquei arrepiada. Parecia ter saído diretamente dos meus sonhos de menina para a vida real.

Eu só conseguia pensar: "Minha Nossa Senhora da perdição, quem é ele?". Tudo ficou em câmera lenta enquanto ele caminhava em direção à porta de casa. Eu estava hipnotizada. Nossos olhares se cruzaram, senti todos os pelos do meu corpo se arrepiar e abri um sorriso meio nervoso, meio sem graça. Como toda cena de filme tragicômico, o encanto se desfez. Em uma fração de segundo, vi que sua mão estava entrelaçada na de uma mulher. Sim, havia uma mulher. Ela era lindíssima, pra piorar. LINDA. Seu porte esguio, meio sexy, meio chique, despertou a atenção de muitos na sala. Não, não poderia ser uma irmã, amiga, filha... Era a esposa! Como eu sei? Pessoal, aqueles dedos anelares vestidos de platina e brilhante deduravam o estado civil do príncipe.

Tem coisas e sentimentos que a gente não explica!

— Liz! — Luiza me chamou para a realidade.

— Que foi, Luiza?

— Tô te chamando há horas, e você aí, hipnotizada!

— Só tava vendo quem era. Nunca vi esse homem. Quem é ele?

— Acho que é um novo diretor da empresa, meu pai comentou algo assim.

— Ah...

— Quer um guardanapo pra enxugar essa baba toda ou você vai ficar bem? — Luiza se divertia com meu peculiar gosto amoroso.

O casal reluzente foi recebido pelos meus pais. Os olhares das pessoas estavam fixos no casal. A mulher era tão bonita que até fui ao banheiro dar uma checada em mim, ver se estava tudo no lugar.

— Liz! — Meu pai tinha que me chamar? — Este é o Antonio, nosso novo diretor de vendas e marketing — falou meu pai, todo animado, segurando seu décimo copo de uísque.

— Olá, muito prazer! — Como se não bastasse ser bonito, a voz dele era cheia de testosterona. — Esta é a Clara, minha esposa.

Quem, quem, quem, quem, quem quer saber da Clara, meu amigo?

Cumprimentei os dois educadamente, mas confesso que não conseguia esconder minha timidez ao olhar nos olhos do tal do Antonio. Poderia culpar as cinco taças de vinho que tinha tomado nas últimas duas horas, mas era mais do que álcool; Antonio me deixaria sem reação mesmo que eu tivesse tomado apenas água. Ouvi minha mãe fazer umas perguntas sobre a empresa, onde moravam e tal. Pouco a pouco, fui conseguindo voltar meus olhos para ele. Não consegui focar mais nada do jantar; disfarcei bastante até, mas era difícil ignorar aquele homem.

Depois de sete taças de vinho e uma língua semienrolada, chamei a Luiza para ir ao banheiro comigo — ela ainda não namorava o Pedro, então bebia como eu e era engraçada. Como duas meninas bêbadas, estávamos falando mais alto do que o normal, e, claro, o assunto era o Antonio.

— Luiza, o que é esse homem?

— Ah, Liz, não sei como você curte esses velhos. Eca! — Luiza, definitivamente, não tinha o mesmo gosto que eu. Ufa!

— Velho? Você viu o corpo dele? Dá de dez a zero em muito menino de vinte e poucos anos, viu?

Saímos do banheiro parecendo duas adolescentes. Ríamos alto, provavelmente culpa da nossa mente alcoolizada. Me apoiei nos ombros da Luiza e continuei murmurando tudo o que eu tinha achado do tal do bonitão. Como pagar mico sempre foi a minha praia, acabei tropeçando no próprio. Luiza não estava das mais maduras aquela noite e acabou soltando uma risada de nervoso na cara dele. Meus olhos e os do Antonio se cruzaram, e a única coisa que consegui dizer foi: "Desculpa, não te vi!". Saí de lá quase correndo e morrendo de vergonha.

— Luiza! Você é imbecil? — perguntei baixinho, rindo de nervoso da situação.

— Hahahaha! Alice, o que foi aquele olhar que vocês trocaram?

— Não sei, não consegui ver direito. A risada alta de uma criança de 5 anos atrapalhou todo o momento!

Estávamos tão bêbadas que chorávamos de rir. Tínhamos certeza de que o Antonio não tinha percebido nosso papelão.

Antonio era um dos diretores da W&W e comandava a parte de marketing, vendas e distribuição dos produtos pelo Brasil e pelo mundo. Em poucas palavras, ele era bem importante lá dentro. Fodão.

O pai da Luiza, tio Will, tem o Antonio como seu braço direito na empresa. Ele foi o responsável por abrir as franquias espalhadas pelo país e preparou a W&W para abrir o capital na bolsa de valores. Na época, Antonio tinha uns 40 anos, era moreno, alto e esportista e tinha olhos azuis. Seu jeito calmo e amoroso de falar era sua arma secreta para conquistar o mundo.

Nossas vidas se cruzaram de novo quando fui obrigada a trabalhar na W&W. Eu tinha acabado de me formar e fui trabalhar na empresa a pedido do meu pai. Ele nunca gostou de me ver ociosa em casa e achou que trabalhar na W&W seria ótimo para mim.

No começo, fui colocada na fábrica, para aprender todo o processo de produção dos chocolates, desde a mistura da matéria-prima até a embalagem. Depois, fui mandada para o escritório de vendas e marketing, onde passei a trabalhar no time que o Antonio comandava. A Silvia era a minha *head* de vendas — que mais tarde Luiza demitiria —, e o bonitão era chefe dela. Ou seja, ele era o chefe da minha chefe.

Confesso que no começo eu estava bem desanimada de trabalhar lá, mas, depois de um tempo, ir para a W&W se tornou a coisa mais importante da minha vida. Ué, eu não disse que odiava trabalhar? Pois é, tinha outra coisa que me fazia levantar da cama todos os dias.

Meu *crush* pelo Antonio continuava, e, trabalhando ao lado dele todos os dias, a coisa só piorava. Mas, como sempre achei que homem casado era a maior roubada do mundo, eu ficava na minha, morrendo de medo de ele perceber minha paixão platônica.

Com o tempo, fomos nos aproximando. Almoçávamos juntos no refeitório, discutíamos estratégias de venda, conversávamos sobre a vida e acabamos virando "amigos". Tínhamos umas manias estranhas que iam muito além da relação entre chefe e subordinada, adorávamos combinar de assistir aos mesmos filmes no fim de semana para depois discuti-los tomando uma no barzinho que ficava perto do escritório. Só nós dois. Íamos tanto lá que já tínhamos nossa mesa preferida.

Mesmo com tudo isso, nunca rolou nada de fato. Antonio nunca deu em cima de mim abertamente, mas claro que aquela tensão sexual sempre pairava no ar. Eu não era burra, ele se sentia atraído por mim.

Nesse meio-tempo de amizade com o moço dos olhos brilhantes, minha vida continuou. Namorei alguns carinhas, nada muito relevante, com exceção de um, Henrique.

Nos conhecemos num jantar de uma amiga em comum, a Thaís. Ele tinha acabado de voltar para o Brasil depois de ter morado cinco anos em Londres. Henrique foi aquela paixãozinha sexual e divertida. Seus 38 anos haviam ajudado bastante naquela desenvoltura na cama; o cara era bem "vivido", digamos. Mas, como dizem, amor de p*** fica, e eu caí numa minifossa quando ele me deu um pé pré-carnaval.

Estávamos indo superbem, ele frequentava a minha casa, viajávamos juntos, e ele dizia que eu era aquilo que tinha sonhado a vida toda.

Trocávamos mensagens o dia todo e estávamos de viagem marcada para Nova York no carnaval. Mas, dois dias antes da viagem, ele resolveu mandar aquele papo de "estou confuso".

— Liz, acho que encontrei a mulher certa na hora errada. Acabei de chegar de Londres e estava planejando arrumar minha vida por aqui, mas aí você apareceu, fiquei mexido. Esses meses que passamos juntos foram os melhores da minha vida...

— Você tá dizendo que eu não deixo você arrumar a sua vida, Henrique?

— Eu tenho certeza de que vou me arrepender disso um dia.

— Ah! Então você já prevê que vai se arrepender e, mesmo assim, continua insistindo nessa ideia? — perguntei ironicamente.

— Linda, eu queria muito estar com você, mas acho que posso te machucar...

Cê jura, querido? Você saiu do Brasil há cinco anos e não teve tempo de renovar as desculpas para terminar com alguém quando não está a fim? Esse papo de mulher certa na hora errada me irrita, fora que é do começo dos anos 2000. Não existe isso, ou você quer ou não quer. Já viu alguém ganhar na loteria e falar: "Muito obrigada! É o dinheiro certo na hora errada; ainda não abri minha conta no banco e, infelizmente, não tenho onde colocar esse dinheiro"? Aham, senta lá, Claudia.

Fiquei muito mordida com isso. Ser rejeitada é uma merda. Não que eu estivesse louca por ele, mas doeu tomar um pé na bunda pré-carnaval. Resultado? Acabei indo para Nova York sozinha. A Luiza já estava começando a se envolver com o Pedro-mala, e minhas outras amigas queriam ir para Salvador, coisa que me recusei a fazer. Não estava a fim de me debulhar em lágrimas atrás de um trio elétrico. Fui para os menos treze graus da *concrete jungle*. Pelo menos eu tinha alguns amigos que moravam na cidade e conseguiria distrair a cabeça.

Durante o carnaval, uma amiga minha me mandou uma mensagem dizendo que o "Sr." Henrique estava passando o rodo nos blocos e que, na maior cara de pau, tinha ido falar oi pra ela e outras amigas minhas de mãos dadas com uma menina. Confesso que chorei um pouco quando soube disso. Pô, vai terminar, ok. Não precisa ficar falando que eu era assim, assado, só fala que não tá mais a fim. Mas ninguém faz isso, fica esse tal de "não quero te machucar", para no final fazer esse tipo de coisa e mostrar que é um mentiroso. Fiquei meio passada de perceber como um homem de quase 40 anos poderia ter uma atitude tão imatura. Pensei até em rever meus conceitos quanto à idade dos caras com quem eu ficava, mas não tinha jeito, ainda amava fruta mais madura.

Foi uma época bem difícil para mim. Meus casinhos não iam para a frente, o Antonio era um sentimento altamente platônico, e eu estava perdendo a minha melhor amiga.

O relacionamento da Luiza com o Pedro só a colocava para baixo, e o pior de tudo era ela achar que estava feliz. Aquilo era frustrante. A cada dia que passava eu me sentia mais sozinha, e a vida ficava muito mais difícil sem a minha melhor amiga. A situação com o Pedro se agravou de verdade num episódio que começou a dar fim à minha amizade com a Luiza. Eu estava abalada com Henriques, Antonios e afins, andava frustrada com essa história de casamento, e a Luiza fez o esforço de me chamar para jantar com eles num sábado à noite. Eu falo esforço porque, desde que ela tinha começado a namorar o Pedro, nunca mais saiu com os amigos às sextas, aos sábados e aos domingos. O Pedro monopolizava a Luiza. Era um inferno.

Durante o jantar, me lamentei bastante, como vinha fazendo ultimamente. Entrei numas de falar sobre meus relacionamentos complexos e como estava frustrada com tudo aquilo.

— Você não pensa em outra coisa na vida? — perguntou Pedro.

— Oi? — Fingi que não havia entendido a grosseria dele.

— Casamento não é tudo na vida, de repente você tá com essa dificuldade porque os homens sentem uma pressão de ter que casar com você quando só querem um café.

— Acho que eu não passo isso para eles, Pedro. — Talvez ele tivesse razão, mas seu jeito de falar era dos piores.

— Você que pensa. Mulher desesperada é a pior coisa que existe, e você parece uma.

— Não me considero desesperada — respondi, com meus olhos já cheios de lágrimas. Nada como ouvir a verdade nua e crua de alguém que você não curte.

— Só acho que você deve procurar ser alguém na vida antes de ficar pensando em casar.

Uau, quando a grosseria vai longe, é melhor ficar quieto. Pedro não tinha problema em machucar os outros.

— Pedro, cada um tem seus sonhos, e eles têm que ser respeitados.

Luiza, ali do lado, estava quieta. Não era possível que ela não fosse falar nada.

— Eu respeito. Só acho que não vai dar certo... — finalizou o dono da verdade, tomando um gole da sua cerveja.

— Às vezes o seu certo é errado pra mim. — Eu nem sabia mais o que dizer, só queria ir embora dali.

— Gente, aqui tem um ovo *mollet* trufado maravilhoso. Vamos dividir? — Foi isso que a Luiza falou. Ela estava super sem graça, mas não era capaz de brigar com nenhum de nós dois.

O clima pesou, e eu fechei a cara. O Pedro? Ficou com um sorriso irônico de lado, balançando a cabeça, como se dissesse "que criança essa garota".

Saí de lá arrasada, não só pelo fato de ter tido um dos piores jantares da minha vida como também por não ter recebido apoio nenhum da minha amiga. A Luiza não esboçou reação alguma, ela não brecou o namorado nem tentou acalmar os ânimos. Como assim? Meu pavio não é dos mais longos, confesso, mas eu achei aquilo uma falta de educação tremenda comigo.

Depois daquele dia, eu e a Luiza ficamos cada vez mais distantes. Ela só saía com o Pedro, até durante a semana, quando ainda conseguíamos nos encontrar. Também começou a se descuidar fisicamente, não se divertia mais, desistiu de seu maior sonho, que era morar fora, e tinha resolvido se dedicar à empresa dos nossos pais, coisa que sempre tinha dito que não queria. Quem era aquela pessoa mesmo? Aquela não era minha amiga, aquela era uma versão triste da Luiza. Quando as pessoas estão apaixonadas, ou acham que estão, ficam completamente cegas, é aflitivo assistir a isso e não poder fazer nada.

Além de ver nossa amizade ir de mal a pior, eu também via que ela estava desistindo de tudo para estar com o Pedro. Era como se ele controlasse a cabeça dela, como se ela estivesse hipnotizada por ele. Tudo bem que a Luiza nunca foi uma pessoa com personalidade forte, sempre gostou de colocar panos quentes em tudo, mas também sempre foi

Às vezes entrar em conflito é muito difícil p/ algumas pessoas!

alegre, legal e divertida. O Pedro é o estereótipo do namorado que adora fazer uma lavagem cerebral nas pessoas, e a Luiza era a típica menina que caía nesse conto e ainda achava que tudo o que o namorado falava era lei.

Eu mudei de área na empresa, fazia parte do meu plano rodar por todas as áreas, e a Luiza assumiu o meu lugar na equipe do Antonio. Fiquei orgulhosa de certas coisas que ela estava fazendo para a imagem da W&W e das ideias que tinha para liderar o time abaixo dela. Por outro lado, ela ficou completamente autoritária, e aquele jeito amoroso que tinha de tratar as pessoas sumiu.

Nós nos encontrávamos na empresa, nos cumprimentávamos educadamente, mas era só isso. Nada de conversas nem confidências. Meu pai tentava falar comigo, apaziguar a situação, afinal, a Luiza era como se fosse filha dele, e nos ver dessa maneira acabava com ele. Mas não adiantava.

A vida sem minha melhor amiga era estranha, muito estranha. Me sentia sozinha, mesmo saindo com todos os amigos que eu tinha. Sempre fui sociável e curtia sair em turminha; íamos ao cinema, viajávamos, eu fazia jantares em casa, mas não ter mais minha amiga para falar besteira e confidenciar todas as outras coisas que ninguém sabia era triste. Eu não tinha mais para quem falar sobre as mensagens que às vezes o Antonio me mandava no WhatsApp. Também não podia contar da minha troca de olhares com o Big Boss numa reunião outro dia nem das vezes em que o maior climão rolou entre a gente. Eu não confiaria isso a mais ninguém. Além disso, não tinha nenhuma outra amiga que falasse tanta besteira como eu nem que risse das minhas piadas sem graça.

Eu sei que amizades podem ir e vir, mas nós éramos mais do que isso. Éramos irmãs, nos conhecíamos desde a barriga de nossas mães, vivíamos juntas e até despertávamos certa inveja nas meninas na época de escola. Queríamos fazer tudo juntas e partilhávamos um único princípio: éramos nós contra o mundo. Sempre. Não importava o que uma fizesse, a outra sempre estaria ali. Vai me dizer que isso é uma coisa fácil de ter na vida? Conheço muitas pessoas e tenho outras amizades, e pouquíssimas são tão intensas quanto era a nossa.

Foi nesse momento crítico da minha vida que meu pai me fez um convite que mudaria tudo. Eu estava na sala dele discutindo uma possível nova embalagem para um produto. Àquela altura do campeonato, acabei me dedicando mais ao trabalho do que a qualquer outra coisa; acho que estar ali distraía minha cabeça das chateações.

— Liz, o que você acha da Bélgica?

— Taí um lugar em que nunca fui, mas que deve ser incrível — respondi, ainda distraída, analisando a nova embalagem.

— O que você acha de ir à feira de chocolates?

— Aquela feira grande? — gaguejei.

Eu tinha preguiça de ir a essas feiras chatérrimas com pessoas com quem mal tinha intimidade, ainda mais na fase complicada em que eu me encontrava.

— Sim, aquela feira maravilhosa que tem os melhores chocolates do mundo. Eu não vou poder ir porque preciso resolver algumas coisas no escritório de Nova York, mas você poderia ir.

— Será, pai? Eu ando tão...

— Sozinha? Triste? Liz, vai ser bom dar uma saída daqui, vá conhecer o bom da vida e voltar com suas energias recarregadas. — O bom da vida para meu pai sempre será o trabalho.

— Hum... tá — aceitei, um pouco desanimada. — Mas quem vai comigo?

— Eu preciso mandar alguém da diretoria. Vou falar com o Will, mas acho que será o Antonio.

EITA!!

Engasguei, fiquei roxa, esbocei um sorriso, tentei esconder o sorriso, olhei para baixo, fiquei nervosa.

— O que você acha? Vocês já trabalharam juntos, e seria ótimo se ele te ensinasse algumas coisas sobre produto, design, embalagem.

— Aham...

Eu não escutava mais nada do que meu pai falava. Eu iria para a Bélgica com o Antonio? Isso era sério? Aceitei a proposta do meu pai, ainda fingindo estar desconfortável e meio insegura, mas depois de escutar o nome "Antonio" eu iria até pra China comer barata no espeto.

Ah, vai, dá um desconto! Perdi minha melhor amiga, levei um pé de um babaca, não estava nem perto de achar meu príncipe... Eu merecia uma diversão.

Menos de meia hora depois de a viagem ser decidida, meu WhatsApp apitou.

Antonio:
Então vamos para a Bélgica?

Liz:
Hehe, desculpa por te arranjarem uma péssima cia...

Antonio:
Haha, só desculpo se na Bélgica a cerveja for boa e o chocolate curar a ressaca.

Gente, o cara é casado...

Nem preciso falar muito sobre as faíscas que saíram de mim quando li esse xaveco digital. Ai, meu Deus, viajar com o Antonio!

Fiz minha mala quase uma semana antes, tamanha era minha ansiedade. Meus *looks* traduziam a empolgação que estava sentindo e, claro, a vontade que eu tinha de que o Antonio olhasse para mim encantado. Montei *looks* mais comportados para a feira e outros um pouco mais sensuais, digamos assim.

Mala pronta, rumo ao aeroporto. Meu pai já estava em Nova York, então só minha mãe viu a cara de alegria com que saí de casa. Dona Beth era esperta, me sacava de longe, mas era bastante reservada quando o assunto tinha a ver com o lado amoroso. Ela não era daquelas mães que perguntam o tempo todo sobre tudo. Se eu contasse para ela, ok, mas se intrometer não fazia o gênero dela. Talvez essa história de sair com caras mais velhos mexesse um pouco com a cabeça dela, então ela preferia não saber.

Cheguei no aeroporto com um pouco de antecedência, meu nome era Ansiedade, e meu sobrenome, Louca. Peguei minha mala no carro e fui em direção ao balcão de *check-in*. Quando me aproximei, lá estava Antonio, um tanto escondido atrás de uma pilastra fora da fila. Suas malas estavam no carrinho, ele ainda não havia feito o *check-in*.

Apesar de Antonio ser sempre ultrabem-humorado e sorridente, sua expressão estava tensa. Ele falava ao telefone; na verdade, escutava mais do que falava, e não parecia ser uma conversa tranquila. Sou muito sensitiva, às vezes tenho uns pensamentos e sensações sobre as pessoas e, quando vi Antonio com aquela cara, pensei na

Clara. Sei lá, ela sempre me pareceu tranquila, nada ciumenta, mas devia ser difícil para ela ver o marido viajar com a filha do chefe. Eu estaria surtando no lugar dela. Não era um grupo da empresa que estava indo, éramos apenas eu e ele. Dei oi de longe quando nossos olhares se cruzaram e entrei na fila. Fiz meu *check-in* rapidamente. Eu precisava sentar na janela, não conseguia viajar em outro lugar. Era supersticiosa.

Minutos depois, o bonitão de blazer azul-marinho e calça cinza entrou na fila do *check-in*. Tinha esperança de que ele pegasse o assento ao lado do meu. Ele ainda parecia desconfortável e preocupado com alguma coisa. Como não consigo ficar quieta por muito tempo, acabei perguntando, numa tentativa de quebrar o gelo:

— Ih, tá com essa cara porque vai viajar comigo?

— Não, tá tudo bem — respondeu, se dirigindo ao balcão sem parar para falar comigo. — Vou fazer meu check-in.

Tomou um fora básico...

Que frieza! Antonio nunca tinha agido assim comigo nem passado perto de ser indiferente, alguma coisa estava acontecendo, e não devia ser simples. Fiquei parecendo criança quando leva bronca na frente dos amigos e fica muito sem graça. Estava totalmente sem reação. Fiquei tão sem jeito que falei que precisava comprar umas coisas e o encontraria na sala de embarque.

A viagem que poderia ser dos sonhos havia começado de uma maneira bem esquisita. Mas o que eu estava esperando? "O cara é casado, Alice, se liga!", minha consciência dizia. "Ele tem mesmo que estar frio com você, e você precisa se colocar no lugarzinho de gente que respeita o matrimônio alheio." Ok, ok.

Passei na livraria, comprei umas revistas e resolvi prestar atenção na fofoca de alguma Kardashian, tentando esquecer um pouco o climão que tinha ficado entre a gente. Por mais que a história da irmã mais nova da Kim e suas plásticas fosse interessante e cômica, faltavam uns quinze minutos para o embarque, e eu não via nenhum sinal do Antonio. Olhava para os lados disfarçadamente, e nada dele. Gente, onde estava essa pessoa? Será que ele tinha desistido de viajar? Não era possível, o cara era mais responsável do que um chefe de Estado. Fiquei preocupada, mas tive que me conter e ficar na minha. Entrava direto no WhatsApp, e, cada vez que via que ele estava on-line, meu sexto sentido soprava no meu ouvido: "Tem boi na linha!".

Olhei o horário de novo, já era hora de ir para o portão de embarque. Peguei minhas coisas bem lentamente, como quem espera por alguém, caminhei até o portão, entrei no avião, sentei, e nada do homem. Aquilo já estava me incomodando. Não se some dessa maneira quando vai viajar com alguém, some? Peguei meu celular para mandar uma mensagem, vai que tinha acontecido alguma coisa. Cliquei no nome dele e, tanananammm, ele entrou no avião. Meio esbaforido, fingindo que estava tudo bem, me deu uma olhada do tipo "tô aqui", sentou na poltrona na frente da minha e ali ficou. Alguma coisa estava acontecendo, e acho que se chamava Clara.

Minutos antes de decolarmos, escutei Antonio falando ao telefone, parecia murmurar alguma coisa repetidamente, mas não dava para escutar o que era.

O voo para Frankfurt duraria mais de dez horas. Jantei, assisti a um filme e dormi. Eu via o reflexo do Antonio pela janela e imagino que ele também visse o meu, mas se mantinha absolutamente na dele. Estava, claramente, me ignorando.

Uma hora e meia antes do pouso, fui ao banheiro dar um tapa no visual. Escovei os dentes, lavei o rosto para tirar a cara de sono, passei um blush levinho e voltei novinha em folha para o meu lugar. Ele continuava igual, como se nem tivesse se mexido.

O relacionamento que tínhamos construído no trabalho nos dava a liberdade de perguntar para o outro se alguma coisa estava errada, mas o problema é que nós dois sabíamos a resposta. Acho muito difícil a Clara nunca ter se estressado com a nossa "amizade". Virava e mexia estávamos sentados numa mesa de bar pós-trabalho tomando chope e conversando sobre a vida. Isso não estressaria uma mulher? Ainda mais que eu era a filha do chefe e anos mais nova que ele. Estranho, era.

Quando a comissária avisou que iríamos pousar, coloquei a bota que tinha comprado para a ocasião — o salto era maior do que eu podia aguentar (tenho 1,62 metro e nunca fui de usar sapatos muito altos), mas a ocasião pedia algo sexy — e joguei meus cabelos ruivos para o lado; estava pronta para fazer esse homem voltar a falar comigo.

Com o avião no solo, levantamos todos para sair. A senhorinha fofa que havia viajado ao meu lado se despediu de mim e ainda fez aquele elogio típico de vó. Me chamou de boneca e disse que eu parecia uma de suas netas. Diz aí, tem coisa melhor do que alguém te elogiar na frente da pessoa em quem você está interessada? Eu agradeci toda envergonhada e percebi que o Antonio estava atento à situação. Quando ele notou que eu havia visto, me deu um sorriso. Um sorriso tímido, mas ainda assim um sorriso.

— Ah, um sorriso! — Bocuda que sou, tentei quebrar o gelo pela segunda vez.

— Você, hein... — Dessa vez seu sorriso era maior, e eu até senti uma entonação mais alegre.

— Estava sentindo falta de um pouco de alegria nessa viagem! — Bocuda, bocuda, bocuda.

— Ai, Liz, você é fogo!

Agora, sim. Além de ter aberto um sorriso largo, ele colocou o braço sobre meus ombros. Finalmente ele estava relaxando. Aquele abraço de leve depois do sorriso me deixou toda arrepiada e derretida, esse cara mexia comigo como ninguém.

Pegamos o voo que nos levaria para a Bélgica e, dessa vez, sentamos juntos. Repassamos no computador algumas coisas da feira e até falamos sobre alguns restaurantes que adoraríamos conhecer. Avanço, né?

Quando chegamos a Bruxelas, eu já estava sonhando com chocolates, waffles, cervejas, batata frita e... Antonio.

Antonio, supereducado, pegou minha mala na esteira e a colocou num carrinho, depois pegou a dele e empurrou nossas bagagens até o carro que nos esperava do lado de fora. A primeira parte da viagem tinha sido bem tensa, mas as coisas estavam ficando mais tranquilas a cada segundo. Ele era um *gentleman*, abriu a porta do carro, me ofereceu o casaco para combater o friozinho, fez meu *check-in* no hotel... Éramos praticamente um casal. A gente só não se beijava.

Naquele mesmo dia à tarde, teríamos a conferência de uma das melhores marcas de chocolate do mundo. Se tinha um trabalho no mundo mais gostoso do que experimentar chocolates, eu ainda não sabia.

Tomei um belo banho, fiz o cabelo solto com *babyliss*, *make* levinha mas linda e coloquei meu *look* executiva-sexy-sem-ser-vulgar. O vestido Balmain (não disse que tinha caprichado na mala?) azul-marinho seria meu carro-chefe. Ele era acinturado, justo e ia até o joelho, para não entregar que eu estava querendo impressionar o Boss. Coloquei meu *trench coat* bege e desci até o *lobby*.

Big Boss estava sentado me esperando. Lindo, lindo! Seu cabelo penteado para trás dava um ar de John-John Kennedy, e ele usava um terno marinho combinando com meu *dress*. Senti seu olhar me acompanhando da hora em que saí do elevador até encontrá-lo no meio do *lobby*. Sorri para aqueles olhos azuis e falei:

— Vamos?

O primeiro dia de conferência foi ótimo. Comemos chocolates do mundo todo — trabalho ruim esse, não? — e conversamos com os donos de uma marca belga sobre a possibilidade de vender seus produtos na W&W. Antonio suspirou ainda mais admirado por mim quando sugeri que abríssemos uma loja multimarcas no Brasil. Assim, poderíamos ter uma diversidade grande de produtos num lugar só, o que seria incrível para o negócio. Olha, para quem não gostava muito de trabalhar, eu estava honrando todos os euros investidos naquela viagem.

Depois da reunião, fomos direto para um dos restaurantes mais famosos da cidade. O Big Boss já tinha cuidado da nossa agenda e feito reserva para todas as quatro noites em que estaríamos na cidade. Diz para mim se isso não quer dizer alguma coisa? Ele até fingiu estar surpreso ao dizer que a secretária dele tinha arranjado tudo para nós, mas eu sabia que era ele quem tinha feito tudo aquilo.

Quando chegamos no restaurante, o clima foi levemente interrompido. Antonio me pediu licença para sair e falar ao telefone. Quinze minutos depois ele voltou, parecia irritado, mas tentou não transparecer a irritação.

Isso não vai dar certo!

— Vamos beber, porque hoje temos que aproveitar! — disse, tentando se animar e não deixar que nosso clima fosse totalmente destruído.

— Pode descer a garrafa!

O que mais a bocuda aqui poderia falar?

— Gostei do vestido...

Alguém estava mais solto depois de alguns goles.

— É? Achei que você nem tivesse reparado.

Tinha outra pessoa tão solta quanto ele na mesa.

Ríamos de tudo. A conversa fluía como sempre — eu nem tentava controlar minhas palavras (e quando é que eu tinha tentado?) —, mas Antonio me olhava fundo nos olhos, alguma mágica estava acontecendo.

Duas garrafas de vinho depois, estávamos trêbados e queríamos sair. Homem e mulher quando querem se pegar logo pensam numa balada, né? Música alta, bebida a rodo e a situação perfeita para dar o bote. Fomos para o bar de um hotel que tinha música. Já era um ótimo primeiro passo.

Continuamos empenhados nos drinques e em conversar sobre absolutamente tudo o que vinha à nossa cabeça. Mas apesar dos olhares, do clima, das risadas, nossos corpos não se encostavam, era como se a aliança dele estivesse agindo como uma barreira. Resolvemos pôr um fim àquela noite. Nossos compromissos começariam um pouco mais tarde no dia seguinte, mas precisávamos descansar para as reuniões e o jantar que teríamos com outros executivos que estavam participando da feira.

O elevador parou no décimo andar, o meu andar. Antonio me deu um beijo na bochecha e sussurrou um boa-noite no meu ouvido. Eu, bêbada e um tanto exausta, só me lembro de ter deixado escapar um sorrisinho apaixonado e andado em direção ao meu quarto. Entrei, apaguei a luz e caí dura na cama. Meu semirromance belga havia me deixado cansada.

Eram dez horas da manhã, e as marteladas na minha cabeça haviam me acordado, sinal de que a ressaca tinha se instalado. Mal abri os olhos, e um funcionário do hotel já batia à minha porta.

— Bonjour, Mademoiselle! I brought you some nice breakfast, it is a treat from mister Bittencourt. Enjoy!

Oi? Bittencourt era o sobrenome do Antonio. Big Boss tinha me mandado um café da manhã na cama?

A cesta era recheada com os melhores pães, frutas e chocolates da cidade. Tudo para curar a ressaca e atiçar ainda mais meu interesse por ele. Engraçado é que, quando estamos apaixonados, a ressaca não parece ressaca, o cansaço se transforma em memórias de uma noite muito divertida e o coração fica acelerado.

Peguei meu celular para agradecer, achei a coisa mais fofa deste mundo.

Liz:
Humm! Thank you, Boss! Nice breakfast...

Apaixonados também ficam bilíngues. A Luiza iria me zoar muito por causa dessa mensagem em inglês.

Antonio:
Hahaha. Para curar essa cabecinha que deve estar doendo... Te vejo lá embaixo à uma!

Liz:
Ok! :)

Tudo era fofo, menos a parte que o cara tinha uma mulher do outro lado do mundo.

Depois de me esbaldar com meu farto café, fui tomar um banho para tentar eliminar um pouco daquele álcool que ainda habitava meu corpo. Me lembro de estar no chuveiro cantando Mumford and Sons — uma banda indie que adoro — a plenos pulmões quando uma batida na porta quebrou todo aquele clima. Gritei para avisar a camareira para voltar dali a uns quinze minutos, mas as batidas continuaram, e precisei interromper meu momento karaokê para atender a porta.

Que mania os hotéis têm de bater na porta do hóspede a todo momento. Saí do banho ainda com um resto de condicionador no cabelo, me enrolei em uma toalha e fui atender quem estava batendo. Abri a porta e já ia dizendo à camareira que eu ainda não estava pronta, mas uma surpresa tomou conta dos meus olhos.

— Antonio? — Minha respiração parou por um segundo, o que ele estava fazendo ali? E como é que eu ia me perdoar por estar com o cabelo molhado e um resto de rímel dando um alô embaixo dos olhos? — Eu tava no ban...

Nem consegui terminar a frase, Antonio segurou minha nuca e me puxou para um beijo. Seus braços envolveram minha cintura, e, finalmente, nossos corpos se tocaram. Ele estava com a cara de ressaca mais linda do mundo, sua respiração, ofegante.

Imagina tudo em câmera lenta, porque foi de cinema. Fui empurrada — maravilhosamente empurrada — para dentro do quarto. Enquanto tirava minha toalha, Antonio me olhava com uma mistura de tesão e carinho. Tirei a camisa branca meio pijama que ele estava usando e arranquei sua bermuda, jogando tudo bem longe dos nossos corpos. Nos beijávamos como se estivéssemos esperando isso há décadas. Ele pegava meu rosto com as duas mãos e me encarava, era como se seus olhos dissessem: "Por que a gente esperou tanto?". Foi de arrepiar.

Rolamos na cama como dois adolescentes. Eu nem sabia o que pensar, estava no céu, ou melhor, cometendo um pecado na Terra. Não sei se era seu perfume, seus beijos, suas mãos que me seguravam forte, seu abraço, seu olhar, aquele enlace perfeito... Só sei que experimentei o sexo mais incrível de todos os tempos. Eu estava absolutamente tomada por aquele momento.

Quando acabamos, ficamos deitados abraçados, ainda ofegantes e sem acreditar que aquilo havia acontecido de verdade. Encostei a cabeça no peito dele e, se pudesse, ficaria ali para o resto da minha vida. Ele acariciava meus cabelos, e até o som do seu sorriso eu podia ouvir. Parece que felicidade tem som até no silêncio.

— Uau! Fui atacada, foi isso? — falei, pegando naquelas mãos em que há muito tempo eu imaginava entrelaçar as minhas.

— Ah, mas a culpa é sua. Eu só queria dar bom-dia, mas aí você me atendeu de toalha...

— Só queria dar bom-dia? — perguntei, já exibindo um sorriso de pura satisfação.

— Fui além?

Quando esse breve e riquíssimo diálogo acabou, partimos para o segundo round. Para alguém de 42 anos, aquilo funcionava muito bem. Entramos no banho depois — eu de novo — e lá fomos nós para o terceiro. Boss era muito, muito, muito bom naquilo que fazia.

Exaustos depois da maratona, nos arrumamos e fomos juntos para o evento. Eu não conseguia pensar em outra coisa. Nossos olhares se cruzavam a cada minuto durante as reuniões, e, quando sobrava algum tempo sozinhos, ele logo vinha me roubar um beijo. Não conseguíamos nos desgrudar.

Fomos jantar com uma turma de executivos depois da feira, e fiz questão de me sentar longe dele, morrendo de medo que alguém suspeitasse de algo. Quando me levantei para ir ao banheiro depois de algumas garrafas de vinho, uma surpresa mais que bem-vinda me seguiu.

— Não consigo parar de pensar no que aconteceu hoje cedo. Acho que foi aquela toalha... — ele disse, já andando em minha direção com o mesmo olhar que exibira de manhã.

— Hahaha. Seu doido! Me seguindo até no banheiro?

Nos beijamos loucamente.

— Vamos logo para o hotel? — ele pediu.

Meu Deus, o cara tinha fogo. Fora que ele falava essas frases baixinho no meu ouvido enquanto beijava meu pescoço. Quem aguenta?

Nossas noites foram de sexo, vinho e minha *playlist* do Mumford and Sons no *repeat*. Nem preciso dizer que ele se mudou para o meu quarto, e ali vivemos como um casal pelos dias seguintes.

Em nenhum momento vi rastros da Clara, nem nas chamadas do celular nem no WhatsApp. Ele tratou de esconder bem essa parte, e eu tratei de não tocar no assunto.

— Você achou que isso poderia acontecer? — perguntei.

— Na minha cabeça, já tinha acontecido várias vezes...

— Mas você achou que rolaria mesmo?

— Liz, desde que te vi naquele jantar na sua casa eu te acho a coisa mais linda. Você tem um sorriso que me deixa bobo, mas eu achava que não teria coragem de fazer nada.

— Mas depois tomou um litro de coragem, né?

— Hehehe. Sabe como é, né? Aquela toalha dando sopa, seus cabelos ruivos encharcados de xampu, sua maquiagem escorrendo do seu olho... Eu não resisti!

["F*lo da mãe"!]

— É, é difícil mesmo resistir a esse cabelo ruivo.

— Acho que nossas vidas nunca mais serão as mesmas...

Ficamos quietos por um momento, acho que a ficha estava começando a cair. Realmente, nossas vidas não seriam mais as mesmas.

Sabe, uma coisa é você ficar com um cara no meio da bebedeira ou da empolgação e acordar com o maior peso na consciência. Outra é você acordar todos esses dias ao lado de um cara CASADO e rezar para que esse momento dure pra sempre. Será que eu estava ficando louca? Tanto homem no mundo, e eu queria justo o mais difícil. Tudo bem, tinha também a questão do meu pai e da empresa, mas a pior sensação era pensar que Antonio tinha uma mulher e que, provavelmente, ela estava em casa pensando mil coisas sobre nós — e tinha razão para isso.

Sinceramente, não notei o Antonio apreensivo. Ele não esboçava nenhuma preocupação, pelo menos eu não percebia. Sentia que ele queria tirar todo aquele atraso durante a viagem, e sexo era a coisa que ele mais queria comigo.

Eu sabia que algo muito forte havia acontecido entre nós, mas não podia me iludir. Tinha que aproveitar enquanto estávamos ali, juntos. Logo voltaríamos para São Paulo, e do aeroporto ele iria para a casa dele encontrar com a mulher dele. Eu teria que voltar para a minha casa e continuar vivendo uma vida de solteira estando apaixonada por alguém.

Foram dias intensos e maravilhosos, mas, como tudo o que é bom dura pouco, era hora de voltar.

Ao contrário da ida, voltamos como dois pombinhos nos voos até São Paulo. Até hoje não faço ideia de onde estávamos com a cabeça. Imagina encontrar algum conhecido? Entrelaçamos nossas mãos, escolhemos o mesmo filme para assistir e demos risada lembrando de momentos memoráveis da viagem. Eu estava irresponsavelmente apaixonada.

Chegar em Guarulhos não foi a coisa mais agradável do mundo. O aeroporto estava lotado, a fila da imigração dava voltas, e meu coração ficou apertado só de pensar que o sonho estava acabando.

— Ruivinha, alguém vem te pegar? Quer carona ou já vai se desfazer de mim?

— Acho que o motorista do meu pai vem me buscar. Assim você se livra de mim logo... — brinquei.

— Eu? Me livrar de você? Se pudesse, passava mais uma semana na Bélgica com você em vez de voltar para casa...

Aquele homem sabia como mexer comigo. Não nos beijamos nem demos mais as mãos, por motivos óbvios, mas os olhares e sorrisos não mentiam. Pegamos nossas malas e entramos felizes na fila da alfândega; nunca quis que aquela checagem de bagagens demorasse tanto.

Quando passamos pelo portão que dava no saguão, meus olhos se fixaram numa pessoa conhecida, alguém que me trouxe de volta para a realidade mais rápido do que eu gostaria. Meu coração disparou, meu sorriso desapareceu, e um gelo imenso tomou conta do meu estômago. Antonio logo percebeu minha cara assustada e desviou seu olhar para o mesmo lugar que o meu. Automaticamente seu riso cessou, e o mesmo nervoso deve ter invadido seu estômago.

— Oi, meu amor! Surpresa!

Faria a mesma coisa, Clara! #soudessas

Era Clara. A mulher dele estava, pontualmente às sete da manhã, no aeroporto. Seu cabelo estava impecável, e a maquiagem, na medida certa; um *look cool* e elegante fazia os olhares dos passageiros se desviarem para ela. Difícil competir assim.

— Oi... Nossa, que surpresa. Não esperava ver você aqui, meu amor. — Antonio estava completamente sem graça, nem conseguia abraçá-la.

— Ué, às vezes a gente tem que fazer surpresas para o maridinho! Que saudades, meu amor!

Clara praticamente forçou um beijo e um abraço mais apertado. Qualquer um que visse a cena notaria que a situação era forçada. Antonio não estava confortável, e eu não sabia onde colocar a cara.

— Oi, Alice, tudo bem? Como foi a viagem? — perguntou com sua superclasse de sempre.

Não sei se o tom dela era seco ou se meu peso na consciência havia aparecido com força total.

— Foi tudo ótimo, Clara! Bom te ver. Gente, estou indo, tchau!

Saí correndo do aeroporto. Não sabia se estava com vergonha pelo que tinha acontecido na viagem ou com raiva pela Clara ter aparecido no aeroporto e acabado com os quatro dias mais perfeitos da minha vida. Acho que estava sentindo as duas coisas. Mas não podia culpar a Clara. Antonio e eu estávamos errados. Clara apenas sentiu que alguma coisa não estava certa e foi se fazer presente, marcar território.

Voltei para casa pensando muito nisso tudo. Como será que estava o clima no carro do casal Clara e Antonio? Será que a Clara estava dando esporros nele? Ou será que prometia uma manhã hipercaliente de sexo para ver se ele não desistia dela? Só de pensar na segunda opção, eu sentia calafrios. Imaginar o Antonio na cama com ela era, sem dúvida, um dos piores pesadelos da minha vida. Meu maior desejo era encontrar num site de busca a resposta para a pergunta que me atormentava: "Como fazer o homem casado pelo qual me apaixonei largar a mulher linda e magra sem causar estragos em ambos os lados?".

Quando cheguei em casa, meus pais estavam tomando café da manhã. Como era um domingo, eu teria bastante tempo pra contar toda a viagem para eles. Saco. Sentei à mesa, me servi de suco de laranja, fiz uma torrada com queijo e comecei a responder todas as perguntas do seu Willy.

Contei sobre a feira, as novas embalagens, a possível linha *fit* — outra ideia que tivemos na viagem —, a parceria para vender produtos de marcas famosas. Meu pai ficou impressionado ao ver como eu tinha me envolvido com o negócio durante a viagem. Seus olhos brilhavam cada vez que eu falava com empolgação sobre o que tinha visto por lá. Acho que no fundo ele estava feliz em ver que eu me interessava por algo além de arrumar um marido e me casar. Mal sabia ele...

Minha mãe, por outro lado, estava um pouco estranha comigo. Enquanto eu falava, ela só observava, calada. Ela era uma mulher muito ligada nas coisas. Quando você achava que ela estava desconfiando de algo, minha mãe já sabia da missa toda.

— E o Antonio, filha? Como foi viajar com ele? — perguntou meu pai.

Eu sabia que uma pergunta tipo bomba não demoraria a aparecer.

— Foi tudo bem, tranquilo, pai... — Minha voz falhou, e a porcaria de uma migalha da torrada parou na minha garganta justo naquela hora. Comecei a tossir desesperadamente.

— Tranquilo? Você me pareceu bem focada nessa viagem, mal falava com a gente. E teve até um dia, quando te liguei bem cedinho, que ouvi o Antonio falando ao fundo. Vocês deviam começar o trabalho ultracedo, não? — perguntou minha mãe, sem fazer sequer um movimento para me ajudar com meu engasgo.

— É... Foi corrido mesmo — falei no intervalo entre uma tossida e outra. — Mas foi tudo bem.

Minha mãe não era uma bruxa, mas tinha motivo para desconfiar. Um dia ela me ligou bem cedo de manhã, e, como Antonio estava no banho, eu atendi tranquilamente. Quando estava desligando o telefone, ele gritou do chuveiro: "Vem, linda!". Eu jurava que minha mãe não havia escutado, meu quarto era grande e a porta do banheiro estava fechada, mas agora eu entendia aquela cara de desconfiada dela. Ouvido de mãe escuta até o que não é dito.

— Conta mais. Ele é tão legal quanto parece? — insistiu minha mãe, me encarando.

— Aham, é sim... gente boa. — Esse teste de fidelidade da dona Beth não estava deixando nem o suco descer. Tentei pegar meu celular para fingir que alguém estava me ligando, mas fui salva pelo meu pai.

— Você achou ele empenhado na feira, Liz? — Ele não desconfiava de nada, pelo menos a impressão que dava era de que meu pai só queria saber do trabalho, seus olhos e ouvidos estavam fechados para outros assuntos.

— Ele me ensinou bastante coisa, é muito competente.

— É, o Antonio está com um ótimo desempenho na empresa, estamos satisfeitos com ele — respondeu meu pai, dando uma bela mordida no seu sanduíche.

— A mulher dele também é muito legal, um amor de pessoa.

Sabia que minha mãe me daria uma nova cutucada sobre o assunto, ela não havia engolido absolutamente nada do meu fingimento.

— Não conheço direito, mas acho que é.

Agradeci pelo café da manhã e fui dar uma dormida no meu quarto. Minha cabeça estava exausta de tanto pensar no que tinha acontecido nos últimos quatro dias. Quando fui colocar meu celular no silencioso, encontrei uma mensagem do Boss:

Antonio:
Chegou bem? Descansa que amanhã o dia vai ser puxado... Saudades já.

Meu santo Antonio! Saudades? Ele estava com saudades de mim! Então nem o possível esporro da Clara nem o sexo caliente tinham feito ele me esquecer. Ai, ai... Meu coração estava disparado! Fiz um charminho e não respondi na hora, esperei quarenta minutos contados no relógio. Nesse meio-tempo, fucei todas as redes sociais da Clara. Entrei no Instagram, depois no Facebook e ainda dei aquela pesquisada esperta no Google para procurar mais detalhes. Como Clara havia sido modelo, até que foi fácil achar algumas informações sobre ela.

Clara e Antonio tinham se casado na Bahia oito anos antes. Ela estava deslumbrante vestindo um Lanvin; ele, lindo como sempre, usou um terno de linho claro. O que achei cafona. O casamento estava repleto de gente importante, e vários sites que falam de famosos e celebridades cobriram o evento. Até encontrei uma declaração da Clara num desses sites: "É muito bom achar o amor da nossa vida. Eu e o Antonio somos um encontro de almas". Tudo bem que quando a gente casa acha que encontrou nossa cara-metade, mas encontro de almas foi foda.

Vi absolutamente todas as galerias de fotos do casamento. Conheci a mãe dele, a irmã, a família da Clara... Estava CLARAmente obcecada em descobrir tudo a respeito do casal.

Era hora de responder a mensagem do Boss. Fiquei meia hora naquele escreve e apaga. Só depois fui me ligar que ele devia estar rindo do "digitando" por dez minutos.

Liz:
Oie! Cheguei bem, brigada!
Dia longo amanhã, beijos!

Superideia a minha de deixar para responder o cara depois de ver toda a história matrimonial dele; era óbvio que eu estaria mais seca e desconfiada. Boss me mandou um "wink". Alguns emojis podem dizer mais do que mil palavras.

✕ ✕ ✕

O pior é que esse cara podia estar um amor com a mulher e com a Alice ao mesmo tempo.

A cordei no dia seguinte às sete da manhã, fiz um *babyliss*, passei aquela maquiagem que esconde as olheiras mas não dedura a grande vontade que estamos de impressionar alguém, e fui trabalhar. Chegando no estacionamento, dei de cara com a Luiza. Ela estava com pressa porque tinha uma reunião logo cedo, demos um oi tímido e fomos andando lado a lado até o escritório.

— Como foi a viagem?

— Foi ótima, muito legal...

— Humm, e o Antonio?

— Ele foi uma ótima companhia...

— Que bom. Pela sua cara, ele foi mesmo!

Ela me conhecia como a palma da mão e não precisava de muitas palavras para perceber que havia acontecido alguma coisa.

— A gente podia almoçar um dia desses para eu te contar...

— Tá bom! Tô correndo muito com tudo, mas, se der, vamos sim!

Luiza estava longe de ser aquela amiga próxima de antes. Logo agora que eu precisava tanto dela. Ela era a única pessoa para quem eu teria coragem de contar o que tinha acontecido durante a viagem. E eu precisava contar para alguém.

Claro que o nosso almoço não foi pra frente — ela estava me evitando —, mas, nos dias que se seguiram, consegui contar para ela um pouco do que tinha acontecido, sem falar da parte do sexo. Ela me ajudava até, mas seu interesse pela minha vida ficava cada vez menor. Fora que eu ficava imaginando o que aconteceria se ela contasse tudo para o Pedro.

Ele era um cara que julgava muito as pessoas, e eu tinha certeza de que ele acharia uó eu me envolver com um homem casado. E ainda era capaz de falar que eu era uma má influência para a Luiza. Tudo bem, eu não podia negar que era mesmo uó se envolver com um homem casado, mas é para isso que as melhores amigas servem: estar ao seu lado quando os outros te viram as costas.

Eu não tinha a menor coragem de contar para ela sobre minhas noites de sexo ardente com o Boss na viagem, muito menos das minhas pesquisas sobre a mulher dele. A antiga Luiza me ajudaria a pesquisar todos os detalhes do casamento e ia chorar de rir com as minhas histórias. Mas essa Luiza de agora? Fazia cara de paisagem e fingia que não

Concordo que a Luiza era bem julgadora, mas é uma situação preocupante...

era com ela. Antonio era chefe dela, o que tornava a situação mais delicada, mas nossa relação de irmãs deveria suportar esse fato.

Não contei para quase ninguém o que estava acontecendo. Além da Luiza, só a Thaís e a Camila, minha prima, sabiam da história — e apenas uma parte dela. Com o meu afastamento da Luiza, eu sentia que precisava me abrir para outras pessoas. Essas eram duas amigas muito próximas, e eu me sentia bem em contar para elas.

Os dias seguintes na empresa se passaram de forma tranquila. Apresentei para o meu time as novidades da viagem e praticamente não vi o Antonio. Ele passou quase a semana toda numa conferência fora da empresa.

Mas isso não quer dizer que não estávamos nos falando. As mensagens no WhatsApp rolavam soltas, desde as mais fofas até as mais quentes. A cada dia que passava, eu queria mais e mais aquele homem. Sonhava acordada no trânsito, sentia arrepios só de me lembrar das nossas noites em Bruxelas, em como nossa química era perfeita.

Lá pela quinta-feira, ele me perguntou o que eu faria na sexta ao meio-dia. Boss queria marcar um "almoço" comigo. Não sei por quê, mas aquilo me cheirou a tudo, menos comida. Fiz mais um charminho, disse que talvez tivesse uma reunião, mas acabei me rendendo.

Combinamos de nos encontrar numa parte vazia do estacionamento da empresa. Assim que ele parou, entrei rapidamente no carro e fomos direto para um hotel, porque motel já seria demais para minha cabeça. Entramos pela garagem, e Antonio foi na frente para pegar o quarto, eu deveria subir logo depois. De alguma forma, aquilo mexia muito com a minha libido. Eu sentia o maior tesão do mundo em fazer algo proibido, mas, ao mesmo tempo, sabia que era tudo tão... ERRADO! Fizemos isso algumas vezes, não sei dizer como tínhamos coragem de nos arriscar assim, mas o negócio era tão bom que acabamos marcando vários "almoços" juntos.

Nosso último almoço foi diferente, embora estivéssemos empolgados e apaixonados como sempre. Quando entrei no quarto, ele me pegou pela cintura, me puxou para perto dele e falou no meu ouvido:

"Não via a hora de te ver". Nos beijamos loucamente como sempre fazíamos, tiramos a roupa em segundos e fomos ser felizes.

Antonio tinha um lance de olhar nos olhos na hora do sexo que beirava o cafona, mas isso me deixava totalmente derretida; era como se dissesse com os olhos que eu era dele. Depois de alcançarmos o clímax, ficamos deitados por alguns minutos, nossa respiração ainda ofegante e minha cabeça rodando a um milhão por hora.

— Você tem ideia da saudade que eu tava de você, minha ruivinha?

Não fazia nem uma semana que havíamos "almoçado", mas estávamos bem apegados.

— Hehehehe. Eu costumo deixar saudade nas pessoas — provoquei.

— Ah! Então você costuma deixar vários com saudade?

— Quem disse que você é o único, ué?

Estava programando essa cutucada havia tempo. Quem sabe com ela eu conseguia saber um pouco sobre ele e Clara.

— Ah, não sou?

— Como eu não sou a única na sua vida, também tenho esse direito...

Sabe todo aquele clima maravilhoso pós-sexo? Então, acabei com ele com essa resposta. Antonio desviou o olhar e soltou um suspiro.

— Liz, não acho que a gente deveria falar sobre isso desse jeito.

— Por que não? Poxa, nós ficamos em Bruxelas e estamos transando em hotéis na hora do almoço há algumas semanas. Não acha que temos que falar sobre isso em algum momento?

— E você acha que este é o momento certo?

— Então quando será? Eu tive que olhar para a cara da sua mulher no aeroporto e fiquei esperando você me falar alguma coisa a respeito...

— A respeito do quê? Você sabia que eu era casado, Liz. O que você quer ouvir?

— Sim, é casado. E?

— Como assim?

— E a gente?

— A gente tá aqui, se curtindo...

— Ah...

— O que foi?

— Antonio! Nós estamos tendo um caso! Eu nunca me envolvi com um cara casado.

— Eu também nunca estive com outra pessoa desde que me casei.   *Dúvidas...*

— Então você também não sabe como agir?

— Liz, gosto muito de você, gosto de transar com você, de dar risada, de conversar... Mas eu tenho um casamento.

— Que tipo de casamento é esse? Você acha isso normal?

— Não, não acho, mas também não faço ideia do que fazer. Como disse, sou novo nisso...

— Acho melhor você começar a pensar.

Me arrumei correndo, meus olhos quase transbordando. Sabia que uma hora ou outra aquilo ia dar alguma merda, só não imaginava que seria tão cedo. Acho que o fato de eu valorizar muito o casamento era determinante para aumentar meu peso na consciência. E eu estava envolvida demais com o Antonio para brincar de transar.

— Olha, vou voltar de táxi para a empresa. Vamos fingir que isso nunca aconteceu. Não tenho mais estômago pra isso.

Ele ficou olhando a minha pressa em sair dali e tentou conversar:

— Liz, para de ser tão radical. Volta aqui e vamos conversar direito.

— Já ouvi o que você tinha pra me dizer. Está bem claro pra mim agora.

Saí do hotel totalmente desnorteada, coloquei meus óculos escuros e chorei o caminho todo de volta para o escritório. Eu tinha visto no olhar do Antonio que terminar o casamento era algo que não passava pela cabeça dele. Ele ainda estava na fase de curtir, transar e dar risada. Pode ser que o que vou dizer agora não seja nada feminista, mas as mulheres são mais intensas desde o começo. Nós queremos uma resposta rápida para aquilo que nem sabemos ao certo se queremos, o que importa é termos alguma segurança. Qual era a segurança que o Antonio me passava ao dizer que a gente estava se curtindo? Olha, não existe frase de efeito mais negativo para uma mulher do que essa.

Se curtindo o cacete!   *Mas é a realidade. É que a gente acaba colocando expectativa e esquece do real!*

✕ ✕ ✕

Eu estava muito chateada e com raiva de mim mesma. Como pude sair com um cara casado e dar pra ele na minha hora de almoço durante todo esse tempo? Sério, não quero bancar a menina pura, mas isso nunca me aconteceu antes. Transei apenas com meus namorados e ficantes supersérios, nunca com um casinho. Talvez o fato de transar sem compromisso, ainda por cima com um cara casado, estivesse me deixando louca.

Passei o mais rápido que pude pela recepção da empresa para ninguém ver meu estado e consegui pegar um elevador vazio. Rezei para que ele só parasse no décimo segundo andar, onde eu desceria, mas isso seria quase impossível. Quando o elevador chegou no quinto andar, onde ficava o marketing, e o Antonio, a porta se abriu, e eu quase que me encolhi para não precisar interagir com ninguém.

— Liz?

— Oi...

— Está tudo bem? Que cara é essa?

Era a Luiza. Quando você está mal e alguém com quem você tem muita intimidade pergunta se está tudo bem, é chororô na certa. Desabei na hora. Luiza me levou até uma sala de reunião vazia no sétimo andar, me deu água e esperou que eu me acalmasse para conversarmos. Ela não era mais a mesma de antes, e nossa amizade estava abalada, mas a nossa cumplicidade permanecia, eu sabia que nunca nos deixaríamos na mão.

A Luiza já sabia um pouco sobre meu caso com o Antonio e, como me conhecia bem, sabia que era muito mais sério do que um beijinho qualquer na Bélgica, como eu havia contado. Consegui me abrir mais e contei o que estava acontecendo de fato e que não queria mais insistir naquilo. Ela concordou comigo e disse que eu não deveria continuar com o caso, que era uma bela roubada. Falou para me colocar no lugar da mulher do Antonio e avaliar se tudo isso valia a pena. A Lu tinha realmente virado uma pessoa mais fria e julgadora, e eu sabia que no fundo ela estava meio passada por eu ter me envolvido com um cara casado. Imagina o senhor Pedro sabendo disso? Nossa, ele me jogaria na fogueira.

Me acalmei e consegui voltar ao trabalho, quer dizer, médio. Rendi pouquíssimo naquele dia, não parava de pensar em saídas para me desligar do Antonio. Meu pai me chamou na sala dele para falar sobre algumas coisas da feira na Bélgica, e eu estava tão distraída que perdi umas cinco perguntas que ele me fez.

— Filha, você está bem?

— Oi?

— Alice, estou falando com você há horas, e parece que você está no mundo da lua.

— Desculpa, pai... hoje eu não estou num dia muito...

— Com licença, Willy, eu queria te mostrar...

Quando eu achava que nada podia piorar, Antonio entrou na sala do meu pai.

— Pode entrar, Antonio! Você chegou na hora certa. Eu estava aqui conversando com a Alice sobre alguns ajustes que eu gostaria de fazer nos nossos produtos com base no relatório que vocês fizeram sobre a feira.

— Não sabia que vocês estavam conversando, eu volto outra hora... — Antonio estava da cor de um tomate.

— Não, que é isso! Foi ótimo você ter vindo, assim podemos fazer uma reunião rápida para resolver alguns pontos.

Sem jeito com a situação, Antonio foi sentando lentamente na cadeira. Ainda assim, abriu um sorriso pra mim e tentou fingir para o chefão que estava tudo bem. Eu, por outro lado, não conseguia olhar nos olhos dele, estava magoada, com raiva e envergonhada por nós dois.

Meu pai não é um cara que percebe muito as coisas, ao contrário da minha mãe, que fareja imediatamente qualquer situação estranha. Então, estávamos no lucro. Falamos por uns dez minutos sobre os novos produtos, a linha *fit* e, assim que a reunião terminou, fugimos dali como o diabo foge da cruz. Saí da empresa decidida a voltar para casa e esfriar minha cabeça, eu estava muito abalada com tudo aquilo.

Antonio não me mandou mais nenhuma mensagem, cortamos relação depois daquele dia, e isso doía tanto quanto a culpa de ter sido a outra. É o que costumo dizer: a corda sempre arrebenta para o lado mais fraco. Ele e Clara eram casados e iam fazer o relacionamento dar certo, eu era apenas o resultado de uma crise passageira entre os dois, um resultado apaixonado, todo errado, que morria de medo de acabar sozinha por ter cometido esse pecado. Será que posso ser poetisa? Até minha dor rima.

Tá bom, tá bom, eu sou dramática e exagerei nessas minhas últimas palavras. Mas e se eu fosse castigada energeticamente por ter feito mal ao outro? E se, como castigo por ter transado com um cara casado

— várias vezes —, eu ficasse solteirona pelo resto da minha vida? E se minhas futuras companhias forem gatos, um livro e um kit de tricô para eu fazer roupinhas para os filhos das minhas amigas? Gente, sou do signo de peixes com ascendente em peixes, aguentem.

Com o passar do tempo, fui ficando totalmente sem esperança. Você fica achando que o cara vai bater à sua porta e implorar o seu amor, e que você vai abraçá-lo e uma música maravilhosa de fundo vai começar a tocar e tudo ficará bem. Só que não é assim, viu?

Quando o cara é casado, ele fica pensando sobre a necessidade real de se separar. Ele pensa na grana, na família, no acordo pré-nupcial, no desgaste e acaba, na maioria das vezes, achando que é melhor manter o caso e empurrar o casamento com a barriga. Os homens são pouco corajosos quando se trata de terminar um relacionamento; muitas vezes eles preferem manter um casamento mais ou menos e um caso ardente aqui e ali por anos a acabar com tudo.

Nós, mulheres, salvo exceções, somos mais passionais e muito mais ousadas nas escolhas. Se sentimos que não estamos mais apaixonadas pelo marido, namorado ou casinho, somos as primeiras a, pelo menos, parar para pensar. Pois é, eu estava perdendo as esperanças de que o Antonio criasse coragem e não tinha mais nem vontade de trabalhar. Na verdade, o desânimo tomava conta de mim quando eu pensava no trabalho.

Um dia, no meio dessa minha falta de ânimo para trabalhar e desse desapontamento com minha vida amorosa, dei de cara com a Luiza no elevador da empresa logo cedo.

— Oi, Liz, bom dia!

Mesmo com a nossa amizade abalada, ela fazia questão de fingir que estava tudo bem.

— Bom dia, Lu.

— Tá tudo bem?

— Aham...

Eu andava tão arrasada que, se desse uma resposta mais complexa do que essa, cairia no choro.

— Liz, quer conversar?

— Não tem mais o que falar sobre esse assunto, Lu... Eu tô ferrada, me ferrei gostando desse cara.

— Vem até a minha sala, a gente toma um café e conversa.

Mesmo eu não estando muito empolgada a princípio, esse "programa" da manhã me fez bem. E mais, mudou a minha vida completamente, para o bem e para o mal.

Luiza escutou atentamente tudo o que eu tinha para dizer e, de repente, falou:

— Por que você não vai fazer uma viagem?

— Viagem?

— É... Sair um pouco daqui, se divertir, conhecer gente nova!

— Mas ir pra onde? Com quem?

Viajar é bom, mas não cura tudo.

— Ah! Você tem um milhão de amigas, isso nunca foi um problema pra você, Liz! Está chegando o verão europeu. Você pode arrumar suas malas e ir fazer um curso de francês em Paris e ficar viajando por lá.

— Não sei... Não tenho vontade de ir...

— Não tem vontade agora, mas, quando chegar lá, vai amar! Seria ótimo para você sair desse ambiente. Aqui você não vai conseguir esquecer o Antonio, vocês se encontram praticamente todos os dias. Não tem como superar isso se não sair daqui.

— É, mas e o trabalho todo que faço aqui? Como fica?

— Você não precisa ficar muito tempo fora, só uns dois meses. Nada que estrague seu trabalho. Sem contar que estar aqui nunca foi o seu sonho.

Nem o da Luiza, diga-se de passagem.

— Será? Não é muita irresponsabilidade?

— Liz, é uma ótima ideia. Dois meses passam voando!

— Pode ser mesmo uma boa ideia...

— Dá uma pesquisada. Você vai achar mil cursos para fazer por lá, e ainda pode viajar todo fim de semana para outro país!

— É, isso cura a tristeza de qualquer um.

— Fica fora da empresa por um tempo, seu pai vai entender. Fala que você tá a fim de viajar e aprender alguma língua. O tio Willy sempre foi megalegal e compreensivo, ele vai te apoiar.

— Obrigada, Lu. Pode ser uma saída excelente para o que estou vivendo.

— O que você acha de jantar este fim de semana comigo e com o Pedro? Assim você distrai a cabeça.

— Valeu! Acho que suas ideias foram ótimas, e, sim, vamos jantar juntas!

O resto da história não é novidade. O jantar que a Luiza propôs com o entojo do namorado dela foi um desastre, e a nossa amizade acabaria de vez ali. Mas a ideia dela sobre a viagem foi algo que caiu como uma luva para aquele momento. Quando saí da sala dela, fui direto checar se os cursos em Paris ainda estavam abertos para inscrição, e, adivinha?, estavam! Só que começavam em duas semanas. Eu precisava correr!

Sem falar com ninguém, comprei a passagem com meu cartão de crédito e mandei um e-mail para a coordenação do curso para reservar minha vaga. O curso começaria em junho e terminaria na primeira semana de agosto — no auge do verão europeu. Eu sempre quis aprimorar meu francês, e aquela era a melhor hora. Se eu não superasse o Antonio nesses dois meses que passaria fora, ao menos poderia me declarar para ele em francês. *Très romantique.*

Liguei para a Thaís em seguida e contei a minha ideia, passamos horas no telefone. E, no final, ela mordeu a isca! Thaís tinha acabado de se demitir da empresa em que trabalhava havia três anos e estava a fim de alguns meses sabáticos para pensar na vida. Ela era uma pessoa muito companheira, engraçada e ligada no duzentos e vinte. A gente se conheceu na faculdade e, desde o início, nos demos muito bem. Acho que eu estava pronta para reviver meus tempos de bebedeira e — quase — nenhuma responsabilidade.

Meus pais concordaram com a minha viagem, principalmente a minha mãe. Desde que eu voltei da Bélgica, minha mãe estava um pouco distante de mim, acho que desconfiava que algo estava acontecendo, embora eu tivesse certeza que ela nunca tocaria no assunto. Minha vida amorosa e meu gosto por homens mais velhos incomodavam meus pais. Fora que a Clara tinha ficado muito próxima da minha mãe, que se transformou numa espécie de conselheira dela. Dá pra acreditar?

✕ ✕ ✕

Dois dias depois, pedi uma licença na empresa e me despedi das pessoas. Àquela altura do campeonato, trabalhar na W&W me fazia mal. Mas ninguém tira uma licença por motivos amorosos e desaparece da empresa em apenas dois dias, a menos que você seja a filha do chefe. Eu sei que muita gente, quando descobrisse que eu estava indo embora, me acharia mimada, riquinha e riria de toda a situação. Mas nunca fui de gastar meu tempo pensando no que os outros estavam pensando, e não seria dessa vez.

Pedi para que o pessoal da minha área não comentasse com ninguém sobre a minha licença, não queria que a fofoca se espalhasse pela empresa, e parecia que tinha dado certo. Minha caixa de e-mail continuaria funcionando como se eu estivesse na W&W.

Antonio? Fugi desse homem durante essas 48 horas. Não peguei elevador, só subia e descia pela escada de emergência, não almocei no refeitório e declinei qualquer participação nas reuniões do marketing. Sabia que, se visse o Boss, não embarcaria para Paris.

Fazer a mala para minha temporada em Paris foi muito diferente de quando fui para a Bélgica. Agora, eu tinha que colocar menos *looks* e mais coragem, paciência e esperança de sair dessa fossa.

No dia da viagem, encontrei a Thaís no aeroporto, e a energia dela me contagiou. Estava pronta para Paris!

Charles de Gaulle é um aeroporto gigantesco e, como tudo em Paris, bonito. Saindo do aeroporto, pegamos um táxi e fomos para o apartamento que tínhamos alugado, no bairro Les Marais.

Não importa quantas vezes você vai a Paris, ela sempre vai te surpreender pela beleza estonteante. Realmente aquele lugar é capaz de curar qualquer fossa, e, aos poucos, a imagem do moço de olhos azuis foi deixando de fazer minha cabeça girar.

— Amiga, você tem noção de que vamos morar nesta cidade por dois meses? — Thaís estava quase sem ar de tão empolgada.

— Nem acredito que tivemos essa coragem!

— Agora você vai ver que existem no mundo coisas mais lindas do que o chefe do chocolate!

Foi sofrer em Paris... Lágrimas europeias.

Verdade seja dita, Antonio era um cara bem gato, mas Paris... Ah, Paris é Paris.

O prédio em que ficaríamos era lindo (novidade, né?), tinha porteiro e um elevador meio anos 50. Subimos com as malas bem brasileiras, aquelas enormes, lotadas de opções, que variam da blusinha de verão ao unicórnio que estava pelo quarto e você achou que usaria em algum momento da viagem.

— Abre aí, amiga, e reza pra ser animal!

Thaís rodou a chave antiga, daquelas duras de abrir e... Uau! Era um apezinho pequeno, mas muito charmoso. O quarto que dividiríamos era bem espaçoso e tinha uma cama de casal, a sala era bem lindinha, com um sofá branco meio empoeirado e uma televisão bem grande para o tamanho do apartamento. A cozinha era fofa, o piso preto e branco dava certo ar retrô, e a vista era de tirar o fôlego.

— Amei nossa casinha! — exclamou Thaís.

— Aíííí, eu também! — respondi, com lágrimas nos olhos; ainda estava meio sensível.

— Liz, nós vamos nos divertir muito, você vai ver! Vai passar. Dói agora, mas passa! Prometo. — Ela era daquelas amigas que colocam qualquer um para cima.

— Obrigada, amiga. Com você aqui, vai ser mais fácil.

— Então vamos parar de tristeza e combinar o seguinte: o nome Antonio não pode mais ser dito nesta casa, ok?

— Ok.

Sequei uma lágrima que teimou em escorrer, respirei fundo e pensei comigo: "Vai passar, Alice, vai ficar tudo bem".

Desarrumamos as malas e fomos comer num bistrô perto do apartamento. Depois passamos no supermercado para encher a geladeira e a despensa.

Paris estava com a melhor temperatura de todas, durante o dia fazia uns 26 graus e a noite era mais fresca. Claro que isso mudou em julho, quando o tempo ficou mais quente e úmido.

Nosso curso começou logo no dia seguinte. Eu e a Thaís ficamos em salas diferentes, queríamos aproveitar ao máximo as aulas, e não ter a outra por perto nos obrigaria a falar francês. Os professores mudavam a cada semana, e os alunos vinham de toda parte do mundo. Tinha gente da Ásia, da América do Sul, da Europa, dos Estados Unidos; era uma turma bem eclética. Fiquei de olho para ver se tinha algum gatinho por ali, mas ainda era cedo para me interessar por alguém.

Minha rotina era acordar, comer pão com manteiga — ah, a manteiga da França! —, pegar a bicicleta alugada e ir até o curso. À uma, almoçávamos e íamos fazer algum programa cultural. Visitamos o Museu Rodin, o Louvre e tentamos fazer todos os programas que a cidade oferecia. Thaís adora conhecer novos lugares, o que era muito legal, pois nunca ficávamos paradas.

Conforme íamos fazendo amizade com o pessoal da escola e eu me distraía, aquele aperto no peito que eu sentia ao pensar no Boss ia diminuindo. Embora eu olhasse as redes sociais todos os dias para saber o que estava acontecendo, resolvi, por algumas semanas, não postar nada sobre a minha viagem. Não queria que o pessoal da empresa visse que eu estava em Paris. Achava isso desnecessário. Além disso, não queria que o Antonio soubesse onde eu estava.

× × ×

O bom de estar na Europa é que você pode viajar para vários países diferentes em poucas horas, sem precisar pegar avião. Além de prático, o trem também é mais barato.

Na nossa terceira semana em Paris, resolvemos viajar para Saint-Tropez. Fiquei animada com a ideia de pegar uma praia, dar um mergulho no mar e ver gente diferente. Confesso que não estava muito a fim de balada, mas Thaís queria ficar mais festiva, como ela mesma dizia. Alguns amigos nossos estavam por lá, e combinamos um fim de semana animado e etílico.

Marcamos de pegar um trem de Paris para Nice na sexta de manhã e, de lá, alugaríamos um carro e dirigiríamos até a praia. Saint-Tropez é um daqueles lugares mágicos, onde seus problemas desaparecem assim que você olha para aquele mar azul, aquelas ruas charmosérrimas e aquelas pessoas lindas. Claro que é um lugar bem ostensivo, se você parar para pensar: iates de sei lá quantos pés ancorados para todo mundo olhar e babar, baladas lotadas de homens querendo mostrar que têm dinheiro, garrafas dos champanhes mais caros rodando as mesas dos restaurantes e clubes noturnos... Mas, se conseguir olhar aquele lugar com outros olhos, vai se apaixonar.

Na primeira noite, jantamos num dos restaurantes do hotel Byblos — megabombado e lotado de gente linda. Nossa turma era barulhenta e animada. Fizemos umas três rodadas de *shots* de tequila, e eu fiquei completamente bêbada. Pronta pra cair na balada.

Acho que a fossa tem dessas coisas, você se lamenta e chora bastante, mas chega uma hora em que precisa extravasar. E eu precisava disso. A bordo de um vestido branco bem sexy, me joguei na pista. Não me lembro de como entramos na balada, mas os flashes na minha cabeça dizem que eu estava em uma mesa com mais de quinze pessoas, conhecidas e desconhecidas. Coisas que só o álcool faz.

Dancei, pulei, cantei, brindei, mas, depois de umas duas intensas horas de música alta, uma sensação de ânsia de vômito me invadiu, e eu precisei ir embora. A Thaís? Estava curtindo a vida adoidado com um francês que se apaixonou por ela, e as outras meninas estavam na missão de aproveitar a balada até o último minuto.

[Anotação à margem: *Beber para esquecer? Nunca funciona.*]

Como nosso hotel ficava, literalmente, do lado da balada, não vi problema nenhum em ir sozinha. Você já viu bêbado assumir que não consegue fazer alguma coisa? Fui andando daquele jeito gracioso pela balada — me apoiando nos ombros embaçados que ocupavam minha visão — e rezando para conseguir sair de lá. Me apoiei na grade que separava a balada da rua e por lá fiquei. O enjoo era tão grande que, se eu me mexesse, seria o fim de todo o *glamour*. Me lembro de respirar fundo e dizer para mim mesma: "Você não vai vomitar, Alice. Você não vai vomitar". Algumas respiradas depois, senti uma mão sobre meu ombro direito.

— Você não vai vomitar, Alice — uma voz masculina falou em um português sem sotaque.

— Oi? — respondi, ainda tentando evitar o estrago.

— Oi, você tá bem?

— Tô, só preciso de ar... — respondi, ainda respirando fundo várias vezes.

Eu não tinha nem olhado para a cara do cidadão, só tinha visto suas mãos e mais nada.

— Você precisa de ajuda?

Eu estava no pior momento possível, mas não podia ser grossa e ignorar a ajuda de uma pessoa que parecia mesmo estar querendo me ajudar. Respirei fundo para segurar o que estava querendo sair, levantei um pouco mais a cabeça e dei de cara com um rapaz muito gatinho.

— Eu tô bem, obrigada... — agradeci, meio sem graça.

— Nem me apresentei. Beto, prazer! Você é a Alice?

— Como você sabe meu nome?

Será que ele era um dos caras que estavam na nossa mesa?

— Você tava falando: "Você não vai vomitar, Alice". Então acho que a Alice é você ou sua amiga imaginária que deve ter bebido bastante.

Ele tinha senso de humor. Gostei.

— Você é engraçado...

— Tem certeza de que você tá bem? Não quer mesmo que eu te acompanhe até o seu hotel?

— Todo homem começa assim... — sussurrei para mim mesma.

— O quê?

— Deixa pra lá...

Um bêbado com o coração partido é uma desgraça, toda frase que escuta se lembra de quem partiu seu coração.

— Eu te levo até a porta do seu hotel, pelo menos. Só pra você não ir sozinha.

Não faça o que eu fiz — numa dessas, você pode ser enganada por um louco aproveitador, sei lá —, mas eu deixei o tal do Beto me acompanhar.

Ele media 1,82 mais ou menos, tinha cabelos claros e olhos castanhos. Era bem bonito e supersimpático. Ele me acompanhou até o hotel e, graças a Deus, não era nenhum louco, aparentemente.

— Posso pegar seu Whats? — perguntou lorde Beto, na maior educação.

— Hã? — Eu ainda estava sob efeito do álcool.

— WhatsApp, seu número! Ou vai dizer que a minha companhia não valeu a pena?

— Hahaha. Vou falar bem rápido, quero ver se você consegue decorar...

Nesse momento, a minha "bebadisse" era tão grande que comecei a cantar o número do meu celular o mais rápido que consegui e saí correndo para o meu quarto. Pois é, também não sei explicar por que fiz aquilo. Quando deitei na minha cama, tudo girava, uma sensação horrível...

✖ ✖ ✖

— Bom diaaaa! Acorda, flor do dia!

— Pelo amor de Deus, apaga a luz, Thaís!

— Amiga! É meio-dia. Todo mundo está saindo para a praia. Toma aqui um Engov e água e vambora!

— Sério?

— Sério, Alice! Tá um puta sol, sai dessa cama!

— Me dá uns minutinhos...

Com minutinhos, eu queria dizer dias, meses. Eu não estava só de ressaca, estava na fossa. E ressaca de fossa não tem igual.

— A senhorita aproveitou ontem, hein? Tô com umas fotos hilárias!

— Você não postou nenhuma, né?

Só de imaginar ela postando uma foto minha na balada já despertei um pouco.

— Claro que não! São impostáveis. Hahahaha.

De fato, as fotos estavam hilárias. Eu parecia a maior baladeira dos últimos tempos. Até foto minha tomando champanhe no gargalo tinha.

Minha cabeça ainda doía, e o enjoo não tinha passado. Me troquei, tomei café, coloquei os maiores óculos escuros que encontrei e desci com a Thaís para encontrar o pessoal.

— Alice?

— Alguém me chamou? — perguntei para a Thaís.

— Sim, amiga! Aquele cara sentado ali no *lobby* — ela respondeu baixinho, mas senti que ela estava superanimada com a cena.

— Quem é esse cara? — perguntei, ainda sem lembrar de nada do que tinha acontecido na noite anterior.

— Deve ser de ontem, né? Mas talvez você não lembre.

Eu fiquei com uma cara de interrogação por alguns segundos, e de repente me veio um flash da noite.

— Oi! Desculpa, eu ainda tô sob efeito da ressaca! Beto, né?

Como assim? O cara estava me esperando no *lobby* do hotel?

— Isso. Eu imaginei que você estaria mesmo.

— Essa é a minha amiga Thaís. Thaís, esse é o Beto. Ele me ajudou a chegar no hotel ontem à noite.

— Oi, Beto! E obrigada por trazer minha amiga de volta.

Thaís já havia gostado da situação, ela daria até uma mão para quem me fizesse esquecer o Antonio.

— Imagina! — respondeu com timidez o moço de cabelos claros. — Ela precisava de uma ajudinha.

— Pra agradecermos sua ajuda, que tal você se juntar a nós agora à tarde?

— Thaís!

Ah, meu Deus, só me faltava essa, a Thaís me empurrando para esse cara que eu só tinha visto uma vez na minha vida, e bêbada.

— Fechado! Posso chamar dois amigos que estão viajando comigo?

— Claro!

Thaís era tão desencanada que nem ligou de convidar o cara sem saber se eu estava a fim ou não. Esperamos uns dez minutos até os amigos dele chegarem e fomos todos para o Club 55. O dia estava lindo, mas minha ressaca estava forte, então me escondi numa sombra perto da piscina, abri uma garrafa de água mineral e por lá fiquei. A água começou a fazer efeito, a música foi ficando cada vez mais alta, e eu acabei aceitando uma taça de vinho rosé bem gelado que o Beto me ofereceu.

Conversa vai, conversa vem, comecei a conhecer um pouco mais desse ser que brotou do nada na minha frente. Seu nome era Roberto, trabalhava no mercado financeiro, parecia bem de vida, era sorridente, educadérrimo e um tanto *playboy*. Seus amigos atuavam na mesma área e compartilhavam da mesma pinta de galã-*playboy*. Usavam camisa de linho *off-white*, os cabelos penteados para trás e, nos pulsos, brilhavam relógios de ouro caríssimos. Bem lobo de Wall Street.

==Apesar dessa aparência meio superficial, os meninos eram bem legais e divertidos. Beto estava investindo pesado em mim, me servia bebida toda hora, me levava a toalha quando eu saía da piscina e se preocupava em satisfazer qualquer desejo meu.== *Se distrair é bom, faz bem.*

Não satisfeita com a bebedeira do dia anterior, quase cometi o mesmo erro na festa na piscina, a famosa *pool party*. A música estava alta, e o vinho, gelado, ou seja, eu não tinha do que reclamar. Foi quando eu dançava em cima das cadeiras da piscina que Beto caminhou na minha direção, pegou na minha mão para que eu descesse de lá e me deu um beijo daqueles. Eu sabia que isso poderia acontecer, mas há tempos eu não beijava uma boca diferente, e ainda estava muito mexida com toda a história do... Ok, não vamos falar o nome dele.

A noite foi legal, o beijo do Beto era bom, e sua companhia me distraía. Bom assim, né? Curtimos a noite juntos e lá pelas três da manhã ele me deixou no hotel. Nada de sexo nem de preliminares, ainda era muito cedo para mim. Um beijinho ou outro eram suficientes para preencher as minhas férias.

No dia seguinte, voltei para Paris, e o Beto, para o Brasil. Eu ainda tinha mais umas quatro semanas na Cidade Luz, e ele voltaria para o batente logo. Trocamos telefone, ele me chamou no WhatsApp. Estávamos conectados. Feliz? Não sei se posso dizer que estava feliz, mas aquele fim de semana tinha feito bem à minha alma.

Voltei pras aulas e pra programação normal. Eu já estava acostumada com minha vidinha e pensava seriamente em ficar em Paris para sempre. Imagina o caos que seria voltar para São Paulo e, pior, para a empresa. Não podia nem pensar nisso.

Beto me mandava mensagens todos os dias. Conversávamos bastante; ele me contava sobre o dia dele, e eu, sobre o meu. Nesses papos de WhatsApp, acabamos nos conhecendo mais, e a cada dia que passava eu sentia que ele estava mais a fim de mim.

É muito louco, né? Se tivéssemos autocontrole, poderíamos fazer todos os caras — ou quase todos — se apaixonarem por nós. A regra é clara: se você não dá muita bola, o cara te ama, se você se mostra louca e apaixonada, o cara cai fora. O ser humano gosta do desafio, do não, da esnobada. Por exemplo, se o Beto estivesse cagando pra mim, talvez eu estivesse até gostando mais dele.

Na minha penúltima semana em Paris, minha mãe foi me visitar. Ela passou quatro dias comigo, o que foi bem reconfortante. Fomos jantar fora, comprei umas coisinhas, a levei para visitar as exposições mais bacanas e passamos um tempo legal juntas. Ela estava preocupada que eu não quisesse voltar para o Brasil e deixou claro que eu não precisava mais trabalhar na W&W; disse que eu poderia achar outra coisa que me fizesse feliz. Ouvir aquilo me acalmou e me deixou mais animada em voltar.

Concluí o curso, e meu francês estava bem melhor do que quando tinha chegado. Eu me sentia pronta para voltar para casa e superesperançosa de recomeçar. Meu único medo era ligar o celular do Brasil. Eu o havia desligado antes de viajar e nem mesmo o WhatsApp brasileiro eu estava usando. Naquela altura do campeonato, se eu lesse alguma mensagem do Boss, mesmo que antiga, ia entrar em parafuso.

O Beto estava superativo nos papos diários e já tínhamos combinado de nos ver em São Paulo. Parecia que aos poucos as coisas estavam tomando uma forma mais colorida e bonita. Ai, que dramática!

Cheguei no Brasil e, ainda com o avião parado no portão, liguei meu celular. Claro que eu tinha milhares de mensagens: grupos de amigos, promoções de lojas... Mas nenhuma, nenhuma do... daquele lá de quem a gente não fala mais o nome. Nem para saber se eu estava viva. Poxa, dois meses depois, DOIS MESES, e nada! Eu era totalmente descartável para ele. E eu nem podia perguntar pra Luiza como as coisas estavam na empresa, porque não estávamos nos falando. Bom, que servisse de lição para mim. Em relação de marido e mulher, ninguém mete a colher.

O negócio do Antonio pegou mesmo...

Não receber notícias do Boss me fez ter mais força para investir no Beto, era como se eu estivesse me vingando do Antonio, mesmo que ele não tivesse noção disso. Eu não era importante para um, mas era muito importante para o outro. Estava crente de que seria fácil.

Chegar em casa foi uma delícia! Minha cama, minhas coisas, comidinha caseira, arroz e feijão. Era bom estar de volta. À tarde fui ao cabeleireiro, porque ninguém merece dois meses sem hidratação, manicure, podólogo, depilação brasileira. Saí do salão tinindo. Estava revigorada. Eu tinha um encontro marcado com o Beto para aquele dia mesmo e estava decidida a investir nele.

Como um bom Don Juan, Beto fez a reserva no restaurante para as oito e meia e às oito, pontualmente, chegou para me buscar. Ele estava bem estiloso, bonito e cheiroso. Perfeito! Desceu do carro para me dar um abraço e disse que estava com saudades. Fiquei roxa de vergonha e dei aquele sorrisinho que não diz nada e deixa o cara mais apaixonado.

Uma garrafa de vinho tinto, um prato de lasanha à bolonhesa — ainda bem que sou magra de ruim e posso comer essas coisas —, um papo bom e divertido. Beto estava saindo melhor do que a encomenda. Eu estava degustando minha última garfada de lasanha, provavelmente rindo de alguma piada do Beto e já sentada mais perto dele, quando o inesperado aconteceu. Adivinha quem adentrou o restaurante às vinte e duas horas e vinte minutos?

Ele mesmo, o Boss. Quase que a lasanha voltou inteira para o prato. Eu me lembro de ter ficado tão desconcertada que pensei na possibilidade de me enfiar embaixo da mesa, literalmente. Automaticamente, tirei minha mão da mão do Beto, abaixei a cabeça e mudei meu semblante. Era como se dissesse: "Me tira daqui". Eu nem ouvia mais o que o Beto dizia.

Antonio me viu e também não fez uma cara muito normal. Ele estava com a Clara e deve ter sentido aquele frio na barriga. Depois de dois minutos esperando, eles caminharam para uma mesa que ficava no fundo do restaurante, o que significava que passariam pela minha mesa no caminho.

Clara não ficou muito feliz quando me viu, mas como uma boa esposa que preza o emprego do marido abriu um sorrisinho forçado e veio nos cumprimentar.

— Oi, Alice, como vai?

— Oi, Clara — cumprimentei, me levantando. — Tudo bem, e você? Este é o Beto. Beto, esta é a Clara.

— Muito prazer — falou Beto, sem ter ideia de quem era aquela mulher bonita de vermelho.

— Oi, Liz, Alice. — Antonio me chamou pelo apelido, mas consertou rapidinho, sem que ninguém percebesse. — Tudo bem?

— Tudo. Beto, este é o Antonio. — Fui seca. Não conseguiria não ser.

— Prazer, Beto. — Antonio tentava manter as aparências, mas pela expressão dele vi que estava confuso.

— Bom jantar para vocês. — Clara se despediu rapidamente e andou em direção à mesa deles.

— Até mais. — Antonio demorou a sair de onde estava, parecia petrificado e muito sem graça.

Eu dei um sorriso bem falso e me sentei. O clima com o Beto mudou completamente, eu estava sem jeito e praticamente muda.

— Tá tudo bem? — perguntou.

— Sim, tá sim! Vamos pedir a conta? Acho que comi demais. Hehehe.

Fomos embora do restaurante, e eu só conseguia pensar naquela cena. Antonio continuava lindo, mas me parecia meio triste. Clara também. Será que estavam em crise? Será que ela sabia sobre nós? Bom, isso não importava mais, eu precisava focar no Beto.

Nos beijamos na porta da minha casa, e te digo que foi bem estranho, pois eu estava desconfortável com o que havia acontecido no restaurante. A sorte é que ele não desconfiava de nada. Ufa!

Cheguei no meu quarto e o WhatsApp apitou. Devia ser o Beto, que de cinco em cinco minutos checava se eu estava bem. Fui surpreendida mais uma vez. A mensagem não era do Beto.

> **Antonio:**
> Liz, como vc está? Soube que passou uma temporada em Paris, espero que tenha se divertido. Você está linda e parece feliz. Se cuida, beijos.

[Anotação manuscrita: Sentiu que estava perdendo, foi lá pra garantir que ela ainda está pensando nele.]

Jogadorzinho de meia-tigela, desaparece por dois meses e, quando me vê com outro, quer papear? Que raiva! Li a mensagem e não respondi. Ele achava o quê? Que ia ficar nesse chove não molha comigo? Chega, eu tinha que acabar com isso. Eu não seria a outra que esperaria até o dia em que o casamento dele azedasse de vez, não queria me prestar a esse papel. Gostava dele, mas as coisas não podiam ser dessa maneira.

[Anotação manuscrita: Sim, ele tem certeza!]

O tempo foi passando e meu relacionamento com o Beto foi ficando mais sério. Ele conheceu meus pais, meus amigos, e estávamos numa sintonia ótima. Se eu estava perdidamente apaixonada? Não, mas ele estava, e era assim que eu ia parar de sofrer.

Marcamos uma viagem a dois para Angra dos Reis, onde ele tinha uma casa maravilhosa. O tempo estava nublado, mas foi muito gostoso. Comemos superbem, namoramos e descansamos.

Na noite de sábado, eu estava relaxando na *jacuzzi* enquanto o Beto foi pegar outra rodada de mojito. Fiquei pensando na vida e cheguei à conclusão de que eu estava bem. Talvez estar com um cara louco por mim fosse a saída para ter um casamento feliz e duradouro. Por incrível que pareça, desde o Boss eu não estava mais tão desesperada para casar. Quando a gente se machuca, fica sempre em alerta com o próximo, e acho que isso me fazia ficar com medo de entrar de cabeça em uma relação.

— Amor, você quer açúcar ou adoçante? — Beto fazia tudo por mim.

— Açúcar!

— Fecha os olhos, tô chegando com uma surpresa!

— Fechar os olhos?

— É, fecha!

Obedeci e fiquei de olhos fechados, pensando no que poderia ser a surpresa. Um brigadeiro? Uma torta de limão, que ele sabia que eu amava? Um presente?

— Pode abrir!

— Ah, meu Deus! O que é isso?

Quando olhei para as mãos dele, vi aquela caixinha. Sim, a caixinha que algumas mulheres sonham em ver, aquela com que eu tinha sonhado durante minha vida toda. A caixinha que pode mudar tudo para sempre.

— Alice, você é o amor da minha vida, eu não tenho dúvida disso. Quero ficar pra sempre com você. Casa comigo? *Eu desmaiava!*

Esperei a minha vida inteira para ouvir essa frase de alguém. Beto estava ajoelhado, segurando uma caixinha com uma aliança cujo diamante daria para sustentar uma cidade inteira. Exageros à parte, o anel era maravilhoso. Uau! Fiquei passada, perplexa e em choque. Não conseguia dizer nem que sim nem que não; fui totalmente pega de surpresa, afinal, estávamos namorando há apenas um mês!

Beto, que timing péssimo! Não podia esperar?

— Beto, você tem certeza disso?

— Tenho, princesa. Certeza absoluta. O que você me diz?

Eu já tinha conversado com muitas mulheres que foram pedidas em casamento, e o que todas me falaram é que, na hora em que acontece, você fica sem reação e não sabe o que pensar, de tanta adrenalina correndo pelo seu corpo. Eu sonhei com esse momento por anos e anos e criei tanta expectativa, mas não consegui ter essa sensação.

Talvez por não esperar — de jeito algum — que isso acontecesse naquele dia, ou quem sabe por ter pensado que seria um momento hipermágico, como nos filmes, e não numa *jacuzzi*! Sei lá, pensei que aconteceria em uma cidade romântica, tipo Roma, dentro daquelas pequenas cantinas. Estaria frio, e um prato à carbonara com um belo vinho faria parte do nosso cenário. Ele me abraçaria, diria coisas lindas no meu ouvido, me olharia fundo nos olhos e me faria chorar de emoção. Depois, passearíamos pela cidade rindo, de mãos dadas, e eu rezaria para aquele momento nunca acabar. Ok, ok... Um pouco cafona, mas fazer o quê? Sonhos românticos são assim.

Tudo bem, estávamos numa casa linda, num fim de semana supergostoso, mas a gente não tinha conexão alguma com Angra. Não tínhamos histórias por lá, e aquilo não nos representava como casal.

Confesso que a aliança me deixou um tanto deslumbrada na hora. Me julguem! O diamantão falava: "Vem, sou todo seu!". Mas minha cabeça não mandava mensagem de amor para meu coração. Será que sonhar tanto com alguma coisa estraga a hora H? Você fica esperando que seja perfeito, mas talvez esse perfeito nem tivesse tanta graça na vida real quanto nos seus pensamentos. Vamos processar Hollywood? A Disney? Eles colocam tantos sonhos com direito a trilha sonora na nossa cabeça que vai ficando cada vez mais difícil gostar da vida real. Talvez por isso eu tivesse gostado tanto do Boss, aquele romance meio surreal, proibido, parecia coisa de filme.

Bom, tudo isso passou pela minha cabeça por exatos cinco segundos. E eu disse sim.

Liguei para meus pais, que já sabiam. Beto tinha ido na minha casa e pedido a minha mão escondido. Achei fofo. Minha mãe me perguntava se eu estava acreditando que meu sonho se realizaria, e eu só conseguia responder: "Aham". Meus olhos ameaçavam lacrimejar, mas eu estava travada. Talvez porque aquilo significasse o mundo pra mim. Mas será que significava mesmo? Não era isso que eu queria? Por que estava reclamando? Ai, que louca! Depois, ligamos para os pais dele, que também já sabiam. A mãe dele estava superemocionada. Ela era uma leoa que lamberia a cria até seus últimos dias de vida, por isso eu tinha um pouco de medo da sogrinha nos preparativos do casamento, confesso.

Ficar noiva e não contar para sua melhor amiga não é das melhores sensações, e isso também não estava no meu roteiro hollywoodiano. Eu só conseguia pensar: "Lu, onde está você? Vou casar e talvez você nem esteja presente no meu grande dia. Que tristeza". Era muito triste o que tinha acontecido entre a gente, a minha amiga-irmã não receberia um telefonema e nós não dividiríamos um abraço para comemorar. Beto falou para eu mandar uma mensagem, mas eu não me sentia confortável. Fora que a Luiza estava tão mudada que era capaz dela nem comemorar o fato. Confesso que chorei nessa hora e fingi para o Beto que estava emocionada com o pedido.

Fiquei pensando em como um namorado, o Pedro, podia apoiar essa distância entre duas pessoas que eram tão amigas? Quão frio você tem que ser para fazer isso? Nós sabemos o poder de um namorado, marido, afinal, nós amamos aquela pessoa e ouvimos tudo o que ela fala. Sabendo disso, por que não ajudar em vez de atrapalhar? Acho que era essa a minha maior raiva do Pedro. As pessoas se magoam, erram, pegam bode, voltam a se amar, e é assim que a vida funciona. Fazer de tudo para separar duas amigas de tantos anos é muita doideira.

Mandei um vídeo para a Thaís, que me ligou em seguida. Ela gritou no telefone falando da aliança, todo mundo ficou chocado com o tamanho, e me perguntou se eu ia contar para a Luiza. Falei que estava sem jeito, que não sabia se eu ainda tinha lugar na vida dela. Também pedi que fizesse isso por mim e a incentivasse a me ligar. Thaís concordou e ainda me encheu de esperança, disse que é nos momentos muito felizes ou muito tristes que retomamos as amizades.

No fim das contas, recebi uma mensagem superfria da Luiza me dando os parabéns. Deve ter sido difícil para ela também. A real é que eu estava morrendo de saudades da minha amiga, e isso me deixava mais pensativa do que meu próprio noivado.

Quando voltei para São Paulo, fui com minha mãe fechar a data na igreja. Eu queria casar na Nossa Senhora do Brasil e sabia que teria que esperar muito, pois aquela igreja é tipo o sonho de muitas noivas; tem gente que marca o casamento três anos antes só para garantir a vaga. A data mais próxima que conseguimos era dali a exatos treze meses. Achei ótimo, e o Beto também. Reservamos todos os horários daquele dia. Eu não queria dividir o espaço com ninguém, queria que o foco fosse só em mim. Noivas são loucas mesmo.

Meu pai estava emocionado, ele sempre foi de achar tudo lindo e maravilhoso. Minha mãe estava mais animada do que o normal, e algo me dizia que ela respirava aliviada por eu ter esquecido minha paixonite pelo Boss. Nunca falamos sobre o assunto, mas suspeito, ou melhor, tenho quase certeza, que ela sabia. Uma vez, quando ainda saía com o Antonio, esqueci meu celular no quarto dela e o Boss mandou uma mensagem pelo WhatsApp. Para aumentar ainda mais a desconfiança da minha mãe, começava assim: "Oi ruivinha! Tentei te ligar...". Eu tenho certeza de que minha mãe viu, mas claro que não chegou a ler a mensagem inteira. Quando voltei para pegar o celular, ela disse que alguém havia me mandado uma mensagem, e sua cara não era nada boa. Naquele momento, eu tive certeza de que ela havia ligado os pontos.

As coisas estavam bem. Eu não tinha mais pisado na empresa, e o fantasma estava longe de mim — fisicamente, né, porque estava sempre na minha cabeça.

O que começou a ficar estranho foram algumas atitudes do Beto. Ele sempre tinha sido protetor, mas andava extremamente controlador. Eu não podia mexer no celular que ele já me perguntava o que eu estava fazendo; se não atendia suas ligações, era briga na certa. Além dessas coisas, comecei a sentir uma cobrança da família dele para que eu me encaixasse no perfil da mulher perfeita. A mãe dele se ofereceu para me indicar aulas de culinária e pediu para ele me dar o recado.

— A sua mãe mandou você me falar isso? — Não tinha paciência com pessoas querendo se meter onde não eram chamadas.

— Não, Liz, minha mãe se ofereceu para te ajudar. Acho legal essa aproximação. — Beto sempre aliviava o lado da mãe.

— Me ajudar? Não me lembro de ter pedido a ajuda dela.

— Você poderia ser menos crítica...

— Beto, eu não me intrometo na vida da sua mãe, não vejo por que ela não pode fazer o mesmo.

— Nossa, foi só uma dica — respondeu Beto, magoado.

— Você também acha que devo aprimorar meus dotes?

— Ué, acho legal você saber fazer as comidas que eu gosto e ensinar pras moças que vão trabalhar lá em casa como se faz.

— É assim que você imagina?

— Liz, eu não te entendo. Seu sonho sempre foi casar e cuidar da casa, agora você fica irritada quando minha mãe sugere um curso pra você.

— Eu cuido da minha vida. — Minha voz estava exaltada, e comecei a ficar vermelha de raiva.

— Sua vida será comigo agora. Nós vamos cuidar um do outro.

— Cuidar não é mandar no outro.

— Foi uma sugestão.

— Péssima sugestão.

— Alice, gostaria que você respeitasse a minha mãe.

— Nossa, que papo de louco. Quando eu desrespeitei a sua mãe? Dá licença que vou tomar banho.

Pois é, essas foram as primeiras discussões. Dois meses e já estávamos quase jogando pratos na parede. O Beto começou a impor certas coisas que eu deveria fazer. Eu não podia almoçar com minhas amigas, teria que acompanhá-lo nas viagens de trabalho e ainda sugeriu que eu me juntasse a um grupo de esposas que a mãe dele tinha. Oi? Gente, peraí! Não era para eu estar radiante, sem fome, cheia de cabelo e com todo mundo dizendo que eu estava iluminada de tanta felicidade? Mas eu estava com queda de cabelo, e olha que tenho muito, comendo uma lata de leite condensado a cada dia sem sexo — muitas latas num mês — e brigando quase todos os dias com aquele homem que eu chamava de noivo.

Um dia depois de uma dessas discussões fervorosas com o Beto, resolvi correr no parque. Eram sete da noite de uma terça-feira. Correr sempre foi minha válvula de escape, gosto de ligar uma *playlist* no máximo e colocar aqueles fones enormes e acolchoados na cabeça. Minha seleção musical tinha de tudo: Lady Gaga, Rihanna, Taylor Swift... Aquilo me animava e me dava mais força para completar os nove quilômetros que eu costumava correr.

Enquanto corria, pensava na vida. Era difícil ficar animada com a festa de casamento se eu brigava todo dia com o Beto. Eu estava triste. Não conseguia me abrir com ninguém a respeito disso, tinha medo de decepcionar minha família e meus amigos. Mas o que eu deveria fazer?

O Beto de agora não era o Beto que conheci; talvez esse fosse o Beto de verdade e eu só não tivesse tido tempo de conhecê-lo direito. Confuso.

Quando terminei minha corrida, as dúvidas ainda enchiam minha cabeça. Para recuperar o fôlego — estava esbaforida e roxa de tão cansada —, resolvi caminhar um pouco. Coloquei uma *playlist* de músicas românticas, não sei por que amamos nos colocar ainda mais pra baixo quando estamos tristes.

O parque estava bem escuro, já passava das oito da noite, e, naquela meia escuridão, notei um homem correndo. Fiquei apreensiva, sabia que não devia ter ido sozinha àquela hora ao parque. Apressei o passo, embora não soubesse o que era melhor: continuar andando, parar ou gritar bem alto por socorro. As passadas do homem ficaram um pouco mais lentas, e eu o reconheci na hora. Alguma coisa no semblante dele me fez acreditar que havia me reconhecido também. Não era o maluco do parque, era outro maluco.

— Liz?

— Oi?

Fiquei toda confusa, pois estava com aquele fone gigante nas orelhas e o som nas alturas.

— Não vi que era você, só quando fui chegando mais perto.

— Nossa, nem tinha te visto...

Coincidências encomendadas pela vida.

Mentirosa; veria o Antonio até num breu total.

— Correu?

De quem, meu filho? De você, eu corro há meses.

— Sim.

— Quanto?

— Nove.

Não conseguia ser polissilábica.

— Eu acabei também.

— Achei que você ainda tava correndo.

— Acabei agora.

Mentiroso, ele.

— Que bom. Preciso ir, Antonio.

— Tá muito escuro, posso te levar até o carro?

— Não precisa — respondi, já saindo andando.

— Liz, por favor — ele pediu, indo atrás de mim.

Continuei quieta e fomos andando até meu carro. Eu não sabia o que dizer e estava puta da vida por ter encontrado meu ex-caso dos casos justo quando estava com um rabo de cavalo suado, rosto com vestígio de corretivo e uma roupa de ginástica que não ornava muito.

— O gato comeu sua língua? — Antonio tentou descontrair.

— Não.

Poucas vezes na minha vida eu fiquei sem ter o que dizer.

Continuamos andando em silêncio. Eu tinha vontade de gritar, chorar e dizer: "Porra! Por que você nunca veio atrás de mim? Então você só me pegou para se divertir e tchau? Você é um sem coração, um cafajeste! Odeio você!".

— Pronto, aqui está meu carro. Obrigada, já pode ir.

— Liz...

— Tchau, Antonio, obrigada de novo.

Entrei no carro me sentindo péssima. O cara não tinha falado nada, não tinha perguntado do meu casamento nem dito que me amava! Puta que pariu, que merda. Liguei meu carro, tranquei as portas e comecei a dar marcha a ré. Vi pelo retrovisor que Antonio estava caminhando em outra direção e não aguentei, caí no choro. Como podia? Gente, eu não era louca! Nós tínhamos tido algo muito forte, não era possível que só eu tivesse sentido. Abri a torneira de lágrimas e não consegui mais dirigir.

Será que isso era justo? Por que eu tinha que me apaixonar por esse cara? Ele não sentia que eu gostava dele?

Me debrucei na direção e solucei alto. Minha vida estava de cabeça pra baixo. Tinha perdido a minha melhor amiga, ia me casar com alguém com quem eu só brigava, tinha uma sogra que pretendia me transformar numa *lady*. Dramática? Vocês já me conhecem, vai!

Passados alguns soluços e lágrimas, levantei a cabeça. Era hora de ir para casa. Antes mesmo de eu secar minhas lágrimas, ouvi uma batida forte no vidro do meu carro. Meu coração gelou. Era só o que faltava: ser assaltada. Obrigada, vida.

— Liz, abre aqui!

Não era um ladrão, só o cara que roubou meu amor-próprio.

— Antonio! O que você tá fazendo?

— Abre, por favor! Abre a porta.

— Aconteceu alguma coisa? Você quase me matou de susto! — falei, enquanto ele se ajeitava no banco do passageiro.

— Você tava chorando?

— Isso não vem ao caso.

— Liz, eu...

— Não precisa ter pena de mim nem precisa dizer nada legal, relaxa.

— Eu queria te dizer muitas coisas, mas é difícil pra mim.

— Eu percebi.

— Depois daquele episódio no hotel, fiquei me sentindo muito culpado. Percebi que estava fazendo algo muito errado e que não podia continuar com aquilo.

— Entendo, você é casado, eu fui a outra e pronto. Isso já acabou.

— Você sabe que eu nunca passei por isso, sempre fui fiel à Clara e jamais pensei em outra mulher. Além disso, você é filha de um dos meus chefes, de uma pessoa de quem eu gosto muito e admiro, alguém com quem sento para ter reunião quase todos os dias. Mas você mudou a minha vida, despertou algo em mim...

[nota à margem: Complicada a situação do moço]

— Não precisa explicar mais. — As lágrimas não paravam de descer.

— Liz, deixa eu falar. Eu preciso te dizer! Não consegui olhar na cara da minha mulher por semanas, até que fomos para a terapia de casal.

— Chega, eu não preciso ouvir isso.

— Conversamos sobre o nosso casamento e vimos que estava tudo errado. Ela sentia que eu tinha mudado muito desde a viagem e desconfiava da gente. Eu falei que estava infeliz e que não podia mais viver assim. Ao mesmo tempo que tentava salvar meu casamento, eu te via na empresa e sabia que te devia uma satisfação, mas também sabia que, se ficasse sozinho com você, minha única vontade seria te beijar e esquecer do mundo. Quando você foi para Paris, fiquei aliviado, assim não te veria todos os dias e poderia te esquecer.

— Ótimo, esqueceu. Posso ir?

— Alice, eu não consigo te esquecer.

Aquela frase veio seguida de uma pegada no meu braço e uma olhada funda nos meus olhos. Quem diria que uma corridinha no parque acabaria nesse show dramático? É nesses momentos que eu acho que não há coincidências e que nosso destino já está traçado. Qual era a chance de eu encontrar o Antonio no parque e acabar tendo a maior DR da vida?

— Antonio, eu tô noiva, vou casar.

— Eu sei. Mas eu...

— Você nada. Já sofri muito com tudo isso. Não adianta me dizer que não parou de pensar em mim, se depois daquele episódio no hotel você nunca mais me mandou uma mensagem. Que tipo de sensibilidade você tem? Qual é o seu problema? Acha que é só vomitar mil palavrinhas emotivas dentro do meu carro para conseguir transar comigo de novo? — Eu estava gritando tudo o que havia ficado preso na minha garganta durante os últimos meses.

— Não, Liz... Eu acho que...

— Você não acha mais nada! — Bati as mãos no volante de raiva. — Você não tem o direito de fazer isso comigo. Se admirasse tanto meu pai, se tivesse sentido algo de verdade por mim, se fosse sincero com seus sentimentos, jamais conduziria as coisas do jeito que fez. Que legal que você foi para a terapia com a sua mulher, que pensou sozinho. Sabe como eu fiquei? Não, você não tem ideia. Foram meses procurando uma resposta, meses tentando entender quão péssima eu era para não merecer nem um e-mail sequer.

— Eu sei, você tem razão...

— Tenho mesmo! A única coisa de que me arrependo profundamente foi ter me apaixonado por um homem casado e achado que seria como nos filmes. Mas isso aqui é um filme de terror mudo. Já viu coisa pior que isso? Você grita e ninguém escuta, pede ajuda e nada acontece, e vai morrendo aos poucos porque o outro não te vê. Que merda, Antonio. Sai do meu carro.

Eu chorava copiosamente e não sabia como aquelas palavras tinham saído da minha boca. Consegui falar exatamente o que eu sentia, consegui me colocar, me impor. Consegui, finalmente, mostrar que eu tinha valor e não admitiria mais que ele brincasse comigo.

Antonio tentou falar mais três palavras e foi interrompido por um pedido firme para ir embora. E foi.

Não sei como consegui dirigir até em casa. Quando cheguei, fui correndo para o meu quarto e ali fiquei, desabando. Minha mãe tentou falar comigo, mas eu pedi que não me perturbasse e disse que falaríamos depois. Passei uma noite bem ruim, não parava de pensar no que tinha acontecido. O Beto tinha me mandado algumas mensagens que eu mal respondi. O que eu ia fazer? O Antonio tinha falado, falado, mas não tinha dito nada. Ele continuava casado e meio que deu uma desculpa para o sumiço.

× ✖ ×

Beto estava cada dia mais chato, exigente e mudado. O que eu tinha a comemorar? E meu sonho de casar? Em que pesadelo aquilo tinha se transformado! Nossas atitudes na vida têm consequências, e eu sentia que estava pagando por ter escolhido machucar alguém.

Imagina o sofrimento que meu caso com o Antonio causou na Clara. O marido chegando em casa ou viajando com uma pessoa e ela sabendo que havia algo errado, bem errado. Essa mulher deve ter chorado no chão da cozinha, ficado sem dormir, gasto muita grana com terapia para entender se era paranoia ou se realmente algo estava errado. Caraca, ferrei com a vida de alguém. Eu teria que pagar por isso, Deus iria me colocar no altar ao lado de um cara com o qual eu nunca seria feliz e ainda teria uma sogra me atormentando pro resto da vida. Daí eu ficaria em casa cuidando dos meus filhos, e meu marido exigiria que cada fio de cabelo meu estivesse no lugar e que eu desse conta de absolutamente tudo, menos trazer dinheiro para casa. Tomaria calmante para parar de pensar no Antonio e viveria pensando no "e se". Eu estava amaldiçoada pra sempre.

Passei uns dias completamente noiada com a história do castigo divino. Se topasse a unha do pé, já achava que era coisa do destino. Até desenterrei uma história péssima, da qual não me orgulho e que me fez ficar ainda mais paranoica.

Alguns anos atrás, fiz uma grande merda com a minha melhor amiga e nunca tive coragem de contar para ela. Quando éramos mais novas, Luiza namorava um cara chamado Nando. Ele era e continua sendo um dos caras mais babacas que já conheci. O namoro deles era conturbado, ele vivia colocando a Luiza para baixo, e aquilo já estava mais azedo do que um limoeiro inteiro. Um dia, Nando e Luiza brigaram, e, quando eu estava saindo para uma festa, ela me ligou. Chorando muito, me disse que estava péssima e que seu namoro ia acabar. Eu tinha tanta birra daquele menino que até fiquei feliz com a possibilidade

Sempre tentamos colocar a culpa em alguma coisa quando o ponto é resolver o problema.

de eles terminarem. Ela me fez um pedido que eu descumpri, e acabei traindo minha melhor amiga.

Nando ia nessa mesma festa, e ela queria que eu "tomasse conta" dele. Já cheguei na festa meio tonta, tinha jantado com algumas amigas e bebido um pouco, e bastaram alguns *shots* de tequila para eu ficar completamente fora de mim. Mal lembro daquela festa, mas uma coisa eu não poderia esquecer: cuidei do Nando, cuidei até demais. Aceitei a carona que ele me ofereceu e acabamos nos beijando no carro. Eu não sei dizer se aquilo aconteceu por eu ter inveja da minha amiga namorar um bonitão, por culpa do álcool ou simplesmente por eu ser uma péssima amiga.

Assim que nos beijamos, eu me arrependi. Saí do carro quase correndo e só consegui ouvir a risada do Nando. O cara era um babaca, mas e eu? Não merecia ser amiga da Luiza, merecia ser punida pelo resto da minha vida. Se tem uma coisa de que me arrependo na vida é de ter feito aquilo. Nunca tive coragem de contar para a Luiza e acabei escondendo isso da minha consciência. Mas, neste momento angustiante da minha vida, em que eu me culpava por tudo, aquele arrependimento voltou com força total.

Minha mãe sentiu que algo estava fora do ar e sugeriu que eu desse uma passada na dra. Helena, a psicóloga dela, que também atendia a tia Lisa e a Luiza.

Cheguei na terapia, e parecia que um trator tinha passado por cima de mim, eu estava deprê.

— Oi, Alice, quanto tempo!

— Oi, doutora Helena, muito tempo mesmo.

— Tá frio o ar-condicionado?

— Não, tá ok.

— Sua mãe me ligou um tanto preocupada com você. Como estão as coisas?

— Péssimas.

— Pode me explicar melhor?

— Tá preparada?

— Sim.

Eu não era de fazer rodeios. Estava lá para falar, não estava? Fui logo dizendo tudo com todas as letras, para ela entender que minha situação não era simples.

— Me apaixonei por um diretor da empresa do meu pai que é casado com uma mulher bem legal. Nós viajamos para a Bélgica e ficamos, por quatro dias, no maior amor, e eu nunca tinha sentido isso por ninguém. Quando voltamos, passamos a nos encontrar no horário do almoço num hotel. Na última vez que nos encontramos, depois do sexo, que foi incrível e maravilhoso, tive um ataque e pedi que ele tomasse logo uma decisão. Obviamente ele não tomou, e eu saí de lá aos prantos. Viajei e conheci o Beto, um cara que me parecia legal mas, depois de me pedir em casamento, se tornou um chato controlador. Então, estou completamente apaixonada pelo Antonio, o tal diretor, e noiva de uma pessoa que, além de não ser mais o meu número, tem uma mãe louca. Pronto?

— É bastante informação mesmo. Imagino que não seja fácil. Alice, o que você viu no Antonio que nenhum outro homem tem?

— Sei lá, me apaixonei.

— Sim, mas o que te faz ter tanta certeza que quer ficar com ele?

— Nós passamos dias mágicos juntos...

— Sim, você passou alguns dias com ele. Pelo que sei, estavam num lugar maravilhoso. Mas você se imagina dormindo e acordando ao lado dele todos os dias?

— Sim. Quer dizer, eu acho.

— Te incomoda ele ser casado?

— Isso é uma pergunta?

— E o fato de ele trair a mulher faz você ter dúvidas quanto à lealdade dele?

— Não tinha pensado dessa forma...

— Seria legal você pensar, até porque isso será um fato imutável no relacionamento de vocês, se o relacionamento acontecer. Não estou aqui para generalizar, há casos em que as pessoas se apaixonam, acabam traindo e ficam juntas. Mas, pelo que entendi, ele não te procurou mais depois disso. Certo?

— Sim, ele deve ter ido arrumar a vida dele. *Se engana tanto...*

— E arrumar a vida dele não te inclui. Pelo menos por ora. O que quero dizer é que a história desse homem casado ainda está inacabada. Ele precisa resolver um casamento para pensar no que realmente quer. E você? Precisamos pensar em você. Se não fosse o Antonio, você ficaria com o Beto?

— Não sei...

— Pense. Que tipo de sentimento ele desperta em você?

— Acho que eu tinha medo de ficar sozinha, tenho ainda, e o Beto me passa a segurança de que ele me quer e vai casar comigo.

— E você acha que passa essa segurança para ele?

— Ultimamente, não. Estamos numa megacrise.

— Não acha que talvez o problema esteja dentro de você? Pensa uma coisa: o Beto deve estar te perturbando e controlando porque foi tomado por alguma insegurança. Não que ele não tenha uma característica mais castradora, mas com certeza você não está passando a segurança de querer estar com ele.

— É... não tenho vontade de estar com alguém que é tão mala, reclama de tudo e exige que eu seja uma mulher maravilha.

— O que você deseja de um relacionamento?

— Segurança, amizade, igualdade, cumplicidade, lealdade...

— Será que algum dos dois, Beto e Antonio, te dá 50% disso?

Pensei muito nessa pergunta e não consegui responder para a dra. Helena, mas dentro de mim eu sabia a resposta. Estava indo no automático, achei que me divertir com um cara casado não me machucaria e errei; achei que casar era a solução para os meus problemas e dei com a cara na parede de novo.

Naquela noite, fui jantar com o Beto na casa dele. A crise era tamanha que eu mal conseguia falar oi. Ele me perguntou umas duas vezes o que estava acontecendo, e o meu "nada" como resposta, que já era de praxe há um tempo, deu as caras novamente. Levantei para ir ao banheiro e tive a brilhante ideia de deixar o celular em cima da mesa. Enquanto terminava de lavar as mãos e pensava — mais uma vez — que minhas escolhas estavam todas erradas, tive uma sensação horrível! Voltei para a sala quase correndo para pegar meu celular.

Eu sempre desconfiei que o Beto fuçava minhas coisas, mas nunca o tinha pegado no flagra. Voltei para a mesa e... BINGO! Lá estava ele com meu telefone na mão. Desde que o homem inventou a tecnologia, ele também inventou o maior guardador de segredos do mundo. Quem vasculha o celular do namorado, marido, amigo, sempre se ferra. A gente vê o que não quer, lê o que não deve e ainda descobre que o filho da puta não é tudo aquilo que você imaginou.

Fazia algum tempo que não recebia nenhuma mensagem do Antonio nem me abria muito com ninguém, mas mesmo assim gelei. Gelei pensando que o Beto poderia ler a minha conversa com a Thaís, na qual ela falava que era maravilhoso eu casar porque ia esquecer de vez o Antonio e blá-blá-blá. Além disso, meu histórico de pesquisas revelaria que eu só procurava coisas sobre ele e Clara. Ai, meu santo, ferrou.

— O que você tá fazendo? — perguntei, já suando frio.

— Uau, Alice... Quem diria... — respondeu Beto na maior ironia.

— Me dá isso aqui, Beto! Você não pode pegar meu celular!

— Tem razão. E você ficar falando com outro cara, pode?

A feição dele era de raiva, ele parecia prestes a explodir.

— Oi? Do que você tá falando?

— Enquanto você saiu, um tal de Antonio te mandou uma mensagem.

Para tudo! Antonio? Mensagem? O cara me manda uma mensagem depois de meses e meses justo na hora em que estou com meu noivo?

— Que mensagem? — Me fiz de louca e desentendida. E nem precisei me esforçar.

— Vamos lá! — Beto pegou o celular e começou a ler a mensagem em voz alta. — "Liz, foi difícil te ver, você mexe muito comigo. Eu não sei mais o que fazer, tá foda. Penso em tudo todos os dias e sinto que estamos errando, nós dois. Acho que precisamos sentar e conversar, o que temos é muito forte para terminar desse jeito".

Enquanto o Beto lia a mensagem, eu tinha vontade de sair gritando de alegria. Pois é, situação bem incomum. O cara por quem eu era apaixonada estava me mandando, finalmente, a mensagem que eu havia esperado por meses! Ah, meu Deus! Ele se tocou, o Boss gosta de mim! Ele gosta de mim.

Por outro lado, vi o rosto do Beto ficar roxo de raiva e, depois de alguns segundos, vi meu celular ser tacado na parede. Paft! Beto se descontrolou, e o barraco começou.

Uma hora a verdade aparece!

— Você pensa que sou idiota? — gritou.

— Beto, calma...

— Você pensa que vou aturar essa sua atitude de vagabunda? — Beto havia explodido.

— O quê? Do que você me chamou?

— Disso mesmo! Vagabunda! Quem você pensa que é? Fica encontrando outros homens quando está noiva? Você ficou com ele? Quem é ele, Alice? — Beto até cuspia de tanto que berrava.

— Eu não tô saindo com ninguém. Se você me conhecesse bem, saberia!

— Ah, tá! E essa mensagem foi de quem? De um amigo?

— Beto, acho que chegamos ao limite. Olha que barraco horroroso.

— Barraco? Sua egoísta! Tô pouco me lixando para barraco, eu quero saber se você está me traindo com esse cara!

— Chega! — Agora foi minha vez de berrar. — Você pode estar chateado, mas eu não admito isso! Seu grosso, mal-educado! Quero que você e sua mãe se explodam! Vou embora desta casa, e chega de noivado. Estou infeliz, e, pelo visto, você também.

— Minha mãe? Bem que ela falava que eu devia prestar mais atenção em você. Que você não parecia muito empolgada e que eu devia checar para ver se estava tudo certo. E adivinha? Minha mãe estava certa! Você está me traindo, tá apaixonada por outro, Alice. — As lágrimas escorriam dos olhos dele.

— Chega, você não sabe o que fala!

Saí de lá chorando, com meu coração e meu celular em pedaços. Estava muito triste pelo barraco, mas também não aguentava mais essa situação com o Beto. Li e reli a mensagem do Antonio várias vezes, mesmo com aquelas rachaduras na minha tela, e só conseguia chorar ainda mais. Apesar de gostar muito do Boss, ele estava com uma bomba a ser resolvida, e eu teria que terminar um noivado. Fora isso, o Beto estava arrasado e achava que eu o tinha traído.

O que eu estava fazendo? Quem era eu? O que eu queria? Precisava de conselhos, precisava de carinho de irmã, amiga. Onde estava a Lu? Precisava tanto, tanto dela. Havia meses que não nos falávamos, e eu sentia que ela não faria esse movimento de falar comigo. Luiza era uma pessoa extremamente boa e legal, mas era orgulhosa pra cacete. Nunca vi igual. Era difícil de pedir desculpas, de assumir erros, e nunca corria atrás de ninguém. Mas eu precisava dela. Estava me sentindo muito sozinha e não podia contar para minhas amigas sobre essa dúvida de casar ou não nem sobre o tamanho da minha paixão pelo Antonio. Morria de medo de virar fofoca, de cair na boca do povo.

Sentei na sala da minha casa e fiquei olhando para o número da Luiza. Eu não ia mandar WhatsApp. Se era para falar, que fosse por telefone. Disquei o número três vezes e finalizei todas as chamadas antes de completar, estava suando frio. *Manda!!!*

Como é estranho ter uma pessoa que sabe absolutamente tudo de você e ela, de repente, se tornar uma completa desconhecida.

Finalmente tomei coragem de completar a ligação, e Luiza atendeu. Eu estava tão mal que minha voz nem saía direito. Senti que ela estava muito sem graça, mas percebeu meu estado e não teve como negar meu pedido de ajuda.

Nunca cheguei na casa da Luiza tão rápido quanto naquele dia; ela me deu um abraço forte, e eu desmoronei em seus braços, me acabando de tanto chorar. Expliquei tudo o que tinha acontecido. Estava me sentindo muito culpada por tudo, mas não sentia mais nada pelo Beto como homem. Gostava do mais difícil, do casado, do cara que eu mal conhecia.

A Luiza, pasme, estava numa megacrise com o mala do Pedro, mas parecia bem. Decidida, porém cautelosa. Acho que, diferente de mim, ela tinha mais medo de tomar decisões e, por isso, pensava trinta vezes antes de dar algum passo.

Eu estava feliz por beber vinho com minha amiga e chorar as pitangas. Claro que as coisas não estavam superconfortáveis, mas com o tempo ficariam. O grande empecilho da nossa amizade estava longe, e isso nos dava uma oportunidade incrível de nos reconectar.

Enquanto conversávamos sobre os dramas, eu pensava no tempo que a gente perde brigando com as pessoas que ama. Por que eu e Luiza fizemos isso? Deixamos nossa amizade de lado por causa de um cara, permitimos que a raiva dentro de nós tomasse conta da situação e esquecemos que éramos irmãs e que isso tinha que ser maior do que tudo. Por sorte, o tempo foi nosso amigo e conseguimos reaver a amizade. Tem gente que perde tudo por um motivo banal e nunca mais consegue se reconectar com quem ama.

Bebemos mais vinho, demos risada e capotamos ali mesmo no sofá. O sol já aparecia quando a Flô, a funcionária que era tipo uma segunda mãe para a Luiza, entrou na sala.

— Luiza, Liz! Acordem, meninas!

— Oi? — Minha cabeça estava latejando por causa da ressaca.

— Oi, Liz, bom dia. Um tal de Beto está na porta querendo falar com você.

— Flô, você disse Beto? — perguntei, minha cabeça começando a funcionar.

— Sim, o moço disse que é seu noivo. Você nem me contou que ia casar, Liz!

— Nossa, como ele sabia que você estava aqui? — Luiza acordou no susto.

— Não faço ideia... Tia Lisa deve ter falado com minha mãe, e minha mãe deve ter avisado ele. O que eu faço?

— Vai lá, Liz — Luiza aconselhou. — Você precisa resolver esse problema. Respira fundo e vai.

Mesmo com ressaca, assustada e nervosa, lá fui eu. Beto estava encostado no carro, com a cabeça baixa e uma cara péssima. Por que é tão mais difícil dar um fora do que levar? Eu preferia que o Beto chegasse para mim e me desse um pé na bunda daqueles, ia ser muito mais tranquilo. Agora, encontrar o cara prestes a implorar para você voltar é tenso.

— Oi, Beto, o que você tá fazendo aqui?

— Oi, linda, eu preciso falar com você.

— Pode falar, mas, se for para eu ouvir que sou uma vagabunda, pode ir embora.

— Me desculpa pela atitude que tive ontem, eu saí de mim, fiquei com ciúme e com medo de te perder. Vamos passar uma borracha nisso, a gente tá noivo, vamos casar...

— Beto, a gente não tá feliz.

— Mas vamos ficar...

— Não existe isso. Era para estarmos empolgados, mas olha nosso estado. Ontem quebramos o maior pau, com direito a xingamentos. Isso passou dos limites. Acabou o respeito. Se resolvermos nos casar, vamos estar assinando nossa carta da infelicidade.

— Nossa, você tá mesmo decidida.

— Bê, eu gosto muito de você, fico feliz em saber que fui amada e que você fez o melhor que podia, mas não foi isso que imaginei pra minha vida.

— Então sou eu o problema?

— Não. Nenhum de nós é o problema. Nós dois juntos somos um problema.

— Vamos cancelar tudo? O que vou dizer pra minha mãe? *Pra mãe?*

— Você é um cara independente e livre. Sua mãe deveria ser o menor dos problemas.

— Alice, eu nunca imaginei esse pesadelo. Terminar um noivado é bizarro.

— Bizarro é casar por medo de decepcionar os outros. Eu quero ser feliz e desejo isso para você; nós não vamos ser felizes juntos.

— É isso mesmo?

— Sim.

Ficamos em silêncio. Eu de cabeça baixa, ele chorando. Que droga, não queria machucar ninguém, mas ele ia entender, no futuro, que eu não era a melhor pessoa com quem construir uma vida junto.

Demos um abraço longo, ele me abraçou forte e não largava. Percebi que o maior medo do Beto era a reação das pessoas, e não o que estava acontecendo ali. Ele temia a mãe, os amigos, as pessoas do trabalho... Não o julgo, mas sentia pena por ele pensar tão pouco em si mesmo.

— Tchau, Liz. Me desculpa por não ter sido o que você gostaria.

Nossa, meu coração se partiu ali. Bateu uma pena, um sentimento triste, eu não queria que ele achasse que era tudo culpa dele. Nunca é culpa só de um lado. Eu estava apaixonada por outro, fui difícil com o Beto, com a sogra, não estava feliz... Tudo isso contribuiu para o fim.

— Beto, você será incrível para alguém. Obrigada por me dar o melhor que você podia e por acreditar que eu poderia ser a mulher da sua vida. *Melhor decisão!*

Coitado, a única resposta que ele pôde me dar foi um sorriso triste e muitas lágrimas descendo por seu rosto. Ele entrou no carro e foi embora. Ali foi o nosso fim.

Eu ainda tinha pela frente uma conversa muito importante com meus pais, precisava contar sobre o fim do noivado. A sorte era que não tínhamos enviado convites nem pago muita coisa. Ufa! Mas, mesmo assim, eu sentia que decepcionaria meus pais de alguma forma, e sempre é difícil decepcionar as pessoas que fazem tudo por você.

— E aí, como foi? — perguntou Luiza, um tanto tensa.

— Foi como deveria ser... foda.

— Imagino. Agora você tem que enfrentar seus pais. Vai contar sobre o Antonio? — perguntou Luiza, já com jeito da boa e velha Luiza.

— Tá louca? Nunca! Meu pai me mata e minha mãe... Nossa, ela ficaria uma fera comigo.

— Liz, se você for investir nisso, vai ter que contar, certo? Você reclamava que o Beto se preocupava muito com a opinião da mãe, então não repita isso.

— Tem razão... mas não me sinto preparada. É muita informação.

Saí da casa da Luiza muito ansiosa pela conversa com meus pais. Eles estavam em casa, e eu já tinha mandado uma mensagem dizendo que precisávamos conversar. Beto havia ligado para minha mãe no dia anterior me procurando, então ela devia estar esperando a notícia de que o gato subiu no telhado.

— Oi, filha, chegou? — meu pai gritou do escritório assim que abri a porta.

— Oi, pai. A mamãe tá aí?

— Tá lá na sala, docinho. Já encontro vocês.

O mundo podia cair, mas meu pai sempre era a pessoa mais carinhosa do mundo, e isso me acalmava. Cheguei na sala, dei oi para minha mãe, que estava com uma cara amarrada.

— Oi, Alice, resolveu sumir do seu noivo?

— Mãe, a gente brigou e eu fui para a casa da Lu. Eu e ela fizemos as pazes, sabia?

— Fico feliz. O que está acontecendo, você pode explicar? O Beto e a mãe dele me ligaram desesperados te procurando. Sorte que a Lisa me avisou que você estava lá.

— Vamos esperar o papai?

— Você vai querer contar sobre o Antonio para ele?

Fiquei pálida. Por essa eu não esperava. Como assim? Sabia que minha mãe desconfiava, mas nunca achei que ela fosse verbalizar isso. Estava tão nervosa que minha voz nem saía. Ela continuou:

— Alice, você não me engana. Estou de olho nessa história há tempos. Que confusão você fez! Um homem casado? Da empresa do seu pai? Você enlouqueceu?

Sua expressão era de alguém que queria me matar, ela só não gritava porque meu pai estava logo ali.

— Mãe, do que você tá falando?

— Não se faça de idiota, Alice! Eu sei do que todo mundo sabe.

— Todo mundo?

— As pessoas da empresa, suas amigas, o Beto, a mãe dele e até a Clara! Eu não criei minha filha para ficar dormindo com homem casado. Isso é atitude de gente que não se preocupa com o próximo.

Chocada!

— Olha, mãe, eu só vim avisar que não vou mais me casar e gostaria de pedir desculpas por isso. Você não sabe o que se passa na minha vida para me julgar dessa maneira.

— Filha, você acha que falo isso para te fazer mal? Eu não consigo dormir pensando nessa história há dias! Você está acabando com a sua vida gostando desse cara. Vai acabar igual à sua prima Camila: deprimida e sozinha!

— Mãe! Não admito que você fale assim de mim! Eu não quero mais falar sobre isso, vou para o meu quarto.

Subi aos prantos, e chorei tão alto que meu pai veio até meu quarto ver se estava tudo bem.

— Docinho, o que está havendo?

— Nada, pai, quero ficar sozinha.

— Sua mãe me contou do Beto. Filha, essas coisas acontecem, não somos obrigados a casar com uma pessoa que não queremos. Você não precisa se culpar assim.

Eu chorava tanto, tanto que só consegui dar um abraço nele, agradecer e deitar na minha cama.

Eu ainda não acreditava que minha mãe havia descoberto tudo. Então todo mundo estava sabendo? Eu era a menina que pegou o homem casado? A destruidora de lares? Alice Jolie?

Mandei mensagem pra Luiza, e ela me acalmou. Disse que as pessoas adoram fofocas, mas que logo esquecem. Então era verdade, a fofoca estava se alastrando. E eu sabia que o Beto faria questão de confirmar para as pessoas que eu tinha um caso com o Antonio. Que pesadelo!

Eu e minha mãe não estávamos nos falando, e meu pai achava a reação dela um tanto exagerada. Eu estava mal por fazer minha mãe mentir para o meu pai, mas não tinha forças nem coragem para contar para ele o real motivo da minha briga com o Beto.

Antonio me mandou várias mensagens depois que ficou sabendo que eu tinha terminado meu noivado, mas eu não conseguia responder. Morria de medo de manchar minha imagem e de nossas mensagens caírem na rede. Imagina nossas mensagens publicadas no Instagram e no Facebook da Clara, as pessoas comentando na empresa, a reação da minha família. Isso pode parecer bobo, mas não é. No mundo de hoje, todo mundo é interligado. Como poderia assumir um relacionamento com um cara que tinha o casamento mais perfeito do mundo?

Clara conhecia todo mundo e era ultraquerida. Pensa na cara das amigas da minha mãe, imagina o bafafá que ia rolar (ou que já estava rolando) nessas rodas? Essas mulheres dedicam sua vida a fazer pose de perfeitas e se preocupar com o que os outros pensam delas. Eu precisaria ser muito corajosa para enfrentar tudo isso e, principalmente, enfrentar a desaprovação da minha família.

Por outro lado, minha vontade de ficar com o Antonio era muito forte. Eu pensava nesse homem a toda hora e sonhava com o momento em que poderia dormir e acordar ao lado dele. As mensagens dele eram muito carinhosas, e ele sempre me convidava para sair. Eu preferia dar um tempo, esperar a poeira baixar e mostrar para a minha mãe que ela estava enganada, que não estava terminando meu relacionamento com o Beto para ficar com o Antonio.

× × ×

Luiza decidiu se mudar para Nova York, e, numa sexta-feira, enquanto fazíamos um jantar de despedida na casa dela com alguns amigos da faculdade da Lu, bebi um pouco além da conta e fiquei extremamente solta e corajosa. Peguei meu celular e mandei uma mensagem para o Antonio. Nem pensei que a Clara poderia pegar o celular e aquilo virar uma confusão.

Liz:
Oi... tá onde?

É, foi uma mensagem bastante íntima. Com certeza, se eu fosse a mulher dele, ficaria uma fera. Ele me respondeu em menos de trinta segundos, parecia que estava esperando por uma mensagem minha.

Antonio:
Onde eu te pego?

Pronto. Quem procura acha, e eu tinha ido atrás disso. Com bastante vodca no sangue, entrei correndo no carro do Antonio, e fomos embora da casa da Lu. A saudade era tão grande que paramos o carro numa rua deserta e nos entregamos. Nossos beijos eram tudo o que eu havia sonhado.

Tirei meu vestido em segundos. Suas mãos passeavam pelos meus cabelos, e ele falava no meu ouvido: "Eu gosto tanto de você, Liz!". — Aquela voz grossa de homem, os olhos azuis, o corpo que eu tinha gravado na minha cabeça e aquele fogo que ninguém conseguiria apagar. Eu estava tão envolvida e tão bêbada que falava no ouvido dele da saudade que tinha sentido, da falta que ele me fez... Basicamente me declarei na hora H. Sem querer, ou querendo, estava tocando Mumford and Sons (a mesma trilha sonora da Bélgica), e aí não pensei em mais nada, só no tesão absurdo que aquele homem me fazia sentir e em como eu não queria que aquilo acabasse.

Depois do sexo épico no carro, nos abraçamos e ficamos assim por quase uma hora, sem falar nada. Estávamos apaixonados.

— Acho que preciso voltar — disse, ainda jogada nos braços dele.

— Ah, princesa, fica mais um pouco comigo. Passei tanto tempo sem você...

— Você não precisa voltar?

— Na verdade, não... Não estou em casa.

— Não?

— Demos um tempo. Tô morando num *flat*.

— Ah...

Fiquei tão sem saber o que falar, pensando se aquilo realmente estava acontecendo: ele ia deixar a Clara.

— Não perguntei se você queria ir para lá porque mal nos falamos quando você entrou no carro... E achei que você poderia se sentir ofendida, igual à última vez.

— Humm, deixa eu pensar... Será que prefiro transar com um cara casado no carro ou num *flat*? Acho que nenhuma das opções tem muito prestígio. Hehehe.

— Eu sei. Te garanto que estou tomando todas as providências para resolver a situação.

— Posso acreditar?

— Claro que pode.

Antonio me deixou em casa quase que clandestinamente, e fui dormir mais feliz do que nunca. Tudo bem, a situação seria difícil ficando ou não com ele, mas o que eu sentia quando estava com ele era de outras vidas.

No dia seguinte, ele me mandou uma mensagem de bom-dia e perguntou se eu queria correr no parque. Como não era de pensar muito quando se tratava dele, fui. Corríamos o risco de alguém nos ver, mas isso era pouco perto da vontade que eu tinha de ficar ao lado dele. Depois de corrermos, fomos para o *flat* onde ele estava morando. Tomamos banho juntos, pedimos *delivery* e ficamos grudados a tarde inteira. Eu só queria que aquilo não acabasse nunca, poderia viver assim para sempre.

Aproveitei a oportunidade para contar que minha mãe sabia de tudo, e ele disse que a Clara já tinha jogado verde, falando que sabia que tínhamos um caso, o que ele negou, com medo do que ela poderia fazer, já que era muito próxima da minha mãe. Antonio disse que achava que ela cultivava essa amizade justamente para saber mais informações sobre mim. Medo!

Falei do meu receio de ele perder o emprego, de cairmos na boca do povo e disso tudo estragar nossa imagem. Percebi certa apreensão no olhar dele enquanto falávamos sobre isso. Antonio escondia, mas eu sabia que ele morria de medo dessa confusão toda. Por outro lado, sabia que ele sentia o mesmo que eu. E a felicidade era a coisa mais importante para nós.

— Como vamos fazer? — perguntei.

— Eu combinei de encontrar a Clara na próxima semana. Quero pedir a separação, mas sei que não vai ser fácil. Preciso te pedir calma.

— Claro. Eu entendo. Isso não deve ser fácil.

— Não é, mas eu preciso sair disso.

Nos beijamos e nos abraçamos, e eu estava com meu coração tranquilo. Não iria enfrentar o mundo sozinha, só de estar com ele eu já me sentia mais forte.

× × ×

Aproveitamos esse tempo dele e da Clara para ficarmos mais juntos. Íamos ao cinema na sessão da meia-noite de terça-feira, frequentávamos restaurantes e lugares aos quais geralmente não íamos e voltávamos para o *flat*.

Antonio tem um senso de humor incrível e é extremamente carismático e carinhoso. Agora entendia o motivo de a Clara ser tão louca por ele. Sabe aqueles elogios que — quase — nenhum homem sabe fazer? Ele sabia. Elogiava uma mulher como ninguém. Não sei se era o olhar, o tom da voz, mas era de arrepiar. Sem contar que abria a porta do carro e tinha Ph.D. em pegada. É o famoso: "Tô lascada!".

Depois de passar esses dias encantados, tinha chegado a hora da conversa dele com a ex. Acho que eu estava mais nervosa do que ele.

— Boa sorte. Que vocês resolvam isso da melhor maneira — disse carinhosamente ao telefone, querendo apoiá-lo, estar lá para ele.

— Obrigado, linda. Eu te ligo assim que terminar. Tô com saudade já.

Eram mais ou menos nove da noite, ele estava saindo da empresa e indo para a casa que tinha dividido com Clara nos últimos oito anos. Fiquei apreensiva, mas estava segura de que nossos dias juntos haviam selado um compromisso muito maior. Não era mais sexo na Bélgica, era um relacionamento.

Nove e meia, dez, onze, onze e quinze... Nada. Nem uma mensagem, nem um pedido de socorro, nada. Tudo bem, vai! É um casal se separando, deve ser bem difícil mesmo conseguir terminar um casamento. Quando deu meia-noite, resolvi que era melhor ir dormir. Tomei um floral para me acalmar, apaguei a luz do meu quarto e deixei o celular na cabeceira. Fiquei zapeando a TV e, finalmente, acabei dormindo.

No meio da noite, acordei assustada com meu celular apitando. Quando vi o horário, me assustei, eram quatro da manhã.

> **Antonio:**
> Oi, aqui terminou tarde. Te ligo amanhã.

Sei não...

Ele não vai te dar isso...

Oi? Como assim? E o linda? Princesa? Saudades? Ai, ai, ai, fiquei tensa. Não quis responder porque é sempre bom ter autopiedade e não mostrar para o cara que você está ali todas as horas. Mas que deu vontade de mandar ele à merda, deu.

Acordei umas nove da manhã, peguei meu celular imediatamente, e nada do Antonio. Era só o que me faltava.

Fui para a academia e depois almocei com umas amigas. Tentei me ocupar o máximo que podia, mas essa tarefa era simplesmente impossível. Sou bastante orgulhosa nessas situações e jamais conseguiria ligar para ele pedindo explicações. Se me quisesse, ele que me procurasse.

Umas cinco da tarde, ele resolveu aparecer. Fala sério!

— Oi, linda, mil desculpas. O papo com a Clara foi muito tenso. Me encontra no meu *flat* pra gente conversar hoje?

— Oi... mas tá tudo bem? Você só apareceu agora.

— O trabalho me consumiu porque acordei atrasado. Topa umas nove?

— Ok.

Eu não parava de pensar nessa conversa tensa. Será que ele tinha deixado a mulher de vez? Será que eles tinham ficado? Ai, meu Deus, que situação.

Passei no salão de beleza, fiz escova, pé, mão... Queria estar pronta para arrasar com o coração do homem.

Umas nove e pouco, eu estava entrando no *flat*. Coloquei uma calça justinha de couro, uma bota de salto e uma malha preta. Sim, queria estar linda. Cheguei ao corredor do apartamento e respirei fundo. Eu sentia um misto de esperança e aperto no peito.

— Nossa! Que linda que você tá, princesa! — Ele atendeu, carinhoso como sempre.

— Oi. Tudo bom? — Tentei me fingir de superior.

— Melhor agora, com você!

Demos um beijo, ele me abraçou e sentamos no sofá. Antonio não estava se contendo e já queria partir para outra coisa. Essa calça de couro realmente nunca me deixou na mão. Mas eu disse para esperar, queria saber mais sobre o papo do dia anterior.

Ele levantou, nos serviu uma tacinha do champanhe que estava no balde de gelo, brindou e deu um gole antes de começar a falação. Opa! Champanhe é um ótimo sinal sempre, ninguém nunca levou um pé com champanhe, né?

— Então, linda, não foi tão fácil como eu gostaria. A Clara está muito mal, muito mesmo. Ela chorou bastante e pediu que eu pensasse antes de colocar um ponto-final em tudo.

— Mas não é o que você fez por dias? Pensar?

— É difícil... Um casamento tem uma questão muito maior para se discutir, né? Eu fiquei com pena dela, prefiro ir devagar para as coisas amadurecerem melhor pra ela.

— Devagar? — Eu não estava gostando nada daquilo.

— Liz, eu amo você, não gosto mais dela. Mas eu preciso ir com calma pra ela não surtar. Tenho o maior respeito pela família da Clara, pelos anos que passamos juntos... Não posso deixá-la mal.

— Então quer dizer que eu vou ter que esperar?

— Um pouquinho, mas bem pouco. Você faz isso por mim, linda? Gosto tanto de você...

Antonio falava olhando nos meus olhos, suas promessas eram sempre seguidas de um pedido lindo e uma frase carinhosa. Eu não conseguia falar não para aqueles olhos, para aquela voz. Resolvi esperar, afinal, não deve ser fácil terminar um casamento. A Clara era muito dependente dele, e ele não era um cara egoísta, que ia virar as costas e deixá-la sofrer.

Tomamos champanhe, ele me disse coisas lindas, falou sobre como se sentia quando estava comigo e que queria que construíssemos uma história juntos. Suspiros.

Transamos e dormimos na conchinha mais gostosa do mundo.

Coloquei meu despertador para as quatro da manhã, tinha um general — minha mãe — em casa analisando todos os meus passos, não podia vacilar. Fui pra casa contente e com a esperança de que estávamos mais próximos do final feliz. Ok, não estava exatamente como queria, mas estávamos chegando lá.

De manhã, havia uma mensagem no Whats:

> **Antonio:**
> Bom dia, minha ruivinha linda, você fez falta aqui na cama... te ligo mais tarde.

Meu coração disparou, esse homem sabia como me deixar babando por ele.

Mais tarde naquele dia, ele me ligou e voltamos ao *flat* dele; nem preciso descrever nossa noite, o negócio foi quente. Não achava que nosso relacionamento fosse só sexo, porque conversávamos bastante um com o outro. Mas havia uma coisa química entre nós que era inegável.

[nota à margem: Tipo vício]

Eu tinha uma festa no dia seguinte, um aniversário de uma amiga, e era óbvio que ele não iria. Quando comentei, ele me disse que viajaria no fim de semana para a praia. Fiquei meio assim porque era a casa de praia dele e da Clara, mas ele me assegurou que ia com uns amigos espairecer. Clara estava dando muito trabalho, segundo ele. Fiquei triste por não passar o fim de semana com ele, mas também quis respeitar sua vontade. Ele me mandou mensagens fofas na sexta dizendo para eu me comportar na festa e que ia ficar com saudade.

Acordei no sábado superdisposta a dar minha corrida, tomar café na padaria com meus pais e passar um tempo com eles. Apesar da minha mãe não estar falando direito comigo, eu precisava fazer esse esforço para nossa relação não ficar pior. Fomos até a padaria perto de casa comer. Meu pai ficava feliz quando a família se reunia.

Plim, mensagem do Antonio no WhatsApp:

> **Antonio:**
> Bom dia, princesa, que saudade, acho que volto hoje pra te ver!

Não pude conter meu sorriso quando li a mensagem, e minha mãe me olhou desconfiada. Ela não perdia uma. Não satisfeita com meu olhar apaixonado, resolveu jogar uma bomba na mesa enquanto eu mastigava minha granola.

— Amor, fiquei feliz em saber que o Antonio e a Clara estão tentando de novo — disse, falsamente empolgada.

— Ah, eles estão, né? Acho que alguém do escritório me contou. Que bom, essas pessoas se separam rápido demais.

— Pois é, ela me disse que eles iam para a praia este fim de semana tentar uma reconciliação.

Para tudo! Primeiro, eu queria matar minha mãe por colocar isso de propósito na mesa só para ver minha cara. Segundo, o quê? Reconciliação na praia? Foi isso que escutei?

Minhas mãos trêmulas ainda tentavam dar uma colherada na granola com iogurte, mas todo aquele momento "família feliz" se desfez. Então ele tinha ido com a Clara para a praia? Eles estavam tentando se entender? Sabe aquela sensação de morte com um desmaio lento? Eu estava assim.

Fiz de tudo para acabar com o café da manhã o mais rápido possível e, quando chegamos em casa, fui direto para o meu quarto. Precisava responder a mensagem dele e esclarecer essa história.

Liz:
Praia com a Clara? Que ótimo!
Obrigada por me contar.

Antonio:
Liz, eu vim para praia com uns amigos, e ela apareceu sexta-feira às duas da manhã. Não tinha o que fazer. Tô voltando hoje por causa disso.

Liz:
Chega dessas mentiras! Ou você me fala a verdade, ou não acredito mais em nada.

Antonio:
Tô saindo daqui. Te ligo quando chegar.

Liz:
Engraçado, vc não pode ligar do carro?

Não recebi mais resposta. Claro que ela estava voltando com ele, e esse papo dela ter chegado lá de surpresa não me convenceu. Que idiota, como eu podia acreditar nesse cara? Estava claro que ele não conseguia se separar e eu estava sobrando na história.

Umas cinco horas da tarde ele me ligou, não atendi. Me ligou de novo um pouco mais tarde, mas meu orgulho falou mais alto. Insistente, ele me mandou uma mensagem:

Antonio:
Tentei te ligar. Cheguei. Vamos conversar?

Uma hora depois, respondi que estava num bar com meus amigos, e ele perguntou se podia me buscar lá. Como já tinha bebido algumas caipirinhas, eu disse que sim. Preciso parar de beber.

Entrei no carro, e ele tentou me abraçar, mas eu não estava a fim.

— Qual é a sua, Antonio? Numa boa — despejei.

— A minha é você, Alice. Desculpa por essa confusão, mas a Clara não larga o osso.

— Quando isso vai acabar? Uma hora você vai precisar tomar uma atitude!

— Estou quase lá, vamos conversar na terça.

— Lá vem você com essas conversas...

— Liz, você não confia em mim? Por favor, eu tô tentando, mas tudo tem seu tempo.

— Eu também tenho o meu tempo, sabia?

— Eu sei... Não fica assim, vem cá, me dá um beijo.

Nos beijamos. Eu estava triste, mas a paixão me dominava. Pegamos comida e fomos para o *flat*. Dessa vez ele pediu para eu passar a noite com ele, então eu disse para a minha mãe que dormiria na Thaís.

Acordei com café na cama e o olhar do gato do Shrek. Como não desculpar? Fomos correr no parque e, depois, voltamos para a bat caverna.

Quando eu estava com ele, o mundo parava, eu não sentia insegurança. Mas bastava colocar os pés fora do *flat* para pensar nas piores coisas do mundo. Eu achava que ele e Clara estavam juntos e tentando reaver o que tinham perdido. Só de pensar nisso, meu estômago embrulhava.

✖ ✖ ✖

Mais uma semana se passou, e a velha frase "estou resolvendo" foi tomando conta de todas as nossas conversas a respeito do assunto. Ficava cada vez mais difícil ter esperanças. Tinha dias em que achava que seria a outra para sempre e, silenciosamente, começava a aceitar isso dentro de mim.

As desculpas do Antonio eram sempre relacionadas à loucura da Clara. Parecia que ela dominava a situação implorando para não ser deixada. Eu reclamava, mas, minutos depois, estava na cama com ele, sendo totalmente dominada. Estava apaixonada.

Pior que ela sabia, mas continuava

Nosso relacionamento foi crescendo, mas namorar escondido não permitia que as coisas acontecessem como deveriam. Como você vai conhecer melhor alguém se não pode viajar junto, sair para tomar um sorvete, andar na rua de mãos dadas e conviver com a pessoa? Era difícil. Por outro lado, tínhamos a nossa vida, os nossos encontros, que eram muito fortes e especiais.

Até que numa quinta-feira qualquer as coisas mudaram.

Antonio:
Amor da minha vida, hoje tenho um jantar de negócios, não vou poder te ver. Nos vemos amanhã?

Liz:
Que pena, lindo... Te vejo amanhã.

Antonio:
Vou ficar com saudade!

Eu nem sabia se aquilo era verdade, vivia nessas desconfianças, não sabia mais se ele estava casado, separado... Era uma paranoia sem fim.

Que vida é essa?

Nesse dia, meu pai chamou minha mãe e eu para irmos ao cinema. Programa em família era sempre bom. Minha mãe estava estranhamente mais legal comigo, tinha até dado a ideia de irmos visitar a Lu em Nova York com a tia Lisa. Para quem até então não olhava direito na minha cara, ela estava ótima.

No meio do filme, recebi uma mensagem da Thaís:

Thata:
Amiga, pode falar?

Ai... Quando é mensagem assim, é porque fodeu.

Liz:
Oi, amiga, tô no cinema, mas fala!

Senti um frio na barriga. Alguma coisa estava errada.

Thata:
Tô jantando com meus pais, e o Antonio está na mesa ao lado com a Clara, amiga! Eles tão no maior love da vida.

O que os olhos não veem, as amigas contam

Nem preciso dizer que não consegui mais prestar atenção no filme. Inventei para meus pais que a Thaís estava supermal e que eu precisava me encontrar com ela. Eles não entenderam nada, mas eu saí mesmo assim.

Liguei para a Thaís, precisava saber com mais detalhes o que ela tinha visto. Ela me confirmou que o Antonio e a Clara estavam jantando de mãos dadas no meio do restaurante, para quem quisesse ver. Quem se propõe a ir a um lugar público está realmente comemorando algo muito especial. Ela disse que ele beijava a mão da Clara, que sorria. Falou que pareciam hiperfelizes.

Não, isso não podia ser verdade. Pedi que ela me descrevesse o Antonio e a Clara dez vezes, eu ainda não estava acreditando. Não satisfeita, pedi uma foto. Dito e feito. Eram eles.

Peguei um táxi e fui para a casa da Thaís. No caminho, não derramei uma única lágrima, ainda não conseguia acreditar no que ela tinha dito. Resolvi mandar uma mensagem para o Antonio. Não queria ser pé na porta, mas eu precisava ouvir dele.

Liz:
Tá por aí?

Depois de mais ou menos quarenta minutos, ele respondeu:

Antonio:
Princesa, jantar chato... Pensando em vc.

Liz:
Jantar com a Clara é chato?

Silêncio. Ele não me respondeu e deve ter desligado o celular, porque tentei ligar e caiu na caixa postal. Não é possível, será que tinha acontecido alguma coisa com ele? Tinha batido o carro? Sido roubado? Ele nunca deixava de me responder!

Ainda sem acreditar, ouvia a Thaís me falar ao vivo e em cores sobre o que ela tinha presenciado. Eu achava tudo aquilo muito estranho. Talvez Clara estivesse louca e o ameaçando, talvez ele só estivesse com dó dela e não soubesse o que fazer para cortar de vez a comunicação. Ele vivia se declarando pra mim e estava de fato separado, porque morava sozinho no *flat*. Eu estava enlouquecendo.

— Liz, você tem certeza de que ele está morando no *flat*?

— Óbvio que tenho, as coisas dele tão lá...

— Mas eles não pareciam um casal separado, amiga. Desculpa, mas não pareciam.

— Bom, não vamos tirar conclusões precipitadas. Nós ainda não sabemos de nada.

— Como não, Alice? Eu vi. Amiga, você precisa deixar de ser cega. Eu vi.

— Não tô cega. Sei que se separar está sendo difícil pra ele.

— Não parecia difícil.

— Ok, Thaís, já entendi. Vou pra casa, está megatarde. A gente se fala amanhã.

— Amiga, pensa bem, acho que esse cara não está sendo 100% honesto com você.

— Tá bom... vou pensar.

Saí da casa da Thaís completamente zonza de tanta informação. O celular do Antonio continuava desligado, o que só aumentava minha tensão.

Não consegui dormir, só pensava no jantar do Antonio com a Clara. Será que ele estava me enganando? Mas o *flat* fazia todo o sentido para um cara separado, e nós tínhamos dormido uma noite inteira juntos lá. O que ele teria falado para a mulher para ficar fora de casa durante uma noite toda? A conta não fechava.

No dia seguinte cedinho, ele me ligou.

— Alô...

— Princesa, mil desculpas por ontem. Tá podendo falar?

— O que aconteceu? Aliás, o que tá acontecendo? — Eu estava sem paciência, mas precisava saber dos fatos.

— Ontem eu tinha um jantar de negócios, mas acabei não indo porque a Clara me ligou muito mal, querendo conversar. Ela estava tão descontrolada que tive que passar na casa dela e levá-la para algum lugar.

— Então você foi jantar com ela?

— Fui, de última hora...

— De última hora no Fasano?

— Você sabe, eu gosto muito de lá...

— E por que desligou o celular?

— Ela está muito ciumenta. Se visse você me ligando, ficaria mais louca.

— Onde você dormiu?

— Liz, fica tranquila, dormi no *flat*. Voltei à meia-noite, mas tava bem cansado. Ela me consome muito. Vamos nos ver?

— Não sei... — Eu queria, mas não podia dar o braço a torcer.

— Linda, acredita em mim. Eu amo você, mas tudo tem seu tempo para se acertar...

Me arrumei e fui encontrá-lo, precisava olhar nos olhos dele. Antonio falava tão calmamente que era difícil duvidar. Estacionei meu carro e entrei no prédio. O moço da recepção já me conhecia.

— Olá, vou no oitavo.

— Ah, sim! Alice, para o senhor Antonio, certo?

— Sim.

— A senhora poderia me fazer um favor? — perguntou.

— Sim.

— Chegaram as encomendas da senhorita Bárbara. Poderia levar lá para cima?

— Bárbara?

— Sim, é a irmã do senhor Antonio que mora aqui. É que ela está viajando, e, como ele não passou aqui ontem, não consegui entregar.

Irmã? *Flat* da irmã? Ele não tinha dormido ali ontem? Meu Deus, eu ia enlouquecer. Subi com a certeza de que ele teria uma ótima explicação para tudo aquilo. Será que tinha passado a noite com a Clara?

Ou será que o cara da recepção não o tinha visto chegar? Toquei a campainha com o coração na boca.

— Linda!

Ele me recepcionou com um abraço.

— Oi... Tinha esta encomenda para uma tal de Bárbara lá embaixo.

— Ah! É minha irmã. Este *flat* na verdade é dela, ela me emprestou. Entra, linda. — A resposta saiu naturalmente.

— Posso te perguntar uma coisa?

— Qualquer coisa.

— Você dormiu aqui ontem?

— É o único lugar onde durmo.

— Hum...

— Vamos parar com essa desconfiança, vai...

— Mas você estava beijando a Clara ontem no jantar. Como posso ficar calma?

— Eu não beijei a Clara, só sou carinhoso com ela. Não posso ser frio com alguém com quem fiquei por tantos anos, entende?

— E precisa pegar na mão dela? — Eu estava enlouquecendo.

— Vem cá. — Ele me puxou pela cintura. — Para com isso. Já falei que quem toma conta da minha cabeça o dia todo é você, ruivinha. Eu gosto de você.

Pode me chamar de louca, mas eu resolvi fingir que nada estava acontecendo e me entreguei. Sabia que estava tudo errado, que a conta não fechava e que aquilo que a Thaís tinha visto era mais do que ele sendo carinhoso com Clara. Mas eu queria estar com ele. Talvez ele não estivesse pronto para colocar um ponto-final no casamento e eu não estivesse pronta para deixá-lo ir. Era justo. Não?

Quem disse que eu conseguiria enfrentar meu pai, minha mãe e as outras pessoas? Não sabia se tinha essa coragem e, de alguma forma, entendia a dificuldade do Antonio em assumir aquilo tudo.

Eu sou nova, por isso, não acho que ele tenha que ser o cara da minha vida, mas é o cara com quem quero estar agora. Louca? Pode ser, mas acho que, na minha cabeça, loucura é não estar com o Antonio. Estou sendo politicamente incorreta, incoerente e inconsequente, sei disso, mas conheço meus limites e sei a hora de parar. Aliás, posso parar quando quiser, é só eu querer.

Conheci o Pedro quando estava terminando a faculdade de relações internacionais. Eu já tinha cursado economia e, se fizesse mais dois anos de RI, teria dois diplomas. Como a vida acadêmica sempre foi muito importante pra mim, resolvi encarar esse tempinho a mais e garantir dois canudos.

M e lembro direitinho do dia porque foi o mesmo da apresentação do meu TCC. Moreno, olhos castanhos, 1,76, sorriso largo: esse era o Pedro. A gente estava na festa dos amigos de uma amiga minha. Eu não era muito festeira, nunca fui, mas, depois de estudar tanto e tirar dez com louvor, eu merecia me divertir um pouco. Pedro não era o cara mais gato da festa, nem o mais animado, mas era o único que não parava de me olhar. E aquele olhar me pareceu diferente.

– Então você está se formando em comércio exterior? – Foi a primeira coisa que ele me disse, com ar de sabichão, quando nos conhecemos.

Gostei.

– Não. Nada a ver, na verdade. Fiz economia e agora me formei em RI – respondi, tentando parecer desinteressada.

– Ué, mas seu TCC não foi sobre subsídios a fazendeiros nos Estados Unidos?

Esse papo na balada? Achei exótico!

– Nossa, não sabia que você tava na minha banca. Como você sabe disso?

Apesar do engano em ligar comércio exterior ao meu TCC, achei a tentativa fofa.

– Sua amiga me contou. Também sou formado em economia, mas pela federal.

Eu não tinha perguntado, mas saquei que ele queria mostrar que era inteligente.

– Na sua época, já tinha calculadora científica?

– Ha-ha. Por quê? Pareço tão velho assim?

Já percebi nessa conversa aquela faísca de interesse recíproco. Passamos a noite conversando. Pedro era educado e parecia não gostar de superficialidades. Discutimos política internacional, guerras civis, crise econômica. Tem quem acharia aquele papo estranhíssimo, ainda mais por ser nosso primeiro, mas foi exatamente por isso que gostei dele.

Não ficamos, como seria de esperar, mas um convite para jantar veio no dia seguinte, e nosso primeiro beijo aconteceu aí.

O namoro começou pouco depois, e acho que meus sentimentos por ele foram se solidificando com o tempo. Minha vida "relacionamentística" antes do Pedro tinha sido um tanto dolorida, e com ele eu senti algo que nunca tinha sentido: que estava com um homem de verdade, alguém que me protegia e cuidava de mim. Passei a não ligar mais para aquela coisa de paixão ardente, sabe? De perder o controle de tudo? Até porque odeio perder o controle. Acho que amor construído é mais seguro e mais duradouro.

O sexo era bom, só bom. Claro que rolou um momento estranho na primeira vez, mas, segundo li num artigo, é estatisticamente comprovado que os casais têm dificuldade de se soltar logo de cara. A intimidade melhora, e muito, o desempenho das pessoas. Com a gente, foi assim. Na verdade, tudo na minha vida e na do Pedro sempre foi na base da construção.

A gente gostava de ir ao cinema, viajar, provar pratos exóticos; até umas aulas de mandarim nós arriscamos. Era gostoso sair da rotina e ao mesmo tempo aprender algo novo.

O Pedro é do tipo *self-made man*, sabe? Saiu do nada e construiu a vida sozinho. Precisou dos pais só até os 16 anos, depois fez tudo por conta própria. Tudo, absolutamente tudo o que ele tem hoje é mérito dele. Ninguém deu de presente.

Confesso que isso me fez gostar mais dele. Admiro muito as pessoas que lutam pelos seus objetivos e se fazem sozinhas. Eu sempre tive uma vida ótima e bem feliz na minha casa, mas deixar de depender dos meus pais era algo que eu ainda não tinha conquistado.

Nos três anos de relacionamento com o Pedro, muita coisa aconteceu na minha vida. Um desses "acontecimentos" se chama Alice, minha melhor amiga de infância. Crescemos juntas. Nossos pais são sócios e melhores amigos e nossas mães se adoram – fazem academia juntas, passam fins de semana na praia, onde construíram casas uma do lado da outra –; ou seja, eu e Alice somos praticamente da mesma família.

Desde pequenas, sempre comemoramos nossos aniversários juntas (a Alice nasceu em fevereiro, e eu, em janeiro), e absolutamente todas as minhas viagens na infância foram com ela. Éramos uma dupla inseparável. Caímos de um escorregador do clube juntas e conseguimos rasgar o queixo no mesmíssimo lugar; sonhávamos com nosso futuro ao som de Céline Dion; romantizávamos o mundo, nossos filhos e nossas vidas. O primeiro beijo de cada uma (o meu com o Ricardinho, o dela com o meu melhor amigo na época, o Felipe F.) foi confidenciado num diário secreto que a gente mantinha em conjunto, assim como as paixões secretas por professores (a Alice já gostava de homens mais velhos; amava o Miguel, professor de biologia), as baladas escondidas, as cabuladas de aula, o primeiro trago de cigarro, o primeiro porre... Tudo era escrito nesse diário e mantido em segredo por nós duas.

A história dos nossos pais é um tanto curiosa. Eles começaram a investir em uma confeitaria uns vinte anos atrás. O pai da Alice, o tio Willy, vem de uma família italiana e sabe fazer doces como ninguém; já o meu pai é um empresário nato que começou, ainda novinho, vendendo os panos de renda que a minha avó fazia, no interior de São Paulo. Eles se conheceram quando serviam cafezinho num banco de investimentos e descobriram que dividiam o mesmo sonho: ter um negócio próprio. Em pouco tempo, meu pai embarcou no projeto do tio Willy de construir um império que adoçasse a vida das pessoas, e desde então eles estão sempre juntos.

Will, meu pai (o apelido vem de William), é durão e gosta de acompanhar minuciosamente as vendas da W&W; o tio Willy é um ser humano daqueles iluminados, doce como suas criações e um paizão para a sua única filha. Liz, como chamamos a Alice, é tudo na vida do tio Willy e da tia Beth. Eles demoraram muito para conseguir engravidar e, quando o teste deu positivo, prometeram ser os melhores pais que podiam. De fato, são muito amorosos. Mas também muito permissivos. Acho que essa sensação de só poder ter um filho acabou transformando os dois naqueles pais que fazem tudo e mais um pouco para agradar o filhote. Uma vez, a tia Beth levou a mim, meu irmão mais novo, o Luca, e a Liz pra Disney só porque a Alice sonhou com o castelo da Cinderela e chorou a semana toda pedindo para ir. Ok, admito: eu aproveitava bastante os chiliques da Liz, porque em casa nunca foi assim.

Will e Lisa, meus pais, sempre foram muito presentes e carinhosos, mas a todo momento se preocupavam em nos lembrar que tudo o que a gente tinha era fruto de muito trabalho e que a gente devia aproveitar a oportunidade que tinha pra estudar. Afinal, o dinheiro podia acabar de uma hora para outra, já nosso conhecimento, ninguém tiraria. Acho que esse é um dos motivos pelos quais o estudo é uma das prioridades na minha vida. Eu sempre sonhei em entrar na melhor faculdade e queria muito ter um mestrado e, quem sabe, um doutorado no currículo. Quando via aqueles *campi* imensos em filmes americanos, ficava me imaginando ali com todas aquelas pessoas diferentes, aprendendo coisas novas, abrindo a cabeça pro mundo. Pra mim, estudar sempre foi respirar uma nova cultura, olhar as coisas de outra maneira e, mais importante, sair do ovo que é nossa vida. São sempre as mesmas pessoas e os mesmos papos. Tô errada? Minhas amigas sempre adoraram falar sobre meninos, homens, namoro, sexo e casamento. A Alice, então, nem se fala; ela odiava estudar e podia passar a vida toda só falando sobre relacionamentos e o sonho de casar. Eu até que me divertia ouvindo tudo aquilo, mas estava longe de achar que a vida se resumia a isso.

Demorei pra entender que, na verdade, meus pais tinham a mesma situação financeira dos meus tios, pois tudo em casa era calculado. Então, o pensamento de que eu era rica e podia desencanar da vida nunca passou pela minha cabeça. Sou grata aos meus pais pela preocupação em não deixar que eu e meu irmão nos tornássemos bobocas riquinhos, mas confesso que todo aquele desespero para mostrar que não devíamos dar muito valor ao dinheiro passava dos limites. Certa vez, ficamos sem presente no Natal (pensa numa criança de 5 anos sem presente). O motivo? "Quantas crianças vão ter um Natal feliz hoje, Lulu?", meu pai perguntou. O objetivo era que eu me colocasse no lugar delas e entendesse que a vida é difícil. Sorte do Luca, que tinha só 2 anos e não lembra de nada. Eu lembro direitinho daquele Natal sem embrulho colorido. Eu brinco que aquilo foi uma desculpa porque eles tinham esquecido os presentes, mas eles juram que foi de caso pensado.

O tio Willy sempre brincava com essa seriedade dos meus pais e às vezes mandava deixar caixas e caixas de doces em casa, porque meu pai regulava até a quantidade de açúcar no nosso sangue. Como alguém que é dono de uma fábrica de doces pode regular isso? Meu pai ficava doido com ele! Mas a nossa educação sempre foi assim; meus pais acreditavam que tudo isso faria com que a gente vivesse uma vida mais normal, menos glamorosa.

A minha amizade com a Alice passou por uma grande crise. Uma crise chamada Pedro. Muita gente se afasta dos amigos quando começa a namorar. Li alguns artigos de psicólogos sobre isso. Mas o meu caso foi bem pior. O Pedro e a Alice se odiavam. O ódio é algo cultivado; ele começa com um leve bode, que, se não for remediado, pode chegar a romper algum laço. *Quem nunca?*

O Pedro nunca teve paciência com as pessoas em geral e, quando resolvia colocar algum nome na sua lista negra, era difícil tirá-lo de lá. Uma coisa ele e a Liz tinham em comum: a personalidade extraforte.

Alice é uma sonhadora. Lê o horóscopo todo dia de manhã, se consulta regularmente com uma taróloga, mas, por outro lado, tem uma personalidade explosiva. Se gosta de você, não mede esforços para te defender contra o mundo. É uma das pessoas mais leais que conheço. O maior sonho da vida dela, e que ela nunca escondeu de ninguém, era casar e se dedicar ao marido e à casa. Eu não concordo muito com isso, mas quem sou eu pra julgar?

Já o Pedro odeia signos, tarô etc. Acha isso pura enganação e que quem acredita devia ser internado num hospício. O jeito ultrarracional dele não deixava muito espaço para senso de humor, o que podia torná-lo um pouco difícil às vezes. Pedro via a Alice como uma garota mimada que só pensava em casar, o que, na visão dele, fazia dela alguém altamente tóxico pra mim. Assim, nossa amizade seria uma perda de tempo, e por isso ele fez de tudo para nos afastar.

Eu também sou uma pessoa mais racional, mas nunca vi com maus olhos o jeito como a Liz encarava o mundo; pelo contrário, ela sempre trouxe muita leveza pra minha vida. O fato de sermos muito diferentes era o segredo da nossa amizade.

O Pedro e a Liz nunca se deram bem, e, com o passar do tempo, o que era um leve bode virou um elefante branco no meio da sala sempre que os dois se encontravam. O Pedro revirava os olhos só de ouvir o nome da Alice, e eu já não conseguia mais fazer nenhum programa com os dois. Era muito chato. Para estar com meu namorado, eu precisava me afastar da minha irmã. E a Liz, claro, foi se ressentindo e também se distanciou.

A minha última tentativa de aproximar os dois foi tão patética que resolvi me calar diante da situação. Chamei a Liz pra jantar com a gente, coisa que não acontecia fazia um tempo. Ela, com seu jeito espalhafatoso, ficou falando sobre homens e casamento, assuntos que o Pedro odiava. Daí já viu, né? Os dois começaram a discutir, e o fim foi trágico. Alice foi embora muito magoada, os olhos cheios de lágrimas. Mais tarde, fui saber por amigas que ela tinha ficado com mais raiva ainda por eu não ter feito nada pra acabar com a discussão. O que eu podia ter feito? Mandado os dois parar? Eles eram adultos e deviam saber que aquilo era desagradável. Naquele dia, eu e ela praticamente paramos de nos falar.

Os natais ficaram tristes, os jantares em família também. Era cada uma no seu canto. Nos cumprimentávamos com um sorriso amarelo; nem um estalinho na bochecha trocávamos mais. Nossas famílias percebiam algo no ar, mas não sabiam ao certo o que estava acontecendo. Eu que não ia falar que aquilo tinha a ver com o Pedro. Isso poderia queimar o filme dele com a minha família. Eu preferia dizer que tínhamos nos afastado por conta da vida, mas meus pais sabiam que esse não era o motivo real.

Uma vez, cheguei a fingir que estava doente só para não ir no aniversário da Alice. Mesmo com o Pedro viajando naquele dia, não tive coragem de ir. Fiquei pensando em tudo o que ele ia me dizer quando soubesse. E se ele brigasse comigo por causa disso? Assim que meus pais fecharam a porta de casa rumo ao aniversário, caí no choro. Como eu não estava comemorando com a minha amiga, a minha melhor amiga? Será que isso ia durar pra sempre? Acompanhei tudo pelo Instagram. O tema da festa era "Black tie anos 20", e a Liz estava radiante, parecia saída do filme *O grande Gatsby*. Senti uma mistura de raiva e saudade, inveja e felicidade por ela. Dizem que é assim mesmo quando brigamos com quem a gente ama de verdade. Ódio e amor andam juntos. Tinha dias em que eu a odiava com todas as minhas forças e outros em que me pegava pensando na falta que ela fazia.

Na manhã seguinte, minha mãe me contou que a Liz tinha mandado uma lembrancinha pra mim e desejado melhoras. Na hora, inventei um espirro para justificar os olhos marejados e continuei lendo o jornal como se aquilo não tivesse nenhuma importância. Mas a verdade é que doía muito perder a minha melhor amiga.

Quando me afastei da Alice, minha relação com o Pedro ficou mais forte. Ele meio que ocupou o lugar dela e virou tudo na minha vida: amigo, namorado, conselheiro. Passei a ter certa dependência dele e morria de medo de perdê-lo. Era como se ele fosse a única pessoa capaz de me amar – além da minha família, claro.

O grande problema é que, num relacionamento, um sabe quando o outro começa a ficar inseguro e dependente, e acho que é natural do ser humano gostar de estar no poder. O Pedro sempre esteve no comando da vida dele e, com o passar do tempo, quis comandar a minha também. Como eu estava vulnerável, ele conseguia.

Perigoso[3]

A nossa vulnerabilidade pode nos afastar da nossa essência.

Cada vez que eu falava da Alice, ele reforçava que eu e ela éramos muito diferentes e que eu devia frequentar outras turmas, selecionar melhor as minhas amizades – ele estava se referindo aos amigos que eu dividia com a Alice. Pedro era bem reservado, com poucos e verdadeiros amigos, e acho que tudo o que ele fazia era, no fundo, por querer o melhor para mim.

Essa minha ligação com o Pedro me levou a fazer algumas mudanças no meu jeito de ser. Por exemplo, eu sempre gostei de ser loira. Nasci morena, mas fazia luzes. Só que o Pedro não curtia muito o meu cabelo loiro, então, aos poucos, fui voltando pra minha cor natural, um cinza meio mel. Todo mundo diz que essa cor me deixa mais séria, e, como quero coisas sérias na vida, acabei encarando isso como um elogio.

Outra coisa que precisei mudar foram minhas idas à academia, já que o Pedro não curtia muito que eu fosse. Meio machista, eu sei, mas, como era uma das poucas coisas que ele não gostava que eu fizesse, resolvi fazer aulas com uma personal, assim evitaria olhares masculinos.

Se eu acho que meu relacionamento com o Pedro me tornou uma pessoa melhor? Não sei se melhor, mas me mudou, me fez amadurecer. O tempo que passei com ele foi mais tranquilo do que os namoros anteriores. Meus ex-namorados viviam me dando dor de cabeça.

Por um ano, namorei o Ricky, um menino com quem a conta não fechava. Eu não gostava de sair, enquanto ele amava uma balada. Como poderia funcionar? Uma noite, resolvi me arrumar – até escova eu fiz! – e ir pra balada que ele tinha combinado com os amigos. Queria fazer uma surpresa, mas quem acabou se surpreendendo fui eu. Cheguei na balada – com aquele tunti-tunti horroroso – e o encontrei no maior papo com a Camila, prima da Alice. A Camila é uma menina bem ingênua e vivia infeliz porque não tinha namorado. Não éramos amigas, mas ela sabia quem eu era e que o Ricky estava comigo. Esperei um pouco pra ter certeza do que estava acontecendo e presenciei ele passando as mãos no cabelo dela. Mais um pouco, e uma risada mais perto da boca... Fui embora da balada e liguei pra Liz aos prantos. A Alice saiu em minha defesa, arrumou a maior confusão com a prima e fez a menina me pedir desculpas de tudo que foi jeito: mensagem, e-mail, ligação. Só faltou mandar colocar um *outdoor* na frente da minha casa. Nunca mais falei com o Ricky, deixei nosso relacionamento morrer. Ele e a Camila até chegaram a namorar, por insistência dela, mas ele logo terminou. Fiquei com tanta pena da Camila que tomamos um porre juntas na casa da Liz. Ela me pediu desculpas de novo e confessou que seu amor pelo Ricky era algo inenarrável e que ela não sabia como ia superar o fim. Amor não correspondido é um sentimento da pior categoria. A rejeição deixa a gente cega de vontade de conquistar o outro só porque o outro não quis a gente.

> *Lá vem o Nando...*

Meu último namorado antes do Pedro foi o Nando. Dois anos de muita briga e uma paulada na minha autoestima. O Nando era um cara bem bonito, daqueles que todas as meninas querem e que te fazem acordar todos os dias rezando pra que ele não queira outra. Ele era tão seguro que chegou a falar para mim que em todo relacionamento sempre tem um que é mais bonito que o outro e que, no nosso caso, esse papel cabia a ele. Inacreditável, eu sei, mas eu aceitava e, pior, concordava. Mulher quando se apaixona é cruel. Não só mulher. A paixão faz com que a pessoa fique cega e surda, mas nunca muda. Arranjamos desculpas para todos os defeitos e besteiras do amado. Elogiamos até as mancadas e achamos que, sem aquele relacionamento, vamos morrer.

Eu sempre fui muito racional, mas, durante meu namoro com o Nando, bati recordes de irracionalidade. Me lembro de começar a ficar paranoica com meu corpo. Sempre fui magra, mas nunca liguei para essa história de ser sarada; fazia academia pensando na minha saúde. Mas o Nando era narcisista e exigia uma perfeição extrema de quem estivesse ao seu lado. Uma vez, num carnaval, viajamos com uma turma grande pra praia. Quando fui tirar minha saída de praia para tomar sol, o Nando parou na minha frente e ficou analisando cada parte do meu corpo, e, pela cara dele, eu sabia que uma piada estava por vir.

Cada pessoa desperta o melhor e o pior na gente.

– Hahahaha! Princesa, quantos bolinhos de chuva tem nessa barriga?

– Oi? – Eu realmente não tinha entendido a piada.

– Vem cá! Eu amo essa pochetezinha!

!!! O pior é que tem muito relacionamento assim!!!

Eu lembro de ter ficado estática. Não conseguia acreditar no que tinha acabado de ouvir do meu próprio namorado. Fiquei o resto do dia deitada de barriga pra cima, não entrei na água nem levantei para passar protetor solar. Deus me livre do meu namorado e dos amigos dele vendo o doce balanço da minha bunda a caminho do mar. Resultado? Torrei a parte da frente do corpo e fiquei parecendo um pimentão.

Se o Nando percebeu a besteira? Não. Mas todo mundo sacou que aquilo tinha me abalado. À noite, brincando de mímica entre mais de dez

Que triste estar com alguém que faz questão de moer a autoestima da gente...

pessoas, incluindo os familiares dele, Nando tirou o filme *Free Willy* e adivinha para quem ele apontou? Sim, pra mim! Mais uma vez, fiquei sem reação enquanto todo mundo olhava pra minha cara e ria. Claro que ele veio me dar um beijo e disse que era "brincadeira, prinzinha", mas eu estava tão derrotada e ardida que comecei a me sentir mal e abandonei a brincadeira no meio. Liguei pra minha mãe aos prantos, disse que estava com insolação e precisava ir ao médico. Minha mãe entendeu na hora que o problema era maior do que as bolhas pelo meu corpo; eu queria fugir dali o mais rápido possível. O motorista dos meus pais foi me buscar. O Nando se recusou a voltar comigo, achou frescura. A família dele pareceu não se preocupar com a situação; eles eram estranhos, muito diferentes da minha família. Aliás, meu mundo e o do Nando eram completamente diferentes.

O carnaval passou, e a distância entre nós só aumentou. Eu ligava pra ele, mandava mensagens, mas a gente acabava brigando por qualquer coisa. Parecia que ele estava mais preocupado em não perder a cervejada com os amigos do que comigo. Fiquei mal em ver que o meu namorado não estava nem aí pra mim, mas, em vez de me fazer desistir, toda essa situação só me incentivava a insistir – mais ainda – naquele erro. Era como se eu quisesse que ele gostasse de mim a todo custo, como se eu estivesse num jogo – e não admitisse perder o namorado.

Nando conseguia me convencer que todas as suas mancadas eram normais, que éramos jovens e iríamos ficar juntos pra sempre. Na última, ele queria ir numa festa à fantasia no interior.

– Oi, princesa, queria falar com você. Posso passar na sua casa?

– Tá tudo bem?

– Médio, mas queria falar pessoalmente.

Quem já sentiu o coração palpitar ao escutar o namorado falando que quer conversar sabe o que passei naquele dia. De uma hora pra outra, meu estado de espírito mudou radicalmente. Fiquei enjoada de tão nervosa, senti um suor frio nas mãos, entrei em pânico. A Flô, que trabalha lá em casa e cuida de mim e do Luca há anos, entrou no meu quarto e me viu chorando.

– Menina, o que tá acontecendo? Foi aquele Nando?

Todo mundo já sabia o motivo dos meus choros recorrentes.

– Flô, ele tá vindo aqui conversar comigo.

– E ele quer conversar sobre o quê?

– Não sei, mas eu sinto que ele vai terminar comigo!

Viver nessa paradoia só nos deixa doentes.

– Azar o dele, minha filha! Homem é que nem biscoito, vai um e vêm dezoito.

– Eu não quero que ele termine… Eu não vou aguentar.

Flô me abraçou e riu disfarçadamente.

– Lulu, você não vai morrer disso, não.

Quando eu dizia que não ia aguentar, não era no sentido figurativo; eu simplesmente achava que meu coração ia parar de bater e minha vida ia acabar se o Nando terminasse comigo.

A campainha tocou e me avisaram que ele estava subindo. Minha cara já entregava o sofrimento, eu estava pronta para levar um pé na bunda.

– Oi, prin. Que carinha de choro é essa? O que foi? – disse, me abraçando.

– Pode falar, Nando. Tô pronta!

– Pronta pra quê?

– Eu sei que você quer terminar comigo.

– Luiza! Claro que não quero terminar com você. Eu te amo e já disse que vamos ficar juntos pra sempre.

– Jura? – perguntei, enxugando as lágrimas.

– Eu vim aqui porque o Felipe tá mal. A namorada dele foi morar fora e o cara tá na *bad*.

– Tadinho! Ele não quer vir em casa hoje? Podemos assistir a um filme, beber, conversar… – Eu não era ingênua; eu estava cega mesmo.

– Prin, acho que ele tá precisando de algo mais animado.

– Então vamos sair! – exclamei com aquela voz de nariz entupido.

– Então, é sobre isso que vim falar. Você se importa se eu der uma força pra ele hoje?

– Como assim?

– Ele tá a fim de ir naquela festa à fantasia, e, como *brother*, não posso falar não.

– Poxa, amor, lá vai ter um monte de menina que adora um homem comprometido...

Era patético. Eu ainda colocava a culpa nas mulheres. Elas não tinham nada a ver com isso; ele era o problema.

– Eu sei, e tô zero a fim disso – respondeu o ator da novela das nove.

– Bom, eu não posso te proibir e acho que nosso relacionamento tem que ser na base da confiança.

– Você é demais, princesa! É a mulher da minha vida.

Nossa, quando ele falava isso, o mundo podia cair e todas as meninas da balada podiam dar em cima dele. Eu era a mulher da vida dele e ponto.

Duas horas depois, o Nando estava na estrada. O engraçado é que ele arrumou em tempo recorde a fantasia mais completa que eu já vi. Ele estava perfeito de Wolverine. As garras, o cabelo, a roupa, tudo! Ele jurava que tinha pegado emprestado de um amigo, mas no fundo eu sabia que ele já tinha preparado tudo antes de falar comigo.

Me divertir ou dormir eram coisas que eu não conseguia fazer quando o Nando saía. Eu já não era muito chegada a uma balada, achava o fim as pessoas bebendo até as seis da manhã. Sem o Nando, aí que eu não saía mesmo, e confesso que até nisso ele tinha poder sobre mim. Ele podia sair, mas eu não, até porque ele estava na festa por um "motivo nobre". Hoje isso tudo parece surreal para mim, mas naquela época eu acatava. Como alguém pode dominar tanto outra pessoa? Por que ficamos tão permissivos quando a nossa autoestima está no negativo?

O relógio dava sete horas da manhã, e nada do meu namorado. Nem uma mensagem, nem uma ligação fofa no meio da balada. Nada. Resolvi ligar; afinal, eu tinha passado a noite em claro e merecia uma explicação. Caixa postal.

Às três da tarde, meu celular tocou. O Nando estava com aquela voz rouca de ressaca e, claro, tinha uma superdesculpa na ponta da língua. Disse que tinha passado meio mal na festa e voltado cedo e não percebeu que a bateria do celular tinha acabado. Ele me contou tudo de um jeito tão cheio de detalhes, tão dramático... Era um ator, um mentiroso compulsivo. Apesar de não acreditar em nada do que ele disse, não tive coragem de colocá-lo contra a parede. Simplesmente desliguei o telefone e não atendi mais pelo resto do dia. Eu não queria brigar, a nossa relação já estava muito desgastada. No fundo, eu sabia que estava sendo feita de trouxa, mas, em algum lugar na minha cabeça, não atender as ligações dele representava um pouco o lado racional que ainda sobrava em mim. Mas é claro que essa postura não durava muito.

Sempre que achava que podia me perder, o Nando arrumava um jeito de tentar me reconquistar. E conseguia. Que homem ia querer perder a mordomia de ter uma namorada que não impõe freios e ainda por cima está sempre esperando por ele em casa? Dessa vez não foi diferente. No dia seguinte ao meu gelo, uma linda surpresa chegou em casa: flores, chocolates, um urso de pelúcia e um cartão.

> Princesa, a vida não tem graça sem você. Me desculpe, fui um idiota e não quero te perder por nada neste mundo. Comprei ingressos para o cinema e reservei seu restaurante japonês favorito. Vamos ficar bem? Te amo.

Abri um sorriso, confesso, e fui logo ligar para a Alice. Contei o que havia acontecido, mas as informações que ela tinha não batiam com as dele. Ela me disse que uma menina tinha visto o Nando até as seis da manhã na festa. Eu queria acreditar nela e tomar coragem pra terminar de uma vez aquele namoro, mas me faltava amor-próprio.

E não era só esse tipo de mancada que o Nando dava. Nosso namoro também era bem competitivo. Eu sempre fui boa aluna, e, na faculdade, ele queria ir melhor do que eu. Como fazíamos o mesmo curso e estávamos no mesmo semestre, os nervos ficavam à flor da pele na semana de provas. Uma vez eu tirei uma nota mais alta que ele em estatística, e ele ficou uma semana sem olhar direito na minha cara. Ele também não suportava tirar nota abaixo de oito, porque se considerava inteligente demais para a faculdade que fazíamos. Uma vez perguntei por que ele não tinha tentado cursar uma federal, e ele disse que tinha passado no vestibular, mas achou melhor optar por uma particular por conta do histórico de greves de professores nas federais.

Esse era o Nando. Nunca assumia suas fraquezas, estava sempre certo, queria ganhar qualquer discussão, e acho que isso sempre me fez sentir como se eu fosse muito aquém dele.

===

Eu, Luiza, sempre tive certeza de onde queria chegar. Acabar a faculdade logo era um dos meus objetivos, para assim conseguir fazer um mestrado em relações internacionais com ênfase em política internacional fora do país. Desde criança eu brincava de diplomata e sempre dizia pra Alice que ela me visitaria em todos os lugares do mundo em que eu viesse a morar. Com o Nando, passei a acreditar que eu não conseguiria chegar lá. Toda vez que conversávamos sobre isso, ele vinha com umas colocações um tanto bizarras.

Socorro!!! — Prinzinha, você vai cuidar de mim e da casa. Essa é a profissão mais importante que você pode ter!

— Para com isso, amor…

— Ué, por quê? Vai dizer que você acha o mestrado mais importante que o seu amor aqui?

— Não, lindo. Mas uma coisa não tem nada a ver com a outra. Eu tenho sonhos profissionais também.

— Que lindinha! Ela tem sonhos — falou, apertando minhas bochechas em tom de deboche.

— É sério, quero ser diplomata!

— HAHAHA! Lulu, diplomata? Já falei que essa é uma profissão que mulher minha não vai ter.

— Mulher sua? — perguntei, indignada com suas colocações machistas.

— É, mulher minha não vai viver por aí. Mulher minha vai me acompanhar sempre.

— E posso saber o que você vai ser na vida?

— O que eu quiser, Lu. Sei que posso ser o que eu quiser.

As coisas foram se agravando aos poucos, e cada vez mais algo dentro de mim me dizia que namorar aquele cara era um erro. Certa vez, durante a comemoração do aniversário do meu pai, o Nando me magoou profundamente. Meus pais estavam oferecendo um pequeno jantar em casa para umas quinze pessoas da família, e o *buffet* estava divino. Tudo o que eu amava estava naquela mesa. Esperei ansiosamente a hora de sentar e partir para o ataque. Me servi de salada e logo depois fui para as gordices. O Nando não parava de me olhar. Mas não era um olhar apaixonado: ele não parava de olhar para mim e para o meu prato. Quando terminei o segundo prato e me preparava para pegar mais um tiquinho de ravióli, ele me disse baixinho:

– Prin, chega.

– Oi, amor? – respondi, sem entender do que ele estava falando.

– Chega de comer. Acho que você exagerou.

– Você tá falando sério?

– Eu acho que nesses dois anos de namoro você deu uma descuidada, e não rola, né, prin? Todas as meninas hoje em dia se cuidam, acho que seria bom pra você entrar nessa onda.

Gente....

– Fernando, você pode sair da minha frente?

– Bom, se você vai fazer drama, não dá pra conversar.

Saí chorando, subi a escada e fui direto pro meu quarto. Quinze minutos depois, alguém bateu na minha porta.

– Filha? Você está bem, Luiza?

Eu jamais poderia contar pros meus pais o que tinha acontecido; se eu contasse, era capaz da minha mãe pegar uma faca e ir atrás do Nando.

– Oi, mãe, tô passando meio mal, já vou descer.

– O Nando acabou de ir embora.

Quando minha mãe voltou para a festa, liguei para a Alice.

Embora ela estivesse com dor de garganta e sem poder falar direito, quando soube o que tinha acontecido, soltou os cachorros:

– Luiza, esse imbecil só te traz energias negativas! Você precisa terminar com ele!

– Eu sei, ele é um idiota, e eu não sei o que fazer!

Nem sei como completei a frase, de tanto que eu soluçava.

– Calma, se acalma! Tá na hora de você enxergar os fatos, Lu. O cara só te diminui na frente dos outros e se acha o maior gostoso da face da Terra. Cai na real, isso não tem futuro.

Eu precisava daquele chacoalhão amigo.

Nem preciso dizer que a Alice sabia absolutamente tudo o que acontecia e tinha a maior birra do Nando.

Bom, o Nando não me ligou nem me mandou mensagem naquela noite. Depois de ouvir todas aquelas palavras de força da Alice, resolvi que precisava ter uma conversa com ele. Como sempre, ele me pediu desculpas e disse que queria ser um namorado melhor. Falou da importância que eu tinha na vida dele, e eu não consegui terminar. Tinha muito medo de me arrepender. Eu estava infeliz, mas alguma coisa me levava a insistir em algo que estava morto.

Por menos vaidosa que eu fosse, aquele "toque" do Nando no aniversário do meu pai despertou algo em mim, algo ruim: eu passei a me achar feia, a viver insatisfeita comigo mesma e a não gostar nem de me olhar no espelho. Toda vez que a gente ia transar, eu pedia pra apagar a luz.

Fiz todos os tipos possíveis de dieta, mas nunca achava que estava bom. Entrei de cabeça na academia, e essa minha busca incessante por magreza me fez esquecer até da faculdade – que sempre foi tudo pra mim. Nessa época, peguei minha primeira e única DP.

De 56 quilos (tenho 1,67 de altura), fui pra 49. Foi uma fase bem complicada. Qualquer pai ou mãe que acompanha os filhos percebe certas mudanças; minha mãe me obrigou a fazer uma consulta com a dra. Helena, psicóloga dela, mas, na primeira consulta, não dei ouvidos ao que a terapeuta disse; achava tudo uma chatice. Só queria sair dali, ir pra academia e dormir com o estômago colado nas costas para acordar magra. Meu pai tentou conversar comigo, e até o Luca veio perguntar se eu precisava de ajuda. Eu digo "até o Luca" porque ele é sempre muito na dele e odeia conflito mais do que eu.

Claro que isso não podia durar muito tempo sem que algum desastre acontecesse. Ninguém fica feliz se sentindo um lixo e comendo igual a um passarinho.

Um dia, enquanto me preparava pra duas aulas seguidas de *spinning*, senti uma pontada insuportável nas costas, na altura da cintura. Não conseguia nem respirar de tanta dor. Caí no chão do meu quarto e tive uma sorte imensa de a Flô estar passando no corredor bem na hora, ouvir o barulho da queda e me achar estirada no chão. Ela começou a gritar desesperadamente até meu irmão aparecer. Eles me levaram às pressas pro hospital e descobriram que eu estava com uma infecção renal superséria e uma anemia grave.

Passado o susto, o médico da família, que me acompanha desde criança, quis bater um papo só comigo. Pediu pra todo mundo sair do quarto e se sentou ao lado da cama.

– Lu, conheço você há mais de vinte anos. Você sempre foi uma menina saudável, alegre, linda e feliz. Com o seu corpo eu sei que não está tudo bem, e vamos cuidar dele, mas e a sua cabeça? Como está?

– Estou bem… – respondi, já com lágrimas nos olhos.

– Está mesmo? – insistiu o dr. Roberto, alisando carinhosamente meus cabelos.

– Não… – Pronto, eu havia aberto a torneira da emoção, não conseguia parar de soluçar.

Passei mais de uma hora conversando com o dr. Roberto. Ele conhecia todas as minhas febres, dores de garganta, enxaquecas, dores de barriga, mas eu nunca tinha conversado tão profundamente com ele sobre a minha vida. Nem a dra. Helena, em várias sessões de terapia, tinha escutado um quinto do que eu contei pra ele naquele dia. Contei como estava me sentindo e que não conseguia mais gostar de mim. Falei que me sentia feia, desinteressante, e que o Nando logo me trocaria por outra. O dr. Roberto riu carinhosamente e disse:

– Querer ser perfeito é o maior defeito do ser humano. Quanto melhor ficamos, melhor queremos ficar. O que um homem tem que querer de uma mulher é cumplicidade, amizade, carinho, atenção e amor. Os casais se atraem fisicamente num primeiro momento, mas se amam e permanecem juntos por outros motivos. Será que você não está assim porque está tentando ser uma coisa que não quer e acaba se deixando de lado? Vamos fazer assim: você vai pensar em você e em mais ninguém por cinco dias. Você consegue?

– Acho que sim – respondi meio que automaticamente, sem pensar que fazia muito tempo que não pensava em mim.

– Ótimo! Você vai ter que ficar de molho aqui no hospital uns dez dias. Pense em você pelo menos na metade do tempo, faça planos, resgate os que você deixou de lado e espaireça. Eu volto amanhã para você começar a me contar os planos da sua nova vida!

– Obrigada, doutor Roberto, vou tentar fazer isso.

O dr. Roberto sempre nos colocava pra cima, e dessa vez não foi diferente. Quando ele deixou o quarto, eu me sentia um pouquinho menos triste, e parecia que a luz no fim do túnel estava começando a surgir. Cinco segundos depois, minha mãe entrou no quarto.

– Filha, o Nando está aqui fora. Quer que eu fale para ele voltar depois?

– O Nando? – Meu coração disparou, mas não de amor, e sim porque de repente eu senti um pouco de pânico dele.

– Aham – respondeu minha mãe, sem um pingo de ânimo.

– Pode deixar ele entrar.

– Mas, filha, você não acha...

– Mãe, fala pra ele entrar. – Nem deixei a minha mãe terminar a frase; queria acabar logo com aquilo. Acabar, eu? Entrar em conflito, decidir, não era comigo.

Minha mãe saiu do quarto com cara de contrariada, mas ela não ia falar nem meio não para mim naquele momento. Logo em seguida, o Nando entrou. Me segurei para não chorar; eu estava muito vulnerável, muito sensível.

– Oi, prin, você está bem? – A voz dele estava meio embargada, parecia que ele ia chorar.

– Melhorando...

– Estou aqui pro que você precisar. – Ele sentou na cadeira ao lado da minha cama. – Fiquei muito assustado com isso e quero que você se cuide, linda.

– Nando, isso aconteceu porque, sim, preciso me cuidar mais. Mas me cuidar não significa ficar magra, sarada, ir na academia duas vezes por dia.

Eu tinha conseguido tomar coragem!

– Claro, também acho que isso não é pra você. Essa vida de academia não é mesmo a sua cara.

– Nando, você está entendendo que eu estou deitada numa cama de hospital, tomando cortisona na veia e fazendo de tudo pra ganhar dois quilos porque meu peso está muito abaixo do que deveria estar? – perguntei, irritadíssima e indignada com a resposta dele.

– Claro que sei e acho que você tem que voltar pro que era. Não é todo mundo que nasce com disposição pra treinar e ficar bem.

– Eu estava bem, sempre estive, até você chegar na minha vida querendo que eu virasse outra pessoa.

– Como assim, Luiza? Eu só queria que você ficasse melhor do que era.

– Tô cansada de não ser boa pra você.

– Você é ótima, mas sempre tem algo pra melhorar aqui e ali, por isso eu te incentivava a malhar.

Dá um pé nesse cara logo!!!

– Nando! Você perdeu a noção? Eu não estou falando da porcaria da academia, estou falando de mim como pessoa! Você não entende nada disso! Eu não quero saber da academia, eu quero alguém que me ame como eu sou, que me ame com ou sem barriga e que enxergue muito mais do que quadradinhos no abdômen! Entendeu? – eu disse aos gritos.

– Nossa, acho que você está dopada de remédio, melhor eu voltar outra hora.

Egoísta como sempre, ele saiu rapidinho do quarto. Por um lado, senti um alívio de ter falado o que pensava, mas, por outro, sabia que tinha algo de errado com ele. Era claro que havia algo de errado com ele. Quando você está numa cama de hospital, por menor que seja o motivo, você espera que as pessoas te tratem com todos os mimos a que você tem direito. Vai dizer que não é assim? E por que o Nando estava me tratando tão friamente? Será que ele estava com outra? Será que queria terminar comigo? Comecei a suar frio. Minha mãe entrou no quarto, e eu estava chorando de novo.

– Tá vendo, filha? Ele devia ter vindo outro dia. Você não está bem e precisa descansar, aqui não é lugar para discutir relacionamento.

– Mãe, você pode não falar nesse assunto?

– Então vamos jantar, porque quero que você durma cedo.

Jantamos quietas. Era nítido que minha mãe tinha mil coisas que gostaria de me falar, mas ela se segurou e focou em me dar os brócolis com frango grelhado de hospital. Naquela noite, eu não consegui dormir, pensando na frieza do Nando. Quase três da manhã, resolvi mandar uma mensagem para ele:

Luiza:
Oi, pode falar?

Ele não respondeu. Eu ainda estava acordada, às cinco da manhã, quando meu celular finalmente apitou.

Nando:
Oi, tá tudo bem?

Luiza:
Não. Achei bem absurdo o jeito como você saiu daqui hj e fiquei me perguntando se tem alguma coisa acontecendo.

Nando:
Vamos conversar quando você sair do hospital.

Luiza:
Não, vamos conversar agora.

Nando:
Lu, eu não queria falar por mensagem, mas você insistiu.

Luiza:
Na verdade, não insisti, mas já que você está fácil p falar, fala.

Nando:
Eu acho que as coisas não estão legais e tô sentindo nosso namoro esfriar. Eu não queria fazer isso por mensagem, mas você não está me dando outra alternativa.

Era incrível. O cara era mesmo um covarde. Ok, eu que insisti para conversarmos, mas ele resumiu tudo em uma linha do jeito mais frio possível. Mandei um "Ok" e afastei o celular. Nem preciso falar que chorei até me acabar.

Eu não queria tocar no assunto Nando pelo resto do dia, só queria me distrair. A Alice era a pessoa indicada para me fazer passar o dia rindo e falando besteira. Ela sabia que as coisas não estavam bem, mas também sabia que tudo o que eu precisava era não tocar no nome do Nando. Foi o melhor dia que passei no hospital.

Saí do hospital com dois quilos a mais de cortisol, um estômago novo e dois rins funcionando. Em casa, a Flô me recebeu toda feliz, o Luca também parecia alegre em me ver, e a minha mãe e o meu pai estavam aliviados por eu estar de volta. O Nando? Só fui vê-lo na faculdade uns quinze dias depois. Ele estava me evitando, e, por mais que eu não pensasse nisso o dia todo, sentia que ele já estava com outra pessoa. Nessas situações, parece que a gente sabe o que está acontecendo antes mesmo de receber a notícia. Esperei ele vir falar comigo, se explicar, pedir desculpas, mas isso nunca aconteceu. Minhas amigas já tinham me alertado que estava rolando uma fofoca nos corredores da faculdade de que Nando estaria a fim de uma menina, uma Barbie-blogueira que estudava lá. Só de olhar os dois conversando nos intervalos dava para ver que era verdade. Não vi nada de concreto, mas a gente sente quando o nosso namorado já está em outra.

Meu sentimento por ele tinha mudado. Eu não sentia mais falta nem tinha vontade de resolver o que parecia resolvido. Claro que doía dentro de mim, foi difícil namorar alguém que odiava tudo em mim. É difícil saber que você não é aquilo que o outro sonha. Mas eu resolvi racionalizar, toquei a vida, voltei à rotina, minhas notas começaram a melhorar e meu nível de serotonina também. Toda sexta, eu saía para um *happy hour* com as minhas amigas, e domingo voltou a ser dia de pizza! Aos poucos, eu voltava a ser eu mesma.

Depois de alguns dias de cumprimentos sem graça e meias palavras, Nando apareceu namorando. A Barbie, como eu já desconfiava. Ela fazia publicidade e era linda, uma das únicas pessoas que chegavam impecáveis à faculdade às sete da manhã. Seus cabelos eram puro *babyliss*, e a pele, maquiada na medida, muito natural. Ela tinha o tal corpo perfeitinho que o Nando tanto queria que eu tivesse e sabia como deixar os homens de queixo caído.

Mas o que me deixou mal mesmo foi saber que eles estavam juntos há um tempo e que, na época do hospital, ele já estava totalmente apaixonado por ela. O fato de ver o Nando com uma menina mais bonita do que eu foi pior do que perdê-lo. Mais um tiro na minha autoestima.

Pode doer muito, mas algumas perdas são verdadeiros ganhos.

O novo casal desfilava pela faculdade e protagonizava cenas de amor no intervalo das aulas. A primeira semana foi um tanto desagradável, mas depois eu e minhas amigas até começamos a tirar sarro daqueles estereótipos de Barbie e Ken. O Nando e eu ainda tínhamos amigos em comum, e era constrangedor quando ficávamos no mesmo recinto.

A tal Stella me parecia bem limitada: só falava de academia e tratamentos estéticos, conversar não era seu forte. Quando as pessoas falavam sobre coisas mais sérias, ela só concordava e dava risada, conseguia passar de semestre na faculdade jogando charme nos professores ou fazendo os colegas de curso colocarem o nome dela em todos os trabalhos de grupo.

O tempo passou, e a Stella foi ficando cada vez mais famosa, com muitos fãs e seguidores e milhões de acessos mensais no blog. Ela tinha se transformado numa *superblogger*. O Nando também virou uma celebridade da internet, tudo por causa da Stella. Ele desandou na faculdade e acabou não se formando na mesma época que eu. Parece que trancou para se tornar o empresário da sua Barbie. Confesso que caí no riso, mas logo depois me toquei que ele ganharia mais dinheiro do que qualquer um que estava se formando. Todos comentavam que a Stella estava fazendo várias parcerias com marcas e que já ganhava mais que muito profissional sério. Devo confessar que a garota era digna de admiração: podia ter uma cabeça vazia, mas tinha um cofre cheio. E isso não é pra qualquer um.

Tirar o foco do problema! Ótimo!

Minha vida amorosa? Eu não tinha tempo para pensar nisso. Estava estudando feito uma doida para terminar o curso de economia e começar o de relações internacionais. O mestrado que eu queria fazer em Nova York era muito difícil de entrar, então eu não podia me distrair.

Depois do fim do meu namoro com o Nando, assumi completamente a *nerd* em mim. Deixei as lentes de lado, passei a usar só óculos e mergulhei nos livros. A Alice se irritava porque, toda vez que me chamava para alguma coisa, eu me atrasava, afundada que estava nos estudos. Na verdade, eu praticamente não saía. Minha vida era estudar. No fim, todo o esforço valeu a pena. Tirei dez com louvor no TCC, que foi para a biblioteca, para que outros alunos pudessem consultá-lo.

Você pode estar se perguntando se toda essa dedicação não era resultado de uma tristezinha pelo modo como acabou o meu namoro. Acho, sim, que me afundei nos livros para cuidar da minha cabeça e me manter fora dos relacionamentos por um tempo.

Certo dia, saí da faculdade me sentindo meio pra baixo, estava naqueles dias, exausta de estudar e desanimada com a vida. Quando parei no sinal vermelho, peguei o celular e entrei no blog da Stella. Eu podia chamá-la de Barbie e tirar sarro da relação que ela tinha com o Nando, mas admito que amava entrar no blog e acompanhar em tempo real a vida daqueles dois. Assim que cliquei no *feed* de novidades, vi o título do post mais recente: "Ficamos noivos". Na hora em que li aquilo, gelei. Minha visão ficou turva, eu esfreguei os olhos para ver se tinha lido direito. Tinha. Senti uma vontade imensa de gritar. Sabe aquela parte do filme em que a pessoa está quase morrendo e a personagem principal dá um berro que ecoa por uns trinta segundos? Então, essa personagem era eu. O sinal abriu, mas quem disse que eu larguei aquele celular? Queria ler até o final o post em que a Stella descrevia o pedido de casamento cafonérrimo do Nando. Você acredita que ele fechou um restaurante e encomendou um bolo decorado com a frase "Quer casar comigo?"? Argh, que enjoo!

Continuei lendo as declarações da Barbie-siliconada – dá licença, vou falar mal, sim! – e dirigindo. Quando resolvi tirar o olho do celular e olhar para a frente, vi uma senhora atravessando a avenida e freei com tudo. Ai, meu Deus, eu quase tinha matado uma pessoa! Saí do carro desnorteada, morrendo de medo de que a senhora estivesse machucada. Mas não, ela parecia bem, só um pouco assustada. A senhora, careca, usava uma veste vinho e laranja. Peraí! Eu quase tinha atropelado uma monja. Imagina o castigo eterno do "aqui se faz, aqui se paga"? Buda jamais me perdoaria, e nem mil trabalhos voluntários reverteriam a situação.

– Ai, meu Deus, a senhora está bem? – perguntei, ainda tremendo de nervoso.

– Minha filha, aonde você estava indo a essa velocidade? – ela perguntou calmamente.

– Eu quase matei a senhora, e a senhora fala assim, com essa calma toda?

– Se estou viva, estou bem.

– Gente, quem me dera pensar assim.

– Minha querida, já que você quase atropelou uma monja, se importaria em me dar carona até a rua de cima? Esse calor está me matando.

– De maneira alguma! Se a senhora me pedisse para te levar até o Tibete, eu levaria. – Os carros atrás de nós começaram a buzinar, e eu acompanhei a monja fofinha até a porta do passageiro. Entrei no carro ainda sem acreditar no que estava acontecendo.

– Posso te perguntar uma coisa, minha querida?

– Claro, monja!

– Por que você não largou o celular até agora?

Eu havia freado o carro bruscamente, a tempo de evitar uma tragédia, e o celular continuava no mesmo lugar, grudado na minha mão. Fiquei totalmente sem jeito... O telefone era o culpado da minha distração, e eu ainda o segurava com toda a força.

– É que eu estava olhando uma notícia importante... – Apertei o botão lateral do celular para que a tela se iluminasse de novo, e a cara da Stella chorando de felicidade, com o Nando ajoelhado na frente dela, apareceu.

– Ah, sei... Às vezes, damos muita importância a certas notícias e esquecemos que a notícia mais importante da vida é estarmos vivos.

– Me desculpe, viu... Estou muito sem graça. Como a senhora se chama?

– Zentchu.

– Ze...

– Zentchu.

– Zentchu, meu ex terminou comigo de uma maneira bem estranha, começou um namoro com outra pessoa, e agora eles vão casar. – Cada vez que eu pronunciava a palavra "casar", acelerava mais o carro.

– Qual é o seu nome?

– Luiza.

– Luiza, na vida, temos que procurar o que nos faz bem. Temos pouco tempo para cumprir nossas missões, ser felizes e concluir o que viemos fazer aqui. Se essa pessoa que está casando não te fez bem, por que essa notícia mexeu tanto com você?

– Ah, não sei, me sinto infeliz às vezes. – Sim, eu estava me abrindo com uma monja que eu tinha acabado de quase atropelar.

– Mas, Luiza, a felicidade não é um tijolo que cai na nossa cabeça e, pronto, estamos felizes. A felicidade está nas pequenas coisas da vida. Não conseguimos levantar de um tombo sem sentir dor. Levantamos com os joelhos ralados, o braço torcido e, pior, o susto de ter caído. Para nos recuperar do tombo, precisamos de ajuda para levantar, um médico para ver se está tudo em ordem e alguns dias para o machucado cicatrizar. Com a felicidade é a mesma coisa. Você não se sente feliz de uma hora para outra, você constrói a sua felicidade. O canto dos pássaros pode arrancar um sorriso seu, assim como comprar algo bonitinho para vestir, arrumar o cabelo, rezar, comer uma boa comida. A felicidade está nessas pequenas coisas. *MANTRA!!!!*

Fiquei perplexa. A vida é muito certa mesmo. Um momento em que, por conta de uma situação de baixa autoestima e orgulho ferido, eu quase acabei com a minha vida e com a de outra pessoa me proporcionou a chance de escutar as palavras mais lindas, palavras que me fizeram sentir uma paz que eu não sentia fazia muito tempo. Ah, se encontrássemos uma monja dessas a cada sinal vermelho – sem atropelar, óbvio –, seria tão mais fácil ver o lado bom das coisas…

Parei meu carro em frente ao centro budista, e a monja me convidou para tomar um chá e acalmar os ânimos. Aceitei o convite e, dessa vez, deixei o celular no carro. O centro era simples e bonito. Havia dois cachorros na porta, incensos a todo vapor e uma música de fundo bem tranquila. Além da Zentchu, tinha mais uma monja, que conversava com um casal. Sentei numa cadeira de balanço para tomar meu chá de jasmim.

– Monja, posso fazer uma pergunta?

– Pode perguntar, Luiza.

– O que a gente faz quando se perde na vida? Tipo, quando a gente perde a vontade de viver outro amor.

– Você se sente assim?

– Sinto. Eu não tenho a menor vontade de viver nada com ninguém.

– Então não viva, Luiza. Você é nova e tem um tempo enorme para esse sentimento voltar à tona e você querer cometer o mesmo erro maravilhoso da vida.

– Que erro?

– Se apaixonar – respondeu Zentchu, rindo docemente.

– Se apaixonar é um erro? Por isso você virou monja?

Ela soltou uma risada.

– Não virei monja por isso. Um dia posso te contar a minha história, mas já fui igual a você. Me apaixonei diversas vezes até decidir viver como eu vivo. Se apaixonar é a maneira mais doce e profunda de errar, e tenho certeza de que você cometerá esse erro muitas vezes na vida.

– Ah, não sei, não. No momento, só quero estudar para daqui uns três anos ir morar fora e fazer meu mestrado.

– Olha que plano de vida lindo! Continue assim, e você conseguirá o que sempre quis. Quem sabe no meio do caminho você não erra de novo de maneira mais doce que da última vez?

– Acho bem difícil, mas, se isso acontecer, venho aqui te contar pessoalmente.

– Faça isso, vou gostar muito.

Acabei de tomar o chá e me despedi da Zentchu. Agradeci e pedi desculpas mais uma vez. Me sentia mais leve e muito mais contente com a vida. Estranho isso ter acontecido por causa de um semiatropelamento, mas era assim que eu me sentia.

Entrei no carro e dirigi – bem devagar – até minha casa. Pensei tanto nas palavras da monja que um sentimento bom foi tomando conta de mim e ficando maior do que a tristeza. Na verdade, só vi quanto estava triste quando contei a ela sobre o Nando. Não tinha sido sincera comigo até então, dizia que não gostava mais dele e que aquele namoro com a Stella não me afetava. Mas após o término, eu me enclausurei e voltei minha atenção para a faculdade, sem me dar conta de que os estudos eram uma fuga da situação – uma boa fuga, digamos assim – e também não assumi para mim que andava triste comigo mesma e decepcionada por ter me deixado tão de lado.

A nossa cabeça é capaz de nos colocar ou tirar do buraco.

Chegando em casa, resolvi aproveitar um pouco a vida fora dos livros. Precisava libertar aquela menina feliz que vivia dentro de mim; não aguentava mais me culpar e achar que eu era o farelo da bolacha-sem-recheio-que-as-crianças-jogaram-no-lixo. Liguei pra Alice e mais quatro amigas. Chamei todas para irem em casa tomar cerveja na piscina e jogar conversa fora. Minhas amigas andavam tão preocupadas comigo que chegaram em dez minutos. Fazia tempo que eu não dava tanta risada. Logo avisei que não falaria sobre as novidades do mundo das blogueiras, queria que tivéssemos uma tarde só nossa. E foi exatamente assim.

Minha mãe chegou em casa e até se emocionou quando ouviu gritaria e aquelas risadas na piscina; ela me deu um abraço, sorriu e falou:

– Que bom ver você assim, filha! Peçam o que precisarem pra Flô e aproveitem até a hora que quiserem!

As cervejas acabaram, fomos para os vinhos, depois para as tequilas. No dia seguinte, acordei na casinha da piscina, onde ficava a churrasqueira.

Meus pais deram risada e me mandaram pro quarto com café e um remédio para dor de cabeça. Geralmente eles não ririam assim de um porre bem tomado – pelo contrário, provavelmente me recriminariam –, mas nesse dia eles estavam tão felizes por eu ter tirado um tempo para mim que nem ligaram.

Apesar da minha cabeça quase explodindo, acordei bem. Sentia que algo novo estava para acontecer. Levantei da cama lentamente, o quarto ainda girava um pouco. Ri sozinha lembrando das besteiras que fizemos e falamos na piscina. Entrei no banheiro, enchi a banheira e preparei um banho de sais e espuma. Não disse que algo estava mudando? Quando foi a última vez que eu tinha feito algo assim?

Uns dois meses antes, a Alice tinha aparecido em casa com um vidro de sais de banho para mim. Eu, desconfiada, perguntei o que era, e ela disse que servia para reenergizar o espírito e que me faria bem. Na hora, achei uma bobagem tão grande que fui até meio mal-educada e larguei o presente em um lugar qualquer. Mas a Liz me conhece tão bem que nem se importou, sabia que uma hora eu ia usar aquele vidrinho.

Entrei na banheira com a água quentinha e cheirosa… A monja tinha mesmo razão: a felicidade está nas pequenas coisas da vida. Fiquei ouvindo música e relaxando. Uns quinze minutos depois, a Flô entrou no meu quarto. Ela é daqueles furacões que não estão nem aí se você está descansando, dormindo ou meditando, sabe? Abriu a porta do banheiro com tudo e gritou:

– Luuuuuuu! – Detalhe, eu estava na frente dela. – É a Alice no telefone.

– Obrigada, Flozinha… – falei sussurrando e debochando do grito dela.

– Ahhh, menina, não fico nessas frescuras, não, falo alto mesmo!

Enxuguei as mãos e peguei o telefone.

– E aí, tá viva? – perguntei.

– Médio, tô meio que morrendo de enjoo, mas ainda tô rindo de ontem – respondeu Liz com voz de semimorta.

– Hahaha! Temos que repetir!

– Então, por falar em repeteco…

– Lá vai… encher a cara de novo? Já?

– Tem uma festa do carinha lá com quem tô saindo, sabe?

– Do tiozão? – A Alice estava saindo com o Arthur, um cara de uns 40 anos, rico, dono de empresa.

– É, o tiozão vai dar uma festa na casa dele e nós vamos!

– Hummm…

– Nem vem, Luiza! Você é uma amiga bem mais legal quando se diverte!

– Tô dentro!

– Nossa, tá fácil, hein, amiga?

– Tô mesmo, deve ser esse banho de sais que tô tomando.

– Mentiiiiiiira! Você me ouviu! Viu como eu estava certa? Aliás, eu estou sempre certa.

– Sempre certa, a humilde…

– Hahaha! Te pego aí umas dez! Beijos que eu vou dormir mais.

– Fechado, beijo!

Não sei por quê, mas me animei bastante pra essa festa. Sempre fui meio crítica com os romances da Alice, mas dessa vez eu queria ver gente nova e não me importei com nada!

Lá pelas seis da tarde, fui ao salão. Cheguei em casa e encontrei o meu irmão, que disse que eu estava gata. Subi pro meu quarto e coloquei um vestido que a minha mãe tinha me dado e eu nunca havia usado. Era lindo, vermelho, bem justo. Realmente eu estava bem diferente da *nerd* dos livros de antes.

Dez da noite em ponto, a Alice chegou.

– Uau! Que gata, amiga! – ela berrou quando me viu.

Acho que ninguém acreditava que, depois daqueles meses de nerdice aguda, eu estava a fim de ir numa festa.

E eu me diverti como nunca. Bebi um pouco, conheci gente nova, dancei – coisa que não fazia há anos!

Aos poucos, a vida foi voltando ao normal. Conheci uns caras aqui, outros ali. Nunca fui de ficar por ficar, mas conhecer gente era uma maneira de entender que um amor mal-sucedido não estraga a vida toda. E aquilo me dava um alívio sem igual.

Acabei não me apaixonando por mais ninguém. Quanto mais difícil eu era, mais homens corriam atrás de mim, mas eu não estava aberta para um novo relacionamento.

O Nando ainda estava noivo da Stella. Aquilo, sim, era uma enrolação. Ouvi tanta história dos dois que nem sabia mais em que pé estava o relacionamento deles: traição, término, reconciliação… Nesse tempo pós-Nando, nos encontramos várias vezes, mas ele nunca trocou uma palavra comigo. A Stella estava cada vez mais na mídia, cada vez mais Barbie e me parecia cada vez menos interessante como pessoa. Ela só falava de roupa, maquiagem, da bolsa da vez e do que os outros estavam fazendo de errado na vida. O Nando virou uma espécie de metrossexual triste, sabe? Era um bonitão sem luz, sem carisma, sem um sorriso no rosto. Ele vivia grudado na Stella e fazia o papel de namorado perfeito. Eu não me incomodava mais com isso, mas continuava xeretando a vida deles. Com essa história de Instagram, o blog dela ficou fichinha perto do *reality* que era a rede social. O Nando tinha alguns milhares de seguidores, e ela já passava dos seis dígitos. A menina era mesmo um fenômeno digital.

A faculdade de RI tinha ido muito bem, obrigada, e eu estava me preparando pro TCC. Estava imersa no mundo dos livros de novo, mas abria uma exceção para as cervejadas da faculdade.

A Liz estava trabalhando na área de marketing da W&W, e eu acabei ajudando um pouco. Nessa época, eu não trabalhava fixo lá, mas vez ou outra acompanhava o processo de alguma área. A Alice estava arrastando uma asa pelo Antonio, um diretor da empresa; isso era a sua verdadeira motivação para trabalhar lá. O cara era casado, roubada total, mas ela sempre foi teimosa e tinha aquela famosa queda por homens mais velhos. Coisas de Alice. Para mim, foi uma fase legal, em que pude estreitar os laços com a empresa e entender mais dos negócios da minha família. Descobri, por exemplo, que meu pai era mais carrasco do que eu imaginava e pegava pesado com os funcionários. O tio Willy era mais querido, mas tinha o pulso menos firme. As personalidades se equilibravam, e a empresa funcionava bem por conta disso.

Como eu disse, nunca sonhei em trabalhar na empresa do meu pai, eu queria mesmo era fazer o mestrado no exterior e ficar por lá, mas aí veio o Pedro e a minha história mudou.

A gora deixa eu contar um pouco mais sobre o Pedro. Como vocês sabem, a gente se conheceu numa festa pós-TCC. Eu já tinha superado o término com o Nando e achava que estava pronta para namorar de novo.

Pouco tempo depois de ficarmos, começamos a namorar, e o namoro foi sério desde o começo. Costumávamos viajar bastante para lugares onde ficávamos sozinhos, eu e ele. Nosso namoro nunca foi muito badalado, e eu comecei a ter uma rotina – ainda – mais certinha depois que ele entrou na minha vida. Pedro costumava dormir cedo porque acordava às seis da manhã pra trabalhar, e dava duro para ter a vida que tinha.

Meus pais gostavam do Pedro, diziam que ele tinha bom caráter, embora minha mãe achasse o temperamento dele um tanto difícil. Meu pai adorava conversar sobre negócios com ele, mas reclamava que eu e o Pedro nunca saíamos pra jantar com eles nem viajávamos em família. O Luca não era muito próximo, e, embora nunca tenha me dito nada, sinto que achava o Pedro muito metido a sabido – ou era aquele ciúme de irmão, vai saber.

Preciso confessar que nunca fui apaixonada pelo Pedro. Com ele, aprendi o que era um amor mais tranquilo, estável, sem muitas emoções. Se era bom assim? Não sei, acho que sim. Com o Pedro eu não me sentia insegura como me sentia com o Nando. Nossas brigas geralmente eram porque eu não tinha atendido o celular, porque me atrasava, porque não ficava tempo suficiente com ele, por causa da minha amizade com a Alice… Quando estávamos apenas nós dois, o Pedro me cobria de carinho, mas, na frente dos outros, era um cara bem durão. Mas eu entendo: ele construiu tudo sozinho na vida, e acho que isso endurece as pessoas. Não é que o Pedro tenha nascido em uma família miserável, mas ele ralou para ter o que tinha e não queria correr o risco de perder tudo.

Sou avessa a conflitos. Por mais que eu tenha uma opinião sobre uma pessoa, prefiro não falar. Gosto de ficar no meu canto, porque sei que, se eu disser a verdade, posso magoar e não gosto de magoar ninguém. Isso pode soar como falsidade para alguns, mas nasci assim, não consigo mudar. Acho um absurdo quando alguém fala que o outro engordou ou que o corte de cabelo não ficou bom. Nesse ponto, o Pedro é o oposto, ele briga com Deus e o mundo. Adora ganhar uma discussão, e isso, às vezes, vai além da minha paciência.

Falando assim, parece que meu relacionamento com o Pedro era chato. Sim, ele tinha um temperamento difícil, é verdade, mas também tinha um lado que compensava tudo. Ele foi o namorado mais homem que eu já tive; eu me sentia segura só de olhar para ele. Me dava a mão na hora de atravessar a rua, pedia meu prato no restaurante, organizava todos os detalhes das viagens e cuidava de mim como ninguém nunca tinha feito. Quando estávamos a sós, ele me dizia quanto me amava, que queria ficar comigo para o resto da vida. Eu tinha o melhor e o pior do Pedro. Isso acontece quando conhecemos alguém a fundo. Com o Nando, nunca me senti segura. O único outro homem que me passa essa certeza de que estou sendo bem cuidada é o meu pai. Freud explica. Meu pai é extremamente fechado, difícil e cabeça-dura, mas é o grande modelo da minha vida. E o Pedro era parecido com meu pai em vários pontos.

No nosso jantar de dois anos de namoro, tivemos uma noite maravilhosa. O Pedro cuidou de tudo. Fomos a um restaurante italiano que eu adoro – comemos uma massa trufada maravilhosa, bebemos vinho e, de sobremesa, dividimos uma musse de chocolate dos deuses – e passamos a noite num hotel. Confesso que por um momento achei que seria pedida em casamento. Quando entramos no quarto e vi o chão coberto de pétalas de flores e o champanhe gelando e ouvi a nossa música tocando, pensei: "Pronto! Tô noiva!". O Pedro sempre falou que queria casar comigo e que eu era a mulher da vida dele. Além disso, fazia uns meses que eu desconfiava que ele estava planejando algo. Mas não foi dessa vez.

Nunca fui uma desesperada para casar e, na verdade, quando penso nisso, sinto um frio na barriga. Não sei qual é o problema. Mesmo tendo um exemplo maravilhoso de casamento em casa – meus pais são casados há mais 30 anos –, tenho certo medo. A dra. Helena fala que às vezes a gente pensa que quer uma coisa mas, na verdade, não quer. Eu não entendi direito a colocação dela, mas também não questionei. Casamento é muita responsabilidade, e não me sinto preparada para isso. Eu me cobro demais e tenho receio de falhar de novo com alguém.

Meu sonho, como disse, sempre foi fazer mestrado no exterior, de preferência em Nova York. Quando me formei em RI e comecei a estudar para o Gmat, uma prova de admissão exigida por todas as superfaculdades americanas, esse era o meu plano de vida. Mas eu tinha começado a namorar o Pedro, e acabei postergando. Minha mãe ficou bem decepcionada quando eu desisti de tentar naquele ano. Meu pai aceitou melhor; para ele, estudo sempre foi importante, mas ele amava ter a família por perto.

Pedro sempre soube dos meus planos de morar fora. No começo, ele ouvia e concordava, dizia que eu tinha que fazer o que fosse a minha vontade. Mas, em início de namoro, tudo é lindo – você pode ser quem não é, fingir que é a pessoa mais fácil do mundo e que compreende o outro.

Quem gosta de sushi troca o salmão pela massa que o outro prefere ou assiste a um filme que não faz seu gênero, e assim vai. Depois de alguns meses, lá está ela, a realidade, dando as caras, e o casal começa a ter mais personalidade. A história do meu mestrado foi um pouco mais séria do que trocar sushi por massa, mas o início foi o mesmo. Eu estava estudando para o Gmat há alguns meses quando o Pedro me disse:

– Amor, você tem certeza de que quer prestar esse teste? E se você passar? Você vai pra Nova York?

– Por quê, lindo? Você não quer mais que eu vá?

– Não é isso, é que eu fico pensando na gente.

– Como assim?

– Ah, eu sei que quero ficar com você pro resto da vida, mas não sei se você pensa o mesmo...

– Claro que penso – respondi, sem refletir sobre a real dificuldade em namorar a distância. Ele foi tão fofo falando em "pro resto da vida"...

– Se você pensa assim, por que vai me deixar?

– Lindo, eu não quero te deixar, quero que a gente consiga ajustar o nosso relacionamento a distância por um tempo.

– São dois anos, Lu. Não vai rolar, nem que a gente queira.

– Não, calma! Eu posso ir e voltar, e você também. Ou quem sabe você pode ir comigo.

– Eu? Para aquele lugar eu não vou.

– Como assim, amor? Nova York é a cidade mais cosmopolita do mundo, lá você pode trabalhar no que quiser.

– Eu odeio os Estados Unidos, acho aquele lugar sem cultura, não tem a ver comigo.

– Mas, amor, você não acha que seria legal pra mim entrar numa universidade lá?

– Não é que não seja legal, mas você fala como se essa faculdade fosse a melhor do mundo. Você pode muito bem fazer um mestrado no Brasil mesmo. Existem instituições ótimas aqui.

– Lindo, não posso concordar com isso. A Columbia é uma das melhores universidades do mundo no que eu quero fazer.

– Também acho que você devia se dedicar mais ao negócio do seu pai, que vai ser seu um dia. Não vejo você empolgada com a fábrica, e ela é o seu futuro.

– Mas quem disse que eu quero esse futuro pra mim?

– E você quer o quê, Luiza? Viver de estudo? Você acha que rola viver estudando? Não dá pra ter uma vida tão boa assim...

– Mas tem gente que se dedica a estudar, fazer grandes pesquisas e até ganha prêmios por isso. Estudar pode te levar a muitas coisas.

– Hahaha! Conta outra, amor! Você agora quer ganhar prêmios?

– Você duvida assim de mim?

– Não, só acho que falta uma dose de realidade nos seus planos.

Naquele dia, fui dormir com a voz do Pedro ecoando na minha cabeça. Será que ele estava certo? Talvez eu devesse dar mais atenção ao negócio da minha família e valorizar o que eu já tinha. Mas qual era o problema de querer estudar? Eu devia desistir do mestrado por causa do Pedro? Fiquei pensando, pensando, e não cheguei a nenhuma conclusão. Esse era o sonho da minha vida. Mas o Pedro também podia ser o homem da minha vida.

Quanto mais o Pedro tocava no assunto morar fora, mais desencorajada eu me sentia. Durante uma sessão de terapia, a dra. Helena me fez trezentas perguntas:

– É isso que você quer, Luiza? Acha que vale a pena esse sacrifício por ele? Essa foi a vida que você imaginou para você? Ninguém, além de você mesma, pode tomar essa decisão.

Jura, colega? Vim aqui em busca de respostas e você me faz mais perguntas?! Adoraria poder conversar com a Alice, mas o bode dela pelo Pedro era tão grande que, com certeza, ela me aconselharia a viajar.

Os meses se passaram, e eu continuei estudando. Tinha decidido que, se passasse no Gmat, me candidataria à Columbia. Se não passasse, seria um sinal de que devia continuar no Brasil.

O Pedro ficou incrivelmente mais carinhoso nessa época, parecia que estava com medo de me perder. Confesso que isso fez muito bem pra minha autoestima. Na sexta-feira, véspera do teste, fui dormir na casa dele. O Pedro pediu comida, colocou a mesa e abriu uma garrafa de vinho. O exame era às onze da manhã; eu avisei que ia beber só um pouquinho, para estar bem no dia seguinte.

– Tá vendo como esse teste atrapalha a nossa vida? – disse ele, tirando a rolha da garrafa de vinho.

– Amor, mas há quanto tempo você sabe que eu tenho que fazer esse teste?

– Hoje eu não vou falar disso, quero brindar com a minha namorada e aproveitar o que tenho de melhor na vida.

Quando esse homem queria ser romântico... me deixava toda derretida. Acho que os durões têm esse poder: são superfechados, mas, quando resolvem ficar fofos, provocam suspiros. Mal jantamos e fomos pra cama. Durante o sexo, ele me disse quanto me amava e queria ficar comigo. Foi tipo cena de cinema. No fim da noite, depois de termos tomado uma garrafa e meia de vinho, dormimos abraçados e mais juntos do que nunca. Eu estava bem; na verdade, estava feliz.

Acordei com o sol quente batendo no meu rosto e meu celular tocando sem parar na sala. Meu coração quase saiu pela boca. Corri para atender, e, droga!, era meio-dia. Eu tinha perdido a hora! Tinha perdido o teste! Minha mãe tinha me ligado dezoito vezes. Parece que mãe sente, né? Sentei no chão, sem roupa mesmo, e comecei a chorar. O Pedro logo apareceu na sala, e eu falei soluçando:

– Eu perdi a prova! Não acredito!

– Calma, será que você não consegue fazer outro dia?

– Até consigo, mas agora vou perder o prazo pra mandar minhas coisas pra faculdade – expliquei enquanto tentava recuperar o fôlego de tanto chorar.

– Então você não vai conseguir ir no ano que vem?

Notei um tom diferente na voz do Pedro. Não era de pena nem de tristeza. Olhei bem nos olhos dele e vislumbrei um sorriso por trás da cara de dó que ele tentava sustentar. Sim, Pedro estava radiante. Meu sonho de estudar fora tinha sido postergado.

Fui pra casa no final da tarde com a maior ressaca moral da vida, me sentindo um lixo, uma irresponsável; o arrependimento não me abandonava.

Sabotamos a nossa felicidade sem nem perceber.

Não tive coragem de contar pros meus pais o que tinha acontecido. Disse simplesmente que tinha feito o teste, mas que achava que tinha ido supermal. Minha mãe desconfiou. *Feeling* de mãe é de lascar.

Luca entrou no meu quarto quando eu já estava na cama.

– Lu, posso entrar?

– Vou dormir, é urgente? – falei, meio que escondendo as lágrimas no edredom.

– Lu, eu sei que você tá chorando, pode se abrir comigo. Você tá mal porque não foi bem na prova? – perguntou para me testar.

– Uhum…

– Ou você tá mal porque não fez a prova?

– Luca! Sai daqui!

– Luiza, não sei por que você tá escondendo isso de mim. Não vou contar pra ninguém. Eu sabia que você ia desistir do teste, foi o Pedro que te convenceu?

– O Pedro não me convenceu. A gente bebeu e eu perdi a hora.

– Ah, ele resolveu beber um dia antes da prova mais importante da sua vida?

– Luca, vou dormir.

Me afundei na cama e lá fiquei. Pedro me ligou várias vezes, mas não atendi, me recusava a encarar a realidade. Cochilei algumas vezes, mas não parava de despertar, lembrando que tinha estragado meu sonho. Finalmente, depois de tomar umas gotinhas do meu calmante homeopático, capotei. Acordei às dez da manhã do dia seguinte com minha mãe entrando no quarto.

– Luiza, tá acordada? – Quando minha mãe me chama de Luiza, a coisa é séria.

– Oi, mãe… – falei, morrendo de medo de que ela descobrisse que eu tinha perdido a prova.

– Filha, você está sendo muito exigente consigo mesma. Vamos esperar o resultado antes de sofrer, tá bom?

Ufa, ela não sabia. E tinha esquecido que o resultado saía no mesmo dia…

– Mãe, eu não sei se é hora de estudar fora.

– Hum… Luiza.

– O quê?

– Filha, tá na cara que você está desistindo do seu sonho. Não quero me meter na sua vida nem dizer o que você deve fazer, afinal você é adulta e responsável, mas não desista das coisas desse jeito.

– É que fiquei pensando… talvez eu não precise fazer um mestrado fora nem gastar esse dinheiro todo só porque acho legal dizer que fiz mestrado nos Estados Unidos.

– Dinheiro, felizmente, não é motivo para você desistir.

– Mãe, são milhares de dólares por ano de mensalidade, mais o aluguel, o dinheiro pra passar o mês…

– E você só fez as contas agora? Luiza, você fala nisso há mais ou menos dez anos, e, do jeito que gosta de números, tenho certeza de que já tinha feito essa conta.

– Ah, mãe, mas o dólar está subindo.

"Que resposta horrível, Luiza", pensei comigo.

– Ok, filha. Além da alta do dólar, de que você só se deu conta agora, o que mais te deixa sem vontade de ir? Estudar na Columbia não é tão legal assim? É isso que você quer dizer?

– É que… acho que supervalorizei esse negócio de estudar fora. Posso muito bem fazer uma pós aqui no Brasil e me dedicar mais à W&W. Estou gostando de estar lá e acho que posso fazer minha carreira na empresa.

– Olha, filha, eu não tiro o mérito das boas instituições daqui, que ensinam e preparam as pessoas para o mercado de trabalho, mas estudar em Nova York era o sonho da sua vida.

– Mas acho que eu estava dando muito valor aos Estados Unidos e deixando de lado o que o Brasil tem de bom…

– Lu, isso tem nome? É por causa do Pedro?

– Claro que não, mãe! Não viaja! – Levantei a sobrancelha direita, meio irritada com a pergunta.

– Tudo bem, você sabe o que faz com a sua vida. Mas, me diz, quando sai o resultado da prova?

– Não sei, acho que semana que vem – menti.

– Ok. Estou torcendo por você, filha. – Minha mãe esboçava um ar triste de quem sente que vai perder a batalha.

Por uns dois dias, não tive vontade de falar com o Pedro; minha cabeça fritava cada vez que eu pensava que ficaria para sempre no Brasil. Ai, meu Deus! O que eu queria da vida? Tinha vontade de decidir num cara ou coroa...

Na terça, mandei um e-mail pro meu preparador, que estava me ajudando no processo para estudar fora. Disse que tinha tido uma intoxicação alimentar no final de semana e perdido a prova. Eu tinha virado a mentirosa do Gmat. Ele disse que lamentava e perguntou se poderia reagendar para dali a dois meses. Claro que enrolei e acabei não marcando.

Uma semana depois, fiz uma encenação durante o jantar e disse pra minha família que não tinha passado no teste e que tinha decidido me dedicar mais à W&W. Eu estava pior que o Pinóquio. Meu pai aceitou melhor a notícia e até tentou me animar.

– Luluca, que coisa boa! Vou adorar ter você na empresa comigo todos os dias!

– Coisa boa, querido? – perguntou minha mãe, um tanto irritada.

– Ué, Lisa, vamos ver pelo lado positivo, teremos a nossa filha mais um tempo com a gente. Porque, quando ela for, talvez acabe casando com um gringo e nunca mais volte. Já pensou nisso? – completou meu pai, alisando meu cabelo e abrindo um sorriso largo.

– Isso mesmo, pai. Fora que quero me dedicar à W&W, ser muito bem--sucedida lá dentro – respondi com um nó no estômago e um sorriso falso no rosto.

– Vou te ensinar muito, minha filha. Vamos focar distribuição, marketing e vendas – disse meu pai, superempolgado, com seu sotaque gostoso do interior.

Por um momento, eu quase acreditei que estava feliz.

Minha mãe ficou com os olhos cheios de água e não tocou mais na comida; ela sabia que eu estava sabotando a minha felicidade.

No dia seguinte, fui almoçar com o Pedro para dar a notícia.

– Amor, quis almoçar com você para te contar uma coisa.

– Não tá grávida, não, né?

– Nossa, que romântico! Não, não tô grávida.

– Então fala…

– Não vou mais fazer mestrado fora. Resolvi ficar.

– É mesmo?

– É. Você não está muito feliz?

– Claro que estou. Fico feliz que tenha tomado a decisão certa. O que você quer comer?

– Oi? Acabei de falar que desisti de morar fora. Você não vai comemorar?

– Lu, eu tô muito feliz, mas era meio óbvio que a melhor decisão era não ir.

– Por que óbvio?

– Porque a vida não é assim. Temos que trabalhar duro pra ser alguém. Estudar é legal, mas não dá dinheiro.

– A vida não é só dinheiro, Pedro.

– Não? Então como você estuda na melhor escola do mundo? Com dinheiro. Como você come uma boa comida? Compra uma casa?

– Ai, ai. – Suspirei. – Vamos pedir os pratos.

Os meses seguintes da minha vida seguiram na mesma toada. Me dediquei ainda mais ao meu trabalho na W&W e fui ficando cada vez mais durona profissionalmente. A vida não era tão tranquila como eu imaginava… Posso dizer que me tornei uma pessoa mais séria, e isso ficou evidente no trabalho. Alice e eu não nos falávamos muito – eu acabei me encontrando com ela umas duas vezes, mas a nossa relação já não era a mesma. Eu sabia que ela estava enfrentando problemas com o Antonio, na época meu chefe, e cheguei até a aconselhá-la. Disse que seria melhor tirar uma licença e esfriar a cabeça numa viagem. Eu achava loucura ela ter um caso com um cara casado, mas a Alice sempre escolhia o caminho mais desafiador. Por mais distantes que estivéssemos, ela seguiu o meu conselho, o que rendeu uma viagem a Paris e um namoro com um tal de Beto. Ainda bem que pelo menos nesse breve papo ela me ouviu.

Nos fins de semana, Pedro e eu costumávamos viajar, e nosso assunto preferido era trabalho. Quando ele elogiava as minhas atitudes, eu me sentia recebendo uma medalha de ouro. Mas, na maioria das vezes, falar de trabalho com ele não era tão legal. O Pedro era muito desconfiado e me dava milhares de conselhos sobre como lidar com pessoas pouco confiáveis. Por causa dele, encrenquei com a Silvia, que estava na empresa havia mais de dez anos, a ponto de convencer meu pai a mandá-la embora. O Pedro achava que ela não dava conta do trabalho e que eu poderia substituí-la. De fato, eu era mais dedicada e acabei comprando essa ideia do Pedro. O clima na empresa não ficou dos melhores, as pessoas passaram a ter um pouco de medo de mim... Eu estava virando uma réplica do meu pai. Uma réplica piorada...

[nota à margem: + Pedro / – amigas / + dureza / – diversão / Essa conta fecha?]

Minhas amigas foram se afastando aos poucos e mal me convidavam pra sair; diziam que eu tinha mudado muito. A verdade é que a vida para elas era mais *soft* e eu estava um nível acima. Não era minha culpa se elas ainda não tinham alcançado a mesma maturidade que eu; talvez elas precisassem de um Pedro na vida delas.

Depois que a Alice saiu da empresa, perdemos o pouco contato que ainda tínhamos. Eu sabia da vida dela pela Thaís, que foi quem, inclusive, me deu uma notícia que caiu como uma bomba. Eu tinha acabado de chegar em casa de um dia exaustivo de trabalho e me preparava para tomar banho e deitar quando meu telefone tocou.

– Oi, Tha! Tudo bem?

– Amiga! Você soube?

– O quê?

– A Alice vai casar!

– Ah, é? Nossa... – Senti minha voz embargar; minha mão suava frio e eu não consegui completar a frase.

– Com o Beto! Ele a pediu em casamento durante uma viagem pra Angra!

– Nossa, não é meio cedo pra isso?

– Ai, amiga! Fiquei feliz por ela.

– Bom, quem sabe assim ela esquece o Antonio de vez!

– Ela tá superempolgada. Seria legal se vocês voltassem a se falar, né? Tenho certeza de que ela sente a sua falta.

– A Alice escolheu odiar o Pedro, eu não posso fazer nada.

– Mas, Lu, o Pedro nunca gostou dela... Mas isso não importa! Liga pra ela ou manda mensagem. Ela vai gostar.

– Aham – respondi, sem a menor empolgação.

– Bom, se a gente for comemorar, eu te aviso!

– Tô superocupada esses dias, nem precisa avisar.

– Tá bom...

Desliguei o telefone e corri pro banho. Nem consigo explicar o que estava sentindo. A Alice ia casar e não tinha sequer ligado pra me contar? Saí do banho com muita raiva, não parava de pensar: "Como ela pode estar feliz sem mim?". Num impulso, liguei pro Pedro. Eu tinha que conversar com alguém, mas não poderia ter escolhido pessoa pior...

– Amor, você não acredita...

– Oi, amor.

– A Alice vai casar!

– Ah, bom pra ela.

– Amor, você me ouviu? Ela vai casar, e eu soube pela Thaís! Ela nem me ligou pra contar. – Meu coração ainda estava batendo forte, e minha voz delatava meu nervosismo.

– Lu, mas por que você está tão chocada? Deixa ela ser feliz com o cara que a aguenta..

– Nossa, agora todo mundo só vai ficar falando desse casamento.

– Pois é... Amor, marquei nosso jantar com harmonização de vinhos para quinta-feira, tá?

Eu nem ouvia mais o que o Pedro falava, a única coisa em que eu pensava era: "Alice vai casar". Minha mãe chegou em casa pouco depois, e é claro que estava numa felicidade só com a novidade. Foi contando pra mim como o tal do Beto tinha feito o pedido e me pediu para ligar pra Alice para dar os parabéns.

– Tá louca, mãe? A Alice nem me contou, não vou ligar.

– Mas, filha, seja uma pessoa madura e ligue. É importante.

– Mãe, vou mandar um WhatsApp e pronto.

– Não achei que vocês estavam brigadas desse jeito! Tinha entendido que a amizade de vocês tinha esfriado, que só estavam afastadas.

– Não estou brigada com ninguém, mas tenho mais coisas pra fazer e acho que um Whats tá de bom tamanho.

– Lu, para um pouco. Filha, ela vai casar! Ela não fez nada contra você. Por que você está assim?

– Assim como? Eu, hein, mãe! Você pega no meu pé. Você acha que todo mundo que casa é feliz? As coisas não são assim... Trabalhar também é bom, não sei se você sabe disso.

Desde que eu tinha desistido do mestrado, minha mãe e eu vivíamos nos desentendendo. Ela achava que eu tinha me tornado uma pessoa mais fria, e eu, que ela estava sempre implicando comigo. Toda semana tínhamos uma discussão, e minha paciência pra conversar com ela estava no limite.

Nem consegui comer naquele dia. Não podia acreditar que a Alice ia casar. Eu sabia que aquele era o sonho da vida dela, mas como assim? Ela mal conhecia o cara. Casamento é coisa séria e não pode ser decidido desse jeito, tão rápido. As pessoas brincam muito com esse assunto, e eu podia apostar que a Alice não estava se dando conta da seriedade do passo que estava prestes a dar. Passei a noite acompanhando as redes sociais dela, as pessoas desejando felicidade aos noivos com aqueles emojis patéticos. Um bando de falsos. Eu duvidava que alguém estivesse realmente achando legal. Para não ficar como a megera da história – hoje em dia, tudo é recalque, inveja –, resolvi mandar uma mensagem pra Alice:

Luiza:
Oi, Liz, soube da novidade! Parabéns, que vocês sejam muito felizes!

Nossa, foi difícil até digitar o ponto de exclamação. Estava me sentindo totalmente excluída. Será que ela tinha mandado a Thaís me ligar e me contar só pra me provocar? Tudo bem, a gente não estava se falando, mas esse era o maior sonho da vida dela e eu fiquei sabendo por outra pessoa?

Cinco minutos depois, meu celular apitou; era ela:

> **Liz:**
> Oi, Lu, muito obrigada! Fiquei feliz em ler sua mensagem, foi tudo muito rápido, e as notícias se espalharam mais rápido ainda! Se quiser, podemos tomar um café. Bjs e saudades.

Saudades?

Fiquei deitada na cama com a planilha de Excel que eu estava preparando para uma apresentação da manhã seguinte. Não conseguia me concentrar, a única coisa que passava na minha cabeça era o fato de a Alice não ter me contado que ia casar. Como ela podia ter feito isso comigo? Depois de tudo o que passamos juntas...

Às sete da manhã, fui pra aula de personal. O problema é que eu e a Alice dividíamos a mesma professora, e eu tinha certeza de que o casamento seria o assunto do dia.

Dito e feito. A Bruna só falou sobre isso a aula toda. Fingi que estava muito contente pela Alice e não fiz cara feia nem durante a sessão de abdominais mais difícil do treino. Foram sessenta minutos de Alice – sessenta minutos de sorriso amarelo meu.

Passei o dia com azia e mal-estar. Fiquei tão impressionada com o impacto do casamento da Alice sobre mim que marquei uma sessão extra com a dra. Helena. Não sabia se me incomodava mais o fato de a Alice não ter me contado ou o fato de ela estar realizando um sonho enquanto eu postergava os meus. Estava me sentindo uma pessoa péssima, mas não conseguia controlar os pensamentos. Não estava feliz por ela; queria que o mundo explodisse, isso sim! Felizmente, a dra. Helena pôde me atender.

– Doutora Helena, a Alice vai casar!

– É mesmo, Luiza?

– E eu tô mal! – Meus olhos automaticamente se encheram de lágrimas.

– Mal? Por quê?

– É horrível o que vou dizer, mas tô com muita raiva dela. Como ela pôde fazer isso comigo?

– Fazer o quê, exatamente? Casar?

– Ela nem me contou que foi pedida em casamento, fiquei sabendo pela Thaís!

– Hum… E doeu não ouvir dela?

– Doeu? Lógico que doeu! Como ela teve coragem de não me contar?

– Pelo que sei, vocês duas já não estavam mais próximas. Certo?

– Mesmo assim! É uma questão de respeito comigo.

– Então você sente que a Alice te desrespeitou?

– Você não está entendendo? – Levantei a voz pela primeira vez na vida para a dra. Helena.

– Então me explique o que eu não estou entendendo, Luiza.

– Ninguém me entende! Que saco! Estou de saco cheio! – E o chororô começou.

Dra. Helena me deu um lenço e ficou em silêncio, esperando que eu me acalmasse. Ainda soluçando, consegui falar, mas estava longe de estar calma.

– O que essa menina quer? Acabar com a minha vida? Ela acha o quê? Que vai conseguir ser mais feliz que eu? Não vai!

– De que maneira você acha que a Alice casar seria acabar com a sua vida? Luiza, vamos deixar a Alice de lado. Como está a sua vida?

– O quê? O que você está querendo dizer, doutora Helena?

– Estou te fazendo uma pergunta.

– Lá vem você com essa calma e essa cara de que a sua vida está ótima e todos os outros são loucos e descompensados! Pagamos muito caro pra ter que escutar essas perguntas ridículas! – Nunca na minha vida eu tinha gritado assim com alguém.

– Luiza, você precisa se acalmar e respirar. Não posso deixar você sair daqui se não se acalmar.

– Eu não consigo ficar calma quando tudo na minha vida está indo por água abaixo. Olha a pessoa em que eu me transformei! Estou xingando a minha melhor amiga porque ela vai casar! Que tipo de amiga eu sou? Virei uma invejosa?

– Você não virou uma invejosa nem é a única pessoa que sente um turbilhão de emoções quando a vida não está bem. Precisamos falar de

A inveja pode aparecer na vida de todos nós, mas identificá-la é quase impossível.

você. Só vou conseguir te ajudar se o foco for a sua vida. Você consegue fazer isso por meia hora?

– Acho que sim…

– Ótimo, vamos lá. Você falou sobre a Alice casar. Como andam esses planos na sua cabeça? Você tem vontade de casar com o Pedro?

– Claro que tenho… – respondi, ainda menosprezando a estratégia da dra. Helena.

– E vocês falam sobre isso?

– Ah, não é um assunto recorrente, até porque temos muita coisa pra fazer antes de casar.

– Como o trabalho?

– É. O trabalho está em primeiro lugar, e o Pedro ainda quer estar mais bem estabelecido antes de dar esse passo. Fora que casar não quer dizer nada, podemos morar juntos e construir uma família. Eu não preciso casar no papel nem entrar de noiva na igreja. Isso é bobagem.

– Concordo com você, casar é muito mais do que fazer uma festa. Mas como você gostaria de estar agora na sua vida? Casada? Morando fora? Realizando mais sonhos?

– Parei de ser tão sonhadora, sonhar é para pessoas imaturas. Eu sou realista.

Uma rocha praticamente.

– Por que você acha que sonhar é sinal de fraqueza?

– Não adianta ficar sonhando, tem que realizar. A vida não é assim, a vida é dura… – Por um segundo, parei e me assustei com o que tinha acabado de sair da minha boca. Eu parecia o Pedro falando. Aquela não era eu.

– O que foi, Luiza?

– Eu não sou mais eu… O que estou falando?! – Um silêncio tomou conta da sala, a minha pergunta ecoando no ar.

A dra. Helena sabia aonde queria chegar.

Ela retomou sua linha de pensamento e me fez pensar em algo muito maior.

– Você poderia listar cinco coisas que não gosta no Pedro?

– Cinco?

– Sim.

– Difícil... Hum, ele não é muito tolerante com as pessoas.

– Ok. Essa foi a primeira.

– Às vezes, ele é estúpido comigo por coisas pequenas.

– Uhum...

– Ele é mais carinhoso quando estamos a sós. Faltam duas?

– Sim, duas.

– Gostaria de me divertir mais com ele. Falta um lado menos durão, mas eu entendo. Por último... deixa eu pensar...

– Você acha que o Pedro sonha junto com você?

– O Pedro não sonha – respondi, sem avaliar as consequências.

– Como assim ele não sonha?

O sinal de que a sessão havia acabado tocou. Me levantei rapidamente para fugir do interrogatório que a dra. Helena faria depois da minha resposta, mas fui interrompida por sua voz doce e serena:

– Ainda tenho quinze minutos, meu próximo paciente avisou que vai atrasar.

– Ah, mil desculpas! Hoje tenho que sair voando, preciso voltar pro escritório. Uma pena!

– Tudo bem. Se você não pode ficar, a gente continua o papo na semana que vem. Mas pense no que me disse.

– O quê?

– Nos sonhos.

Saí tão apressada que mal dei tchau para a Solange, secretária da dra. Helena. Meu coração estava apertado, eu precisava ir pra casa.

Fazia tempo que eu não faltava no trabalho. Para dar exemplo aos funcionários, eu até costumava almoçar na minha mesa e sempre era a última a ir embora do escritório. Mas, depois daquela sessão, eu precisava urgentemente de um tempo sozinha.

Cheguei em casa e fui direto pro meu quarto. Não conseguia parar de pensar em tudo o que estava acontecendo e, principalmente, no que eu tinha colocado para fora durante a terapia. "O Pedro não sonha. Ele não sonha nem com um futuro distante nem com o jantar de amanhã. Ele vive o presente e não se preocupa em saber o que vai acontecer. Caraca! O Pedro não sonha!" Mas não era estranho eu só ter percebido isso depois de três anos de relacionamento?

Não é que eu nunca tivesse me dado conta disso, só não tinha parado para pensar de verdade no assunto. Eu estava no automático, dançando conforme a música. E, com o passar do tempo, fui ficando muito parecida com o Pedro, enquanto ele só piorava – ou mostrava, cada vez mais, quem era. Meus sonhos? Eu os deixei guardados em uma caixinha lá no fundo do armário. Endureci, me tornei uma pessoa muito mais séria, ultracrítica, deixei de me divertir. Me afastei das minhas amigas, perdi a Alice, arranhei a relação com a minha mãe, parei de estudar e acabei com o maior objetivo da minha vida: fazer mestrado no exterior.

Alerta ficha caindo!

Por um momento, me perguntei se estava de TPM; só isso podia explicar essa crise toda. Por que eu estava tão abismada comigo mesma? Só podia ser culpa da Alice, até nisso ela me atrapalhava. A notícia do casamento tinha mexido com alguma coisa dentro de mim, isso era um fato.

Os dias se passaram e eu não melhorava; a menstruação veio, e nada de a TPM passar. Cancelei a terapia duas vezes, não estava pronta para falar sobre as minhas dúvidas e tudo aquilo que havia "descoberto".

Por coincidência, o Pedro estava fora do Brasil durante a minha crise. Ele precisou visitar um cliente e só voltaria dali a uma semana. Esse afastamento foi bom, minha vontade de revê-lo era zero. Ele percebeu que eu estava um pouco diferente, mas botei a culpa do meu desânimo no trabalho, falei que estava preocupada com algumas coisas que estavam acontecendo na empresa e fiz um drama. O Pedro só respeitava minhas preocupações se elas estivessem relacionadas ao trabalho. Ele também não estava conseguindo me dar atenção, pois um dos sócios queria sair da empresa e ele precisava resolver a situação. Nos falávamos pouco por WhatsApp e quase nada pelo telefone. Mas, como eu não estava muito a fim de papo mesmo, nem me importei.

Fiquei quase uma semana sem aparecer no escritório; preferi fazer *home office*. Meus pais acharam meu comportamento muito estranho. Meu pai perguntou se eu estava doente – eu disse que andava muito cansada e precisava de uns dias em casa. Já minha mãe ficou quieta, só me observando. Ela sabia que alguma crise estava acontecendo dentro de mim, mas achava que talvez fosse uma crise importante de eu viver.

Um dia, ela chegou em casa e me chamou para almoçar na beira da piscina; fazia meses que eu não tomava um solzinho. O clima não era dos melhores, mas tentamos fazer daquele momento algo agradável. Quando duas pessoas estão com coisas engasgadas, o papo fica superficial e bem mais contido. Por culpa de uma caipirinha que resolvi tomar em plena quinta-feira, acabei criando coragem para tocar no assunto que realmente me interessava.

– Mãe, você e o papai sonham juntos?

– Você diz sonhar em construir coisas juntos?

– É… O papai sempre sonhou em construir uma vida com você?

– O Will sonha alto desde o primeiro beijo. Mas por quê, filha?

– Me conta mais sobre esses sonhos. Eram compatíveis com os seus?

– Olha, seu pai sempre quis construir uma família, e deixou isso muito claro desde que começamos a sair. Ele já era apaixonado por trabalhar e queria muito morar numa casa grande e ter dois filhos. Uma menina e um menino.

– Você queria a mesma coisa que ele?

– Eu me apaixonei pelo seu pai justamente por esse romantismo por trás do homem durão que ele é no trabalho. Seu pai sempre teve um coração muito bom e muito grande, ele era exatamente o que eu queria para mim. Claro que há sonhos diferentes, eu queria ter morado fora com ele por um tempo, por exemplo, antes de engravidar. Mas ele nunca teve essa vontade, e num relacionamento a gente precisa aprender a ceder. Em contrapartida, ele me deu carta branca para conduzir a educação de vocês e sempre me respeitou muito como mãe. Acho que sempre quisemos a mesma coisa. Casar, ter filhos, ter uma vida confortável, viajar… mas por que essa pergunta agora?

– Mãe, você me responde de coração uma outra coisa?

– Claro, filha.

– Você acha que eu virei uma pedra fria sem sonhos?

– Pedra fria? Haha. Meu amor, eu não diria isso.

– Sério, mãe! Você acha que estou feliz?

Minha mãe tinha entendido que eu estava com vontade de falar abertamente. Ela parou de comer o brigadeiro de panela que estávamos dividindo e respirou fundo:

– Filha, esse assunto pode ser um pouco delicado, você quer mesmo conversar sobre isso?

– Quero – respondi com firmeza, coisa que tinha aprendido com o Pedro.

– Ok. Acho que, de uns tempos para cá, você mudou, sim. Não sei se isso tem a ver com o seu namoro, mas eu mal te reconheço em alguns momentos, Lu. Você ficou muito rígida com a vida, não te vejo mais sair com suas amigas, viajar, mergulhar nos seus livros... Eu sinto falta da minha doce Luiza.

– Então você acha que fiquei mais amarga?

– Lu, você sempre será a minha doce filha, porque eu sei que essa qualidade está dentro de você, mas acho que você foi endurecendo com o tempo. Não vejo mais você sorrir como antes...

– Aham... – Ouvia atentamente o que a minha mãe dizia.

– Eu nunca me conformei com a história de você desistir do mestrado, filha. Esse sempre foi seu sonho, desde a adolescência. Parece que, na hora em que você soube que não tinha passado no teste, a vida ficou cinza e você virou outra Luiza, muito diferente da que era antes.

– Mãe, eu não fiz o teste.

Sabe aquele soco no estômago? Pois é, eu tinha acabado de dar um na minha mãe.

– O quê?

– Eu menti. Não fiz o teste, bebi com o Pedro no dia anterior e não acordei a tempo para a prova.

– Mas o Pedro quase nunca bebe!

– Mas naquela noite ele fez um jantar especial para mim e abriu um vinho...

– O Pedro resolveu brindar na noite anterior ao seu teste? Luiza! Você tem ideia do que está dizendo? – Minha mãe estava vermelha, até tirou os óculos de sol para olhar dentro dos meus olhos.

– Mãe, não adianta você ficar brava comigo. Já me sinto mal o suficiente sem você me julgar. Sei que agi errado.

– Errado? Filha! Você sabotou algo pelo qual estava batalhando! Eu não posso acreditar...

Passei mais uma hora conversando com a minha mãe, tentando acalmá-la. Ela estava revoltada com a minha atitude, mas parecia ainda mais revoltada com o Pedro. Enquanto ela me dava um sermão, a minha mente se distanciou daquele lugar. Senti o estômago dando um nó, o coração batendo acelerado e a cabeça fritando. Eu me perguntava: para onde tinham ido os meus planos? Será que a minha vida seria daquele jeito pra sempre? Estava em tempo de mudar, ou aquele seria meu futuro?

Assim que a nossa conversa terminou, minha mãe foi direto pro telefone, provavelmente pra contar ao meu pai a minha excelente escolha de deixar o meu sonho pra trás, e eu, para o meu quarto. Assim que abri a porta, meu WhatsApp apitou; era o Pedro.

Pedro:
Oi, linda, tá podendo falar?

Luiza:
Médio...

Pedro:
Vim checar se a minha namorada ainda existe...

Luiza:
Desculpa, o fechamento das vendas tá deixando a minha semana bem louca no escritório.

Pedro:
Hum... Acabei de ligar no seu ramal e disseram que você estava trabalhando de casa esta semana.

Luiza:
Esse povo é muito intrometido. Trabalhar de casa não quer dizer não trabalhar!

Pedro:
Tá tudo bem?

Luiza:
Você tem sonhos, Pedro? Planos?

Pedro:
Ih, sabia! TPM, né?

Luiza:
Me responde, vai...

Pedro:
Eu já disse que planejo a minha vida conforme as coisas vão acontecendo, mas por que isso agora?

Luiza:
Nada... Queria saber, só isso.

Pedro:
Acho que isso é saudade de mim. Te amo, linda! Amanhã, assim que chegar, te ligo pra gente se ver!

Luiza:
Boa viagem!

Pedro:
Tbm te amo?

Luiza:
Te amo.

Quando o "te amo" não sai naturalmente é porque o negócio está feio. Não preguei o olho aquela noite, só fiquei pensando na conversa com a minha mãe, na falta que a Alice me fazia... Eu estava muito triste.

Não posso negar que o Pedro trouxe para a minha vida coisas muito importantes, como responsabilidade e maturidade. Mas sabe quando essas qualidades viram defeitos por causa da proporção que tomam? Era isso que tinha acontecido. Nessa noite maldormida, entendi o sentido das perguntas da dra. Helena. Ela sempre procurava focar em mim, parecia que queria me fazer perceber como o excesso de responsabilidade e maturidade tinha me prejudicado. Mas só naquele papo com a minha mãe eu fui capaz de entender isso.

Equilíbrio é tudo na vida!

No dia seguinte, depois de duas semanas fugindo, fui pra terapia. Já cheguei pedindo desculpas por ter sido tão agressiva na última vez e desabafei sobre as dúvidas e as angústias que eu tinha sobre mim, o Pedro e nossos sonhos.

No final da sessão, a dra. Helena me pediu para escrever uma carta para mim mesma, como se fosse um pedido de perdão pelas coisas que fiz. Achei aquilo um tanto estranho, mas a minha moral com ela estava em baixa e eu precisava fazer alguma coisa que ela dizia. Talvez percebendo minha expressão de incredulidade, ela disse que, se eu tivesse preguiça de escrever, poderia gravar um áudio no celular. O importante era que eu registrasse meu relato em algum lugar a que tivesse acesso depois. Achei que o gravador não iria funcionar pra mim, eu não ia levar a sério a minha voz gravada – sempre que mando áudio no WhatsApp quero morrer! –, então, com papel e caneta na mão, escrevi para mim mesma.

Bom exercício!

> Luiza, primeiro eu queria pedir desculpas por estar tão distante de você. Nestes anos todos, esqueci de te perguntar um monte de coisas, deixei vários sonhos seus irem por água abaixo, não escutei o que você queria e fiz de você uma pessoa irreconhecível e até meio chata. Queria que você crescesse, mas não queria que endurecesse. Queria que se tornasse uma profissional de respeito, e não alguém que só pensa no trabalho. Queria que tivesse seriedade na vida, mas não que esquecesse que rir também faz parte da vida. Queria muitas coisas, mas querer não significa ser ou fazer. Te critiquei quase vinte e quatro horas por dia, todos os dias, nunca achava que você estava 100% e acabei exaurindo a sua cabeça. Queria pedir para você voltar a ter a liberdade de sonhar e ir atrás das coisas. Por que não? Queria pedir para você voltar aos poucos a ser a mesma de antes, sem se machucar ou machucar alguém ao seu lado. Volte várias casas do jogo, mesmo que isso atrase a sua chegada lá na frente. Peça desculpas às pessoas que machucou, assuma a sua parte, seja fiel até na hora de reconhecer que não é perfeita nem nunca será. Não tenha medo, a sua vida não acabou aqui, nem o seu destino já está traçado. Se quiser mudar, mude, mas nunca mude quem você é. Nunca mais.

E não é que escrever fez um belo efeito? Quando reli o que tinha escrito, senti um friozinho bom na barriga. Uma mudança interna estava por vir, e o Pedro parecia não ter mais lugar nesse movimento.

Uma semana depois de ele voltar de viagem, marcamos um jantar. Eu enrolei o máximo que pude, inventei todo tipo de desculpa, e ele acreditou. Eu realmente tinha virado uma mentirosa de primeira!

Às nove e meia, ele chegou na minha casa para me pegar, e, como eu não queria que ele entrasse, esperei por ele no portão, assim ele não teria tempo de sair do carro. O Pedro adorava ficar conversando sobre negócios com o meu pai enquanto eu me arrumava, mas, agora que o meu pai sabia que eu tinha perdido o Gmat e o porquê, era melhor evitar que os dois se encontrassem. Por mais que meu pai não fosse um grande incentivador de minha viagem, ele era muito ligado na minha mãe e não suportava vê-la triste.

Entrei no carro do Pedro, disse um oi e dei um selinho nele. Pela cara que fez, ele deve ter estranhado meu jeito, mas retribuiu o beijo. Fomos direto pro restaurante, sem trocar nem uma palavra. Assim que sentamos, abri o cardápio e pedi uma massa com ragu de cordeiro, e ele, um peixe grelhado com legumes.

– Tá de dieta? – perguntei.

– Um pouco, andei exagerando na viagem, quero ficar mais saudável.

– Ah...

– Lu, estou pensando em fazer uma grande mudança na minha vida – ele disse, segurando na minha mão sobre a mesa e olhando fundo nos meus olhos.

Ah, meu Deus! Será que ele tinha decidido dividir os planos dele comigo depois daquela nossa conversa por WhatsApp? Será que ia me chamar pra morar com ele? Será que meu gelo tinha servido para ele repensar as coisas?

– Que sério! Fala logo, amor! Que mudança é essa?

– Estou pensando nisso faz um tempo e, como você falou que eu nunca faço planos, queria ver se você concorda.

– Fala, amor, tô nervosa!

– Tomara que você fale que sim...

– Você quer me matar de nervoso? – perguntei, com um sorriso tímido.

– Ok, lá vai. Você sabe que quero ser o melhor para você e para mim, e acho que esta é a hora de mudar.

Meu coração estava saindo pelo ouvido!

– Queria saber se você se importa de a gente ficar um mês longe um do outro?

– Oi?

Pode parar com a música romântica.

– Apareceu uma chance de fazer um estágio numa construtora em Amsterdã, um amigo meu trabalha lá e me chamou.

– O quê? Você só pode estar brincando! – interrompi. Controlei meu tom de voz, não queria que as pessoas ao redor ouvissem nossa discussão, mas mesmo assim minha irritação era evidente.

– Como assim, amor? Um mês passa rápido, vai ser bom pra mim – ele respondeu, meio sem entender por que eu estava brava.

– Eu abandonei meus planos de morar fora por você, e agora você vem dizer que vai viajar sem mim?

– Você pode ir junto, se quiser, ia ser legal…

– Você sabe que eu não posso tirar um mês de férias do trabalho, e essa não é a questão. Escuta aqui, Pedro, você acha que vai me enrolar por quanto tempo?

– Te enrolar? Que papo é esse?

– Papo? Papo sério. A gente namora há três anos, e o único plano que vi você fazer na vida não me inclui. Já pensou quanto isso é grave?

– Lu, você tá exagerando. Claro que tenho planos com você, só não coloco pressão na gente!

– Mas devia! Devia pensar mais, sonhar mais! Você, Pedro, devia acertar mais.

– Nossa, que grosseria é essa? Qual é o problema de querer ser melhor profissionalmente e fazer algo que eu gosto?

– Nenhum! O problema, sabe qual é? Sabotar o sonho dos outros!

Nesse momento, eu já estava aos prantos; meu prato de ragu de cordeiro estava embebido em lágrimas. Levantei e disse, num tom um pouco acima do educado, que ia embora. O Pedro continuou sem entender a minha reação.

Saí do restaurante e tentei pedir um táxi. Depois de cinco minutos, Pedro chegou, esbaforido. Tivemos uma breve discussão sobre eu ir embora sozinha e ele me convenceu que tinha que me levar pra casa. Chorei o caminho todo. A cada palavra que ele dizia, eu caía em prantos. Na porta de casa, ainda no carro, ele se virou pra mim, segurou as minhas mãos e disse:

– Eu não suporto te ver assim. Por favor, me fala o que eu te fiz.

– Eu tô cansada, Pedro. Tô cansada de não ter vez na sua vida.

– Lu, você é a minha vida. Por que você anda tão insatisfeita com a gente?

– Tô triste, repensando mil coisas. A gente tá junto há três anos, e há três anos eu nunca escutei uma certeza sua, de nada. Você sempre deixa uma dúvida no ar sobre qual será nosso futuro e agora começou a fazer planos que não me incluem. Você não vê um problema nisso?

– Lu, eu te amo e não quero ficar sem você. Desculpa se tô fazendo você ficar mal. Eu tenho planos pra nós dois, mas ainda somos muito novos pra nos preocupar com isso.

– Pedro, eu não aguento mais. Você não tem culpa, mas eu não aguento mais… Eu me abandonei, abandonei meus planos, meus sonhos, e me tornei a senhora Pedro. Acontece que eu estou com saudades da Luiza, aquela menina engraçada, leve e que sonhava em ganhar o mundo! Olha quem eu sou agora. Uma pessoa fria, que só pensa em ganhar dinheiro.

– Eu não acho que você seja essa pessoa que acabou de descrever. Mas fiquei preocupado por saber que é assim que você me vê, já que se sente a senhora Pedro.

– Estou muito confusa. Preciso de um tempo. Vai para Amsterdã, e a gente conversa na volta.

– Mas eu só iria no final do mês… Ficaria lá por um mês.

– O final do mês é daqui a dez dias.

– Luiza, você realmente quer isso?

– Quero. Eu preciso pensar.

– Depois você não vai poder reclamar… A escolha é sua. – O tom de voz dele era arrogante, de homem com o orgulho ferido.

– Tô certa da minha decisão. É melhor eu ir, Pedro. Tchau.

Saí do carro com as lágrimas ainda escorrendo, mas aliviada. Aliviada? Peraí. Eu tinha acabado de pedir um tempo pro meu namorado, que estava indo passar um mês em Amsterdã, e eu estava aliviada? Sim. A-li-vi-a-da.

~~

Os dias se passaram e, como eu esperava, o Pedro não me procurou. O orgulho dele é tão grande que pode fazê-lo perder várias coisas na vida, inclusive a pessoa que ama – para ele, correr atrás é sinal de fraqueza.

Depois de decidir dar um tempo com o Pedro, resolvi voltar às minhas aulas para o Gmat. Peguei mais leve no escritório e me dediquei aos estudos o máximo que consegui. Não tinha mais tanta certeza do que queria, mas eu precisava fazer o bendito teste. Se passasse só com um mês de aula, seria um sinal. Se não passasse, também. Mergulhei nos livros como há muito tempo não fazia.

Não tive notícias do Pedro. Vi no Instagram dele algumas pouquíssimas fotos de Amsterdã, mas aquilo não mexia muito comigo. Saudade eu não sentia, sério mesmo; estava focada em fazer o exame e dar um novo rumo à minha vida. Até mandei uma mensagem de feliz aniversário pra ele, e a resposta foi seca, porém educada.

Luiza:
Parabéns! Muitas felicidades e que tudo o que você quiser se realize! Aproveite a viagem, espero que esteja tudo bem! Beijos

Pedro:
Obrigado por ter lembrado, Lu. Por aqui está tudo bem! Bjs

Quando enfim chegou o dia da prova, acordei três horas antes, tomei café da manhã, peguei meu carro e saí; não podia me atrasar de jeito nenhum. Por sorte, meus pais e o Luca ainda estavam dormindo; eles não sabiam quando seria o teste; preferi assim, para não me sentir mais pressionada. Cheguei no local da prova, sentei, rezei e comecei a fazer o teste. O Gmat é uma prova com questões de matemática e lógica, minha especialidade. É longo e cansativo, mas o bom é que você sabe a sua pontuação assim que acaba.

Duas horas e cinquenta minutos depois, eu estava pronta para saber o resultado. Respirei fundo, fiz figa até com os dedos dos pés, rezei. Uma decisão estava tomada, independentemente da nota: eu voltaria a ser eu mesma, a boa e velha Luiza pré-Pedro. Voltaria a ser a Luiza que corre atrás dos sonhos e não abre mão de ser feliz. Chega de sabotar meu futuro por causa de outra pessoa, eu tinha que viver a minha vida.

Abri os olhos para ver se naquela tela havia mais um indicativo de que eu estava no caminho certo. Algo dentro de mim dizia que eu tinha me saído bem. Senti uma pequena e confortante felicidade, como a monja Zentchu disse que eu sentiria. Eu não estava errada. Fiz uma pontuação considerada excelente, e atingi a nota que precisava para me candidatar ao mestrado. Finalmente, eu havia passado no teste.

Voltei pra casa com o maior sorriso da vida, extremamente orgulhosa de mim. Quando cheguei, meus pais e o Luca estavam na piscina. Ninguém tinha a menor ideia da novidade que eu estava prestes a contar. Eu estava tão feliz que entrei gritando:

– Fiz o Gmat e passei!

Minha mãe quase caiu da cadeira, de tão surpresa que ficou.

– Filha! Que notícia maravilhosa! – gritou.

– Parabéns, Lu! – meu irmão festejou.

– Boa, filha! – Meu pai aplaudiu.

Almoçamos na beira da piscina, um almoço bem diferente daquele que eu tinha tido com a minha mãe pouco tempo antes. Ela, por sinal, estava radiante, queria saber de todos os detalhes: quando eu me candidataria para a universidade, onde eu moraria em Nova York – isso porque eu nem tinha enviado a documentação nem sabia se seria aceita. Meu pai estava bem tranquilo – quando ele via minha mãe feliz, ficava feliz também. Falamos um pouco de como seria na empresa, e ele me tranquilizou. Disse que daríamos um jeito de conciliar meu trabalho com o mestrado, caso eu fosse aceita.

Alguns dias depois, eu estava no meu quarto escrevendo a redação exigida pela faculdade, quando meu telefone tocou.

– Alô? – atendi com voz *blasé*.

– Lu, tudo bem?

Era a Alice. E, pela voz, ela não estava nada bem.

– Oi, Liz, tudo bem. Que voz é essa, você tá legal?

– Posso ir até a sua casa?

– Minha casa?

– É… Eu sei que não estamos nos falando faz um tempo, mas eu preciso falar com você, é importante…

Alice estava chorando, e eu não podia falar não para uma amiga que precisava de mim. Aliás, eu não queria falar não. Enquanto esperava por ela, andei de um lado pro outro. Milhares de perguntas passavam pela minha cabeça: "Será que vai ser estranho?", "Será que ela está grávida? Do Beto?". Eu podia esperar qualquer coisa da Alice, tinha certeza de que era alguma bomba. Quando a campainha tocou, fiz questão de atender. Abri a porta e lá estava ela, minha melhor amiga de infância, uma pessoa que fez um buraco na minha vida quando eu a deixei ir embora, aquela que me fez lembrar que amigos podem se distanciar, mas que uma amizade verdadeira nunca acaba.

O rosto dela estava inchado de tanto chorar, e ela parecia muito mal. Nos abraçamos em silêncio, ouvi ela soltar a respiração, como se estivesse aliviada. Acho que eu também era o seu porto seguro. Andamos até a piscina, ainda ao som do seu profundo choro. Começamos a conversar sem rodeios, como se a nossa amizade tivesse continuado a mesma durante esse tempo todo.

Nós duas estávamos penando com nossa vida amorosa, o que me fez pensar que nessa vida nada é por acaso. Ela estava noiva do tal do Beto, mas a felicidade parecia ter deixado seu coração desde que o relacionamento com o Antonio tinha acabado, e mil dúvidas pipocavam na sua cabeça. Segundo ela, o Beto tinha se transformado em alguém de quem ela não gostava: controlador e exigente. As saídas com as amigas eram motivo de brigas, e a Alice teria que aprender a cozinhar e receber pessoas na casa deles, como uma verdadeira dona de casa. Para completar, ele tinha jogado o celular dela na parede – eu vi a tela toda quebrada – quando viu uma mensagem do Antonio. Como a briga deles tinha acabado de acontecer, o celular dela não parava de tocar. O Beto era mais intenso que ela.

– Lu, ele é descontrolado! Estou com muito medo da reação dele.

– Mas o que fez esse cara ficar tão puto da vida?

– O Antonio. O Beto pegou uma mensagem dele no meu celular...

– Ah... isso não acabou?

– Não sei, mas não justifica o bando de nomes que ele me chamou.

– Realmente, Liz... Brigas desse tipo são inadmissíveis. Mas você gostar de outra pessoa estando noiva também é...

– Ele jogou meu celular na parede com tanto ódio...

– Liz, você precisa ser sincera com você mesma. Se quiser mentir pra mim, não tem problema. Mas não minta pra você.

– Eu não quero fazer mal a ele... nunca quis prejudicar ninguém.

– Eu sei disso, mas sem querer a gente acaba machucando as pessoas.

– Eu preciso resolver a minha vida, né? É tão difícil...

– Liz, eu sempre te admirei por falar o que pensa e por fazer as coisas com muita sinceridade. Segue a sua intuição, você precisa dar valor aos seus sentimentos. Você não precisa casar agora nem aguentar o Beto enlouquecendo desse jeito. Isso não é vida!

– Eu sei...

– Você sabe mesmo! Tenho certeza de que você sabe o que fazer e, acredita em mim, tô do seu lado pro que precisar.

Só nessa hora percebi que estava com mais saudades da minha amiga do que eu imaginava. Talvez, se eu tivesse ficado ao lado dela, ela não tivesse chegado a esse ponto, e vice-versa.

O Beto não parava de ligar e de mandar mensagens pesadas, carregadas de ciúmes. Mas Liz se manteve forte e não atendeu, deixou o celular num canto e tentou esquecer o que estava acontecendo por um tempo.

– Lu, como tá a sua vida? Eu falei da minha e nem sei como tá a sua – Alice perguntou, depois do primeiro gole de vinho.

– Ih, você acha que a sua está ruim? Hahahaha!

– A Thaís comentou que você e o Pedro estão dando um tempo, mas ela não me disse nada além disso.

– Pois é... entrei em conflito com mil coisas e tô tentando resolver, às vezes é bom ter um tempo pra pensar.

Eu ainda ficava sem graça de falar sobre o Pedro, tinha certa vergonha por tudo o que tinha acontecido entre os dois.

— O bom é que vocês estão longe um do outro, isso facilita na hora de colocar as coisas em perspectiva... Mas e a história do mestrado? Você resolveu retomar?

— Acho que sim, vou me inscrever. Se tudo der certo, estou pensando em ir seis meses antes, para fazer uns cursos preparatórios e me acostumar com a cidade.

— Ai, que difícil se acostumar com Nova York, né? Coitada de você!

Ela tinha razão, eu não era nenhuma coitada, e acho que estava entrando na melhor fase da minha vida. Eu realmente me sentia feliz. Conversamos mais sobre a vida da Alice, ela falou bastante do Antonio, e, pelo jeito como falou, eu tive certeza absoluta de que o que ela sentia por ele não era uma paixonite aguda. Ele era o grande amor da vida da Alice, e ela só estava com o Beto para tentar esquecer o Antonio, mas não estava adiantando. Pelo que ela me contou, o caso deles também mexeu com o casamento do Antonio. Parecia que os dois estavam loucos um pelo outro. Difícil isso.

Nosso papo avançou pela madrugada e a Liz acabou dormindo na minha casa, como nos velhos tempos. Acordamos com um susto; o Beto estava lá embaixo querendo falar com a Alice. A Alice não me pareceu nervosa; lavou o rosto, respirou fundo e foi comunicar o que já estava resolvido na cabeça dela.

Depois que fiz as pazes com a Liz, fiquei com ainda mais coragem de seguir o meu sonho. Talvez porque ela sempre tenha apoiado qualquer decisão que me deixasse feliz, talvez porque ela sempre tenha sido uma pessoa mais impulsiva e menos careta nas suas decisões, ou talvez porque ela sempre quis me ver bem. Não sei direito, mas ela fortalecia uma parte importante de mim e me fazia ver que a vida não é feita somente de regras. A vida feliz é justamente aquela que escolhemos, somos nós que determinamos como e onde queremos estar. E de uma coisa eu tinha certeza agora: eu queria estar em Nova York.

Continuei a preparar a documentação para me candidatar a uma vaga na universidade e, ao mesmo tempo, comecei a ver o que poderia fazer em Nova York enquanto não saía o resultado do mestrado. Seria bom respirar outros ares. Eu estava tão animada! Não parava de pensar na minha nova vida!

Conversei brevemente com meu pai sobre a empresa, e ele me deu a opção de trabalhar meio período no escritório de importação em Nova York. Sabe quando parece que tudo se encaixa sem muito esforço? Eu tinha alguns dias pra resolver apartamento, trabalho, curso... Caraca, essa vida é realmente cheia de surpresas. Não tinha contado pro Pedro que estava de mudança para Nova York, e eu nem me sentia com essa obrigação – afinal, não estávamos mais juntos –, mas achei melhor que ele soubesse por mim. Como eu não tinha a menor vontade de falar com ele, escrevi um e-mail contando a novidade e agradecendo por ter me dado o espaço necessário para que eu pudesse seguir meus sonhos. Não tive resposta, e confesso que isso me deu ainda mais força para ir.

Na manhã do dia da viagem – meu voo sairia à noite –, arrumei minhas malas; eu sorria a cada item que colocava dentro delas. A felicidade em morar no lugar com que sempre sonhei e fazer o que sempre quis era inexplicável.

Minha mãe passou o dia emotiva. Ela estava muito feliz por mim, mas disse que sabia que eu não voltaria mais a morar no Brasil. Falei pra ela parar de ser louca, que seriam só dois anos, mas no fundo eu sabia que minha mãe tinha razão. Meu pai, tadinho, estava cabisbaixo. Trabalhar com ele tinha feito com que eu me orgulhasse ainda mais da sua história e do seu negócio; além disso, tínhamos construído um laço muito forte de admiração e respeito. Já meu irmão estava felicíssimo por, finalmente, ter uma casa nova na cidade que ele também adorava.

Alice e Thaís passaram em casa para se despedir – mas eu tinha certeza de que não demoraria para elas estarem por lá comigo.

Eu estava pronta para Nova York. Pronta e feliz!

O voo deu aquela balançada básica, mas, depois de mais ou menos nove horas, eu estava pousando no aeroporto John Fitzgerald Kennedy, o famoso JFK. Desci do avião, passei pela imigração americana – apresentei com orgulho meu visto de estudante –, peguei as malas e segui um senhor que segurava uma placa com o meu nome.

O clima estava muito bom. Eram os primeiros dias de primavera, as árvores tinham tons de rosa e lilás. Aquela cidade me esperava, cheia de cores e sonhos. A visão da cidade ensolarada carimbou o meu coração. Eu já estava apaixonada, já amava Nova York.

Cheguei no prédio onde iria morar, cumprimentei o zelador, Andy, simpaticíssimo, e subi pro meu apartamento, o 8C. Abri a porta e dei de cara com uma sala ampla e superiluminada; a cozinha, toda equipada e clarinha, fazia parte do ambiente. O quarto ficava no corredor perpendicular à sala e era muito, muito lindo! Era menos da metade do meu quarto em São Paulo, não tinha muitos armários, mas eu nem me importei; estava achando tudo o máximo. Achei o máximo até mesmo o barulho que os velhos tacos de madeira faziam quando eu andava. Deitei na cama, ainda sem lençol, e suspirei feliz! Ah, Nova York! Esperei tanto por você, que bom que você esperou por mim!

Liguei pros meus pais, fiz FaceTime pra mostrar a casa toda, desfiz parte das malas, tomei um belo banho e saí pra conhecer o bairro e comprar algumas coisas pra casa. Precisava de sofá, televisão, tapete, lençol, edredom… Como era maravilhoso andar por ali, o cheiro dos *pretzels* assando nas barraquinhas, os hot-dogs de rua, as pessoas apressadas esbarrando umas nas outras, a cara fechada dos nova-iorquinos atrasados, o metrô lotado, os taxistas mal-humorados, as farmácias 24 horas que vendem de tudo – até um namorado novo, se você quiser –, as ambulâncias gritando pelas ruas, as avenidas largas, cheias de lojas legais, o parque… Tudo aquilo tinha um significado muito especial.

Voltei pra casa com algumas compras, enchi a geladeira e coloquei o lençol na cama. Naquele dia, capotei cedo; estava cansada da viagem e tinha passado o dia arrumando a casa nova, dando a ela um pouco da minha cara.

Às sete da manhã, o sol já iluminava o quarto todo. Fazia muito tempo que eu não acordava sorrindo… Peguei o metrô e, em dez minutos, já estava na Columbia. Já tinha ido a Nova York para visitar a universidade, mas esse dia foi especial demais. Vi muita gente diferente, todos jovens com algum sonho na cabeça. Fui direto pro Admissions Office – onde você se inscreve para os cursos e recebe informações sobre como tudo funciona –, para colocar a minha vida em ordem. Eu ia fazer um intensivo de inglês para me preparar pro mestrado e outro de escrita para não fazer feio, caso passasse. O resultado sairia em algumas semanas; eu estava nervosa, mas procurei curtir ao máximo tudo o que estava vivendo.

Minhas aulas – que seriam todos os dias, das nove da manhã às três da tarde – começariam naquele dia mesmo. Depois, eu iria pro escritório da W&W me inteirar dos assuntos de importação.

As aulas eram uma delícia, e eu nem estava tão ansiosa pelo resultado da inscrição para o mestrado. Elas foram muito boas para desligar a cabeça de vez.

Duas semanas se passaram, e a cada dia eu gostava mais da minha nova vida. Tinha me matriculado numa academia perto da faculdade e estava empenhada até em correr. Alguns novos amigos foram chegando, gente vinda de todos os cantos do mundo.

Num dia de muita chuva, ao sair do escritório, desci na estação errada por distração e tive que andar cinco quarteirões até o apartamento. Sem guarda-chuva nem capa, molhei os livros, o computador, quase levei um tombo na entrada do prédio, mas finalmente cheguei em casa.

Completamente esbaforida e de péssimo humor, fui checar as correspondências, e lá estava uma carta da universidade. Uma carta que trazia simplesmente a resposta que poderia mudar a minha vida. Eu tremia só de pensar que poderia não ter passado e que tudo aquilo que eu estava vivendo poderia durar só mais alguns meses. O nervosismo voltou com tudo. Abri a porta do apartamento desesperada, peguei o celular e fiz FaceTime com a Alice, para ela me ajudar a segurar a onda, caso a notícia fosse ruim. Ela falou que só o fato de eu ter me inscrito e de estar em Nova York já era mais do que uma realização e que eu não devia me preocupar caso não passasse. Ok, ela falava como amiga, mas não era assim que eu pensava. Se não passasse, eu ficaria muito frustrada, e todo planejamento que eu tinha feito pros próximos dois anos teria que ser revisado. Tomei coragem, respirei fundo, desisti de abrir o envelope, levantei, dei voltas no apartamento e quase matei a Alice de ansiedade.

– Toma coragem, Lu, abre logo!

– Tá... é hora. Lá vai... ai...

Minhas mãos estavam trêmulas, aquele sim ou não representava muito na minha vida. Que nervoso!

– Luiza, abre logo! Coragem, vai!

– Ok, ok, vou abrir. – O barulho do papel rasgando aumentou ainda mais minha ansiedade. Finalmente tirei a carta do envelope.

– Fala, pelo amor de Deus, Luiza! Que cara é essa?

Eu estava branca, não sorria nem chorava, fiquei sem reação. Comecei a ler a primeira frase e não consegui acreditar...

– Luiza, assim você vai me matar! Lê logo!

– Liz, eu... – Não conseguia formatar uma frase na minha cabeça.

– Eu o quê? Passou? Passou? Pelo amor, responde!

– Não acredito... – Aquelas letras ainda estavam um tanto turvas na minha visão.

– Cacete! Vou até aí ler essa carta!

– Liz, eu fui aceita – falei baixinho.

– O quê? Essa merda de FaceTime tá falhando, fala de novo!

– Eu passei, passei! Eu fui aceita! – Enfim a minha voz saiu.

Gritamos feito doidas, pulamos, choramos, gritamos de novo! Eu tinha sido aceita e, finalmente, faria o meu tão sonhado mestrado.

Depois de falar com a Alice, liguei pros meus pais, e outra gritaria se instalou no meu apartamento. Que sensação maravilhosa eu estava sentindo! Depois foi a vez de falar com as colegas fofas que eu tinha conhecido em Nova York – duas delas também tinham se candidatado e passado, e combinamos de tomar uns drinques naquela noite. Tomei um banho e saí, com o cabelo molhado e tudo. Estava absolutamente realizada.

Fomos a um bar no Harlem, que o pessoal da universidade frequentava. Bebi todas, dancei até de madrugada, comemorei, chorei de emoção, bebi mais ainda e, quando vi, estava voltando pra casa umas quatro da manhã. Tudo o que eu dizia odiar...

Saí do táxi cambaleando e rindo de qualquer coisa que achasse engraçada – ou seja, de tudo –, tirei o sapato, que estava matando meus dedos, e caminhei em direção ao meu prédio. Enquanto procurava a chave na bolsa, uma voz ecoou de longe:

– Lu?

Olhei pra trás, mas tudo rodava. Era uma voz conhecida, mas eu não consegui identificar...

– Pe-dlo. Quer dizer, Pedro? – A minha dicção entregava a falta de sobriedade.

– Desculpa ter vindo sem avisar, acho que te peguei num momento ruim.

– É... quer dizer, é que eu tô chegando do... cinema.

Nem sei por que menti tão descaradamente. Você já viu alguém voltar nesse estado depois de ver *Jogos Vorazes 3*?

– Cinema? Não é o que tá parecendo – ele falou, meio que debochando da minha cara, mas num tom fofo.

– Desculpa, eu ainda tô meio chocada de te ver. Onde você tá ficando? Tá me esperando faz tempo? Como sabia que eu estava morando aqui?

– Não tô ficando em nenhum lugar ainda, cheguei faz umas cinco horas, e o porteiro disse que você tinha saído... Falei com o Luca, pedi o seu endereço pra mandar entregar umas flores, mas depois achei que devia te entregar pessoalmente.

Para completar essa cena estranhíssima e nada bem-vinda, ele tirou um buquê de rosas de uma sacola. Totalmente sem reação e sem saber o que fazer, convidei-o para subir. Não podia deixá-lo lá embaixo, podia? Confesso que senti um pouco de pena dele, e pena é um negócio triste de sentir.

Pedro entrou no apartamento, analisou tudo rapidamente e me pareceu surpreso por encontrar uma casa tão bem montada e tão a minha cara.

– Uau, você realmente levou a sério esse papo de se mudar pra Nova York... – falou enquanto observava mais atentamente o meu apê.

– É, acho que sim... – respondi meio sem graça.

– Muito legal seu apartamento. Como você está? Gostando daqui?

– Muito, tô curtindo bastante, é uma vida mais livre e tranquila, mas eu sei que você vai criticar, você odeia os Estados Unidos. Hehehe.

– Então é essa impressão que você tem de mim, né? Que eu vou criticar tudo?

– Não foi isso que eu quis dizer...

– Eu sei que te passei essa impressão durante o nosso namoro, eu reclamava bastante da vida...

– Ah, cada um tem seu jeito, né?

– Mas ninguém pode chegar ao ponto de ser tão chato com o outro.

Um silêncio que durou alguns segundos tomou conta da casa.

– Você não foi chato, só pensa diferente, tudo bem...

– Lu, você sabe por que eu estou aqui? – Pedro fez a pergunta e logo pegou na minha mão.

– Hum, posso imaginar... – Sorri, sem graça pela pergunta e pelo cheiro de álcool que eu exalava.

– Eu não te esqueci. Esse tempo todo fiquei pensando em como a minha vida é sem graça sem você. Eu realmente acho que nosso namoro estava no automático e que deixei os planos e sonhos pra outra hora... Mas o que eu sei agora é que você é meu plano, meu sonho.

– Mas, Pedro... eu tô aqui agora.

Confesso que eu estava totalmente perplexa com aquela declaração, que não lembrava em nada o Pedro que eu conhecia.

– Eu sei, e eu também posso estar. Posso morar aqui em Nova York e ir pro Brasil de vez em quando. Eu quero fazer planos com você, e não com a minha vida profissional. Eu te amo, Luiza, é a única coisa que sei da vida.

Pode tocar aquela música linda de algum cantor romântico que você ama. Sim, fiquei derretida com aquelas palavras doces; estava confusa, bêbada e fácil. Resultado? Nos beijamos e fomos pra cama.

Não sei se você lembra, mas já falei aqui como era o sexo com o Pedro. A nossa primeira vez foi estranha, mas, com o tempo e a prática, o que era estranho ficou ok e, depois, o ok ficou bom. Ótimo? Não, nunca foi uma coisa de outro mundo. Tem que ser?

Dessa vez, eu tive a impressão de que estávamos transando pela primeira vez. Claro que uma bêbada não tem muita coordenação, mas ele estava sóbrio e nada habilidoso. Depois daquela copulação estranhíssima, ele quis dormir grudado em mim – mas tão grudado que me deu falta de ar. Suas pernas estavam entrelaçadas nas minhas, seus braços me envolvendo como se não houvesse amanhã, e sua respiração estava no pé do meu ouvido.

Ah, meu Deus! Que merda! Eu não conseguia dormir; cada vez que ouvia a respiração do Pedro, eu queria morrer. Não que ele não devesse respirar, mas o negócio estava complicado. Bateu um desespero dentro de mim, estava começando a sentir um pânico real. Minhas mãos suavam frio, o meu futuro com o Pedro passava pela minha cabeça, e eu tinha vontade de chorar. Sabe quando você sente que não vai ser feliz com aquela pessoa? Eu não sei explicar muito bem o que estava sentindo, mas ultrapassava a linha do bode, da birra, do enjoo... Eu estava com asco do Pedro.

Quando acaba de verdade...

Olhei pro relógio e acompanhei os segundos como quem conta carneirinhos até dar sete da manhã. Empurrei os braços dele pro outro lado, desgrudei minhas pernas das dele, levantei e fui correndo pra sala pra pensar no que ia fazer. Não sabia se ligava pra Alice, se contava pra minha mãe ou se me jogava do oitavo andar, ainda estava meio bêbada. Que sensação horrorosa!

– Bom dia, linda! Fugiu da cama?

De repente, aquele homem aparece de cueca na sala, a cara amassada de sono.

– Bom dia... Preciso voar pra escola, tenho que entregar um trabalho.

– Escola?

– É, meu curso.

– Hoje é sábado, Lu...

– Todo dia é dia...

– Ih, tá toda esquisita. Fala, vai, o que você tem?

– Eu? Nada, ué...

Eu só pensava: "Eu tenho bode de você, vai embora".

– Acho que alguém ficou assustada de ter voltado com o ex e ter tido uma noite tão boa...

– Voltado com o ex? Como assim?

Só faltava essa, eu namorando de novo?

– Tá bom, vai, a gente não terminou... estávamos dando um tempo.

Fiquei parada, olhando pro Pedro por alguns segundos. Eu nunca tinha conseguido dizer na cara de uma pessoa o que eu sentia por ela. Com o Nando, foi assim; quando o Pedro brigou com a Alice naquele jantar, eu fiquei quieta; e até pra terminar com o Pedro eu disfarcei com o famoso tempo. Chega, eu precisava tomar coragem.

– Lu, o que foi, amor? – Pedro perguntou, vindo me abraçar.

– Nada, não me toca, por favor... Pedro, eu não sei.

– O que você não sabe? É a TPM de novo?

– Não, não é a TPM. É a gente!

– O que tem a gente?

– Pedro, ontem à noite foi ruim. Eu não senti tesão nenhum, não aproveitei um segundo sequer de qualquer coisa e não consegui dormir de desespero. Acho que estou com alguns problemas que preciso resolver.

É, recorri ao famoso "Não é você, sou eu".

– Como assim, Lu? Nós agora vamos ter um futuro juntos, vamos morar aqui e ter a vida que você sempre quis.

– Exato! A vida que EU sempre quis. Você nunca quis isso, você sempre odiou a ideia de morar fora. Eu sempre sonhei com isso, mas você não sonhou junto.

– Agora eu sonho.

– Pedro, nós dois somos muito diferentes. Você é um cara legal, inteligente, tenho certeza de que vai encontrar uma mulher bacana.

– Lu, tudo bem. Olha, você pode pensar. Eu volto pro Brasil amanhã e você descansa a sua cabeça por uns dias. Quando você estiver bem de novo, eu volto. – O desespero tinha começado a bater, e o Pedro estava chegando naquele momento de se humilhar.

– Não, eu não quero fazer assim.

– Mas o que você precisa? Eu te dou.

– O que eu preciso é maior que isso... eu preciso de...

– Um mês?

– Não...

Eu não conseguia dizer... como é difícil rejeitar alguém.

– Dois? Três?

– Pedro, eu...

– Seis meses?

– Para, por favor! – Cortei a contagem humilhante dos meses com um belo grito.

Ficamos em silêncio. Pedro olhava para baixo e balançava a cabeça como quem dissesse não.

– É isso, Luiza? Nosso relacionamento acaba assim? – Seus olhos se encheram de lágrimas; era a primeira vez que eu via o Pedro chorar em três anos de namoro. – Então é para eu ir embora? Você não gosta mais de mim? Quer dar outro tempo?

– Não chora, por favor.

– Fala, Luiza, fala o que eu tenho que fazer.

– Eu não sei, tô confusa... *Como é difícil falar o que queremos, né? Colocamos o medo de magoar o outro antes de nós.*

– Fala, Luiza!

– Melhor você ir... – falei bem baixinho, morrendo de pena dele.

– É para eu ir e não voltar mais?

Silêncio.

– Você não sente mais nada por mim? Toda aquela angústia de construir algo comigo sumiu? – continuou Pedro, completamente desesperado.

– É aí que tá. Não acho que alguém pode sofrer uma angústia por não sentir no outro uma vontade de construir um futuro. Acho que você um dia vai entender e talvez concordar comigo que esses três anos foram muito importantes, mas estavam longe de ser perfeitos. Demos tudo o que tínhamos pro outro, nos amamos, nos divertimos do nosso jeito e tentamos muito que tudo isso durasse por uma vida. Mas não deu, quer dizer, deu, mas não pra sempre. E quer saber? Sei lá se existe algo pra sempre, o que existe na vida são momentos, e nós tivemos os nossos e fomos felizes. Só que não somos mais. Não somos felizes juntos. Acabou.

O soluço do choro dele enquanto eu falava foi de partir o coração... Acho que ele não estava processando nada do que eu dizia, mas eu estava. Aquilo também era um discurso para mim mesma, para aquela Luiza que tinha se desculpado por ter esquecido da sua essência, para aquela Luiza que queria ser feliz de agora em diante, sem olhar para trás. Era a primeira vez que eu terminava de verdade um relacionamento, e agora não culpo as pessoas que não conseguem fazer isso muito bem, porque é doído e difícil. Mas foi uma experiência e tanto para mim.

Ele se levantou depois da minha última frase, foi até o quarto se vestir e, rapidamente, estava na porta com a mala na mão. Andei com ele em silêncio pelo *hall* do prédio até o elevador. O único barulho que eu ouvia era da mala se arrastando no chão. Eu sentia a angústia, a tristeza dele, mas sabia que era o melhor para nós dois. Apertei o botão e esperamos o elevador olhando para o mostrador dos andares.

Quando a porta se abriu, Pedro entrou vagarosamente, esperando aquele "espera" ou "não é bem assim", mas essas palavras não faziam parte do meu vocabulário naquele momento. Dei um último beijo carinhoso na boca dele, ele me olhou nos olhos como que pedindo perdão por ter chegado tarde demais e abaixou a cabeça. Fiquei olhando firme para ele, queria gravar aquilo na minha cabeça, queria gravar o fim de um ciclo. No fundo, eu sabia que o Pedro ia se recuperar, os nossos caminhos tinham se descruzado fazia muito tempo e nós dois podíamos ser muito mais felizes separados, mas, quando ainda há sentimento, o processo é muito mais duro. Pedro ainda passaria pelo luto do fim, mas voltaria a sorrir.

Sabe, essa é a graça da vida... Quando nos conhecemos de verdade, passamos a querer estar cada vez mais perto de lugares e pessoas compatíveis conosco. Agora consigo ver que, com ele, eu estava muito distante de quem eu era e do que eu queria ser. Prometi nunca mais me abandonar, prometi que ficaria ao meu lado nos momentos bons e nos ruins e que nunca mais deixaria meus sonhos para outra hora. O meu futuro ao futuro pertence, e o final feliz... bom, a felicidade não é um tijolo que cai sobre a nossa cabeça, já dizia Zentchu.

O final não importa, porque são os meios que o definem. A felicidade está nas pequenas coisas. Eu estava feliz por ter me escolhido, por estar em um relacionamento de verdade comigo mesma e por entender que toda vez que perdemos algo podemos achar o nosso caminho de volta. Sou responsável pela minha felicidade e não a coloco mais nas mãos de ninguém. Se surgir alguém, que seja para somar. Se eu me perder, que me reencontre rapidamente e, se eu precisar de alguém, que seja de mim mesma.

Agradeço de coração às minhas editoras Paula e Débora. Mulheres alegres, inteligentes, doces e interessadas. Obrigada por acreditarem neste projeto e por me incentivarem a escrever uma ficção.

À Deborah e ao Caio, que criaram esse projetinho maravilhoso.

Aos meus pais, Blenda e Newton. Que sempre, e eu digo SEMPRE, estão ao meu lado. O apoio incondicional de vocês é meu combustível para continuar em frente. Teria que agradecer a vocês por muitas vidas.

Ao meu marido, Renato, meu grande companheiro e superincentivador. Eu não sei mais o que é uma vida sem você e sou eternamente grata pelo nosso encontro. Sou muito melhor ao seu lado. Amo você. PS: obrigada pelo título desse livro, você, além de tudo, ainda me ajuda nas criações.

Às minhas irmãs, Carol e Gabi. Obrigada por serem minhas irmãs não só de sangue, mas de coração. Quase tudo do que sei devo a vocês.

Jack e Martin, vocês são a minha alegria. Amo vocês com todo o meu coração.

Fran, você é uma pessoa a quem serei grata para o resto da minha vida. Meu amor eterno.

Alex and Lee, thanks for the support, love you for being such amazing people.

Família Mimica, obrigada pelo carinho e por me acolherem com tanto amor sempre.

Aos meus amigos queridos, amados e de verdade.

Aos meus seguidores, que me enchem de alegria todos os dias.